Irmgard Kramer
Am Ende der Welt traf ich Noah

Kinderbücher von **Irmgard Kramer** im Loewe Verlag:

Sunny Valentine – Von Tropenvögeln und königlichen Unterhosen
Sunny Valentine – Von Schaumbädern und tanzenden Rollschuhen
Sunny Valentine – Von der Flaschenpost im Limonadensee

Irmgard Kramer

Am Ende der WELT traf ich NOAH

ISBN 978-3-7855-8127-8
1. Auflage 2015
© Loewe Verlag GmbH, Bindlach 2015
Umschlagmotive: © plainpicture/mia takahara,
shutterstock.com/Grunge texture © Nik Merkulov
Umschlaggestaltung: Franziska Trotzer und Sophie Hahn
Redaktion: Lisa Blaser
Printed in Germany

www.loewe-verlag.de

1

Ich war wütend. Die Julisonne verbrannte mir den Nacken und meine Sandalen blieben bei jedem Schritt am Asphalt kleben. Ein altes Ehepaar ließ vor einem Kiosk einen Postkartenständer rotieren. Wahrscheinlich suchten sie verzweifelt eine Postkarte, die im neuen Jahrtausend gemacht worden war. Sie waren die einzigen Menschen, denen ich begegnet war, seit ich den Kurpark verlassen hatte, um Luft zu bekommen und Abstand von meinen Eltern, die mir diesen sinnlosen Ausflug ins Niemandsland beschert hatten. Was tat ich hier?

Mit meiner besten Freundin Kathi und ihrem Onkel hätte ich am nächsten Tag durchs Mittelmeer segeln können. Aber meine Eltern waren dagegen gewesen. Dieses Jahr wollten sie mich zur Abwechslung wieder mal nach Italien schleppen – Venedig, Pisa, Florenz. Zusammen mit einer Million anderer Touristen, mit denen ich stundenlang gotische Fassaden von Kirchen, Grabmäler und steinerne Jünglinge anstarren durfte.

„Wer weiß, was nächstes Jahr sein wird", sagte meine Mutter. „Vielleicht ist das unser letzter gemeinsamer Sommer."

Sie benahm sich theatralisch, wie üblich. Ich kratzte schließlich nicht ab, ich wurde nur erwachsen.

Vor diesem letzten gemeinsamen Sommer allerdings hatten sie noch diesen Programmpunkt hier eingeschoben. Auf der vierstündigen Fahrt heute Morgen hatte ich kein Wort gesprochen, mir dafür die Finger am Handy wund getippt – Kathi verstand mich. Sie packte Koffer und ich hätte heulen können.

Aus dem Kurpark hinter der hohen Mauer drang Applaus – er galt meinen Eltern. Sie wurden geehrt für ein Sozialprojekt, das sie ins Leben gerufen hatten – ein Heim für verlorene Seelen, ein Kindergarten für krebskranke Kaninchen oder ein Asyl für obdachlose albanische Pudel, ich wusste es nicht mehr und es war mir egal.

Jetzt saßen sie zwischen anderen Ärzten, Journalisten und Politikern mitsamt herausgeputzten Gattinnen auf schneeweißen Sesseln und hörten sich eine Lobesrede nach der anderen an, die ihrem unermüdlichen sozialen und medizinischen Einsatz galten.

Während der Begrüßung durch den Klinikdirektor hatte ich mir meine selbst genähte Stofftasche umgehängt, mich hinter einen Fliederbusch verdrückt und war über einen Rasen geschlichen, der in Wimbledon Karriere hätte machen können. Der Kurpark gehörte zu einer kardiologischen Privatklinik, in der vom Stress bis zum Herzinfarkt jeder behandelt wurde, der es sich leisten konnte, aber jetzt, wo ich mich ein wenig umgeschaut hatte, stellte ich es mir ziemlich schwierig vor, an einem Ort ins Leben zurückzufinden, der so trostlos war, dass er den Namen Burn-out verdient hätte. Da nützte nicht mal die hohe Mauer, die die grüne Luxus-Oase vom heruntergekommenen Rest trennte.

Neben dem Kiosk zerfiel ein Bahnhofsgebäude. Ob hier je ein Zug anhielt? Scheiben waren eingeschlagen. An der bröckelnden Fassade hingen Plakate von Sängern, die wahrscheinlich schon längst zahnlos vor sich hin sabberten. Nur die Graffitis machten einen frischen Eindruck.

Die Luft über dem Bahnhof flimmerte. Ich hatte Durst. Vermutlich sollte ich zurück in den Kurpark gehen, mir ein kühles Glas Sekt-Orange von einem Tablett holen und mich meinem Schicksal fügen. Aber als ich mich umdrehen wollte, blendete mich etwas. Ich hielt meine Hand vor die Augen und entdeckte einen altmodischen roten Koffer. Verlassen stand er neben einer verbogenen Straßenlaterne. Er fiel mir sofort auf, weil er anders war. Er sah nicht wie ein normales Gepäckstück aus, sondern wie ein Koffer, der von vergessenen Abenteuern kündete, von uralten Überseedampfern, von wagemutigen Fahrten ins Unbekannte, in die Freiheit. Das zumindest war es, was mir zuerst durch den Kopf schoss. Die gebogenen Kanten waren mit genietetem Stahlblech überzogen und reflektierten die Sonne – das hatte mich geblendet.

Ich ging näher. Der Koffer war außen mit Holzstäben verstärkt, aber in den Bauch eines Jumbojets hätte ich ihn trotzdem nicht geworfen, besser auf die Gepäckablage der transsibirischen Eisenbahn, wo er hingepasst hätte. Und obwohl er gar keine Geschichte erzählen konnte, kam mir dieser Koffer vor, als sei er angefüllt mit schönen Träumen, als brauchte ich ihn nur zu öffnen und alle Wünsche erfüllten sich und brächten Lösungen für mein kompliziertes Leben.

Ich verliebte mich in den Koffer und wusste, dass ich mich sofort wie eine dieser Abenteurerinnen fühlen würde, auf dem Weg in unbekanntes Land, sobald er in meinem Besitz war. Ich schaute mich um. Außer dem Postkarten-Ehepaar war niemand zu sehen. Mein Herz pochte nervös. Nimm ihn!, rief mir eine innere Stimme zu. Der Griff war ebenfalls aus glänzendem Stahlblech, glatt und fein lag er in meiner Hand. Ich hob den Koffer auf eine mit Taubenmist bekleckste Sitzbank neben der Straßenlaterne. Träume wogen schwerer, als ich gedacht hatte. Ich legte meine zitternden Finger auf die beiden Schlösser und wollte sie aufschnappen lassen, als mich das Motorengeräusch eines schnell näher kommenden Autos ablenkte. Mit einer Vollbremsung hielt direkt hinter mir ein staubiger Jeep an. Ich erschrak so, dass ich neben dem Koffer auf die Bank plumpste.

„Irina!", rief der Fahrer aus dem Fenster. „Irina Pawlowa?"

Der Mann kam mir vertraut vor. Hatte ich ihn schon einmal irgendwo gesehen? Er schaltete den Motor ab, ging um den Geländewagen herum und kam mit offenen Armen auf mich zu; alt war er noch nicht, ganz jung aber auch nicht mehr.

„Ich suche Sie seit einer halben Stunde, also Sie und den Koffer.

Darf ich Sie Irina nennen? Sie sehen viel jünger aus, als Sie sind. Ich bin Viktor – Chauffeur, Gärtner, Jäger, Einkäufer, Hausmeister, zuständig für alles Grobe in der Villa Morris." Er lachte und schüttelte meine Hand. Seine war groß, kräftig und fühlte sich nach harter Arbeit an – Schwielen, Hornhaut und Kratzwunden; entweder er hatte mit einer Katze gekämpft oder Rosen ausgerissen. Helle, freundliche Augen blickten mich an, eingerahmt waren sie von unzähligen feinen Lachfalten. Er hätte in einen Werbespot für silofreie Frischmilch auf eine Almwiese vor eine Kuh gepasst. Seine Haut war braun gebrannt, er war breitschultrig, groß und muskulös. Ein widerspenstiger weizenblonder Lockenschopf fiel ihm in die Stirn. Er trug ein grob kariertes Hemd, speckige Hosen und feste Schuhe wie ein Bergbauer.

„Wie war die Zugfahrt?"

Er wartete keine Antwort ab, sondern riss den Koffer meiner Träume von der Bank. Lieblos wuchtete er ihn auf den Rücksitz des Jeeps. Eine Stange Zigaretten, Schneeketten. Auf dem Boden dreckverschmierte Stiefel und ein Benzinkanister. Im Kofferraum stapelten sich Einkäufe – Getränke, Mehl, Zucker und andere haltbare Lebensmittel in erstaunlichen Mengen. Er öffnete die Beifahrertür.

„Bitte einsteigen!"

Zuerst verstand ich nicht. Ich drehte mich um, aber da war niemand. Er meinte mich.

„Ich will nicht drängen, aber wir werden in der Villa erwartet. Und die Fahrt ist, nun ja, ein wenig abenteuerlich. Ich hoffe, Sie sind schwindelfrei." Lachend ging er um den Wagen herum. Ich warf einen Blick auf den roten Koffer. Dann auf Viktor. Dann wieder auf den roten Koffer.

„Etwas nicht in Ordnung?", fragte er mich über das Dach des Jeeps hinweg.

Ich schüttelte den Kopf. In meinem Magen schien sich eine Fackel entzündet zu haben, die rasch immer heißer wurde.

Viktor stieg ein und steckte den Schlüssel ins Zündschloss.

„Was ist? Kommen Sie?" Er bückte sich, um mich ansehen zu können. Die Fackel in mir schien erneut aufzulodern und mir trat der Schweiß auf die Stirn.

Es war nur eine Frage gewesen. Eine Frage, die man mit Ja oder Nein beantworten konnte. Weiter nichts. Im Prinzip ganz einfach. Obwohl ich mich bisher eher mit „Vielleicht" durchs Leben geschmuggelt hatte. Größere Entscheidungen hatten bisher meine Eltern für mich getroffen, bevor ich die Chance bekommen hatte, selbst darüber nachzudenken. Auch diesmal hatten sie entschieden, dass ich den Sommer in Italien verbringen sollte. Mit ihnen. Immer in sicheren Händen. Und jetzt hatte mir der Zufall einen Koffer geschickt. War das nicht ein Zeichen?

Ich war völlig in Aufruhr. Ja oder Nein? Gleich würde ich den Druck nicht mehr ertragen. Entscheide dich. Schnell. Viktor trommelte schon aufs Lenkrad. Hier war der Koffer. Dort meine Eltern. Ich im Niemandsland dazwischen.

„Irina!" Viktor drehte den Zündschlüssel. Der Motor dröhnte auf. Die Fackel in mir schien mich zu verbrennen. Ja. Nein. Ja. Nein. Bei einem Vielleicht würde Viktor für mich entscheiden. Er würde entweder ohne mich fahren oder mich in den Wagen zerren. Beides gegen meinen Willen. Ja hieß, ich ließ mein vertrautes Umfeld zurück und folgte dem Koffer auf eine Reise mit ungewissem Ausgang. Nein hieß, ich entschied mich für die Sicherheit, ewig gelangweilt und eingehüllt ins mütterliche Wohlfühlprogramm, das mich auf Wattewolken bis hierher getragen hatte. NEIN! Davon hatte ich genug. Mir war, als legte sich in meinem Gehirn ein Schalter um. Wild entschlossen stieg ich ein. Ich schlug die Wagentür zu und folgte einem wildfremden Mann namens Viktor, der meine Träume in einem Koffer entführen wollte.

2

Du bist komplett wahnsinnig. Was hast du getan? Der Gedanke kam mir fast unmittelbar, aber er führte nicht etwa dazu, dass ich irgendetwas unternahm, um das Missverständnis aufzuklären. Ganz im Gegenteil, ich blieb stumm, während wir am Kurpark entlangkutschierten. Hinter einer Trauerweide auf dem Podium stand gerade mein Vater am Rednerpult. Meine Mutter saß in der ersten Reihe und blickte neben sich auf den leeren Sessel.

Im Seitenspiegel entdeckte ich eine junge Frau, die aus dem Kiosk kam. Suchend schaute sie sich um. Etwas biss mich in den Magen. Der Jeep bog um eine Hausecke und sie entschwand meinem Blick.

„Wir sind froh, dass das endlich geklappt hat", sagte der Mann namens Viktor. „Lange haben wir nach jemandem wie Ihnen gesucht, der bereit ist, Zeit zu opfern."

Nach jemandem wie mir? Zeit opfern? Wofür? Ich klammerte mich am Haltegriff über dem Fenster fest, musste raus, musste ihm sagen, dass ich einen Fehler gemacht hatte, dass er mich verwechselt hatte, dass der rote Koffer dieser jungen Frau gehörte. Und vor allem musste ich mich aus dieser eigenartigen Starre herausreißen. Aber ich tat es nicht.

Viktor passierte das Ortsschild und kam auf eine Überlandstraße mit wenig Verkehr. Trist und öde zeigte sich die weite Ebene. Die sengende Sonne hatte das Flussbett ausgetrocknet und das Gras verbrannt. Keine Tiere. Keine Häuser. Kein Leben, so schien es mir. Viktor überholte einen Traktor, der Mist verlor, dann eine Kolonne Radrennfahrer. Einer hatte orangefarbene Streifen am Helm. Als wir näher kamen, sah ich, dass der Helm verbeult war. Ein weißer Verband haftete an seinem Ellbogen und seine Knie waren aufgeschürft. Trotzdem jagte er im Windschatten seinem Vordermann nach. Weit weg am Horizont kratzte eine mächtige Gebirgskette an den Sommerwolken.

Viktor reichte mir ganz selbstverständlich eine Plastikflasche mit Wasser. „Wir werden zwei Stunden unterwegs sein. Falls Sie Durst haben."

Dieses Sie machte mich nervös. Ich bat ihn, mich zu duzen, und fragte mich, wohin wir fuhren. Meine Eltern würden sterben vor Sorge, die rechtmäßige Besitzerin des Koffers war vermutlich schon bei der Polizei, dieser Viktor konnte ein massenmordender Irrer sein oder – was wahrscheinlicher war – seinen Irrtum jede Minute bemerken und sauwütend auf mich werden. Und doch, ich rührte mich nicht. Etwas in mir gab es, was mir zuflüsterte, dass ich diese Reise machen sollte. Sei sie auch noch so verrückt. Das zu wissen, half aber nicht gegen die mahnenden Stimmen meiner Eltern, die durch meinen Kopf dröhnten, als donnerten zwei aneinander vorbeifahrende Züge durch einen Tunnel. Hätte ich sie gehasst, wäre alles einfach gewesen, aber ich hasste sie überhaupt nicht. Ich hatte sie lieb und das wussten sie. Aber wussten sie auch, wie eingesperrt ich mich fühlte? Sie verboten mir alles, was Spaß machte. Ich wollte nicht nach Italien. Ich hatte andere Träume. Ihre Arbeit bewunderte ich, aber es war nicht meine Arbeit, sondern ihr Leben, während sie mir keins ließen, das ich leben konnte. Ich wollte meine eigene Reise machen. Und genau das tat ich jetzt. Einerseits fühlte sich das gut an, andererseits musste ich zugeben, dass ich mich vor meiner eigenen Courage fürchtete. Was erwartete mich? Wohin brachte mich Viktor? Ich kannte nicht einmal die Bestimmung der Frau mit dem Koffer. Und damit meine genauso wenig.

Ich kurbelte das Fenster herunter. Heißer Fahrtwind strich mir durchs Haar. In tiefen Zügen sog ich die Luft ein und mit einem Mal durchströmte mich ein Gefühl, das ich nicht gleich zuordnen konnte, das ich aber bis in die Zehenspitzen fühlte. War das ... Freiheit?

„Alles okay?", fragte Viktor lächelnd und musterte mich von der Seite.

„Alles okay!" Und ich meinte es so, wie ich es sagte. Was machte ich auch so ein Theater um die ganze Sache? Was konnte schon passieren? Ich fuhr jetzt mal mit, schaute mir die Sache an und konnte ein, zwei Stunden so tun, als wäre ich jemand anders. In eine andere Haut und in ein anderes Leben schlüpfen. Nichts dabei. Wie hatte Viktor unser Ziel genannt? Villa Morris, erinnerte ich mich. Ein Hotel könnte so heißen. Oder eine Pension.

Wahrscheinlich war Irina Pawlowa nur auf dem Weg in diese Villa, um ein paar Tage Urlaub zu machen. Ich würde auf ihre Kosten eine kühle Cola trinken und dann erklären, dass etwas Unvorhergesehenes vorgefallen war und ich dringend zurückmüsste. Das Abenteuer würde nur so lange dauern, wie ich es wollte. Der Druck fiel von mir ab.

Ich öffnete meine Stofftasche mit dem bunten Muster, die ich selbst genäht hatte, griff nach meinem Handy und schrieb meinen Eltern eine Nachricht: Mir geht es gut. Bin nur kurz weg. Macht euch keine Sorgen, hab euch lieb. Marlene.

Wir verließen die Hauptstraße. Die Gebirgskette vor uns kam näher und näher, und bald kurvten wir Serpentinen nach oben. Die Straße wurde schmaler und führte uns in eine Schlucht. Links neben der Straße fiel die Böschung steil ab. In der Tiefe fraß sich ein Gebirgsfluss durch das Gestein und sah von hier oben aus wie ein Faden aus sprudelnder Milch. Jetzt wusste ich, warum Viktor mich gefragt hatte, ob ich schwindelfrei sei. Rechts der Straße stieg eine Felswand senkrecht empor. Gegenüber stürzten lange Wasserfälle aus den Felsen. Viktor war ein exzellenter Fahrer, trotzdem wurde mir jetzt doch beklommen zumute. So viel Unvorhergesehenes konnte passieren, so vieles, was ich bei meiner Entscheidung nicht bedacht hatte.

Wir verließen die Schlucht über eine Brücke. Danach kamen wir durch einen Kiefernwald. Viktor drosselte die Geschwindigkeit und hielt vor einer Schranke, auf der groß „PRIVATBESITZ" stand. Kein Hinweis auf ein Hotel oder sonst etwas.

Er nestelte neben dem Ganghebel an einer Fernbedienung. Die Schranke öffnete sich und wir fuhren weiter. Der Asphalt wurde langsam löcherig und verwandelte sich in einen Schotterfeldweg. Wir holperten durch eine dunkle Säulenhalle aus Nadelbäumen und kamen an ungezähmten Wiesen vorbei; ein morsches, pilzüberwuchertes Holzkreuz am Wegrand – die Zivilisation musste meilenweit hinter uns liegen. Es wurde lichter. Schließlich erreichten wir eine Ebene, umgeben von grünen Hügeln, die sich wie Teppiche an den Füßen der hohen Berge ausbreiteten. Sie waren so saftig, dass ich Ausschau nach Kühen hielt, oder Bauern, die das Heu mähten. Nichts. Nur ein paar verstreute Holzhütten, die beim nächsten größeren Gewitter zusammenfallen würden. Eine grelle, von der Hitze flirrende Traumlandschaft. Warum lebten hier keine Menschen? Warum standen hier keine Skilifte? Lauerte hinter der Idylle eine Gefahr, die man nicht sehen konnte? Plötzlich stellte ich mir vor, dass wir beim nächsten Stein, über den wir polterten, abheben würden wie Astronauten auf dem Mond. Als ob die Gravitation hier schwächer wäre als anderswo. Als ob man sich hier nur vorsichtig bewegen dürfte, weil sonst etwas Schlimmes passierte. Spring nicht. Sonst fliegst du fort. Vögel waren auch nirgends. Alles, was ich sah, schien fest mit der Erde verwurzelt zu sein. Ich schob meine verrückten Gedanken weg und musste über mich selber lachen. Alles prächtig. Alles prima.

Wir sprachen kaum und das war mir ganz recht. So konnte ich mich nicht in falsche Fragen oder Antworten verstricken. Solange der rote Koffer in meiner Nähe war, konnte mir nichts passieren, bildete ich mir ein. Die Natur um mich herum wurde noch wilder. Ich kam aus der Großstadt. Das war alles neu und aufregend und ich beschloss, nicht weiter über die fehlenden Menschen in dieser

Gegend nachzudenken. Dreimal fragte mich Viktor, ob es mich störte, wenn er sich eine Zigarette anzündete. Dreimal antwortete ich, dass es mich nicht störte, obwohl es mich störte. Er qualmte aus dem offenen Fenster. Je länger wir fuhren, umso kühler wurde es. Kurvenreich und holprig ging es aufwärts.

Vor einem Weidezaun mit quer liegenden Brettern hielten wir an. Viktor schob ein paar Bretter zur Seite, fuhr durch und brachte die Bretter wieder in die richtige Position. Der Weg führte uns nun bergauf in einen Wald, der dunkler und dichter schien als alle Wälder, durch die wir zuvor gekommen waren.

Mitten in der Düsternis, angelehnt an kolossale Baumstämme, tauchten zwei Steinsäulen auf, in denen ein altes schmiedeeisernes Tor verankert war. Wir hielten. An dem Tor hing ein Blechschild mit einer alten Schrift: ACHTUNG! SELBSTSCHUSSANLAGE! Die Tore waren mit einer schweren Eisenkette umwickelt. Nach Urlaub sah das nun wirklich nicht aus und das mulmige Gefühl verstärkte sich.

Was hatte Irina Pawlowa in dieser geheimnisumwitterten Villa Morris zu tun? Viktor stieg aus, öffnete die Kette mit einem Schlüssel, schob die quietschenden Eisentore auf, stieg wieder ein, fuhr hindurch und versperrte alles wieder. Den Schlüssel versenkte er in seiner Hosentasche und mir wurde in vollem Umfang bewusst, was ich hier tat. Ich war mit einem wildfremden Mann, der mich für eine andere hielt, unterwegs in eine Einöde, in der der einzige Hinweis auf Zivilisation ein Schild war, das auf eine Selbstschussanlage hinwies. Was hatte ich nur für eine bescheuerte Entscheidung getroffen?

Ich öffnete meinen Mund, um Viktor zu beichten, was ich getan hatte, und diesen Irrtum zu erklären. Aber ich kam nicht mehr dazu, denn vor uns öffnete sich das Dunkel des Waldes und ich fand mich im Paradies wieder.

3

Vor einer himmelhohen Felswand stand wie auf einem Tablett aus einer blühenden Wiese ein Schmuckkästchen. Das jedenfalls war mein erster Eindruck.

Noch nie hatte ich so ein schönes Bauwerk gesehen. Das riesige Haus war schon in die Jahre gekommen und alles andere als perfekt, aber es hatte eine magische Wirkung auf mich. Schmale Säulen ragten in die Höhe, zinnerne Wasserspeier reckten ihre Dachrinnen-Hälse von den Gaupen. Im ersten Stock zog sich ein Balkon mit zarten Ornamenten wie ein Halsband um das Haus. Hinter hohen Fenstern bauschten sich weiße Vorhänge. Die Schindeln auf der Fassade waren im Laufe von Jahrzehnten dunkelbraun, manche fast schwarz geworden. Eine Steintreppe führte auf die Veranda zum Eingang. Grasbüschel wuchsen an den Rändern. Links und rechts umrankten Rosensträucher die Holzsäulen.

Das Geräusch der zuknallenden Autotür ließ mich herumfahren.

„Willkommen in der Villa Morris", sagte Viktor und lachte, als er meinen verdatterten Gesichtsausdruck sah. Ich klappte den Mund wieder zu und versuchte, mich zusammenzureißen. Ja, der Anblick war wunderschön, aber auf den zweiten Blick sah man, wie baufällig das Gebäude war. Der Hals eines Wasserspeiers war abgeknickt und die Bruchstelle notdürftig mit einem Klebstreifen umwickelt. Und die Stufen zum Eingang bröckelten.

Unwillkürlich musste ich an Sanatorien denken, die Lungenkranke vor hundert Jahren besucht hatten. So ein Sanatorium könnte das hier sein. Deswegen auch die Abgeschiedenheit. Keine

Pension oder Hotel, wie ich vorhin gedacht hatte, sondern ein Kurheim. Ich nahm einen tiefen Atemzug und mir war, als durchströmte mich wirklich gleißendes Licht mit heilenden Kräften.

Ich sah, wie Viktor die rückwärtige Tür öffnete und den roten Koffer vom Rücksitz holen wollte.

„Nein, das mach ich", sagte ich hastig und nahm dem erstaunten Mann den Koffer aus der Hand.

„Er ist schwer." Wahrscheinlich war er der Meinung, Irina sei lungenkrank, weil sie hier herkam, um sich zu erholen.

„Ich schaff das schon." Ich lächelte und fühlte mich stärker denn je. Um nichts in der Welt würde ich diesen Koffer loslassen. Zwei Zitronenfalter flatterten um mich herum.

Über der zweiflügeligen Eingangstür streckte ein bärtiger Gamsbock seinen ausgestopften Kopf aus der Wand und schaute mich finster an. WAIDMANNSHEIL stand in verschnörkelter Schrift darüber. Die Flügeltüren öffneten sich und heraus trat – ich erschrak im ersten Moment – eine Nonne: schwarzes bodenlanges Kleid, Kreuz an einer langen Kette um den Hals, weißer Stehkragen, Kopfbedeckung. Ihr Haar konnte ich nicht sehen. Die Frau war schmal und trug eine Brille, die viel zu groß wirkte. Keine Ahnung, wie alt sie war. Sie wirkte uralt und blutjung gleichzeitig. Falten hatte sie jedenfalls keine; ihre Haut war wie Wachs und irgendwie kam sie mir vor wie eine Abbildung von diesen Nonnen auf uralten vergilbten Schwarz-Weiß-Fotos, mal schlafend, mal tot.

Insgesamt passte ihre Erscheinung zu meiner Vermutung wie das Eckteil von einem Puzzle: Viele Sanatorien oder Kurheime wurden auch heute noch von Nonnen geführt. Wahrscheinlich gab es hier einen Seelsorger, Krankenschwestern, Ärzte und andere Kurgäste. Noch konnte ich aber keine entdecken.

„Frau Pawlowa! Schön, Sie zu sehen." Lächelnd blieb die Nonne unter dem Balkon auf der Veranda stehen. Ich trug den Koffer nach oben und hatte das Gefühl, als ob hier schon viele Menschen die

Steine zu Fußtritten verformt hatten. Sie strahlten Hitze von der vielen Sonne ab. An einer Holzsäule rechts stand auf einem Metallschild: 1891.

„Viktor. Möchtest du Frau Pawlowa nicht das Gepäck abnehmen?"

„Das … das wollte er, aber … ich nehme meinen Koffer lieber selber", stammelte ich, stellte den Koffer ab und glaubte, an einer Überdosis guten Holzgeruchs durchzudrehen, den das Haus aussandte, während mir die Nonne eiskalte Spinnenfinger reichte. Sie hielt kurz inne, legte für einen Augenblick die Stirn in Falten und musterte mich, während sie meine Hand festhielt.

„Sie sehen jung aus … sehr viel jünger, als Sie sind."

Wie alt sollte ich denn ihrer Meinung nach sein? Ich lachte nervös und wollte etwas erwidern, fast lag es mir auf der Zunge – dass das alles kein Wunder war, schließlich handelte es sich hier um ein Missverständnis und ich brauchte gar keinen Kuraufenthalt, aber sie sprach schon weiter.

„Ich bin Schwester Maria Fidelis Steiner. Sie können mich Schwester Fidelis nennen. Wir haben miteinander korrespondiert."

Ich schluckte. Worüber und weswegen hatten wir denn „korrespondiert"? Dieses Wort hatte ich zuletzt aus dem Mund meiner Großmutter gehört. Ich befreite mich von ihren Fingern und hielt mich mit beiden Händen am Koffer fest.

„Es freut mich sehr, dass wir endlich jemanden gefunden haben, der Noah das Schwimmen beibringt."

Meine Theorie mit dem Kuraufenthalt bekam Risse und stürzte dann in sich zusammen. Ich sollte einem Noah das Schwimmen beibringen? Sofort hatte ich das Bild eines nervigen Vierjährigen vor Augen, vermutlich weil kein Erwachsener, den ich kannte, Noah hieß. Aber noch mehr störte mich das Wort Schwimmen. Alles, was damit zusammenhing, jagte mir Angst ein. Das war nicht immer so gewesen. Früher hatte ich es geliebt zu schwimmen, war sogar im Schwimmverein gewesen. Bis zu jenem furchtbaren Tag, an dem etwas schiefgegangen war. Was, daran konnte ich mich nicht mehr erinnern, aber an die Verzweiflung, keine Luft mehr zu bekommen, umso mehr. Seither machte ich um Gewässer aller Art einen Bogen.

Andererseits – war das nicht ohnehin alles egal? Viel länger konnte ich diese Rolle ja eh nicht durchhalten, oder?

Ich sog den Holzgeruch ein und den süßen Duft der Rosen. Sie rochen so betörend, dass mir davon fast schwindelig wurde. Es war warm, aber hier oben war die Luft viel angenehmer, angenehmer, als ich es je erlebt hatte. Eine Holzbank an der Hauswand und ein Schaukelstuhl an der Ecke luden ein, sich mit einem Buch hinzusetzen oder einfach nur ins Grüne, in die Weite oder auf die hoch aufragende, steile Felswand zu schauen, je nach Himmelsrichtung. Paradiesisch eben.

„Hatten Sie eine gute Reise?" Schwester Fidelis lächelte und bat mich einzutreten. Sie erinnerte mich an die Stewards in dem Titanic-Film, die die Passagiere der ersten Klasse mit stolzgeschwellter Brust und golden polierten Knöpfen auf den Uniformen an Bord begrüßten.

Ich glaubte, einen Antiquitätensalon zu betreten. Eine breite Holztreppe, bespannt mit einem roten Teppich, führte von mir weg geradewegs nach oben und verlieh der Eingangshalle etwas Königliches. Die Geländerstäbe waren kunstvoll gedrechselt.

Auffällig waren die hohen Räume und die Vertäfelungen überall. Das Holz leuchtete in einem warmen Orangebraun. Der Blick nach draußen auf die zwei Rosenstöcke, den tiefblauen Himmel, die Tannenbäume und das Gebirge war traumhaft. Glitzerte in der Ebene hinter den Wipfeln ein See?

„Von dieser Halle aus kommen Sie in alle Himmelsrichtungen", sagte Schwester Fidelis. „Falls Sie sich verlaufen, müssen Sie nur zusehen, wieder hierher zurückzufinden."

Der Kachelofen neben der Treppe musste einmal eine Pracht gewesen sein. Jetzt war er alt. Und so herrschaftlich die Villa auch war, über allem hing der Atem des Verlassenwordenseins. Verwirrt atmete ich vergangenes, prachtvolles Leben ein und wusste nicht, was ich damit anfangen sollte.

Irina, wer bist du und wer sind diese Leute hier? Warum die Kette am Eingangstor? Warum der Chauffeur?

„Die Villa ist sehr schön, nicht wahr?"

Ich nickte mit offenem Mund und starrte auf einen riesigen ausgestopften Raubvogel, der mit ausgebreiteten Schwingen über der Treppe hing. Vielleicht sollte ich jetzt endlich mein Gehirn einschalten und mich auf und davon machen, solange es noch nicht zu spät war. An einen Kuraufenthalt hatte auch nur ich glauben können. Beklommen wandte ich meinen Kopf von dem aufgerissenen Schnabel über mir ab.

„Kommen Sie!" Die Nonne stand schon auf der breiten Treppe, die im Bogen nach oben führte. „Aber passen Sie auf. Der Sisalteppich ist nur mit diesen dünnen Goldstangen befestigt. Man rutscht leicht aus."

Ich zog meinen Kopf ein, als ich unter dem Steinadler hindurch leichtfüßig nach oben stieg, auf riesige Holzfenster zu, die von meinen Schultern aufwärts in die Höhe ragten. Eine mächtige Buche bewegte dahinter ihre sommergrünen Blätter. An diesem Tag schien alles wie mit Gold lackiert.

Im oberen Stockwerk erwarteten mich weitere Jagdtrophäen, diesmal war es ein Hirsch, der genau wie der Steinadler und die Gämsen dem Haus eine morbide Atmosphäre verlieh. Die nagelten hier tote Köpfe auf Holz. Wie krank war das denn?

„Passen Sie auf, dass Sie nicht drunterstehen, falls er herunterfällt." Die Nonne sah, wie erschrocken ich war, und lächelte verlegen. „War nur ein kleiner Scherz. Der hängt hier schon hundert Jahre. Sie brauchen keine Angst zu haben."

Hatte ich trotzdem. Nicht vor dem Geweih, aber vor mir selbst. Wie war ich nur hierhergekommen? Heute Morgen noch saß ich mit meinen Eltern im Auto auf dem Weg nach Italien und jetzt war ich in dieser völlig fremden Welt gelandet. Paradies und Gruselkabinett in einem. Einen kurzen Moment bildete ich mir ein, der Hirsch schaute mich an. Ich hätte schwören können, er hatte seine Augen bewegt. Vermutlich drehte ich langsam durch. Nervös folgte ich Schwester Fidelis ans Ende des Flurs, die jetzt wieder die altmodische Stewardess mimte. „Ich habe die Master Suite für Sie richten lassen. Es ist ein Eckzimmer. Fantastische Aussicht und das Bad ist neu renoviert." Sie drückte die Klinke und ließ mich vor. „Bitte, treten Sie ein."

Master Suite. Das alles kam mir vor wie in einem Film. Und ich hatte mir die Hauptrolle geschnappt, ohne das Drehbuch zu kennen. Ein großer, frei stehender Spiegel zog meine Aufmerksamkeit auf sich. Mir begegnen wollte ich aber nicht. Ich stellte den Koffer ab und blickte rechts aus dem Fenster. Von hier war die Felswand noch näher – beeindruckend, bedrohlich, zerklüftet und trotzdem wunderschön – Stein- und Geröllawinen hatten ihre Bahnen gezogen. Das nachmittägliche Sonnenlicht ließ alles glasklar erscheinen. Noch nie hatte ich so etwas Gewaltiges und Monumentales gesehen. Ich konnte den Anblick nicht länger ertragen, etwas erdrückte mich daran. Schnell wandte ich mich ab. Auch hier gab es einen hohen, frei stehenden Kachelofen, nur durch ein Ofenrohr mit der Wand verbunden. Ein zartblaues Blattmuster zierte die cremeweißen Kacheln, besetzt mit ovalen Silbersteinen. „Originales Augartenporzellan aus Wien. Eine Rarität."

War ich hier unfreiwillig in eine Touristenführung geraten?

Die Nonne sprach weiter. „Wenn Sie den roten Knopf neben dem Bett drücken, bekommt Anselm ein Signal in der Küche. Die Rufanlage ist seit 1923 in Betrieb."

„Prima", murmelte ich. Wer war Anselm? Irgendwie erinnerte mich das alles doch an ein Hotel.

Schwester Fidelis lächelte. „Packen Sie in Ruhe aus und erfrischen Sie sich ein wenig. In zwei Stunden gibt es Abendessen gleich neben der Eingangshalle. Falls Sie noch irgendetwas brauchen, finden Sie mich unten in meinem Kontor – die linke Tür unter der Treppe. Sie werden die Villa nach und nach kennenlernen."

Sie ging. Die Tür fiel zu und ich war allein. Mit jeder Minute, die vergangen war, seit ich in Viktors Auto gestiegen war, war mir klarer geworden, dass ich mich in die schlimmste Situation meines Lebens manövriert hatte. Was war so falsch an den Vielleichts gewesen, mit denen ich mich bis jetzt durch mein Leben gebracht hatte? Ja, ich war eingeengt gewesen, ja, ich hatte Luft zum Atmen vermisst, sehr sogar, aber das hier – das war ein großer Irrtum. Ich sollte jetzt hinuntergehen, mich entschuldigen und schauen, dass ich wieder wegkam.

Sollte.

Aber ich tat es nicht. Ich wusste nicht, was genau mich zog, aber es war wie ein unsichtbares Band, das mich hier festhielt. Ich trat auf den Balkon. Unter mir breitete sich eine wilde, farbenprächtige Hochebene aus. Hohe Berge dahinter. Jetzt sah ich auch den Gebirgssee, der in der Abendluft flimmerte. Mehrere Bäche liefen darauf zu.

Ich atmete die würzigste Luft meines Lebens, die sich bis in meine Fingerspitzen ausbreitete. Unten lief jemand um den See. Aus der Ferne konnte ich nichts Genaues erkennen. Wie viele Leute lebten hier überhaupt? Platz war genug. Offen blieb nur, was sie taten.

„Gefällt dir das Zimmer?", rief Viktor mir von unten zu. Der Kofferraum von seinem Jeep stand offen. Er schleppte all die vielen Einkäufe ins Haus, fast so, als wollte er sie für einen bevorstehenden Krieg bunkern. Bevor ich antworten konnte, war er auch schon verschwunden.

Ich ging zurück ins Zimmer. Mein Blick fiel auf den roten Koffer und jetzt endlich wurde mir klar, was das unsichtbare Band wirklich war. Es war der rote Koffer und die Tatsache, dass ich noch immer nicht wusste, welches Geheimnis er verbarg. Ich wuchtete ihn aufs Bett. Als hätte ich Angst davor, etwas Schreckliches darin zu entdecken, betrachtete ich ihn eine ganze Weile. Dann gab ich mir einen Ruck und legte meine Hände auf die Kofferschnallen. Ich ließ sie aufschnappen. Der Klang war verheißungsvoll. Ich schloss sie wieder und ließ sie noch einmal aufschnappen. Erst dann hob ich langsam den Deckel.

4

Das Muster auf der Innenverkleidung des Koffers sah aus wie das vergrößerte Innenleben einer Taschenuhr: Zahnrädchen, Schrauben und winzige Zeiger, in mehreren hauchdünnen Schichten übereinander. Es wirkte so lebendig, als könnte sich das Uhrwerk tatsächlich in Bewegung setzen. Ich berührte den Stoff im Deckel. Er fühlte sich an wie der Stoff eines trockenen Regenschirms. Ich fuhr mit den Fingernägeln darüber und schauderte bei dem Geräusch.

Sonst war nichts Außergewöhnliches darin. Nur perfekt gefaltete Kleider. Ich hob eine fast durchsichtige vanillefarbene Seidenbluse vom Stapel, dann einen knielangen, engen Rock, noch mehr Seidenblusen, teure Trägershirts, spitzenbesetzte Unterwäsche. Ich zog einen lavendelfarbenen BH heraus, hielt ihn vor mich hin und stellte mich vor den riesigen Spiegel. Die Besitzerin dieser geschmackvollen Garderobe hatte offenbar meine Größe. Zwei sportliche Badeanzüge waren in dem Koffer verstaut und eine Trainingshose, außerdem ein Paar feine Schühchen, Sportschuhe, ein warmer Pullover, eine Jacke und eine Kulturtasche, gefüllt mit allem, was man brauchte, sogar die Zahnbürste war noch originalverpackt. Außer Kleidern fand ich nichts. Kein Buch. Kein Ladegerät. Kein Kalender. Nichts, was einen Hinweis darauf gab, wer Irina Pawlowa war. Eine junge Frau, die schwimmen konnte und Wert auf gute Kleidung legte. Wie gern wäre ich so jemand. Nur für kurz, nur für ein paar Stunden oder einen Abend vielleicht.

Nur einen Abend.

Es war so verlockend: Die Möglichkeit, in eine fremde Rolle zu schlüpfen, lag direkt vor mir. Ich brauchte nur zuzugreifen. Ich verdrängte die nagenden Gedanken an meine Eltern, öffnete einen Antiquitätenschrank und gab mir viel Mühe, die Kleider sorgfältig einzuräumen. Bei mir zu Hause stopfte ich immer alles wahllos in eine Schublade oder ich ließ es einfach fallen. Bei mir zu Hause trug ich auch nur alte, gemütliche Klamotten. Aber jetzt war ich jemand anders. Und zum Abendessen würde ich mir eine dieser Seidenblusen und einen Rock anziehen.

Rasch schob ich die Slips unter die Strümpfe, räumte die Toilettensachen ins Bad, drehte am Porzellanknauf des Wasserhahns, roch an der Seife – Sandelholz – und steckte meine Nase in ein gut duftendes Flausch-Handtuch. Ich wollte mich gerade ausziehen, um zu duschen, als mir etwas klar wurde: Meine Mutter hatte mir auf meine SMS nicht geantwortet. Sie hatte nicht einmal versucht, mich anzurufen. Aber das sah ihr nicht ähnlich, sie musste es etliche Male versucht haben und war vermutlich vor Sorge inzwischen völlig durchgedreht. Ich kramte das Handy aus meiner Tasche, sank auf den Badewannenrand und bekam die Antwort: Ich hatte keinen Empfang. Logisch eigentlich. In dieser Umgebung schienen so wenig Menschen zu leben, dass ein Telefonnetz eher für die Füchse gewesen wäre.

Sicherheitshalber begab ich mich vom Bad ins Schlafzimmer. Auch nichts. Aber in dem Haus musste es doch wenigstens ein drahtloses Netz geben. Ich schaute unter den Einstellungen nach. Alles war aktiviert. Trotzdem kein Netzwerk – weder Telefon noch Internet. Das hatte ich noch nie erlebt. Vielleicht hatte Schwester Fidelis nur vergessen, das WLAN zu aktivieren. Ich verließ das Zimmer, versuchte die Jagdtrophäen an den Wänden zu ignorieren und hüpfte die Treppe hinunter. Im Kontor, hatte sie gesagt, sei sie, unter der Treppe. Eine Tür war halb angelehnt. Das musste es sein. Ich klopfte an.

„Kommen Sie nur herein", sagte Schwester Fidelis und ich betrat ein original hundert Jahre altes Büro. Die Nonne saß an einem Sekretär mit unzähligen kleinen Schubladen, Fächern, Knöpfen und Aufsätzen – so einen Schreibtisch hatte ich mir immer gewünscht; einen, in dem es viele Verstecke für Tagebücher, geheime Notizen und Liebesbriefe gab. Fächer, in denen man noch Jahre später Kritzeleien und Zettel fand, die man schon längst vergessen hatte. Schwester Fidelis war über ein Notizbuch gebeugt, machte sich mit einem Bleistift klitzekleine Notizen, ließ es in einer Schublade verschwinden und blickte hoch.

„Äh ... ich wollte nur fragen, ob es hier eine Internetverbindung gibt oder ein Telefonnetz."

Erstaunt sah sie mich an. Entweder sie hatte noch nie in ihrem Leben davon gehört, oder ich hatte gerade die falsche Frage gestellt.

„Das habe ich Ihnen doch geschrieben." Sie zog ihre Stirn in Falten und blickte mich so eindringlich an, dass ich zwar rot wurde, sich mein Problem dadurch aber überhaupt nicht löste.

„Ja ... äh ... ja natürlich, ich dachte nur nicht, also schon, aber dass es gleich gar nirgends ... äh."

„Es ist wegen Noah ... Sie wissen, es ist besser so." Sie nahm ihre Brille ab und schaute ein Loch in die Tischoberfläche.

Klar. Wegen Noah. Erziehung wie vor hundert Jahren, oder was? Kinder am besten fernhalten von neuen Medien, damit sie auf keinen Fall lernen, wie man damit umgeht? Oder das Kind war hyperaktiv, ein Albtraum, den man nicht unter Menschen lassen konnte, deswegen womöglich diese Abgeschiedenheit. Wo waren eigentlich die Eltern dieses Kindes? Noch hatte ich nichts von ihnen gehört. Abgesehen davon brauchte ich, verdammt noch mal, irgendeinen Kontakt zur Außenwelt.

„Sie waren doch damit einverstanden?" Kurzsichtig blickte sie zu mir auf.

„Natürlich." Ich lachte verlegen, während mir unzählige wirre Gedanken durch den Kopf schossen. „Tut mir leid. Ich hatte nur nicht gedacht, dass Sie das so strikt durchziehen."

„Wenn Sie doch einmal telefonieren wollen, sprechen wir mit Viktor. Er kann dann etwas organisieren."
„Er wohnt nicht hier?"
„Nein. Viktor wohnt im Wald, nicht weit weg."
„Sie meinen, es gibt im ganzen Haus kein Telefon?" Ich war fassungslos. Hauptsache, eine Klingel für den Zimmerservice. Schwester Fidelis setzte ihre Brille wieder auf und lächelte mild. „Sie werden es nicht glauben, aber man kann auch ohne sehr gut leben."
„Ja ... wahrscheinlich." Ohne Internet und Telefon konnte man vielleicht leben, aber lustig war es nicht.

Ich wankte rückwärts aus dem Kontor und stolperte unter der Treppe beinah über eine altmodische Bügelmaschine, oder was das war.

Als ich die Treppe wieder hinaufstieg, hatte ich das Gefühl, ein Wollknäuel mit Zähnen verschluckt zu haben. Ich musste mich beruhigen, klar denken. Es gab also keine Verbindung zur Außenwelt und schon wieder hatte ich eine Gelegenheit verpasst, die Wahrheit zu sagen und mich nach Hause bringen zu lassen. Was war es eigentlich, das mich davon abhielt? War es dieser magische Ort, der mich nicht mehr loslassen wollte? Oder mein Stolz, weil ich nicht zugeben wollte, dass meine Entscheidung falsch war? Der Hirsch schien mich anzusehen, als wollte er mir sagen: „Merkst du eigentlich nicht, dass dein Wunsch in Erfüllung gegangen ist? Hast du dich nicht jahrelang genau danach gesehnt? Frei wolltest du sein. Einmal tun und lassen können, was du willst, ohne über jede Minute deines Lebens Rechenschaft abzulegen. Und jetzt, da es so ist, kriegst du Panik? Wo ist das Problem? Natürlich werden sich deine Eltern Sorgen machen. Na und? Sie haben dir dein Leben lang Sorgen gemacht, weil sie dich nie in Ruhe gelassen haben. Und falls du's nicht mehr aushältst, brauchst du nur mit Viktor zu reden und der fährt dich zurück. Also alles kein Problem."

Der Hirsch hatte recht. Ich beschloss, meine Rolle einen Tag durchzuziehen. Einen Tag würden meine Eltern ohne mich überleben.

Mein Handy warf ich in eine Emailleschüssel auf einer Kommode. Dann schüttete ich mir im Bad kaltes Wasser ins Gesicht. Dieses Wasser war nicht kalt. Es war eiskalt. Es war so kalt, dass der Hahn anlief. Ich hielt meine Zunge in den Strahl und nahm einen Schluck. So also schmeckte Quellwasser. Ich konnte gar nicht mehr aufhören zu trinken. Mir das Wasser aus den Augen wischend, hätte ich mich beinah auf den Koffer gesetzt, der immer noch offen auf meinem Bett lag. Ich ließ den Deckel zufallen und schob ihn unters Bett. Ein ungutes Gefühl zwickte mich in den Magen, ein Gefühl, als hätte ich etwas Unangenehmes vergessen. Ich verdrängte das Gefühl und ließ mich rücklings aufs Bett fallen, obwohl ich nicht müde war. Das eiserne Bettgestell quietschte leicht. Es hatte an jeder Ecke eine Messingkugel. Die Bettwäsche ır rot bestickt mit VM.

Über mir knarrten die Holzdielen. Wer wohnte dort? Ich hielt es keine zehn Sekunden liegend aus. Mein Herz flatterte wie ein Papierfetzen im Wind. Ich sprang wieder auf, öffnete den roten Koffer noch einmal und das Muster des Uhrwerks beeindruckte mich genauso wie beim ersten Mal. Der Koffer war jetzt leer. Ich tastete den Deckel ab. Nichts. Aber dann fuhr ich über die Innenverkleidung, die zwar fest am Kofferboden haftete, aber trotzdem schien mir, als stimmte hier irgendwas nicht. Ich kniete mich auf den Fußboden, setzte meine Hand von außen wie einen Messzeiger an den Koffer, dahin, wo ich die Innenverkleidung in etwa vermutete, betrachtete ihn aus gleicher Augenhöhe und war mir ziemlich sicher, dass der Koffer einen zweiten Boden haben musste. Vielleicht gab es einen Reißverschluss an der Innenseite der Kante, den man aufziehen konnte, um schmutzige Kleider in dem Zusatzfach unterzubringen. Doch da war kein Reißverschluss. Akribisch tastete ich jeden Quadratzentimeter ab, fand aber weder ein Schlüsselloch noch sonst einen Hinweis auf einen zweiten Boden, geschweige denn darauf, wie man ihn öffnen konnte. Falls es denn einen gab. Aufgeregt schob ich den Koffer unters Bett und fragte mich, was Irina wohl darin verbarg.

Dann duschte ich mich, wusch mir den Schweiß vom Körper und zog ihre schicken Kleider an. Sie fühlten sich leicht und elegant an auf meiner Haut. Ich probierte die Schminksachen aus, die sie in einem extra Beutel aufbewahrte – Make-up, Rouge, Eyeliner, Lidschatten, Wimperntusche, Lippenstift –, malte in meinem Gesicht herum und stellte fest, dass ich hinterher fast zehn Jahre älter aussah. Ich öffnete meine langen Haare und bürstete sie glatt. Ein Sprühstoß aus einem Parfumflakon – süß, zu blumig. Dann legte ich mir noch einen hellen luftleichten Seidenschal um den Hals und schlüpfte in die halbhohen Schuhe. Fertig. Als ich vor den Spiegel trat, drehte ich mich nach allen Seiten um.

Der rote Koffer hatte eine andere aus mir gemacht. Meine Großmutter wäre stolz auf mich gewesen. Meine Großmutter. Sie besaß ein kleines Theater, in dem Künstler aus der ganzen Welt ein und aus gingen – Kabarettisten, Varietékünstler, Musiker und Sängerinnen, die sich gern extravagant kleideten; so wie meine Großmutter, die stets alle Fäden des Theaters in der Hand hielt und als Hausherrin die größte Künstlerin von allen war. „Ich kann nicht begreifen, dass es Leute gibt, die das Haus verlassen, ohne sich überlegt zu haben, was sie anziehen. Sie könnten gerade heute ihrem Schicksal begegnen." Es ging ihr dabei nicht darum, besonders hübsch oder schön zu sein, sie hätte es sogar cool gefunden, wenn ich in Gummistiefeln oder einem Taucheranzug aufgekreuzt wäre, nur mochte sie es nicht, dass mir meistens vollkommen egal war, wie ich daherkam. „Wenn du schon eine schlabberige Jogginghose trägst, dann versteck dich damit nicht unter der Kuscheldecke, sondern trage sie voller Stolz hinaus in die Welt. Steh dazu!"

Mir fiel auf, wie sehr ich sie und die stundenlangen philosophischen Gespräche mit ihr vermisste. Es kam mir wie eine Ewigkeit vor, seit ich sie das letzte Mal gesehen hatte. Das war keine so schöne Begegnung gewesen, weil wieder irgendwas Ungeplantes passiert war. Irgendwas war immer mit meiner Großmutter: Aufregungen. Skandale. Sensationen. Pleiten. Grandiose Erfolge. In ihrem kleinen Theater passierten die verrücktesten Dinge – sie musste sich mit depressiven Clowns, egozentrischen Diven, alkoholkranken Schauspielern und unzuverlässigen Technikern herumschlagen. Ständig hatte sie zu viel um die Ohren und meistens stand sie bis in die Morgenstunden hinter der Bar oder gab selbst etwas am Klavier zum Besten; in jungen Jahren war meine Großmutter eine gefragte Pianistin gewesen. Wie sehnte ich mich nach ihr, aber sobald dieses Abenteuer vorbei war, wollte ich mich bei ihr melden, ihr alles erzählen, mich von ihr in die angesagtesten Lokale entführen lassen, ein Mexikaner hier, eine Sushi-Bar dort, die beste Pizza der Stadt, Restaurants, in denen sie von allen Seiten erkannt und begrüßt wurde, Küsschen links, Küsschen rechts, ihr kennt doch meine Enkelin, die beste von allen.

Lächelnd verließ ich das Zimmer und merkte, dass ich mich ganz anders bewegte als in Jeans, ausgeleiertem Shirt und Ballerinas. Wie eine Kronprinzessin, die von den Fans sehnsüchtig erwartet wird, stieg ich die Treppe hinunter.

„Da sind Sie ja", empfingen mich aber keine Fans, sondern nur Schwester Fidelis – der Steinadler schwebte über ihr. „Wir haben schon auf Sie gewartet. Noah kann es kaum erwarten, Sie kennenzulernen."

Eine Standuhr schlug. Die Wände seufzten fast hörbar. Ich war eine Viertelstunde zu spät.

„Tut mir leid. Ich habe wohl die Zeit übersehen."

„Das macht nichts, meine Liebe. Folgen Sie mir."

Das Esszimmer war achteckig und umgeben von Fenstern. Die sinkende Sonne tauchte die Holzwände in goldenes Licht. Der Kachelofen hier kam mir fast vor wie ein Altar. Er war furchtbar groß, schneeweiß und die Kacheln stellten Tierköpfe dar, manche hätten Widderköpfe sein sollen, sahen aber aus wie Fratzen mit Teufelshörnern. Ich zuckte zurück, weil ich glaubte, eine Fratze streckte mir ihre Zunge entgegen. An der zu heißen Dusche konnte das nicht liegen. Eher an meiner Aufregung.

In der Mitte stand ein runder Tisch mit einem Kerzenleuchter, gedeckt wie im Nobelrestaurant. Für drei Menschen – die Nonne, das Kind und mich. Von den Eltern noch immer keine Spur.

Morgen würde ich ihnen die Wahrheit sagen. Morgen würde ich abreisen.

5

Gerade als ich mich setzen wollte, knarrte der Parkettboden. Ich hatte das Gefühl, ein Scheinwerfer ginge an, als der hübscheste Junge eintrat, den ich je gesehen hatte. Er war ungefähr so alt wie ich, einen halben Kopf größer und hatte einen perfekten Körper. Sein halblanges schwarzes, fast bläuliches Haar glänzte feucht, wahrscheinlich hatte er geduscht. Das Schönste an ihm aber waren seine großen Augen mit den langen Wimpern. Wie tiefblaue Saphire, die einen Brillantschliff erhalten hatten, strahlten sie aus seinem Gesicht.

„Noah! Das ist Frau Pawlowa." Schwester Fidelis berührte ihn an der Schulter. Er reichte mir seine Hand.

„Irina ... bitte", setzte ich hinzu und hatte das Gefühl, in eine Steckdose zu greifen. Schnell ließ ich seine Hand wieder los.

„Freut mich", sagte er unfreundlich und setzte sich, ohne mich weiter zu beachten. Den Seidenschal und das Make-up hätte ich mir sparen können. Kein Albtraumkind. Ein stinkverwöhnter, arroganter Schönling.

„Nehmen Sie doch Platz, Irina", bat mich Schwester Fidelis freundlich.

„Ja klar ... sicher." Beinahe hätte ich den Sessel verfehlt und mich auf den Boden gesetzt. Verstohlen blickte ich zu Noah, der über mich hinwegsah. Ich drehte mich um, folgte seinem Blick, was war dort so interessant? Nichts außer einer Motte, die um die Vorhänge flatterte. Was machte dieser Junge hier am Ende der Welt mit einer Nonne in einem skurrilen Haus voll toter Viecher? Im Augenblick spielte er mit einer Silbergabel und würdigte mich keines Blickes. Er kam sich wohl vor wie etwas Besseres. Und der sollte Schwimmunterricht bekommen? Das war doch wohl alles ein schlechter Scherz. Von mir würde er den sicher nicht kriegen.

Noch einmal öffnete sich die Tür. Erwartet hatte ich ... ich weiß nicht, wen ich erwartet hatte, auf jeden Fall nicht einen kleinen, dünnen Mann, der so unauffällig war, dass ich Mühe hatte, ihn zu beschreiben. Seine Haare waren eher grau, schütter, nicht mehr richtig vorhanden. Er trug einen Anzug, der ihm vielleicht einmal gepasst hatte, jetzt aber an ihm hing, als wäre er in ihm eingegangen wie ein zu heiß gewaschener Wollpullover, hatte ein hohlwangiges Gesicht und über seinem Adamsapfel war eine Fliege fest verknotet. Er jonglierte ein Tablett mit einer Karaffe voll Wasser und Gläsern herein. Auf den ersten Blick wirkte er steinalt, aber das war er gar nicht, nur furchtbar dünn und ausgemergelt.

„Das ist Anselm, unser begnadeter Koch", erklärte mir Schwester Fidelis. „Sollten Sie Hunger haben, egal zu welcher Tages- und Nachtzeit, Anselm bereitet Ihnen die köstlichsten Menüs."

Auch er reichte mir die Hand, nachdem er das Tablett abgestellt hatte, musterte mich mit einem freundlichen Blick und sagte: „Wenn Sie irgendetwas brauchen, können Sie sich jederzeit an mich wenden."

Verdattert nickte ich.

„Ich bring dann die Suppe", murmelte er und verschwand wieder.

„Bitte, Noah!", sagte Schwester Fidelis und faltete die Hände.

Ich kapierte erst, was sie damit meinte, als Noah anfing, ein Gebet herunterzuleiern. Am liebsten hätte ich laut aufgelacht. Seinen Blick in der Tischdecke festgehakt, sprach Noah mit ruhiger Stimme und völlig ernst: „Bleibe bei uns, Herr, denn es will Abend werden, und der Tag hat sich geneigt ..."

Zeile um Zeile folgte, und je länger das Gebet, desto verwunderter wurde ich. Er betete, als ob es das Natürlichste auf der Welt war. Also ehrlich, ich hatte noch nie jemanden in meinem Alter laut beten gehört. Aber er hatte eine tiefe, angenehme Stimme, zauberhaftes Theaterlicht umgab ihn und ich musste zugeben, dass ich ruhiger wurde, je länger er sprach. Seine Worte drangen zwar bedeutungslos in meinen Kopf, aber sie schienen ein Räderwerk zu verlangsamen, das den ganzen Tag wie verrückt rotiert hatte. Ich betrachtete Noahs schöne Hände, eine ausgeprägte Vene zog sich wie ein schlangenförmiger Ring um den Ansatz seines Zeigefingers und von da glitt mein Blick auf meine eigenen Hände. Irgendwie kamen sie mir verformt und fremd vor, aufgeschwollen hier, zu dünn dort, als gehörten sie nicht mir. Mein Herz setzte einmal verwirrt aus. Der Atem dieses Hauses schien mir meine Sinne zu vernebeln.

„Bleibe bei uns in Zeit und Ewigkeit. Amen."

Schwester Fidelis und Noah bekreuzigten sich.

„Schön, dass Sie da sind, Irina", sagte Schwester Fidelis und nickte mir lächelnd zu. Ich wandte meinen Blick von ihr ab, das schlechte Gewissen biss mich, ich kam mir vor wie eine Lügnerin. Und das war ich ja auch. Noah sagte nichts und ignorierte mich immer noch, sein Blick schweifte irgendwohin über mich hinweg, als sähe er ganz andere Dinge. Mit meiner Ruhe war es schon wieder vorbei. Er brauchte ja keinen Kniefall vor mir zu machen, aber so ignorieren musste er mich doch auch nicht. Schon wollte sich in meinem Inneren das wütende Räderwerk wieder in Bewegung setzen, als Anselm gekonnt eine grüne Suppe servierte – Erbsen oder Brokkoli oder so. Der Silberlöffel war groß und schwer.

„Hmmm", entfuhr es mir viel zu laut. Wie konnte man so einen köstlichen Geschmack fabrizieren? Noahs Mundwinkel zuckten. Sollte ich das als Lächeln deuten? Den Löffel legte er nach ein paar Bissen weg und trank aus der Suppentasse. Auch nicht gerade die feine englische Art, aber keiner sagte etwas. Nur noch das Klappern von zwei Löffeln und Noahs Schlürfgeräusche waren zu hören. Er war vor mir fertig, stellte die Tasse ab und betrachtete das, was darin übrig geblieben war, als wollte er aus den paar Schnittlauchfäden seine Zukunft herauslesen wie aus dem Kaffeesatz. Jetzt war nur noch mein eigenes Schlucken zu hören. Ich traute mich nicht mehr, die Suppe fertig zu löffeln und war froh, als Schwester Fidelis die angespannte Stille unterbrach.

„Noah hat einen dicht gedrängten Stundenplan."

Stundenplan. Was für ein Stundenplan? Es waren Sommerferien!

„Der Unterricht beginnt um neun. Ich möchte diese Ordnung beibehalten. Das würde bedeuten, dass Sie um sieben Uhr mit dem Schwimmunterricht beginnen, eine Stunde lang, Frühstück gibt's um halb neun. Nachmittags um vier noch einmal eine Stunde. Ist das in Ihrem Sinne?"

Ich verschluckte mich, musste husten, lief rot an und presste mir die Stoffserviette vor den Mund. Noah grinste und Wut stieg in mir hoch. Du kannst mich mal.

Schwester Fidelis schenkte mir ein Glas Wasser ein. „Was meinen Sie?"

Moment. Moment mal. Hier lag ein Irrtum vor. Morgen fuhr ich nach Hause. Wann, hatte sie gesagt, begann der Unterricht?

„Klar … Sicher … Sieben Uhr passt perfekt." War das aus meinem Mund gesprudelt? Sagte ich jetzt schon Dinge, die ich gar nicht sagen wollte?

„Beim Schwimmen wacht man so richtig auf", stotterte ich. Vor allem in einem Bergsee voll eiskaltem Schmelzwasser. Was für ein Unsinn. Ich brauchte das alles überhaupt nicht zu tun. Es lag nur bei mir. Ein, zwei Sätze und ich würde mich spätestens morgen Abend zu Hause mit einer Packung Chips vor den Fernseher werfen, nachdem ich mich reumütig bei meinen Eltern für meinen kurzen Anfall von totalem Wahnsinn entschuldigt hatte.

„Warum sprechen Sie eigentlich so gut Deutsch?"

Ich brauchte eine Weile, bis ich kapierte, dass Noah mit mir sprach. Er schien doch von der adeligen Sorte zu sein. Wahrscheinlich war ich keinen Tag älter als er, trotzdem war er mit mir per Sie. Abgefahren. Was hatte er gefragt?

„Ihr Deutsch", sagte er noch einmal, als hätte er meine Gedanken gehört.

„Weil ...", äh, was war mit meinem Deutsch? Welche Sprache erwartete er sich denn?

„Ich bin zweisprachig aufgewachsen", riet ich ins Blaue und war ziemlich erleichtert, dass die Antwort halbwegs zu passen schien. Hoffentlich verlangte er nicht von mir, in der zweiten Sprache, was immer es für eine sein musste, etwas zu sagen.

„Sie studieren Sport?", fragte er weiter. Konnte er nicht endlich mit diesem Sie aufhören?

„Viertes Semester", log ich trotzig weiter.

„Irina ist vor ein paar Jahren Vize-Landesmeisterin geworden", erklärte Schwester Fidelis stolz. Auch schön zu wissen, fragte sich nur noch, von welchem Land. Hoffentlich erwarteten sie nicht von mir, dass ich ihnen was vorschwamm. Ich würde glatt ersaufen.

„Wenn Sie wollen, können Sie trainieren, während Noah im Unterricht ist", sagte Schwester Fidelis.

„Danke." Ich nickte ihr zu. „Eigentlich hatte ich mir vorgenommen, ein bisschen kürzerzutreten. Ich konzentriere mich in letzter Zeit mehr darauf, anderen das Schwimmen beizubringen." Meine Güte. Was redest du für Müll? Ich kannte mich selbst nicht mehr. Gott sei Dank räumte Anselm die leeren Suppentassen ab und brachte in gebückter Haltung den zweiten Gang – Steak, grüne Bohnen, Bratkartoffeln.

„Schmeckt es Ihnen?", fragte Schwester Fidelis und lächelte. Ich nickte. Schon lange hatte ich kein so saftiges Steak mehr gegessen. Noah schob mit dem Fleisch eine Ladung Bohnen vom Teller auf die Tischdecke, dann griff er mit der linken Hand nach dem Fleisch, drehte es mit den Fingern auf seinem Teller, stach zu, zersäbelte es längs, spießte es auf und schob sich ein schmales, langes Teil in den Mund. Wie passte das denn zusammen? Auf der einen Seite ein hochadeliges Sie und auf der anderen Seite essen wie der letzte Knecht. Mein Vater hätte mich schon längst zurechtgewiesen – er legte Wert auf Tischmanieren. Die Nonne aber sagte nichts, sondern schaufelte Noahs Bohnen kommentarlos von der Tischdecke zurück auf seinen Teller. Er schien es nicht einmal zu merken und spießte beinah ihren Zeigefinger auf. Sie konnte ihn gerade noch rechtzeitig zurückziehen. Mittlerweile war ich mir sicher, dass ich in einer Freak-Show gelandet war. Das waren alles Schauspieler, nur dazu da, mich zu verwirren. Wie der Rest an diesem unwirklichen Ort.

Eine Weile lang war nur unser Schmatzen zu hören. Ich hatte das Gefühl, dass Noah jedes Mal aufhorchte, wenn ich in eine Bohne biss. Bald traute ich mich nicht mehr, normal zu essen. Das Schweigen war unerträglich. Also unterbrach ich es.

„Wer war J. OAKLEY MORRIS ESQ?", plapperte ich los. Ich hatte in der Halle eine Schiefertafel mit diesem Namen gesehen.

Noah grinste und ich wurde den Eindruck nicht los, dass er mich auslachte.

„ESQ heißt Esquire. Ist so was wie ein englischer Adelstitel", klärte er mich auf. Der aß die Weisheit wohl mit dem Suppenlöffel.

„Sir Jack Oakley Morris", erklärte mir Schwester Fidelis, „war ein englischer Bankier, Alpinist und leidenschaftlicher Jäger. Er ließ die Villa 1890 bauen. Morris war unermesslich reich, machte sein Geld in den britischen Kronkolonien und beschäftigte in seiner Goldmine in Südafrika 1500 Sklaven."

An Noahs genervter Miene merkte ich, dass er diese Geschichten in- und auswendig kannte. Schwester Fidelis klang aber auch wie eine übermotivierte Lehrerin, die nur darauf wartete, ihr Wissen in andere reinstopfen zu können, bis ihnen schlecht davon wurde.

„Morris war mit allen wichtigen Persönlichkeiten der damaligen Zeit befreundet. Hier gingen die Kennedys, die Montgomerys und Rockefellers ein und aus. Man lud zur Jagd."

„Aus purer Lust und aus Machtgier haben sie auf alles geschossen, was sich bewegte", unterbrach Noah. „Und zwar so lange, bis kein einziges Tier mehr übrig war. Da gibt es Zahlen von einem

Jagdaufseher, der allein zweitausendzweihundert Hirsche, zweiundsiebzig Fasane, etliche Auerhähne, hundertfünfundzwanzig Birkhähne, Hunderte Murmeltiere, Dachse und Füchse geschossen hat."

Mich grauste. „Ist die Villa immer noch im Besitz seiner Familie?", erkundigte ich mich.

Schwester Fidelis schüttelte den Kopf. „1902 kam Morris unter mysteriösen Umständen ums Leben. Er wurde in einer Seitengasse in Pisa hinterrücks mit einem Sandsack erschlagen." Na, wenigstens war er nicht in der Master Suite gestorben, fuhr es mir durch den Kopf.

„Seine Tochter Zoe Desiree verkaufte das Anwesen in den Zwischenkriegsjahren gegen den Willen ihrer Mutter", übernahm Noah die weitere Geschichte. „Vorher war aber noch der Kronprinz Wilhelm von Hohenzollern hier. Der Krieg zog auf und die Hohenzollern mussten ins Exil. Cecilie, die Frau des Kronprinzen, soll in einer Blindwand die Kronjuwelen, das Tischsilber, das Leinen und die Pelze versteckt haben."

Schwester Fidelis lächelte ein wenig gequält. „Aber glauben Sie mir, Irina, den Kronschatz hätten wir längst gefunden, wenn er noch hier wäre. Sie brauchen also nicht anfangen zu suchen. Außerdem möchten wir Sie nicht langweilen, Sie sind bestimmt erschöpft nach der langen Reise."

„Nicht wirklich ... Was kam danach?"

„Die Villa wechselte mehrmals den Besitzer", sagte Schwester Fidelis hastig. „Anselm, die Nachspeise bitte."

„Ein Schweizer Zigarrenfabrikant kaufte sie", sagte Noah. „Dann ein Textilfabrikant, der sie an Künstler vermietete. Maler, Bildhauer und Musiker kamen von überallher. Egal, wer sie besaß – die Jagdvilla war berühmt und berüchtigt für Alkoholexzesse und verruchte Partys, was man heute nicht mehr behaupten kann ... Mit der Zeit geriet sie in Vergessenheit." Täuschte ich mich oder flog ein trauriger Schatten über sein Gesicht?

„Heiße Liebe", murmelte Anselm und stellte uns Vanilleeis mit heißen Himbeeren vor die Nase, bevor ich die Frage stellen konnte, die mich am meisten interessierte: „Wem gehört die Villa denn jetzt?" Am liebsten hätte ich gefragt: „Und wie kommen Sie hierher?"

„Der Besitzer möchte anonym bleiben!", sagte Schwester Fidelis in einem Tonfall, der mir deutlich zu verstehen gab, dass ich genug gefragt hatte.

Trotzdem platzte ich fast vor Neugier. Was hatten ein Jugendlicher, eine Nonne, ein Koch und ein Chauffeur miteinander in dieser Abgeschiedenheit zu schaffen? Das war doch absurd. Keine Spur von einem normalen Leben des 21. Jahrhunderts. Die hausten wie in einem Museum, in einem Museum, das sich anfühlte wie ein magischer Ort, der etwas ganz und gar Außergewöhnliches ausstrahlte. Er war wie eine Kraftquelle, die ich seit meiner Ankunft in jeder Zelle meines Körpers spürte. Waren sie deswegen hier? Um zu Kräften zu kommen? Da war ich wieder bei meiner Sanatoriumstheorie. Ich ließ sie fallen. Vielleicht war Noahs Vater der Besitzer von dieser Villa und er hatte seinen Sohn den Sommer über mit Nonne, Koch und Chauffeur hier nach oben geschickt? Vielleicht hatte Noah auch irgendetwas ausgefressen und musste von der Bildfläche verschwinden. Oder sie gehörten alle zu einer Sekte oder zu einer speziellen Glaubensgemeinschaft mit Geistheilern, Gurus und Meditation. Das würde das Fehlen von Telefonen, Internet und so weiter erklären.

Viel weiter brachten mich meine Überlegungen nicht und ich besann mich – Schwester Fidelis hatte von einem Stundenplan gesprochen. Offenbar besuchte Noah keine normale Schule. Aber was war der Grund dafür und was machten sie sonst den ganzen Tag? Partys feierten sie wohl keine mehr, aber über dieses Essen hätte sich der Kronprinz auch noch gefreut – das Eis war himmlisch, und als Noah nach einer zweiten Portion verlangte, schloss ich mich an.

Inzwischen war es dunkel geworden. Nach dem Essen verließ Noah den Speisesaal. „Ich warte morgen um kurz vor sieben unter dem Adler auf Sie", sagte er an der Tür. „Schlafen Sie gut."
„Gute Nacht." Verblüfft sah ich ihm hinterher. Irgendetwas stimmte nicht mit ihm, aber ich konnte nicht sagen, was es war. War es seine höfliche und doch ruppige Art? Seine etwas altmodische Sprache? Er wirkte abweisend und doch neugierig, oder ich war nur unsicher, weil er so verdammt gut aussah.

„Du hast einen Tag, um alles herauszufinden", schien mir der Hirsch über der Treppe zuzuraunen. Einen Tag.

Voll mit Essen und Energie hatte ich keine Lust zu schlafen. Nach dem, was ich heute alles erlebt hatte, hätte ich erschöpft sein müssen. Aber das war ich nicht. Noch einmal zog ich den Koffer unter dem Bett hervor, öffnete ihn und versuchte, das Geheimnis des doppelten Bodens zu lüften. Diesmal nahm ich mir den Koffer von außen vor, tastete alle Nieten ab, versuchte sie zu drehen oder zu drücken. Vergeblich. Ich schob ihn zurück unters Bett und trat hinaus auf den Balkon. Wieder warf mich die würzige Luft fast um. Ein riesiger, warmer Vollmond leuchtete über der Felswand und spiegelte sich im Bergsee. Fledermäuse flatterten um die Bäume. Irgendwo bellte ein Fuchs. Wenn das hier das Paradies war, dann war es voller Freaks, umgeben von Holzwänden, die Geheimnisse ausatmeten, und in dem, ich konnte es nicht in andere Worte fassen, eine besondere Energie herrschte. An einem Ort wie diesem hätten frühere Völker wahrscheinlich einen Steinkreis errichtet, eine Kathedrale oder eine Pyramide gebaut. Sie wären in Vollmondnächten wie dieser Mantras singend, sich an den Händen haltend, in wallenden weißen Gewändern um die Buche getanzt und hätten anschließend Feueropfer gebracht und bewusstseinserweiternde Pilze geraucht.

Ich ging hinein und aktivierte mein Handy. Tot wie zuvor. Es gab mir wieder einen Stich, als ich an meine Eltern dachte. Heute Abend hatte ich keine Möglichkeit mehr, ihnen zu sagen, dass es mir gut ging, und das tat mir sehr leid. Aber merkwürdigerweise bereute ich mittlerweile nicht mehr, was ich getan hatte.

Im Spiegel betrachtete ich den roten Koffer unterm Bett. Was verbirgst du vor mir? Einen Moment hatte ich das Gefühl, als bewegte er sich und löste sich langsam in Luft auf, immer blasser wurde er. Ich rieb mir die Augen und das Trugbild verschwand. Der Koffer lag da wie zuvor. Mir wurde klar, wie anstrengend der Tag gewesen sein musste, auch wenn ich immer noch nicht müde war.

Ich schminkte mich ab und schlüpfte in den Seidenpyjama von Irina Pawlowa. Herrlich kühl und glatt fühlte er sich an. Dann stieg ich ins Bett. Im Halbschlaf drangen wundervolle Töne in mein Ohr. Zuerst dachte ich, sie gehörten in einen Traum oder zu der verschobenen Wahrnehmung, die mich schon den ganzen Tag in die Irre führte, aber dann merkte ich, dass sie real waren. Ich setzte mich auf und lauschte. Irgendwer spielte Klavier. Barfuß verließ ich mein Zimmer und schlich durch den Flur, immer den Klängen nach. Ich nahm eine andere Treppe nach unten, landete in einem Teil der Villa, den ich noch nicht kannte. Der Vollmond gab mir ausreichend Licht. Das Klavierspiel wurde lauter. Es klang so virtuos, dass es von einem Tonträger kommen musste. CDs und MP3 gab es hier wohl kaum, also musste es ein Schallplattenspieler oder ein Kassettenrekorder sein. Ein verdammt guter Kassettenrekorder mit riesigen Lautsprechern. Ich schlich im Halbdunkel durch mehrere Räume und erschreckte mich vor meinem eigenen Schatten, der über die Wände tanzte wie ein Wesen aus der Unterwelt. Die Dielen knarrten fürchterlich und nicht in allen Räumen lagen Teppiche. Jetzt war ich ganz nah. Ich öffnete vorsichtig eine angelehnte Tür. Es war kein Plattenspieler, sondern ein Flügel, er stand in der Mitte des Raums und sein voller Klang jagte mir eine Gänsehaut über den Rücken. Kein Licht brannte. Nur der Mond schien durch das Fenster und warf die bewegten Blätter des Baumes als Schatten an die Wände. Am Flügel saß Noah.

Meine Eltern liebten klassische Musik. Sie besaßen eine beeindruckende Sammlung. War das Mozart? Nein, Schumann. Doch Chopin. Es war alles zusammen. Noah wechselte im Takt die Stücke und kreierte sein eigenes Werk. Das klang so schön, dass meine Gänsehaut stärker wurde. Noah schien in seiner Musik zu versinken. Seine Hände fegten über die Tasten und der volle Klang erfüllte nicht nur den ganzen Raum, sondern meine Seele. Auf dem Baum vor dem Fenster ließen sich Raben nieder. Die Szenerie war so unwirklich, beinahe kam es mir vor, als lauschten die Vögel mit schief gelegten Köpfen der Musik. Immer wenn die Musik lauter wurde, setzte ich vorsichtig einen Fuß vor den anderen. Ohne dass mich Noah bemerkte, schaffte ich es, mich im Dunkeln neben einer Kommode auf den Boden zu setzen. Die Holzwand im Rücken umarmte ich meine aufgestellten Knie und lauschte. Ich weiß nicht, wie lange ich so dasaß. Es hätte ewig weitergehen können. Als das Musikstück aufhörte, schreckte ich auf. Noah seufzte tief, schloss den Deckel, stand auf und ging an mir vorbei. Plötzlich blieb er in der Tür stehen.

„Irina."

Ich erschrak, hielt meinen Atem an und wagte nicht, mich zu rühren. Woher wusste er, dass ich da war? Von der Tür aus konnte er mich unmöglich sehen. Die Kommode war zwischen uns.

„Irina?"

Ich umklammerte meine Beine und wartete. Endlich ging er. Nach einer Weile erhob ich mich und tappte benommen zurück in mein Zimmer. Ich fühlte mich wie betrunken von der Musik. Sie begleitete mich in den Schlaf und hinterließ ein Gefühl der Geborgenheit, wie ich es schon lange nicht mehr erlebt hatte.

Mitten in der Nacht wachte ich auf. Es war zu still. Keine Flugzeuge. Kein Stadtlärm. Keine Autos. Gar nichts. Ich hielt mir die Ohren zu, nahm die Hände wieder weg. Es war genauso still wie zuvor, als ob ich taub geworden war. Ich rief mir Noahs Klavierspiel ins Gedächtnis und schlief wieder ein.

Mein Handyalarm, der auf halb sieben gestellt war, weckte mich. Sofort wusste ich, wo ich war, und mein Magen begann zu flattern.

Schwimmunterricht mit Noah. Sollte ich das nun durchziehen oder bleiben lassen? Vermutlich schlief die Nonne nicht lang, Morgengebet und so, ich konnte also gleich hinuntergehen und sie um ein Gespräch bitten. Aber das konnte ich in einer Stunde auch noch tun.

Irinas Badeanzug half mir bei der Entscheidung. Er passte mir. Ich zog die Jogginghose drüber und ein T-Shirt. Schließlich musste Noah ins Wasser, nicht ich. Und in den Gletschersee würde mich sowieso keiner bringen, Vize-Landesmeisterin hin oder her. Der Coolheit halber legte ich mir ein Handtuch um den Hals. Äußerlich machte ich einen sportlichen Eindruck. Wie verwirrt es in mir drinnen aussah, brauchte ja keiner zu wissen. Der Hirsch vielleicht, an dem ich jetzt vorbeilief.

„Hi, Hirsch!", rief ich ihm mit klammer Stimme zu. Mir war, als würde er mir zuzwinkern. Einbildung war doch etwas Schönes.

6

Um sieben stand ich unter dem Steinadler am Fuß der Treppe und blickte durch die offenen Flügeltüren in den kristallklaren Morgen. Es würde wieder ein wunderschöner Sommertag werden. Die Rosen blühten noch intensiver als gestern. Noah kam hinter mir die Treppe heruntergestürmt und schien mich glatt überrennen zu wollen.

„He!", rief ich, als er fast in mich hineinlief, als schliefe er noch.

„Verzeihung", murmelte er und hielt erschrocken inne.

„Guten Morgen", sagte ich. Von dem Typen ging selbst um sieben Uhr früh eine Energie aus, die mich umwarf.

„Gut geschlafen?", fragte er.

„Danke, ja ... du?"

„Auch. Hier entlang." Er umrundete das Treppengeländer, ging hinter dem Kachelofen einen Flur nach rechts, der machte einen Knick, dahinter kam wieder ein Flur. Noah hatte es eilig. Ich konnte ihm kaum folgen. Noch eine Treppe nach unten.

„Hier geht's zum See?", fragte ich.

„See?" Er hielt inne und schien nachzudenken. „Sie dachten, wir schwimmen im See?" Er grinste. „Wissen Sie, wie kalt der ist?"

„Saukalt", sagte ich, und da lachte er zum ersten Mal frei heraus – ich hatte das Gefühl, ein feiner Riss zöge sich durch meinen Körper wie durch hauchdünnes Glas. Der Riss brach und eine Woge aus Zuneigung zu diesem fremden Jungen überspülte mich. Ich holte tief Luft und versuchte, wieder festen Boden unter die Füße zu bekommen. „Ich wär froh, wenn du dir das Sie abgewöhnen würdest."

„Wenn Sie meinen", antwortete er. Hoffnungsloser Fall. Chlorgeruch stieg in meine Nase. Sofort wurde mir schlecht. Ich hasste diesen Geruch. Sekunden später standen wir in einem stockfinsteren Raum. Ich streckte meine Hand nach Noah aus, hatte das Gefühl, mein Arm würde unnatürlich lang und immer länger, wie ein Schlauch, der in ein schwarzes Loch gezogen wurde. Gruselig. Noah schien weg zu sein, weit weg, gar nicht mehr da, verschluckt von jenem schwarzen Loch, in das auch meine Hand verschwunden war.

„Wo bist du?", fragte ich verwirrt, tastete neben der Tür nach einem Lichtschalter und berührte stattdessen seine Hand. Er war schneller. Hunderte von indirekten Lichtern gingen an und warfen ihr geheimnisvolles Licht auf ein historisches Schwimmbad in einem Gewölbe voller Mosaiksteine.

„Wow!", entfuhr es mir. „Hat das auch Sir Morris gebaut?"

„Nein, das Schwimmbad gibt es erst seit den Fünfzigern. Ein Künstler hat es geplant und kürzlich wurde es von einem Denkmalpfleger restauriert." Ohne Vorwarnung zog Noah sein T-Shirt aus, dann seine Jeans. Haut, so glatt wie Marmor, wohlgeformtes Schlüsselbein, Bauchmuskeln, feste Oberschenkel. Hitze stieg mir ins Gesicht. Ich studierte das bunte Mosaikmuster unter meinen Füßen – Fünfecke in Lapislazuligelb, Sterne in Azurrot, Oktaeder in Rubinblau ... oder so. Als ich wieder aufsah, trug er eine eng anliegende Boxer-Badehose, stieg über eine Leiter ins Wasser, tauchte unter, lautlos – schäumende Luftblasen sprudelten um seine Gestalt –, tauchte wieder auf und strich sich die nassen Haare aus der Stirn. Wasser tropfte über sein Gesicht.

„Und jetzt?", fragte er erwartungsvoll.

„Jetzt? ... Hm ... Schwimmen natürlich."

„Und wie?", fragte er.

Ich konnte mir beim besten Willen nicht vorstellen, dass er nicht schwimmen konnte. Wieder drängte sich der Verdacht in mir auf, dass hier etwas nicht stimmte. Falls Irina Pawlowa tatsächlich eine

Vize-Landesmeisterin war, gab sie sich doch bestimmt nicht mit Anfängern ab. Ich musste etwas falsch verstanden haben, dachte ich und fand die Lösung naheliegend. Wahrscheinlich brauchten sie einen Profi wie Irina, um Noah zu trainieren, bis er den Ärmelkanal in Rekordzeit durchqueren konnte. Das würde seinen muskulösen Oberkörper mit den breiten Schultern erklären und vor allem die Tatsache, warum er hier war. Spitzensportler trainieren doch dauernd in irgendwelchen abgelegenen Camps fernab jeder Versuchung. Mir fiel ein Stein vom Herzen.

„Na, dann zeig mal, was du draufhast", ermunterte ich ihn.

Als er anfing, wie ein Hund zu paddeln, musste ich lachen. Der verarschte mich doch. Mit einer Schwimmbewegung hatte das nichts zu tun, mit Spitzensport schon gar nicht. Seine Hände flatterten wie bei einem Küken nervös von oben nach unten, und was er mit den Füßen machte, wusste ich nicht, auf jeden Fall nicht das Richtige. Er kam keinen Meter vorwärts und rotierte stattdessen nur im Kreis wie ein Welpe, den man ins Wasser geworfen hatte. Zum Glück konnte er in diesem Teil des Beckens stehen, sonst wäre er glatt abgesoffen. Er wischte sich das Wasser aus dem Gesicht.

„Hast du jetzt gesehen, dass ich's nicht kann?", fragte er und es klang verdammt ehrlich.

Ich verwarf meine Ärmelkanal-Theorie und damit notgedrungen auch die Sportcamp-Erklärung. Vielleicht konnte er wirklich nicht schwimmen.

„War doch gar nicht so schlecht", murmelte ich und kratzte mich verlegen hinter dem Ohr.

Er verzog genervt seinen Mund. „Sie sind eine schlechte Lügnerin ... Verzeihung ... du."

„Probier es doch noch einmal." Ich wusste einfach nicht, was all das sollte. Aber sein zweiter Versuch, wieder zurück in meine Richtung, sah nicht anders aus als der erste.

„Also, ich zeig dir, wie's geht. Wir beginnen mit den Armen", sagte ich wie eine nervige Lehrerin und machte Schwimmbewegungen mit den Armen vor.

„Vor und zurück. Du musst einfach nur das Wasser wegschaufeln. Nur die Hände vor und zurück. Probier's mal. Geht schon. Na los." Ich konnte nicht glauben, wie unsensibel ich ihn ins nicht nur sprichwörtlich kalte Wasser warf. Ich hätte jeden Lehrer gehasst, der so mit mir umgegangen wäre. Aber es fiel mir schwer, Noah gegenüber normal aufzutreten. Der Typ verwirrte mich so. Alles an ihm verwirrte mich. Jungen brachten mich grundsätzlich in Verlegenheit, ich wusste nicht, wie man mit ihnen umging, fühlte mich in ihrer Gegenwart klein und verletzbar, nur bei Kathi konnte ich so sein, wie ich war, und solange ich sie hatte, konnten mir alle Jungen gestohlen bleiben, außerdem war ich nicht mehr dreizehn, damals hatte ich mich andauernd verliebt, aus der Ferne, meine Liebe gestanden hatte ich noch nie einem, keiner war es wert, sich das Herz brechen zu lassen – wie war ich jetzt darauf gekommen? – wegen diesem gut aussehenden Kerl im Wasser, der mich nervöser machte als alle, mit denen ich bisher zu tun gehabt hatte.

„Wasser wegschaufeln", wiederholte er ungehalten. „Geht's vielleicht ein bisschen genauer?"

„Die Arme nach vorn, so, siehst du, an den Ohren vorbei, gerade ausstrecken, dann so das Wasser wegschaufeln, zurück und wieder nach vorn." Ich hatte das Gefühl, es interessierte ihn überhaupt nicht, was ich da vormachte. Sein nächster Versuch war genauso bescheuert. Er streckte seine Arme an den Ohren vorbei in die Höhe, stach dann ins Wasser und paddelte wieder wie ein Hund. Ich musste hellauf lachen. „Willst du mich auf den Arm nehmen?"

„Nein", sagte er so ernst, dass mir das Lachen im Gesicht gefror. Ich verstand das nicht. Was war sein Problem? Jeder Säugling konnte besser schwimmen und er machte nicht den Eindruck, als ob er motorisch völlig unterbelichtet war.

„Du darfst die Arme nicht nach oben strecken, sondern nach vorn. Ist doch logisch, Mann", fuhr ich ihn an.

„Was soll daran bitte logisch sein?", schimpfte er und drehte noch einmal eine peinliche Hunderunde im Kreis. Noch nie hatte ich jemanden so ungeschickt schwimmen sehen.

„Wie wär's, wenn du ins Wasser kommst und mir zeigst, wie's geht?", schlug er frustriert vor.

Ich fröstelte und schlang meine Arme um mich; niemand brachte mich ins Wasser.

Noch etliche Male zeigte ich ihm das Gleiche. Und genauso oft machte er das Verkehrte. War hier irgendwo eine versteckte Kamera montiert?

„So begriffsstutzig kann man doch gar nicht sein", explodierte ich nach noch einem missratenen Versuch. „Das kapiert doch ein Blinder."

„Ich nicht", sagte er ruhig, legte seine Hände auf den Beckenrand und stemmte sich aus dem Becken. Sensationelle Bauchmuskeln. Er ging zwei Schritte auf eine Liege zu und griff ins Leere.

„Falls du dein Handtuch suchst, das liegt dort drüben", sagte ich.

„Wo drüben?", fauchte er mich an.

„Da drüben!", rief ich und zeigte auf die Liege daneben. Er starrte vor sich hin, folgte meinem Finger nicht.

„Ja schau halt hin!"

„Kann ich nicht", sagte er, stolperte zur zweiten Liege, tastete nach dem Handtuch und trocknete sich ab.

Kann ich nicht, dröhnte es durch meinen Kopf. Kapiert doch ein Blinder. Oh mein Gott! Mein Magen verschmolz zu einem eisigen Klotz. Ich glotzte ihn unverhohlen an und konnte mich gerade noch beherrschen, nicht vollkommen idiotisch vor seinen Augen herumzufuchteln. Noah sah mich nicht an, weil er mich nicht sehen konnte. Noah war blind.

Ich stürmte aus dem Schwimmbad, Treppen und Flure hinauf, unter dem Steinadler die Treppe hoch, am Hirsch vorbei, der mir neugierig hinterherglotzte, warf mich aufs Bett und krallte mich am Kopfkissen fest. Ich fühlte mich fürchterlich, schluckte Tränen vor Scham. Was hatte ich alles zu ihm gesagt? Ausgelacht hatte ich ihn. Aber woran hätte ich es denn merken sollen? Na ja, vielleicht daran, wie er mit den Fingern nach dem Steak gegriffen hatte, oder daran, dass er im Dunkeln Klavier gespielt hatte, oder daran, dass er auf der Treppe beinah mit mir zusammengestoßen war. Ich hoffte, dass sich ein Spalt unter mir auftun und mich verschlucken würde. Meine Wahrnehmung war definitiv im Eimer.

Es pochte an der Tür.

„Irina, bist du da? … Irina … Es tut mir leid", sagte er.

Ihm tat es leid? *Ich* hatte ihn doch ausgelacht. Mann, war ich bescheuert gewesen. Nur weg von hier, bevor es noch peinlicher wurde.

„Ich dachte, du wüsstest es. Normalerweise ist es das Erste, was Schwester Fidelis erwähnt." Hatte sie nicht. Wie denn auch. Ich war ja nicht Irina. Und schwimmen konnte ich auch nicht mehr. Geschweige denn einem Blinden das Schwimmen beibringen.

Und dann stand er plötzlich neben meinem Bett. Er hatte nur ein Handtuch um seine Hüften gewickelt. Seine marmorne Haut glänzte noch feucht. Ich starrte ihn an. Michelangelo hätte ihn sofort in Stein gehauen und in Florenz aufgestellt. Ich war froh, dass er mein belämmertes Gesicht nicht sehen konnte.

„Wir müssen zurück", flüsterte er, als hätte er Angst, jemand könnte uns hören. „Wenn Schwester Fidelis merkt, dass wir nicht klarkommen, sitzt sie die nächsten paar Tage neben dem Schwimmbecken und beaufsichtigt uns. Willst du das?"

„Nein."

„Also los, komm." Und dann hetzte er wieder zurück, in einem Affenzahn, nur seine rechte Hand berührte hin und wieder die Holzwand. Er ließ sie elegant und beiläufig übers Geländer gleiten, griff zielsicher nach dem Knauf am Ende der Treppe.

Tausend Fragen schossen mir durch den Kopf. Warum war er blind? Und seit wann? Hatte er je gesehen? Kannte er Farben? Was war für ihn hell und dunkel? Wie träumte er? Fragen, die ich mich nicht zu stellen traute. Und noch ein anderer Gedanke flog vorbei: Ich dürfte gar nicht hier sein. Das war alles meine Schuld und ich musste es endlich sagen.

Bevor wir die Tür zum Schwimmbad öffneten, drehte er sich zu mir um. Er strahlte Hitze aus, pure Energie, berührte mich flüchtig an der Schulter, um sich zu vergewissern, wo ich stand. Ich bekam Gänsehaut, wollte ihn abschütteln wie einen lästigen Käfer. Seine Nähe machte mich nervös. Er machte mich nervös.

„Hör zu", flüsterte er. „Es nützt mir nichts, wenn du mir mit Worten erklärst, wie schwimmen funktioniert. Ich weiß nicht, wie es aussieht, wenn jemand schwimmt. Du musst es mir irgendwie anders zeigen."

Ich nickte wie ferngesteuert. Er merkte es, weil seine Hand meine Haare berührte, und musste lächeln. „Kopfnicken ist für mich auch eher mühsam. Ja oder Nein hilft mir mehr."

„Ja … Nein … Ja", sagte ich und kam mir vor wie ein grenzdebiler Esel. „Wieso flüsterst du eigentlich die ganze Zeit?"

Er gab keine Antwort, sondern betrat das Gewölbe. Dann schien ihm etwas einzufallen, er kam zu mir zurück, tastete nach dem Lichtschalter, den er wahrscheinlich nicht oft berührte, und knipste das Licht aus.

„Hell genug?"

„Das Licht hast du gerade ausgeschaltet, falls du das meinst."

„Entschuldigung." Er knipste es wieder an.

„Danke", sagte ich. Doch Freak-Show.

Noah tastete sich mit seinen Zehen an den Beckenrand, griff nach der Leiter und stieg hinein. Dort wartete er auf mich. Zitternd zog ich die Jogginghose und das T-Shirt aus, legte es mitsamt dem Handtuch auf einen Sessel und stellte mich zur Leiter.

Zu viele Erinnerungen. Meine Knie begannen zu beben, mir wurde schwarz vor Augen, ich rang nach Luft, sank auf den Boden, sitzend stellte ich meine Füße auf die oberste Sprosse.

„Was ist?", fragte er und tastete nach meinen Füßen. Nahm er gerade meine Fußgelenke unter die Lupe?
„Nichts", log ich. Als ob ihm gerade klar wurde, was er da machte, zog er erschrocken seine Hände weg.
„Du hast Angst", stellte er fest. „Vor mir?"
Ich schüttelte den Kopf. Scheiße. „Nein."
„Vor was dann?"
„Ich glaube, du solltest doch zuerst die Beinbewegung lernen", sagte ich und krallte mich an der Leiter fest. Plötzlich tat es gut, sich an so etwas Banalem wie einem Bewegungsablauf festzuhalten.
„Wenn du meinst." Er seufzte, als ahnte er schon, dass das wieder ein Desaster werden würde. Ich ließ ihn sich am Beckenrand festhalten und versuchte es noch einmal mit Erklärungen. Diesmal hatte ich zwar mehr Geduld und mein Tonfall war vielleicht etwas einfühlsamer, aber das, was Noah machte, hatte mit Schwimmen ungefähr so viel zu tun wie mit Radfahren.
„Sehr gut. Wird schon", log ich und schämte mich für meinen zuckersüßen Unterton.
„Lüg nicht", sagte er und stemmte sich frustriert aus dem Wasser. „Es ist ohnehin schon acht."
„Woher weißt du das?"
Er zeigte nach oben. „Die Standuhr im Flur ein Stockwerk darüber."
Ich hatte keine Standuhr gehört.
Wir waren beide frustriert. Ich wollte das Schwimmbad verlassen, als er mich plötzlich am Arm nahm, mich in eine Umkleidekabine zerrte und die Tür hinter uns zuzog. Es war eng. Ich roch seine Haare und seine Haut und wollte vor ihm zurückweichen, aber dafür war kein Platz.
„Hör mir zu", sagte er. Ein Wassertropfen balancierte auf seinen langen Wimpern. Ich konnte kaum glauben, dass er mit diesen großen saphirblauen Augen nichts sehen konnte. „Ich weiß nicht,

wer du bist und wie du hierherkommst, aber ich gebe dir einen guten Rat – verlasse diesen verfluchten Ort. Am besten heute noch. Je schneller, desto besser. Du tust uns beiden einen großen Gefallen damit."

„Ich dachte, du wolltest schwimmen lernen?"

„Schwester Fidelis will, dass ich schwimmen lerne."

„Du nicht?"

„Schon, aber du merkst ja, wie mühsam das ist. Ich hätte längst aufgegeben, wenn sie nicht auf noch einem Versuch bestanden hätte." Täuschte ich mich oder schnupperte er an meinen Haaren?

„Was machen wir eigentlich hier in der Umkleidekabine?"

„Du verstehst nichts!", sagte er verzweifelt. „Frag Viktor, ob er dich zurückbringt, lass dir was einfallen, einen Notfall, irgendwas, schau, dass du wegkommst, je schneller, desto besser! Und erzähl bloß niemandem, dass du nicht gewusst hast, dass ich blind bin. Komm jetzt. Wir müssen zum Frühstück."

Er verließ die Kabine, hastete davon und ließ mich völlig verwirrt zurück.

7

Als ich ins Esszimmer kam, saß Noah schon vor seinem Teller. Er trug ein gebügeltes dunkelblaues T-Shirt und Jeans.
„Hallo", murmelte ich.
Keine Antwort. Ich war wieder Luft für ihn. War mir auch recht. So ersparte er mir meine kläglichen Versuche, mich mit ihm unterhalten zu müssen. Ich hätte nicht gewusst, wie ich das anstellen sollte, ohne dass es peinlich wurde. Der Frühstückstisch war diesmal für vier Personen gedeckt und ich war gespannt, ob noch jemand kommen würde, den ich noch nicht kennengelernt hatte. Ich dachte daran, wie viel Zeit ich mit Noah im Schwimmbad verbracht hatte, aber ihn einfach zu fragen, warum er blind war, was er an diesem abgelegenen Ort tat und wo seine Familie, seinen Freunde waren, kam nicht infrage. Vielleicht gab der vierte Teller Antwort.

Ich sah mich um. Dieser achteckige Raum war erstaunlich. War es gestern noch die Abendsonne, die ihn in ein wunderbares Licht getaucht hatte, glitzerte heute die Morgensonne durch ein anderes Fenster. Frische Rosen steckten in silbernen Vasen. Geigenmusik kam aus einer Ecke, diesmal stammte sie aus der Konserve und erinnerte mich an die Sendung „Du holde Kunst", die sich meine Eltern sonntags im Radio anhörten, während sie gemeinsam das Frühstück machten. Ein Hauch Feudalismus schwebte im Raum. Ich konnte mir plötzlich lebhaft vorstellen, wie der Kronprinz und seine Frau Cecilie im Esszimmer saßen und über die bevorstehenden Kriegswirren sprachen. Schwester Fidelis trat herein und wirkte erschreckend frisch und munter. „Guten Morgen." Sie berührte Noah am Rücken.

„Guten Morgen", sagte er hohl und emotionslos.

„Guten Morgen, Irina. Wie war die erste Schwimmstunde?"

„Wir hatten ein paar … äh … Anfangsschwierigkeiten", kam es aus meinem Mund. „Aber wir kriegen das schon hin." Hatte ich das wirklich gesagt?

„Ja, ich weiß, wir haben es schon öfter versucht. Es ist nicht einfach, wenn man es nie gesehen hat. Deswegen dachten wir, ein Profi wie Sie schafft das. Nehmen Sie doch Platz, bitte."

Die Tür ging wieder auf. Neugierig sah ich hoch, aber es waren nur Anselm und Viktor, die hereinkamen. Anselm hatte zwei Silberkannen in der Hand und wirkte im morgendlichen Licht noch klappriger als am Abend zuvor. Viktor hingegen sah frisch und energiegeladen aus, als hätte er schon Stunden im Wald verbracht. Sein grob kariertes Hemd war verschwitzt, Tannennadeln steckten in seinen Haaren. Polternd nahm er Platz und fragte mich, wie es mir ging.

„Ausgezeichnet", sagte ich, obwohl ich gar nicht wusste, wie es mir ging. Ich hatte das Gefühl, nicht mehr wirklich ich selbst zu sein.

Alles an diesem Ort war so seltsam, das Haus, aber auch die Umgebung strahlten es förmlich aus, und ich ertappte mich dabei zu denken, dass ich diesen Ort um keinen Preis verlassen wollte, dass ich hierbleiben wollte, obwohl Noah mich um das Gegenteil gebeten hatte. Er konnte mich offenbar nicht ausstehen, aber selbst das störte mich nicht sehr – wenn ich ehrlich zu mir war, hätte ich mir nichts Aufregenderes vorstellen können, als in der Rolle der Irina Pawlowa für ein paar Wochen in dieser magischen Villa unterzutauchen. Aber das war natürlich nur ein schöner Wunschtraum.

Es gab keinen Bewohner der Villa, den ich noch nicht kannte. Schwester Fidelis fragte Anselm, ob er sich denn nicht setzen wollte, da ohnehin alles auf dem Tisch stand, was man sich ausdenken konnte: Erdbeeren in einer Kristallschale, ein Berg Schlagsahne, Lachs, Rührei, Speck, Schinken, Käse, silberne Milchkännchen, Honig in einer echten Wabe, Marmelade, knusprige Croissants und ofenfrisches Bauernbrot; mir lief das Wasser im Mund zusammen, aber Anselm lehnte ab, wieselte rund um den Tisch, geschäftig, darauf bedacht, alle zu bedienen.

Ich versuchte, Noahs Gesichtsausdruck zu entschlüsseln, aber er schien sich wie eine Schildkröte in sich selbst zurückgezogen zu haben.

„Bitte, Noah!", sagte Schwester Fidelis und faltete die Hände. Anselm setzte sich kurz. Er und Viktor senkten ihre Blicke.

„Wir schenken dir, Herr, diesen beginnenden Tag ..."

Ich fasste es nicht. Musste Noah dieses Gelabere vor jedem Essen loslassen? Er war doch kein Kind mehr, das man mit der Androhung von Strafe zu einem Tischgebet zwingen konnte.

Er leierte die Worte nur so herunter und kam mir dabei vor wie ein Automat, der ein Gebet ausspuckte, sobald man eine Münze einwarf. Ich beobachtete ihn und war mir ziemlich sicher, dass er an etwas völlig anderes dachte.

Ein feenhaftes Klingeln untermalte seine Stimme. Es kam vom Kristalllüster über dem Tisch. Die Fenster waren offen. Der Wind bauschte die Vorhänge und ließ die Glastropfen schaukeln. Sie fächerten die Sonnenstrahlen in alle Regenbogenfarben auf und ließen sie als bunte Lichtflecken über die Wände und die Decke tanzen wie eine Discokugel.

„Ich bitte dich, bewahre mich von allen Seiten, hier und überall. Amen."

Schwester Fidelis lächelte zufrieden. „Danke, das war sehr schön."

„Honig oder Marmelade?", fragte Anselm, der nach dem Gebet noch nicht wieder aufgestanden war.

„Honig", antwortete Noah.

Einigermaßen fassungslos beobachtete ich, wie Anselm eine

Semmel auseinanderschnitt, sie auf beiden Seiten dick mit Butter und Honig bestrich und den Teller Schwester Fidelis reichte, die ihn vor Noah hinstellte.

Viktor lachte, als er mein Gesicht sah.

„Du möchtest besser nicht wissen, wie es aussieht, wenn sich Noah selbst eine Honigsemmel streicht", sagte er unverblümt. Noah schien das nichts auszumachen. Grinsend biss er in die knusprige Semmel.

„Ich habe jahrelang versucht, es ihm beizubringen", sagte Schwester Fidelis. Ich horchte auf. Jahrelang? War sie demnach schon immer so etwas wie seine Blindenbetreuerin gewesen? Oder doch eine spezielle Lehrerin, wie ich es schon gestern vermutet hatte? Immerhin verstand ich jetzt, warum er nicht in eine normale Schule ging.

Schwester Fidelis sprach schon weiter. „Mit Margarine wäre es bestimmt gegangen." Sie warf Anselm einen vorwurfsvollen Blick zu.

„Margarine? ... Nur über meine Leiche", sagte Anselm und schenkte mir Kaffee aus der Silberkanne in eine Porzellantasse nach.

„Bitte, nicht schon wieder diese Diskussion", unterbrach Viktor und zeigte mit dem Messer auf mich. „Weißt du, wie lange ich mir das anhören musste? Irgendwann habe ich angefangen, Noah die Semmel zu streichen. Dann war Ruhe."

„Beinah", sagte Noah. „Bis Schwester Fidelis fand, dass du viel zu viel Butter draufgegeben hast. Dann hat sie das in die Hand genommen, worauf Anselm fand, dass sie die Marmelade nicht richtig verteilte."

„Sie gab zu wenig Marmelade drauf", sagte Anselm, „der Junge braucht Energie, viel Energie."

Noah lachte. Das warf mich fast um und meine Ohren fühlten sich an wie Glühbirnen kurz vor dem Durchschmoren. Dieses Lachen! Verzweifelt versuchte ich, das flirrende Kribbeln hinter meinem Bauchnabel zu stoppen, und gab meinem Verstand die Rückmeldung, dass ich dringend klarkommen musste. Ich war nicht mehr dreizehn. Nur weil einer lachte, gab es absolut keinen Grund, rot zu werden. Glücklicherweise hatte er es nicht gesehen.

„Müsst ihr mich immer wieder daran erinnern", sagte Schwester Fidelis, kicherte wie ein kleines Mädchen und löffelte sich ordentlich Zucker in den Tee.

„Daraufhin hab ich ein halbes Jahr Cornflakes gegessen", sagte Noah. „Und irgendwann hat Anselm angefangen, mir die Brötchen zu streichen."

„Obwohl ich ja immer noch finde, dass du das selber lernen sollst", sagte Schwester Fidelis streng.

„Wozu denn?", fragte Noah und plötzlich kam er mir unendlich traurig vor. So traurig, dass ich ihn am liebsten festgehalten hätte. Auch die anderen schienen das zu merken. Eine Weile lang sagte niemand etwas. Bis Anselm die Stille nicht mehr ertrug. „Ich muss Fenster putzen." Er stand auf und das Frühstück war beendet.

„Ich sollte ein paar Zäune reparieren", sagte Viktor, strich sich den hellen Haarschopf aus der Stirn, streckte seine Beine von sich und machte trotz seiner Ankündigung keine Anstalten aufzustehen. „Der Dachs hat schon wieder mächtig was aufgewühlt."

Schwester Fidelis faltete ihre Serviette und fragte mich: „Wie werden Sie den Vormittag verbringen?"

Ich holte tief Luft. Jetzt. Jetzt war die Gelegenheit gekommen, mit ihr zu reden. Ich musste einfach nur erklären, dass ein schrecklicher Irrtum vorlag. Was konnte schon passieren? Sie würde sauer sein, ja sicher, aber letztendlich würde mich Viktor zurückfahren.

„Hmm …", begann ich und knetete meine Finger. „Ich sollte dringend einen Brief schreiben. Gibt es hier so etwas wie eine Post?" Ich wusste nicht, woher die Worte kamen. Sie purzelten einfach so aus meinem Mund.

„Sicher doch. Legen Sie den Brief einfach in der Eingangshalle in das Körbchen auf die Kommode neben der Tür …"

„Ich nehme ihn dann mit", warf Viktor ein und gähnte. Schwester Fidelis legte die Serviette ab und strich über ihre Tracht. „Ansonsten genießen Sie den schönen Tag. Machen Sie einen Spaziergang um den See, schauen Sie sich im Glashaus um. Es gibt viel zu entdecken."

Anselm türmte das Geschirr auf Tabletts und stellte sie in einen Materialaufzug, der sich hinter einer Holzlade in der Wand verbarg. Vermutlich befand sich die Küche einen Stock tiefer.

„Soll ich helfen?", fragte ich.

„Um Himmels willen, nein", sagte Anselm und setzte den Materialaufzug mit einem Knopfdruck rumpelnd in Bewegung. „Genießen Sie den Tag, und wenn Sie irgendeinen Wunsch haben, stehe ich jederzeit zur Verfügung."

Schwester Fidelis bat Viktor um einen Gefallen, und während die beiden vertieft miteinander redeten, streifte mich Noah, als er hinter mir vorbeiging; es kam mir vor, als täte er es absichtlich.

Ob er auch spürte, wie sich meine Nackenhaare aufrichteten?

„Sag, dass du nach Hause musst", flüsterte er mir sehr leise und sehr eindringlich ins Ohr. Ich zuckte zusammen. Warum wollte er mich unbedingt loswerden? Ich dachte daran, was er vorhin angedeutet hatte. *Ich weiß nicht, wer du bist und wie du hierherkommst.* War ihm klar geworden, dass ich falschspielte?

„Es ist Zeit, Noah!", sagte Schwester Fidelis, die das Gespräch mit Viktor beendet hatte. Zeit wofür? Für den Unterricht? Wo die beiden wohl hingingen? Viktor stürzte im Aufstehen den restlichen Kaffee in seine Kehle, stellte die Tasse lautstark auf die Untertasse und wischte sich mit der Hand über den Mund. „Komm, ich zeig dir das Glashaus. Der Dachs kann warten."

8

Ich folgte Viktor durch die Eingangshalle nach draußen und nach der kühlen Luft im Haus schlug mir die Wärme entgegen wie aus dem Lüftungsschacht einer U-Bahn. Sofort fing ich an zu schwitzen, aber es war nicht unangenehm, wie wenn man Fieber oder Angst hatte. Es war eine Wärme, die mich ausfüllte.

Ich folgte Viktor über eine der vielen Treppen hinaus in den Garten zu einem romantischen Steinweg, vorbei an einem Kräuterbeet, das sich vor einer alten Mauer ausbreitete und selbst in einem mittelalterlichen Kloster für Aufregung gesorgt hätte – Salbei blühte lila, Brunnenkresse leuchtete orange, Königskerzen stachen gelb in den blauen Himmel. Schnittlauch in Büscheln. Auf kleinen Schildchen konnte ich lesen, wie die Kräuter hießen: Engelwurz, Galgant, afrikanischer Duftsalbei, Augentrost, Quendel, Schafgarbe, Muskateller, Wilder Majoran, Goldrute und Zitronen-Verbene. Düfte, so intensiv, dass ich am liebsten drin gebadet hätte. Die Sonnenstrahlen fühlten sich herrlich an auf meinen nackten Armen. Wir betraten ein Labyrinth aus blühenden Sträuchern und ein wohliger, kühler Schauer glitt über meine Haut, als wir plötzlich in einen riesigen Schatten traten – den Schatten der monumentalen Felswand, die sich gut fünfhundert Meter hinter dem Haus hinauf in den Himmel hob und die mir gestern Angst eingeflößt hatte. Heute tat sie das nicht. Sie sah einfach nur groß aus. Gigantisch sogar.

Ich blieb stehen, um meinen Kopf in den Nacken zu legen, aber Viktor hielt nicht inne. Er hatte bereits die entgegengesetzte Richtung eingeschlagen. Der Weg führte uns über das Wiesenplateau zu einem Glashaus, in dem man Salat für eine mittlere Kleinstadt hätte anbauen können. Viktor schob die Glastür auf und schloss sie sofort wieder, nachdem wir eingetreten waren. Schwülheiße, jasmingeschwängerte Luft verschlug mir den Atem. Es roch nach Erde und Orchideen. Viktor führte mich in einen Teil, in dem nur Gemüse wuchs, vor allem Tomaten, Paprika und Zucchini.

„Hier hat jeder von uns einen Bereich", erklärte er mir. „Für Essbares ist Anselm zuständig. Er kriegt das erstaunlich gut hin. Draußen hat er noch etliche Früh- und Hochbeete und Beerensträucher, damit wir hier oben immer frisches Gemüse und Obst haben. Pilze, Heidelbeeren, Preiselbeeren, Holunder und allerhand wilde Kräuter holt er aus dem Wald. Manchmal bringe ich ihm auch was mit."

„Was ist das?" Ich zeigte auf kniehohe Blätter in einer Ecke.

„Meine Tabakplantage", sagte er stolz. „Langjährige Erfahrung. Saustark, das Zeug." Er beugte sich zu mir. „Dahinter hab ich noch ein bisschen was angepflanzt, von dem Schwester Fidelis besser nichts zu wissen braucht. Ich hoffe, du verrätst mich nicht."

„Nein." Ich lachte.

Hinter einem Springbrunnen in einer Steinschale züchtete jemand Kakteen in allen Größen.

„Die gehören Noah, hab ich recht?" Ich wusste auch nicht, weshalb ich das sagte.

„Noah und Kakteen?" Er sah mich irritiert an. „Einmal hat er in so ein Ding reingegriffen. Ich hab drei Stunden gebraucht, um ihm alle Stacheln mit der Pinzette aus den Fingern zu ziehen. Er hasst diese Pflanzen. Das ist Schwester Fidelis' Zucht. Dort drüben. Das ist Noahs Ecke." Er führte mich in einen wild verwachsenen Dschungel. Meterhoch wucherten exotisch anmutende Bäume, Blumen, Sträucher, Blüten und Blätter. Es tropfte und gluckste um uns herum. Warme Dämpfe stiegen in Richtung Glasdach. Die Scheiben waren beschlagen und hinterließen lang gezogene Spuren von kondensiertem Wasser, dessen große Tropfen wieder laut auf die Blätter klatschten. Schmetterlinge flirrten um uns herum, kleine und große. Viktor streckte seine Hand aus und ein besonders großes Exemplar landete darauf. Seine Flügel schillerten in den Farben eines Regenbogens. Ich hatte nicht gewusst, dass es solche Tiere gibt.

„Den hier mag ich besonders", sagte er.

Ich wollte den Schmetterling berühren, aber er flatterte davon und ich berührte Farn, der mir fast bis zum Hals reichte. „Was ist das?"

„Keine Ahnung. Ich weiß nicht, wie der Junge das anstellt, aber alles, was er in die Erde steckt, wächst größer und höher, als es sollte. Bei Noah würden Geldstücke auch noch Wurzeln schlagen. Er hat auch die Raupe von diesem Regenbogenschmetterling hier reingeschleppt. Frag mich bitte nicht wie."

Die Pflanzen wucherten bis unters Glasdach – Bäume, die ich nicht alle mit Namen kannte, Pfirsiche, eine Dattelpalme, üppige Avocados – die verreckten bei mir immer –, Zitronen- und Orangenbäumchen, dazwischen Gräser, Farne und wilde Blumen, manche ähnelten Orchideen.

„Wenn Noah im Wald unterwegs ist und etwas findet, das ihm gefällt, gräbt er die Wurzel aus und setzt sie hier wieder ein. Oder er steckt einfach die Kerne von Früchten in die Erde ..." Er sah auf seine Armbanduhr, ein schlichtes Modell mit einem abgeschabten Lederband. „Du kannst dich gern noch ein wenig umschauen, aber ich muss mich jetzt wirklich an die Arbeit machen. Viel zu tun auf so einem großen Grundstück."

Ich blieb noch eine Weile, dann wurde es mir im Glashaus zu heiß und zu feucht – ich kam mir vor wie in der Sauna und kehrte zum Haus zurück. Dabei wurde mir bewusst, dass ich endlich aufhören musste, nur an mich zu denken. Ich war hier auf einem Egotrip der besonderen Sorte, das war mir längst klar geworden. Doch etwas in mir weigerte sich allem logischen Denken zum Trotz, diesen wunderlichen Ort und sein Geheimnis so schnell wieder aufzugeben.

Ich würde hierbleiben, das stand für mich fest, als ob der Entschluss sehr lange in mir gereift und nicht spontan über mich gekommen wäre, in dem Moment, als ich Schwester Fidelis gefragt hatte, ob ich einen Brief würde versenden können. Für wie lange ich bleiben würde, wusste ich nicht. Aber ich würde es tun.

Das Haus empfing mich kühl und angenehm, als nähme es mich in seine Arme. Ein merkwürdiger Dunst umgab mich, jetzt, wo ich so allein war. Still war es und ich wurde von einer Sehnsucht erfasst, die ich mir nicht erklären konnte. Es war eine Sehnsucht, die wehtat, mich gleichzeitig völlig ruhig machte und die mich zu mir selbst kommen ließ.

Es war Zeit, meinen Eltern den Brief zu schreiben.

Ich ging zurück in mein Zimmer und hörte in dem Augenblick, als ich die Tür hinter mir schloss, leises Stimmengemurmel. War das Schwester Fidelis? War sie mit Noah im selben Stockwerk? Ich trat auf den Balkon. Nein. In irgendeinem der Zimmer musste das Fenster offen sein. Aber die Stimmen kamen von oben.

„Indicatif passé composé", hörte ich die Nonne auf Französisch sagen. Und wie schon beim Gebet ratterte Noah die Antwort herunter: „Je suis parti, tu es parti, il est parti, elle est partie, nous sommes partis, vous êtes partis, ils sont partis, elles sont parties."

„Oui, passé antérieur, s'il vous plaît", hörte ich Schwester Fidelis.

„Je fus parti, tu fus parti", sagte Noah. War er so etwas wie ein Wunderkind? Das würde vielleicht diese seltsame Konstellation von Menschen erklären, die hier oben hausten. Vielleicht erhielt Noah eine Art Hochbegabtenförderung über den Sommer. Aber von einer einzigen Nonne? Das erschien mir weit hergeholt. Außer seine Eltern bezahlten ausreichend, wenn nicht für die Nonne, dann wenigstens für die Kirche, der sie angehörte.

Ich stellte meine Ohren auf und versuchte zu orten, woher das Gemurmel kam. Es musste mindestens ein oder zwei Stockwerke über mir sein. Noch einmal machte ich mich auf den Weg, stieg zwei Treppen nach oben und betrat aufs Geratewohl eine kleine Kammer unter dem Dach. Auch hier gab es einen Balkon, der schon brüchig und alt aussah. Ob er mich halten würde? Wie auf Eiern balancierte ich über die Planken. Und dann hörte ich ihre Stimmen näher kommen und wagte vom Balkon einen vorsichtigen Blick durch die sperrangelweit geöffnete Tür in das nächstgelegene Zimmer.

Schwester Fidelis saß mit dem Rücken zu mir, Noah mir gegenüber. Seine Augen waren auf mich gerichtet, aber sie sahen mich nicht. Durch schmale Holzfenster in der Dachschräge schien das Sonnenlicht, in dem Staubwolken wirbelten. Hier unter dem Dach war es brütend heiß. Wer kam auf die bescheuerte Idee, an solch einem perfekten Sommertag zu lernen? Und wenn sie es schon unbedingt tun mussten, warum setzten sie sich nicht in den Schatten der Buche?

Der Raum war voll mit ausgestopften, verstaubten Tieren: Geier, Murmeltiere, Eichhörnchen, Auerhähne, Fasane. Alles Überbleibsel von Sir Morris? Wie in Schulen gab es ein menschliches Skelett, das erbärmlich an einem Haken baumelte, und auch das überdimensionale Modell eines Stockzahnes und eines Herzens fehlten nicht – beide in alle Einzelteile zerlegbar. In Glasflaschen schwammen seltsame, bereits zur Unkenntlichkeit verformte Tiere, auf Tafeln waren Hornissen und schillernde Käfer aufgespießt, Landkarten aus dem vorvorigen Jahrhundert und vergilbte Wandbilder mit naiven Zeichnungen unrealistisch gemalter Organe und Frühlingsblumen – als ob Noah das irgendetwas nützte. Neben ihm stand auf einem Holzgestell ein schäbiger, drehbarer Globus, aus dem sich dreidimensional die Gebirge der Welt erhoben. Es waren bestimmt drei Leute nötig gewesen, um das Ungetüm hier heraufzuschleppen.

Das meiste konnte man betasten, aber ich konnte mir nicht vorstellen, dass das Spaß machte. Ich beugte mich ein wenig hinein in den Raum. In einem kleineren Regal hinter der Tür standen neuere Modelle: ein Zug, ein Hochhaus, ein Einfamilienhaus, Spielzeugautos, Flugzeuge, ein Hubschrauber und eine Weltraumrakete. Auf ihnen lag so eine dicke Staubschicht, dass ich mir sicher war, Noah hatte sie seit Jahren nicht mehr berührt. Oder noch nie.

„Subjonctif passé", sagte Schwester Fidelis.

Noah wischte sich seine dunklen Haare aus der verschwitzten Stirn. Ziemlich genervt ratterte er herunter: „Que je sois parti, que tu sois parti und so weiter bis que vous soyez partis und qu'elles soient parties. Ich finde, es zieht."

„Ach ja?" Schwester Fidelis stand auf, ich ging in Deckung. Wie hatte er mitgekriegt, dass ich hier war? Es zog überhaupt nicht und bei dieser angestauten Hitze war jedes Lüftchen eine Wohltat. Wollte er mich so unbedingt loswerden? Oder war das Zufall?

Die Nonne schloss vor Hitze stöhnend die Balkontür. Schade, ich hätte gern gehört, wie lange sie dieses Spiel noch weitertrieben.

Ich schlich in den Flur und schrak zusammen, als Anselm mit einem Putzeimer und einem Fensterwischer um die Ecke bog. Mir kam es komisch vor, dass er ausgerechnet jetzt hier auftauchte. Hatte er mir nachspioniert?

Er stellte den Eimer ab. „Kann ich Ihnen helfen?", fragte er freundlich.

„Ich wollte Schwester Fidelis nur um Briefpapier bitten", sagte ich um Entschuldigung heischend. „Ich war mir nicht sicher, ob ich sie stören darf."

Er ließ den Fensterwischer in den Eimer fallen. „Wenn Sie was brauchen, können Sie jederzeit zu mir kommen. Ich bin für Sie da." Ich folgte ihm auf einem anderen Weg ein paar Stockwerke hinunter in das Kontor. Aus einer Schublade holte er leere Blätter, ein Kuvert und einen Kugelschreiber. Ich bedankte mich und verzog mich in mein Zimmer.

Es dauerte sehr lange, bis ich endlich zu schreiben begann.

Liebe Mama, lieber Papa!

Zuallererst sollt ihr wissen, dass es mir gut geht. Genau genommen geht es mir großartig. Ich mache so etwas wie Urlaub! Allein! Schon lange habe ich mich nicht mehr so lebendig und frei gefühlt. Es tut mir furchtbar leid, wenn ihr euch Sorgen um mich gemacht habt. Aber das braucht ihr nicht. Diesmal nicht. Ich kann euch nicht sagen, wo ich bin und was genau passiert ist, weil ihr das wahrscheinlich nicht verstehen würdet. Nur so viel: Ich bin ein Wagnis eingegangen. Ich habe mich auf eine Reise eingelassen, von der ich nicht weiß, wie sie enden wird. Macht euch keine Vorwürfe. Es war meine Entscheidung. Ich weiß, dass ihr es nur gut mit mir meint, aber schlussendlich bin ich allein für mein Leben verantwortlich. Ich kenne die Zukunft nicht. Vielleicht erlebe ich aufregende Dinge. Fest steht: Alles ist neu und spannend und voller Geheimnisse. Ich kann euch nicht versprechen, dass mir nichts passieren wird, das kann man nämlich nie. Genauso gut könnte mich vor unserer Haustür ein Auto überfahren. Aber hier, das versichere ich euch, gibt es keinen Verkehr. Vertraut mir. Alles wird gut. So oder so.

Leider habe ich keine Verbindung zu euch. Nur einen Brief kann ich euch zukommenlassen. Sobald ich kann, melde ich mich. Bitte sucht nicht nach mir.

Ich habe euch sehr lieb. Und danke für alles, was ihr für mich getan habt. Ich könnte mir keine besseren Eltern wünschen.

Eure Tochter

Zuerst hatte ich meinen Namen hinschreiben wollen, aber dann hatte ich Bedenken, dass Schwester Fidelis den Brief lesen könnte, weshalb ich mich dagegen entschied.

Bevor ich es mir anders überlegen konnte, faltete ich das Papier zusammen, steckte es in den Umschlag und leckte den Klebestreifen ab, es war eine Ewigkeit her, seit ich das zuletzt getan hatte. Ich hatte vergessen, dass er nach Erdnüssen schmeckt. Oder das war ein besonderes Kuvert. Meiner Großmutter hatte ich einmal zum Spaß einen Brief ins Theater geschickt, kaum dass ich schreiben gelernt hatte. Den hatte sie hinter der Bar zwischen Whiskyflaschen und einem goldenen Spiegel aufgehängt und jedem Besucher voller Stolz erzählt, dass er von ihrer Enkelin kam.

Auf dem Kuvert waren feuchte Flecken. Die kamen von meinen Fingern. Ich schwitzte vor Nervosität. Um keinen Hinweis auf meine eigene Wohnadresse zu geben, schrieb ich den Namen der Praxis auf den Umschlag, die meinen Eltern gehörte. Ich adressierte ihn an Dr. Robert Mendel, meinen Vater. Schwester Fidelis konnte ich notfalls erklären, dass ich vergessen hatte, den Termin für einen Leistungstest abzusagen, Sportler ließen doch dauernd ihre Herz-Lungenfunktion überprüfen. Zur Sicherheit schrieb ich noch auf das Kuvert: EILSENDUNG EXPRESS. Wie genau man das nannte, wusste ich nicht.

Sobald ich den Brief in das Körbchen gelegt hatte, in dem noch zwei Briefe und ein Päckchen von Schwester Fidelis lagen, fühlte ich mich leichter. Hoffentlich würde Viktor alles schnell zu einem Postamt bringen. Mit diesem Brief hatte ich mir Zeit gekauft, auch wenn ich mir nicht ausmalen durfte, wie meine Eltern auf mein Schreiben reagieren würden.

Ich lief die Steinstufen hinunter, rannte über Kies und Gras auf einen bewaldeten Abhang zu und merkte, dass ein Lachen in mir emporsprudelte wie schillernde Seifenblasen. Es war doch die richtige Entscheidung gewesen. Am liebsten hätte ich einen Baumstamm umarmt! Freiheit! Abenteuer! Das war es, was dieser Brief wirklich verhieß.

Als Erstes wollte ich hinunter zum See, aber ich fand keinen Weg und der Wald erschien mir dann doch zu unheimlich, obwohl es helllichter Tag war. Also lief ich an der Waldgrenze entlang. Da fiel mir ein Baumstamm ins Auge, in den vor vielen Jahren ein X eingeritzt worden war. Es war durch die Zeit gewachsen und hatte sich ausgedehnt und vernarbt. Der Baum hatte versucht, sich gegen die Wunde zu wehren, und hatte eine Wulst rund um das X wachsen lassen. Ich tastete es ab und hatte das Gefühl, als ob ich nicht die Erste war, die das tat. Jetzt sah ich den Fußpfad, der neben dem Baum mit dem X in den Wald führte. Die Markierung fand ich noch an mehreren Bäumen. Ich folgte ihnen abwärts über zertretenes Laub des vergangenen Herbstes, zwischen Wurzeln und Moos hindurch. Die Sonne funkelte durch das Blätterwerk. Vor wenigen Augenblicken noch hätte ich am liebsten Bäume umarmt und auf einmal war mir nicht mehr wohl. Jede Faser meines Körpers war angespannt, ich hielt den Atem an und überlegte, was meinen Gefühlswandel ausgelöst hatte. Das X hatte mich an Noah erinnert. Es machte mich traurig, wenn ich an ihn dachte, obwohl ich eigentlich sauer auf ihn sein sollte, so wie er mich behandelte. Aber irgendetwas umgab Noah, das nicht in Ordnung war. Warum hatte ich seine Eltern noch nicht gesehen? Was war mit seiner Familie? Hatte er Geschwister? Oder Freunde? Wann kamen sie zu Besuch? Fuhr sie jemand den weiten Weg hier nach oben? Oder ließ sich Noah lieber von Viktor ins nächste Dorf oder in die Stadt mitnehmen?

So oder so, er schien mir ziemlich viel allein zu sein. Ich kannte das. Aber immerhin hatte ich Kathi. Ihr konnte ich alles erzählen. Ob Noah eine Kathi hatte?

Schnell lief ich weiter abwärts durch den Wald und erreichte nach wenigen Minuten die blühende Ebene, in deren Mitte der Bergsee leuchtete. Die Felswand und die Gipfel spiegelten sich darin. Ein Kahn schaukelte an einem Steg, der von Schilf umgeben war. Rund um den See führte ein Weg. Ein Feuersalamander kroch vor mir davon. Ich machte einen Spaziergang, aber es war verdammt heiß. Hoch über mir schrie immer wieder ein Raubvogel. Ich kannte mich mit Raubvögeln nicht aus, aber er segelte majestätisch am Himmel. Bald fiel mir ein Seil auf, das neben dem Weg von Pfosten zu Pfosten gespannt war. Vielleicht diente es Noah zur Orientierung. Er war es also, den ich gestern nach meiner Ankunft hier joggen gesehen hatte.

Mein Rundweg wurde begleitet von gelben, weißen und blauen Gebirgsblumen. Ich hatte keine Ahnung, wie sie hießen, aber sie waren traumhaft schön, hätte nur die Sonne nicht so vom Himmel gestochen. Mir wurde ein bisschen schwindelig, ich hatte Durst und war froh, als ich den See umrundet hatte. Auf demselben Weg, auf dem ich gekommen war, betrat ich den Wald wieder – hier war es gleich ein paar Grad kühler und ein paar Grad unheimlicher. Ich geriet mit meinem Gesicht in ein Spinnennetz, schüttelte mich und hoffte, dass sich die Spinne nicht in meinem Kragen versteckte. Rasch folgte ich den Stämmen mit dem X wieder aufwärts, so schnell wie möglich, und kam erhitzt oben am Vorplatz der Villa wieder an.

„Wo bleiben Sie denn?", empfing mich Schwester Fidelis in der Eingangstür. Ich sprang ihr über die Steinstufen entgegen. Noah erhob sich aus dem Schaukelstuhl auf der Veranda und folgte mir. Ich warf einen Blick in den Korb. Verdammt. Die Briefe waren noch da. Viktor war nirgends zu sehen.

9

Zum Mittagessen gab es kalte Gurkensuppe, Huhn mit Reis, Salat und Apfelstrudel. Wann hatte Anselm das alles gezaubert? Hatte er nicht eben noch Fenster geputzt? Es schmeckte fantastisch, aber ich konnte mich nicht wirklich darauf konzentrieren, weil ich für Noah weiterhin Luft war. Er reagierte nicht auf mich, er sprach nicht mit mir und ich merkte, dass es mir doch etwas ausmachte, vor allem weil ich sein Verhalten nicht verstand. Was hatte er gegen mich?

„Heiß ist es", sagte ich, um die unangenehme Stille zu durchbrechen.

„Ja, wem sagen Sie das", seufzte Schwester Fidelis. „Das ist zweifellos ein Jahrhundertsommer. Ich kann mich nicht erinnern, wann es hier oben so eine Schönwetterperiode gegeben hat."

„Hauptsache, es regnet nicht", sagte Anselm, der den zweiten Gang servierte.

„Das Dach ist undicht", erklärte mir Schwester Fidelis. „Es sollte dringend repariert werden. Wie eine Menge andere Dinge. Aber dieses Gebäude ist ein Fass ohne Boden, ein Flickwerk."

Auch der Rest der Unterhaltung verlief oberflächlich. Ich traute mich nichts von dem zu fragen, was mir auf der Zunge brannte, und Schwester Fidelis tat alles, um mich nicht zu Wort kommen zu lassen.

Noah schwieg.

Nach dem Essen verzog er sich. Wo war eigentlich sein Zimmer? Zuerst hatte ich gedacht, es sei über meinem, aber bei meiner ersten Erkundungstour heute Vormittag hatte ich gesehen, dass dort nur eine Kammer war – ein Bett, Tisch, Stuhl, sonst nichts. Das Knarren des Holzbodens war nicht genau zu lokalisieren. Es war auch nicht immer der Boden, der knarrte. Manchmal waren es die schweren Dachbalken, manchmal knackte es in den Wänden. In den Leitungen gluckste es oder es knisterte in den Ofenrohren. Dieses Haus schien zu leben. Was Noah in seinem Zimmer jetzt wohl machte? Lesen konnte er nicht. Vermutlich hatte er Hörbücher oder Bücher in Blindenschrift und einen Computer. Ob er Radio hörte? Klassische Musik vielleicht? Oder etwas anderes? Was konnte er sonst tun? Schlafen? Nachdenken? Was machte jemand, der nichts sah, allein in seinem Zimmer?

Um kurz vor zwei bekam ich Antwort. Ich hörte den Motor des Jeeps im Wald. Der Motor starb ab. Sofort stürmte ich von meinem Zimmer auf den Balkon. Eine Autotür schlug zu. Kurz darauf kam Noah neben der Einfahrt aus dem Wald, durch den ich mit Viktor bei meiner Ankunft hereingefahren war. Mit einem Fuß lief Noah am Kies, mit dem anderen im Gras, so orientierte er sich also. Seine schwarzen Haare waren an der Stirn und im Nacken schweißnass. Offensichtlich war er mit Viktor und dem Jeep unterwegs gewesen. Zu gern hätte ich gewusst, was die beiden gemacht hatten. Vielleicht gab es in der Nähe doch ein Dorf, von dem ich nur noch nichts mitgekriegt hatte, weil es in einer anderen Richtung lag.

Ich schaute Noah zu, wie er immer näher kam, sich die Steinstufen hochtastete und aus meinem Blickfeld entschwand. Viktor kam hinterher, klimperte mit seinem Autoschlüssel und trug eine Einkaufstüte. Hier hatte ich meine Antwort: Die beiden waren einkaufen gewesen.

Das war vielleicht umständlich. Für jeden Einkauf brauchte man ein Auto und musste was weiß ich wie lange fahren. Es gab weder Kino noch Möglichkeiten, sich mit Freunden zu treffen. Warum wohnte Noah so abgelegen? Am wahrscheinlichsten erschien mir, dass er nur den Sommer hier oben verbrachte, warum auch immer. Andererseits erklärte das nicht, warum seine Familie nicht hier war. Würden sie dann nicht gerade Zeit mit ihm verbringen wollen? Und warum musste er dann mit Schwester Fidelis in den Ferien lernen? Vielleicht waren seine Eltern super ehrgeizig. Ich würde ihn fragen, sobald er mir die Gelegenheit dazu gab.

Abgesehen davon interessierte es mich brennend, wie er die Welt wahrnahm. Wie war es, wenn man nichts sehen konnte? Ich kannte ihn noch nicht einmal vierundzwanzig Stunden und trotzdem schien er sich wie mit einem Angelhaken an mein Gehirn gehakt zu haben, sodass ich dauernd an ihn denken musste. Er wirkte so stark auf mich, und doch auch traurig und hilfsbedürftig. Was für ein schreckliches Wort. Konnte es sein, dass ich ihm nur helfen wollte? Dafür hasste ich mich, denn es war genau das, was meine Eltern die ganze Zeit mit mir machen wollten und was mir so auf die Nerven ging – sie wollten mir dauernd helfen, als ob ich das nötig hätte. Noah hatte es genauso wenig nötig.

Schritte vor meinem Zimmer unterbrachen meine Gedanken. Ich spähte durch die Tür und sah Schwester Fidelis, beladen mit einem Stapel Bücher. Noah kam ihr hinterher. Es war Punkt vierzehn Uhr und die beiden stiegen die Treppen hinauf in das Zimmer unter dem Dach. Am liebsten wäre ich mit ihnen gegangen, hätte gerne dazugehört, zu ihrem geheimen Zirkel oder was immer sie verband.

Ich legte mich aufs Bett, betrachtete den Koffer im Spiegel und der Brief fiel mir wieder ein. Wieder setzten die nagenden Zweifel ein. Würde ich sie je abschütteln können? Um mich zu beruhigen, beschloss ich, Viktor zu suchen und zu fragen, wann er den Brief zur Post brachte. Und selbst wenn ich mich in dem Moment anders entschied, war es auch gut. Viktor konnte mich dann gleich mitnehmen.

Die Eingangshalle war leer, genauso wie die Küche im Untergeschoss und das Kontor. Ich ging nach draußen. Bei brütender Mittagshitze durchstreifte ich erneut das Gelände – zuerst den Garten, noch einmal das Glashaus, dann lief ich zum See hinunter und nahm jeden Pfad durch den Wald, der ansatzweise nach Weg aussah. Einmal blieb ich vor einem umgefallenen Baumstamm stecken und musste wieder umkehren. Je länger ich suchte, desto sicherer wurde ich, dass ich Viktor die Wahrheit sagen würde. Er war umgänglich, er würde nicht böse sein. Vielleicht konnte ich ihn dazu überreden, mich mitzunehmen, ohne Schwester Fidelis Bescheid zu sagen. Aber dazu musste ich ihn erst einmal finden.

Nach zwei Stunden hatte ich von der Hitze Blasen an den Füßen. Ich humpelte den X-Weg hoch, als ich den Jeep über den Kies fahren hörte.

„Viktor!", rief ich und keuchte den Weg hoch. Als ich oben ankam, stand der Jeep schon auf der anderen Seite des Tors. Ich winkte und rief, aber der Motor des Wagens dröhnte und Viktor war damit beschäftigt, die Eisenkette um das Tor zu wickeln. Bevor ich ihn erreichen konnte, verschwand der Jeep im Wald, das Tor war dicht verschlossen und ich sah nur noch die Rücklichter.

Niedergeschlagen trottete ich zur Villa zurück, aber als ich die Halle betrat, wurde mir ein wenig leichter ums Herz. Das Körbchen war leer. Viktor war unterwegs zur Post. Wenn er den Brief per Express verschickte, würden ihn meine Eltern vielleicht heute Abend noch, spätestens aber morgen früh bekommen.

„Was machen Sie noch hier, Irina?", rief mir Schwester Fidelis von der Treppe aus zu und zeigte auf die Standuhr. „Es ist Viertel nach vier. Noah wartet!"

Den Schwimmtermin hatte ich fast vergessen. Ich stammelte eine Entschuldigung und rannte ins Schwimmbad. Noah wartete nicht auf mich. Ich war als Erste da. Ob er überhaupt kommen würde? Vielleicht hatte er keine Lust mehr. Verstehen könnte ich es, so wie ich ihn heute Morgen beim Schwimmen behandelt hatte. Aber er kam, ging wortlos an mir vorbei, streifte seine Kleider ab und wollte sofort ins Wasser steigen.

„Warte! Ich zeig dir zuerst im Trockenen, wie's geht." Gedankenlos griff ich nach seinen Handgelenken und erschrak, als er sie aggressiv wegzog.

„Fass mich nicht an!", fuhr er mich an. Ein paar Atemzüge lang standen wir uns irritiert und schweigend gegenüber.

„Ich muss dich berühren, wenn ich dir zeigen soll, wie's geht", sagte ich leise.

Sein Brustkorb hob und senkte sich schnell. Er schien nervös zu sein, dachte nach. „Wir machen es umgekehrt ... Ich berühre dich. Ist das in Ordnung für dich?"

Ich war mir nicht sicher, nickte trotzdem.

„Ja oder nein?", fragte er.

Verdammt. „Ja, es ist in Ordnung."

So vorsichtig, als tastete er nach einem siebenstöckigen Kartenhaus, berührte er meine Schultern, fuhr meine Arme hinab und nahm mich an meinen Handgelenken. Jedes meiner Härchen stellte sich auf. Schlugen wir Funken? Ganz langsam, ohne zu sprechen, machte ich ihm die Schwimmbewegung in Zeitlupe vor. Noch einmal. Zweimal. Und dreimal. Grell sprudelnde Aufregung in meinem Bauch. Dann hielt ich es kaum mehr aus und wollte damit aufhören. Was machte er mit mir?

„Gleich hab ich's", sagte er, und während ich den Ablauf unzählige Male wiederholte, studierte er jeden einzelnen meiner Muskeln, die Drehung und Hebung jedes Gelenks. Es war elektrisierend. Ich biss mir auf die Lippen, entdeckte zwölf Sommersprossen auf seiner Nase, eine dünne Narbe am Kinn und konnte nicht damit aufhören, mich in seinen Augen zu verlieren, endlos tief. Asteroiden, Planeten und Spiralnebel wirbelten um mich herum, kalte, dunkle Materie und die „Finger Gottes" genannte Illusion einer ganzen Reihe von Galaxien, die auf die Erde zeigen. Aufhören. Aus. *Was machst du da?* Ich schüttelte den Kopf, blinzelte, kam mir schäbig vor, als täte ich etwas Verbotenes. Niemand sonst hätte sich so eindringlich ins Gesicht starren lassen wie Noah.

„Okay", sagte er plötzlich, ließ von mir ab, tastete sich mit den Zehen zum Beckenrand vor, stieg über die Leiter ins Wasser und kopierte meine Armbewegung. Zunächst im Stehen. Dann schwamm er los. Ich war fassungslos. Was hatte der für eine Auffassungsgabe. Gleich beim ersten Versuch schaffte er über die Hälfte des Beckens, dorthin wo er nicht mehr stehen konnte. Als er es merkte, wurde er nervös und verlor die Bewegung wieder.

„Schwimm weiter, Mann, schwimm, schwimm, schwimm!", rief ich. „Nicht paddeln wie ein Hund, schwimmen. Nur noch ein paar Züge. Du schaffst das!"

Aber er kam nicht mehr vorwärts, rotierte nur noch im Kreis, versuchte mit den Zehen den Boden zu erreichen, aber da war kein Boden. Er erschrak, ging unter, schnappte Luft an der Oberfläche, konnte sich kaum über Wasser halten, schien nicht mehr zu wissen, wo oben und wo unten war.

„Was machst du?", brüllte ich. „Du musst schwimmen, wie ich es dir gezeigt habe! LOS! SCHWIMM!"

Dann schluckte er den ersten Schwall Wasser und ging wieder unter. Hustend tauchte er noch einmal auf, schluckte Wasser statt Luft. Ich wusste, wie sich das anfühlte. Mit den Händen schlug er um sich. Ein paar Zehntelsekunden focht ich einen schrecklichen Kampf mit mir aus. Aber er blieb unten.

10

Und dann sprang ich, wand mich, wehrte mich zuerst und es war wieder wie damals, eingesperrt in der Dunkelheit, ein Labyrinth ohne Ausgang. Ich schlug um mich, strampelte und panischer Atem sprudelte blubbernd an meinen Augen vorbei. Hinter den Blasen entdeckte ich eine Spur aus Farben – Noahs Haare, Noahs Badehose, seine Füße, abwechselnd oben und unten – und meine eigene Angst verlor plötzlich an Kraft, zog sich zurück wie eine Raubkatze, der man mit einer brennenden Fackel droht. Es ging um Leben und Tod. Um Noahs Leben. Um Vorher und Nachher. Schwimmen verlernt man nicht. Ohne nachzudenken, tauchte ich auf ihn zu, schlang von hinten meinen Arm um seine Brust und zog ihn zum Beckenrand. Sofort war er bei Bewusstsein. Ich wusste nicht mal, ob er es je verloren hatte. Er schnappte nach Luft, spuckte, prustete, keuchte und hustete. In meiner Hilflosigkeit patschte ich ihm auf den Rücken.

„Komm raus", sagte ich. Diesmal folgte er mir heftig nach Atem ringend über die Leiter. Er hustete immer noch. Ich holte ein Handtuch, reichte es ihm und führte ihn zur Liege, er schien die Orientierung komplett verloren zu haben.

„Ist bei Ihnen alles in Ordnung?", fragte Schwester Fidelis, die gerade zur Tür hereingekommen war, als hätte sie unser filmreifes Drama live im Kino verfolgt.

„Ja", sagte Noah mit heiserer Stimme und versuchte, ein Husten zu unterdrücken. „Ich glaub, ich hab den Dreh raus." Eben noch sterben und jetzt schon wieder lügen.

„Fast eine ganze Länge hat er geschafft", dichtete ich dazu, vielleicht etwas zu überschwänglich. Ich versuchte, einen fröhlichen Eindruck zu machen, obwohl mir der Schreck noch so tief in den Knochen saß, dass ich mich beherrschen musste, um nicht zu zittern.

„Schön", sagte Schwester Fidelis. „Dann lass ich euch mal weitermachen."

„Äh, Schwester Fidelis!", rief ich ihr nach. „Ich glaube, es ist genug für heute. Am Anfang sollte man es nicht übertreiben."

„Womit Sie hundertprozentig recht haben", sagte sie.

Ich atmete erleichtert aus, als sie weg war. Völlig fertig setzte sich Noah auf die Liege und presste sich das Handtuch vors Gesicht. Immer noch rang er nach Luft. Ich setzte mich neben ihn. Drei Zentimeter Abstand zwischen seinem und meinem Körper. Keine Berührung. Aber Hitze.

„Soll ich dir erklären, was passiert ist?", fragte ich.

„Brauchst du nicht."

„Du hast ..."

„Brauchst du nicht!", fuhr er mich an, glitt von der Liege, ging zur Tür des Schwimmbads und ließ mich zurück wie einen alten Stiefel. Ich hatte gerade sein Leben gerettet. Wenigstens Danke hätte er sagen können. Und überhaupt. Er verwirrte mich so, dass ich nicht mehr klar denken konnte. Was stellte er mit mir an?

Ich starrte auf das Wasser vor mir, das jetzt ganz ruhig und klar vor mir lag, nur Lichtpunkte tanzten darin wie Sterne. Das Mosaikmuster schimmerte in allen Facetten und jetzt erst wurde mir bewusst, was ich getan hatte. Ich war geschwommen. Ich war ins Wasser gesprungen und auf Noah zugetaucht.

Fast unmittelbar kehrte die alte Panik zurück. Plötzlich rang ich wieder nach Luft, wie damals, als ich außer Wasser nichts in meine Lunge bekam. Mein Kopf hatte sich zum Bersten angefühlt, meine Lunge zog sich zusammen und die Todesangst griff mit ihren eisigen Klauen nach meiner Seele. Die Erinnerung daran reichte aus, dass die Welt zur Seite kippte. Ich fand mich neben dem Beckenrand wieder. Mein Ellenbogen und meine Hüfte taten mir weh. Wie ein Presslufthammer schlug mein Herz gegen die Rippen. Ich versuchte, mich zu beruhigen.

Ich war kein Kind mehr. Das hier war nicht das Schwimmbad meines Vereins zu Hause, aus dem ich meine Erinnerung mitgeschleppt hatte. Ich war, gegen alle Widerstände, doch ins Wasser getaucht und hatte mir aus lauter Sorge um Noah nicht viel dabei gedacht. Es war vorbei. Ich hatte mich, wenn auch in der Not, entschieden, dieses Trauma zu überwinden.

Zögernd setzte ich mich auf und ließ probeweise meine Füße ins Wasser hängen. Etwas in mir flüsterte, dass ich es ein weiteres Mal tun konnte. Ich konnte meine Angst überwinden, wenn ich nur wollte. Ich fuhr mit den Fingerspitzen durch das Wasser. Fein fühlte es sich an. Noch war ich nass. Wenn diese verdammte Angst nicht wäre. Ich dachte daran, wie Noah sich gefühlt haben musste, als ich ihn, umgeben von Schwärze, ins Wasser geschickt hatte. Was für eine Überwindung musste ihn das gekostet haben.

Ganz langsam, Zentimeter für Zentimeter, ließ ich mich ins Wasser gleiten und versuchte, an die Zeit zu denken, als ich noch wie ein Fisch darin geschwommen war und so viel Spaß hatte. Und auf einmal stand ich im Pool und es war gar nicht mehr so schrecklich. Ich atmete zwar viel zu viel Luft ein, mehr als ich brauchte, und ich musste mich zwingen, nicht zu hyperventilieren, aber auf einmal ging es. Vielleicht war es die Kraft, die dieses Haus ausatmete. Oder es war der Gedanke an Noah und seinen Mut. Ich hielt bewusst die Luft an und tauchte einmal ganz kurz meinen Kopf unter. Immer noch war ich am Leben und immer noch bekam ich genügend Luft. Zaghaft wagte ich die ersten Schwimmzüge, zuerst an der Breitseite, und als ich merkte, dass es möglich war, überwand ich mich, schwamm eine Längsseite, hielt mich schwer atmend am Rand fest, fasste neue Entschlusskraft und schwamm wieder zurück. Und je länger ich durch das Wasser glitt, desto ruhiger wurde ich. Ich konzentrierte mich nur noch auf meine Schwimmzüge und meine Atmung, ein, aus, ein und wieder aus. Und als ich mich schließlich mit einem Ruck aus dem Wasser zog, spürte ich fast Bedauern darüber. Ich merkte, dass ich mich schon lange nicht mehr so erschöpft gefühlt hatte. Aber es war eine herrliche Erschöpfung, eine verdiente Erschöpfung, wie wenn ich einen Marathon gelaufen wäre. Ich bekam Luft. Endlich. Und dann fiel mir der Koffer wieder ein. Irgendwie musste er sich doch öffnen lassen. Notfalls mit Gewalt. Diesmal würde ich es herausfinden. Ich war so gut drauf und konnte es kaum erwarten, ihn erneut unter die Lupe zu nehmen, gespannt darauf, was es war, das Irina so dringend verstecken musste. Schnell rannte ich in mein Zimmer, aber sosehr ich mich auch anstrengte – ich schüttelte den Koffer, stellte ihn auf, tastete ihn ab, betrachtete und untersuchte ihn von allen Seiten –, blieb er vor meinen Augen verschlossen. Während ich mich umzog, dachte ich daran, beim nächsten Mal ein Messer mitzunehmen.

Als ich danach auf den Balkon trat, sah ich Noah um den See rennen. Der Wahnsinnige joggte, nachdem er eine Stunde zuvor fast ersoffen wäre. Offensichtlich hatte er zu viel Energie. Aber vielleicht war er inzwischen trotzdem in der Stimmung, ein paar Worte mit mir zu reden. Aufgeregt lief ich raus aus dem Zimmer, am Hirsch vorbei, über den roten Teppich die Treppe runter, die Steintreppe hinaus, über Kies und Gras, rein in den Wald und den X-Weg, wie ich ihn ab jetzt nannte, hinunter zum See. Noah hatte schon zwei Drittel geschafft. Ich nahm die andere Richtung und rannte ihm entgegen. Er kam auf mich zu, eine Hand am Seil. Gleichmäßig setzte er einen Fuß vor den anderen, trug Laufschuhe, kurze Hosen und ein T-Shirt, auf dem irgendwas mit *Sports* draufstand. Wo er wohl seine Klamotten herbekam? Suchte er sie selbst aus?

„Hallo!", rutschte es aus meinem Mund.

Entweder er hatte mich nicht gehört, oder er wollte mich nicht hören. Jedenfalls legte er einen Zahn zu und zog an mir vorbei. Ich folgte ihm, sah aber bald ein, dass er zu schnell für mich war. „Noah! Bleib doch mal stehen! Ich will doch nur mit dir reden."

„Lass mich in Ruhe!" Er atmete nicht mal schwer, als er das sagte, und hängte eine zweite Runde um den See an. Ich blieb am Eingang zum X-Weg stehen und schaute ihm nachdenklich hinterher. Je mehr er sich von mir abwandte, umso dringender wollte ich mehr über ihn wissen. Warum verhielt er sich so? Warum wich er mir und all meinen Fragen aus?

Zum Abendessen war Viktor wieder da. Ich traute mich nicht zu fragen, ob er meinen Brief aufgegeben hatte, aber ich hoffte, dass es so war. Anselm bediente uns freundlich und unauffällig. Ich kriegte weder das Gebet noch die kargen Gespräche mit, die geführt wurden, sondern fragte mich, was ich falsch gemacht hatte. Warum behandelte mich Noah wie einen gefällten, verfaulten Baum? Wollte er jetzt so lange nicht mehr mit mir reden, bis ich von diesem Ort verschwand?

„Haben Sie eigentlich schon die Bibliothek entdeckt?", erkundigte sich Schwester Fidelis und tupfte sich mit einer steif gebügelten Serviette den Mund ab.

Ich schüttelte den Kopf, diesmal dachte ich daran, dass Noah das nicht sehen konnte, aber ich hatte noch Schokoladenpudding mit Sahne auf der Zunge und wollte nicht den Tisch vollspucken.

„Irina braucht die Bibliothek nicht zu sehen", knurrte Noah. „Ich glaube, sie möchte nach Hause gebracht werden. Es gefällt ihr hier nicht, hat sie mir gesagt."

Wie bitte? Der hatte sie ja nicht mehr alle.

„Ist das wahr?", fragte Schwester Fidelis erschrocken.

„Natürlich nicht", antwortete ich. „Ich würde liebend gern die Bibliothek sehen." Energisch schob ich den Stuhl zur Seite und stampfte an Noah vorbei. Sollte er mich ruhig hören.

11

Die Bibliothek war nicht besonders groß, aber an allen vier Holzwänden bis unter die Decke vollgestopft. Die Bücher standen nicht nur aufrecht, sondern lagen auch quer darüber, um keinen Zentimeter Platz ungenutzt zu lassen. In keinem der Regale hätte noch ein einziges Buch Platz gehabt. Nur in der Nähe der Tür sah es ordentlich und luftig aus. Dafür standen davor am Boden hüfthohe Stapel. Zwischen zwei fadenscheinigen Ohrensesseln verbreitete eine Stehlampe wohliges Licht. Fauteuils mit gobelinartigen Einsätzen, ein kleiner Tisch vor dem Fenster. Quastenvorhänge und Teppiche schluckten jedes Geräusch. Auch hier bewegten sich vor den Fenstern die Blätter der riesigen Buche.

„Leider platzt alles aus den Nähten", entschuldigte sich Schwester Fidelis. „Ich bin dabei, Ordnung zu schaffen." Sie zeigte auf das Regal neben der Tür. „Aber ich komme nicht recht voran. Eigentlich müsste man einen großen Teil der Bücher wegbringen, aber das schaffe ich einfach nicht", sagte sie verlegen. „Ich bin mir noch nicht sicher, nach welchem System ich die Bücher sortieren soll, nach Erscheinungsjahr, Name des Autors, Gattung? Eigentlich hätte ich die Lyrik gern in einem Regal. Aber wo anfangen?" So bestimmend ich sie bisher erlebt hatte, kam sie mir jetzt beinah Hilfe suchend vor. Ich trat an das einzige ordentliche Regal: Thomas Mann, *Die Buddenbrooks*. Sagen des griechischen Altertums. Heinrich von Kleist, *Der zerbrochene Krug*. Erich Kästner, *Emil und die Detektive*. Goethe, *Die Leiden des jungen Werthers*. Michael Ende, *Die unendliche Geschichte*. W.G. Sebald, *Die Ausgewanderten*. Otfried Preußler, *Der Räuber Hotzenplotz*. Shakespeare, *Hamlet*. Und noch viele mehr. Beim besten Willen konnte ich keine Ordnung erkennen, außer dass das Zeug uralt war.

„Das sind alle Bücher, die ich Noah vorgelesen habe", erklärte sie nicht ohne Stolz.

„Sie lesen ihm Bücher vor?", sagte ich zu laut, was mir im gleichen Moment peinlich war.

„Natürlich", sagte sie leicht verschnupft. „Wer soll das denn sonst machen."

Ein elektronisches Gerät vielleicht? Ein E-Book, ein Hörbuch oder seine Mutter?

Ich holte tief Luft. „Darf ich Sie etwas Persönliches fragen? ... Ich weiß nämlich nicht mehr ... Haben Sie mir schon erzählt, wo Noahs Eltern sind?"

Schwester Fidelis blickte über ihre Schulter nach hinten zur Tür. Noch waren wir allein.

„Sie leben nicht mehr", flüsterte sie schnell und knapp und mit einem vorwurfsvollen Unterton. „Damit möchte ich es bei diesem heiklen Thema bewenden lassen. Sprechen Sie ihn nicht darauf an und seien Sie versichert, der Junge ist in den allerbesten Händen."

„Aber sicher", murmelte ich. Meine Sommerferien-Theorie konnte ich begraben. Aber seit wann lebten Noahs Eltern nicht mehr und warum waren sie gestorben?

„Und ... also ... Er geht auch sonst nicht in eine normale Schule? Oder in ein Internat?" Schon während ich es aussprach, hörte ich das dünne Eis knirschen, auf dem ich mich bewegte. Schwester Fidelis kniff die Augen zusammen, legte den Kopf schief und musterte mich feindselig. Offenbar hatte sie Irina eine Menge mehr erklärt, als ich wusste.

„Verzeihen Sie die dumme Frage", beschwichtigte ich. „Das haben Sie mir ja alles schon erklärt. Es ist nur ..."

„Ja, ich weiß, es ist nicht einfach, all das zu verstehen." Wieder einmal putzte sie mit einem bestickten Taschentuch ihre Brille.

Ich hörte ein Geräusch an der Tür. Noah trat ein und sofort eilte Schwester Fidelis auf ihn zu. Vor Frustration hätte ich fast geschrien. Jetzt würde ich nichts mehr erfahren.

Ich wandte mich wieder den Büchern zu. „Wo sind denn die ganzen neueren Bücher?", fragte ich, bemüht, freundlich zu klingen.

„Wir konzentrieren uns auf die Klassiker", zischte die Nonne und es klang, als wollte sie mir den Mund verbieten. Aber was Bücher angeht, kann ich ziemlich fanatisch sein. Lesen war etwas, das ich immer tun konnte, auch wenn es mir schlecht ging. Bücher machten mein Leben bunt.

„Ich verstehe nicht ganz. Haben Sie ihm nur diese Bücher vorgelesen oder noch andere?"

„Nur die", sagte Noah, der hinter mir vorbeiging und zielsicher auf den Ohrensessel zusteuerte.

„Was heißt hier nur?" Energisch setzte sich Schwester Fidelis die Brille wieder auf. „Schauen Sie sich diese Auswahl einmal an. Das ist große Literatur."

„Aber was ist mit all den neuen Sachen?" Als ob mir jemand für jedes aufgezählte Buch einen Euro schenkte, konnte ich gar nicht mehr aufhören und nannte so ziemlich alles, was ich in den letzten Jahren verschlungen hatte. „Was ist mit Krimis und Thrillern? Wo ist *Der Herr der Ringe*? Sie können doch nicht einfach mitten im Zweiten Weltkrieg aufhören. Von *Hotzenplotz* und der *Unendlichen Geschichte* mal abgesehen." Noah schien mir hellwach zuzuhören. Mit gerade gestrecktem Rücken saß er gespannt an der Kante des Ohrensessels und hielt sich mit beiden Händen an den Lehnen fest.

Während ich Schwester Fidelis mit einer Lawine überschüttete, die ich nicht mehr stoppen konnte, wurde ihr Blick immer kühler. Sie presste ihre Lippen zusammen, bis ihr Mund nur noch ein Strich war, und ballte ihre Fäuste. Rüde unterbrach sie mich.

„Schluss jetzt! Kommen Sie mit!" Sie stach mir ihren knochigen Finger in den Rücken, schob mich vor sich her, bugsierte mich durch mehrere Zimmer in ihr Kontor, schlug die Tür hinter sich zu und faltete die Hände.

„Frau Pawlowa!", sagte sie, riss sich schon wieder nervös die Brille von der Nase und hatte allerhand Mühe, sich zu beherrschen und mich nicht anzuschreien. „Wir hatten das doch ausgemacht ... Wir helfen Noah nicht, wenn wir ihm von der Welt da draußen erzählen."

„Aber ..."

„Nichts aber!" Sie setzte die Brille wieder auf. „Es ist schwer genug, auch ohne die Anreize, die unser modernes Leben bietet. Sie kennen Noah nicht. Er ist so unendlich wissbegierig. Er nimmt alles, was er bekommen kann, saugt jede Information auf und vergisst sie nicht mehr. Ich füttere ihn den ganzen Tag mit klassischer Literatur, mit Geschichte und den verschiedensten Sprachen, genauso intensiv betreiben wir Philosophie, Mathematik und Physik. Sie glauben ja gar nicht, wie mich das fordert. Ich verbringe meine ganze Zeit damit, mir neues Wissen anzueignen, um seine grenzenlose Neugier zu befriedigen. Es lenkt ihn ab, vergessen lässt es ihn aber nicht. Machen Sie es nicht schlimmer, als es ohnehin schon ist. Er braucht nicht alles zu wissen."

Wieder einmal verstand ich gar nichts. Was genau wollte sie mir sagen? Was sollte er vergessen? Was meinte sie mit „der Welt da draußen"? Und was hatte sie gegen Anreize? Die machten das Leben doch spannend. Außerdem konnte man sich dem doch sowieso nicht entziehen. Die Anreize schrien einen doch an jeder Hausecke an, selbst wenn man sie nicht sah. Aber ich traute mich nicht, Fragen zu stellen, weil sie Irina bestimmt schon alle Merkwürdigkeiten, die Noah umgaben, verraten hatte. Noah war blind. Ja. Andererseits hatte ich das Gefühl, dass er ziemlich gut damit klarkam. Wahrscheinlich hatte es etwas mit seinen toten Eltern zu tun. Vielleicht hatte es einen Unfall gegeben, bei dem er seine Eltern und sein Augenlicht verloren hatte. Das wäre allerdings schlimm gewesen.

Schwester Fidelis nahm mich verschwörerisch an beiden Händen und sprach eindringlich: „Hören Sie, Irina! Ich bin froh, dass Sie da sind. Es ist wichtig, dass Noah Gesellschaft hat. Sie sind eine aufgeweckte junge Frau und eine gute Schwimmlehrerin. Ich kann nicht jedes Wort, das Sie zu ihm sagen, kontrollieren. Das will ich auch gar nicht. Aber ich möchte Sie inständig bitten – machen Sie ihn nicht noch neugieriger, als er ohnehin schon ist. Er braucht nichts zu wissen von Internet und Mobiltelefonen und was es da draußen noch so alles gibt."

„Er hat keine Ahnung, dass es Internet und Handys gibt?"

Es pochte an der Tür.

„Schwester Fidelis", fragte ich sie eindringlich, weil ich unbedingt eine Antwort wollte. Aber Noah streckte seinen Kopf in das Kontor. „Soll ich noch länger warten? Kommen Sie? Oder darf ich auf mein Zimmer?" Er fragte, ob er auf sein Zimmer durfte? Das alles war doch nur noch eine Freak-Show, die im 19. Jahrhundert angesiedelt war, wo die Kinder noch mit ihren Müttern per Sie waren und ihren Vätern die Hände küssen mussten.

„Eine Sekunde noch!", sagte Schwester Fidelis zu Noah. „Warte bitte vor der Tür."

Seufzend schloss Noah die Tür und die Nonne wandte sich in scharfem Flüsterton an mich. „Sie fragen zu viel. Außerdem haben Sie einen Vertrag mit einer Schweigeklausel unterschrieben. Schon vergessen?"

Irina hatte einen Vertrag unterschrieben. Mit einer Schweigeklausel. Das wurde ja immer besser.

„Natürlich nicht", nuschelte ich.

„Ich kann mich doch auf Sie verlassen, dass Sie die Klausel einhalten?"

Einen Moment zögerte ich. Eine Nonne anzulügen, kam mir ziemlich schäbig vor. Aber das machte ich doch ohnehin schon die ganze Zeit. Ich nickte. Noah hätte es nicht einmal bemerkt.

„Sie tun ihm den größten Gefallen, indem Sie schweigen." Sie drückte mir die Hände, lächelte gequält, verließ den Raum und wollte Noah am Arm nehmen, aber er entzog sich auch ihrer Berührung. Mit gesenktem Kopf folgte er ihr. Ich schlich ihnen mit einigem Abstand hinterher.

Die beiden setzten sich in die Ohrensessel in der Bibliothek. Noah schien genau zuzuhören, während ihm Schwester Fidelis irgendwas Uraltes vorlas, komplizierte Sätze in altmodischer Sprache. Ich wäre nach drei Wörtern eingeschlafen, aber er wirkte hellwach.

„Stört es Sie, wenn ich mir ein Buch ausleihe?", unterbrach ich sie.

„Ja", sagte Noah.

„Natürlich nicht!", fuhr Schwester Fidelis ihm über den Mund. „Was bist du denn so garstig?"

Dieses Wort hatte ich auch noch nie jemanden sagen hören. Ich ließ mir viel Zeit bei meiner Suche und beobachtete die beiden aus den Augenwinkeln.

„Bist du bald fertig?", fragte Noah ungehalten nach einer Weile. Zuerst merkte ich gar nicht, dass das mir galt. Erst als ihn Schwester Fidelis ermahnte.

„Noah! Was fällt dir ein! Frau Pawlowa bekommt so viel Zeit, wie sie braucht."

„Wofür denn? Ein Buch aus einem Regal zu ziehen dauert keine Sekunde."

„Ich geh schon", murmelte ich, zog *Die schwarze Spinne* aus dem Regal, keine Ahnung, was das war, und machte mich aus dem Staub. Er hatte schon wieder gewusst, dass ich immer noch im Raum gewesen war. Das war jetzt das dritte Mal – gestern, als er Klavier gespielt hatte, heute, als ich vor dem Schulzimmer gelauscht hatte, und jetzt das.

Den Weg zurück in mein Zimmer versuchte ich mit geschlossenen Augen zu bewältigen. Nach wenigen Schritten krachte ich mit dem Fuß in eine bauchige Vase. Es schepperte laut.

„Alles in Ordnung?", fragte Schwester Fidelis, die sofort aus der Bibliothek geschossen kam.

„Natürlich, ja danke, ich war nur ungeschickt." Vollkommen gaga war ich, zu blöd, ein paar Meter ohne Sicht zu bewältigen. Ich versuchte es noch einmal, streckte meine Hände aus, tastete mich mit den Füßen langsam voran. Jetzt erst fiel mir auf, dass in jedem Zimmer eine andere Uhr tickte und dass es manchmal sehr hoch und kaum erkennbar summte. Das mussten die alten elektrischen Leitungen sein.

Das Buch von der schwarzen Spinne hätte ich besser nicht ausgeliehen. Es war brutal altmodisch und brutal ekelhaft. Ein wilder Jäger küsste ein Kind ins Gesicht, sofort spürte es einen brennenden Schmerz, ein schwarzer Fleck entstand und schwoll zu einer schwarzen Spinne an. Bei einem Unwetter platzte das Mal auf und viele kleine Spinnen schlüpften aus dem Gesicht. Ich hätte kotzen können. Aber ich wollte auch wissen, wie es ausging, und so las ich die halbe Nacht. Wahrscheinlich hätte ich lange nicht einschlafen können, aber dann hörte ich in der Ferne Noahs Klavierspiel. Ich riss alle Fenster auf, lauschte und dachte über das nach, was ich von Schwester Fidelis heute alles erfahren hatte. Noahs Eltern waren tot und sie hatte offenbar die Erziehung übernommen. Oh Graus. Jetzt tat er mir wirklich leid. Wer wollte schon bei so einer altmodischen, besserwisserischen Schreckschraube aufwachsen, deren Mund wie zugenäht war, weil sie so selten lachte. Sie unterrichtete ihn, was schon absurd genug war. Für so was gab es Schulen, mit allem, was dazugehörte. Und ihre Angestellten, wie Irina Pawlowa, ließ sie eine Schweigeklausel unterschreiben, die was beinhaltete? Dass man Noah nichts von „da draußen" erzählen durfte und dass er nur antiquarische Bücher vorgelesen bekam. Ich lachte in mein Kopfkissen. Was bitte war denn dafür der Grund? Das war doch hirnrissig. Langsam fragte ich mich, ob Schwester Fidelis nicht einen psychischen Totalschaden hatte und hier ihre private Show abzog. Schließlich hatte es schon mehr Fälle gegeben, in denen

Kinder jahrzehntelang in Kellern eingesperrt waren und … Ich wollte gar nicht daran denken, musste gähnen und überlegte mir während des Einschlafens, ob Noah am nächsten Morgen zum Schwimmunterricht kommen würde. Immerhin war er das letzte Mal fast ertrunken.

12

Natürlich stand er da. Einen trotzigen Ausdruck im Gesicht, eine Jetzt-erst-recht-Haltung.

„Und? Wie hättest du's diesmal gern?", fragte ich schnippisch. Ich weiß auch nicht, warum ich so ekelhaft zu ihm war. Vielleicht weil er etwas an sich hatte, das ich mir auch manchmal wünschte – er sah dem Sturm direkt ins Auge, wusste, was für ein Orkan sich darin verstecken konnte, und ging trotzdem darauf zu. Nach dem, was ihm gestern passiert war, hätte ich mich nie wieder ins Wasser begeben.

„Zeig's mir noch mal", sagte er und hielt seine Hände hoch, als Zeichen, dass ich es ja nicht wagen sollte, ihn zu berühren. „Ich berühre dich!"

Himmel. Hatte der eigentlich einen blassen Schimmer, wie es sich anfühlte, so erforscht zu werden? Brav bewegte ich meine Arme vor und zurück, ruderte herum und zerbiss mir das Zahnfleisch in meiner Backe, um nicht über ihn herzufallen wie eine bluthungrige Bestie. Er überschritt meine körperliche Grenze. Jedem anderen hätte ich eine gescheuert. Normalerweise ließ ich nur Menschen so nah an mich heran, denen ich vertraute und die ich kannte. Noah kannte ich nicht.

„Hast du's bald?", fragte ich, als ich spürte, wie meine Beherrschung nachließ. Mich fror, wegen der Gänsehaut, die er auf meinem Körper erzeugte.

Endlich ließ er von mir ab, stieg ins Wasser und verharrte einen Moment. Diesmal folgte ich ihm über die Leiter. Langsam zwar, aber mit einem Gefühl des Glücks. Ohne es zu wissen, hatte er mir die Angst genommen. Er wirkte erstaunt, als ich neben ihm ins Wasser glitt.

„Ich dachte, du hast Angst", sagte er leise.

Konnte er Gedanken hören?

„Versuch am besten, glatt an der Oberfläche liegen zu bleiben, beweg die gestreckten Beine auf und ab, atme ruhig ein und aus und vor allem – keine Panik. Ich bin hier, es kann dir nichts passieren."

Ich konnte meine Angst in seinem Gesicht sehen, als hätte er sie für mich übernommen. Er rang mit sich. Es schien ihn alle Überwindung der Welt zu kosten. Nervös schnappte er nach Luft. Aber dann legte er sich ins Wasser und kopierte meine Armbewegung. Er schwamm ein paar Meter, driftete nach links, hielt auf die Ecke zu und ich begleitete ihn. Er sollte merken, dass ich da war. Als er den Beckenrand am anderen Ende der Seite berührte, schreckte er auf und konnte es gar nicht glauben.

„Das ist es!", rief ich. „Du hast es geschafft." Dabei konnte ich mich nicht beherrschen und schlug ihm kumpelhaft auf die Schulter.

„Das war eine ganze Länge?", fragte er ungläubig.

„Das war eine ganze Länge", bestätigte ich.

Ein Lachen flog über sein Gesicht und schon wieder hatte ich das Gefühl, als hätte er in meinem Magen ein Leuchtfeuer angezündet, das mir trotz des Wassers die Hitze ins Gesicht steigen ließ. Sein Lachen war wundervoll und ich konnte nicht verstehen, dass er mir jemals auf die Nerven gegangen war. Er tat mir den Gefallen und lachte noch einmal, laut, hell glucksend und übermütig. Er kam mir vor, als hätte er mit dem Badewasser eine Familienpackung Adrenalin verschluckt – in seiner Euphorie schlang er beide Arme um mich und drückte mich. Ich spürte seinen muskulösen Körper, hatte plötzlich Panik, ihn an Stellen zu berühren, die ich lieber nicht berühren sollte. Er drückte seinen Oberkörper an meine Brüste und erschrak, als hätte ihn eine Anakonda gebissen.

So urplötzlich, wie er mich zu sich gezogen hatte, so schnell stieß er mich auch wieder weg.

„Verzeih", stammelte er und wandte sein Gesicht von mir ab – diesmal war er es, dem es peinlich war, und ich konnte mir ein Grinsen nicht verkneifen. Schnell wollte er noch eine Länge schwimmen. Und noch eine. Nur ja keine unangenehme Pause aufkommen lassen, in der man reden hätte müssen. Das, was er mit seinen Beinen machte, hatte zwar noch nicht viel mit Brustschwimmen zu tun und er driftete immer nach links, weil er kein Ziel vor Augen sah, aber er kam vorwärts und ging nicht mehr unter. Ein paar Mal versuchte ich, eine Unterhaltung mit ihm anzufangen, aber er tauchte lieber ab. Er wollte gar nicht mehr raus aus dem Wasser. Schwester Fidelis musste uns holen, und während des Frühstücks konnte er nicht aufhören, vom Schwimmen zu reden.

„Ich glaube, diesmal krieg ich's wirklich hin. Es fühlt sich gut an. Ganz anders als früher."

„Womit sich Frau Pawlowas Ruf wieder einmal bestätigt", sagte Schwester Fidelis und nickte mir zu.

„Ich finde, Frau Pawlowa kann am Wochenende ruhig nach Hause fahren. Danach brauche ich sie nicht mehr", sagte Noah.

Mir blieb der Bissen im Hals stecken. Ich tat ihm doch gar nichts.

Schwester Fidelis wirkte peinlich berührt. „Du bist gerade sehr unhöflich. Das dulde ich nicht. Ich möchte, dass du dich bei Frau Pawlowa entschuldigst."

„Verzeihung", sagte er mechanisch und schaufelte Cornflakes in seinen Mund. Milch klatschte auf den Teller und spritzte sein T-Shirt voll. Er schien mit seinen Gedanken weit weg zu sein.

„Und schling nicht so in dich hinein."

„Verzeihung", sagte er wieder.

Schwester Fidelis schien nicht zu merken, wie er mit ihr spielte. Ob er sich entschuldigte, ein Gebet herunterleierte oder französische Vokabeln deklinierte, das klang alles gleich, alles so, als wollte er sie nur zufriedenstellen.

„Du weißt, dass wir Frau Pawlowa nicht nur engagiert haben, um dir das Schwimmen beizubringen. Sie soll dich täglich trainieren, als Ausgleich zum Laufsport. Und wenn wir sie schon einmal hierhaben, möchte ich eine zusätzliche Schwimmstunde einplanen. Jetzt, wo du so große Fortschritte machst."

Eine Stunde mehr mit Noah allein. In meinem Bauch machten sich Schmetterlinge startklar. Die konnte ich ja gar nicht gebrauchen. Aber kaum waren sie losgeschwirrt, stürzten sie ohnehin schon wieder ab – Noah verzog nämlich stöhnend das Gesicht, als Schwester Fidelis Schwimmkurs von sieben bis acht, von zwölf bis eins und von fünf bis sechs verordnete wie ein Kurarzt. Ich redete mir ein, dass mir seine unfreundliche Art recht war. Mit Ablehnung konnte ich besser umgehen als mit Komplimenten. Obwohl es mir schon wehtat, dass er sich benahm, als sei es für ihn die größte Strafe, sich mit mir abgeben zu müssen. Gedemütigt legte ich das angebissene Brötchen auf meinen Teller. Der Hunger war mir vergangen. Ich wischte das Brotmesser unter dem Tisch an einer Serviette ab und steckte es seitlich in die Hosentasche – Zeit herauszufinden, was der Koffer verbarg.

Anselm hatte sichtlich keinen Spaß an der Neuordnung, weil er das Mittagessen um eine Stunde verschieben musste, aber wie immer mimte er Verständnis und schließlich hatte Schwester Fidelis hier das Oberkommando. Was sie sagte, wurde gemacht.

Nachdem sie mit Noah im Schulzimmer, Anselm in der Küche und Viktor im Wald verschwunden war, stand ich eine Weile lang in der Eingangshalle und kam mir sehr verloren vor. Was machte ich eigentlich hier? Ich kannte diese Leute nicht einmal. Und sie kannten mich nicht. Noah hasste mich, und meine Eltern starben zu Hause vor Sorge. Worauf hatte ich mich da nur eingelassen? Niedergeschlagen schleppte ich mich die Treppe hoch.

„Was soll ich denn jetzt tun?", fragte ich den Hirsch an der Wand. Wie immer bildete ich mir ein, dass er mir zuzwinkerte. Wenigstens hatte ich das Messer dabei. Vielleicht lenkte mich der Koffer ab. Kaum in meinem Zimmer angekommen, warf ich ihn aufs Bett, öffnete ihn und war schon wieder hingerissen von dem Uhrwerk, das auf dem Stoff abgebildet war. Ich stach das Messer in den Kofferboden. Bestimmt war unter dem Stoff nur Karton oder etwas Ähnliches. Aber da hatte ich mich getäuscht. Mit meinem ganzen Körpergewicht stemmte ich mich auf den Griff, rutschte aus und stürzte mit der Hand auf den Koffer. Dabei tat ich mir das Handgelenk weh. Aber aufgeben wollte ich noch nicht. Ich nahm das Messer und wollte den Überzugstoff aufschlitzen. Keine Chance. Weiß der Teufel, was für ein Material das war, aber die Klinge konnte ihm nichts anhaben. Wütend warf ich das Messer in den Koffer, klappte ihn zu und schob ihn wieder unters Bett. Dann holte ich mein Handy aus der Kommode. Hier gab es zwar keinen Empfang, aber vielleicht war das unten am See anders. Ich musste raus. Weg von dem blöden Koffer. Wahrscheinlich bildete ich mir den doppelten Boden nur ein.

Ich folgte dem X-Weg durch den Wald abwärts, langsam diesmal, und starrte auf mein Display, während mir Grillen die Ohren vollzirpten. Komm schon, einen Balken. Nur einen Balken. Nichts. In meiner Verzweiflung tippte ich eine Nachricht an meine Mutter: „Vermisse dich. Hab dich lieb. Es geht mir gut. Komme bald wieder nach Hause." Wie bescheuert das war ohne Empfang. Ich löschte die Nachricht. Am Waldrand jaulte eine Motorsäge auf. Das musste Viktor sein. Am besten, ich fragte ihn, ob er ein Telefon hatte und ob ich es benutzen durfte. Ich folgte dem Uferweg, bis ich Viktor zwischen ein paar Bäumen entdeckte. Er war dabei, einen umgefallenen Baum zu zersägen. Schweiß glänzte auf seiner Stirn. Sein kariertes Hemd hatte er bis zur Brust aufgeknöpft. Breitbeinig machte er sich über die Äste her. Als er mich sah, stellte er die riesige Motorsäge ab.

„Na, mein Mädchen. Alles in Ordnung? Brauchst du Hilfe?"

„Ja, ich ... äh ... wollte fragen ..."

„Ach so, du willst helfen", scherzte er und zeigte auf einen wilden

Haufen abgebrochener Zweige und Äste. „Die müssen zur Lichtung. Dort ist ein großer Holzstoß." Er zog seine Arbeitshandschuhe aus und gab sie mir. „Damit geht's leichter."

Schon sah ich mich die viel zu großen Handschuhe überstülpen. Dann fing ich an, lange Äste durch das Dickicht zum Holzstoß auf der Lichtung zu ziehen. Viktor war nett. Ich würde ihm helfen und bestimmt würde er mich hinterher telefonieren lassen.

Die Arbeit war zwar anstrengend und schweißtreibend, aber sie tat mir gut. Eine Energie floss durch meinen Körper, die mir neu war. Ich fühlte mich so kräftig, als könnte ich die Bäume, die Viktor umsägte, einfach ausreißen. Früher war ich oft müde und angeschlagen gewesen, aber die Luft hier war wie ein Lebenselixier. Dass mein Körper plötzlich so stark war, machte es leichter, mit der verwirrenden Situation, in die ich mich selbst gebracht hatte, zurechtzukommen. Mein kurzer Anflug von Verzweiflung war verflogen. Ich packte mit an und schuftete, bis ich schweißgebadet war. Immer wieder dachte ich an Noah. Er kam mir vor wie ein Stern, der mir vor die Füße gefallen war und so intensiv vor sich hin glühte, dass er mich fast verbrannte. Ich konnte es nicht erwarten, ihn am Mittag wiederzusehen. Gleichzeitig fürchtete ich mich davor, dass er mir wieder etwas Verletzendes an den Kopf werfen könnte. Ich beschloss, mir das nicht mehr gefallen zu lassen. Nur weil er blind und einsam war, hatte er kein Recht, mich wie Dreck zu behandeln. Ich nahm mir vor, ganz sachlich mit ihm zu reden, so nach dem Motto: Ich bring dir das Schwimmen bei und verlange als Gegenleistung nur Respekt von dir. Mehr will ich gar nicht. Bald würde ich sowieso weg sein, aber das konnte ich ihm ja nicht auf die Nase binden. Außer ich steckte es ihm, wenn Schwester Fidelis nicht dabei war. Andererseits hatte ich keine Ahnung, ob er dichthalten würde und ob ich ihm vertrauen konnte.

Nach etwa einer Stunde stellte Viktor die Säge ab und ich hörte wieder die Grillen zirpen.

„Ich muss vor dem Mittagessen noch schnell was erledigen", sag-

te Viktor. „Das hier mach ich später fertig. Wir sehen uns gleich."
Er schleppte die Säge mit sich und verschwand. Ihn um einen Anruf zu bitten, hatte ich verpasst, aber der kam mir im Moment nicht mehr so wichtig vor. Ich zerrte noch einen Ast zwischen Tannenbäumen hindurch auf die Lichtung, ging am See vorbei und stapfte den X-Weg durch den Wald wieder hoch. Ich wollte gerade zurück in die Villa, als ich Noah im großen Wald neben der Einfahrt verschwinden sah. Was machte er jetzt noch dort, so kurz vor dem Schwimmunterricht?

13

Auf leisen Sohlen folgte ich ihm. Ein ausgetretener fußbreiter Pfad führte zwischen Heidelbeerstauden, Farnen und Baumschösslingen hindurch. Tannennadeln und das alte Laub knisterten unter meinen Schritten. Noah war schnell, aber sein blaues T-Shirt blitzte immer wieder auf und ich hastete ihm hinterher. Der Boden wurde weicher und feuchter. Insekten surrten über grellgrünen Gräsern, Birken und Preiselbeeren. An einem sonnenbeschienenen Fleck in einer Senke glänzte ein Tümpel mit schwarzem Wasser. Noah setzte sich dort neben einer Birke auf einen Stein und hielt sein Gesicht mit geschlossenen Augen in die Sonne, die nur an dieser einen Stelle wie ein Theaterscheinwerfer durch die Wipfel auf ihn leuchtete. Viel Zeit hatten wir nicht mehr. Es war halb zwölf. Ich wollte gerade umkehren, als ein weißer Fleck durch das Unterholz blitzte. Wie gebannt starrte ich darauf. Zuerst dachte ich, es wäre eine dieser baumwollartigen Blüten. Aber der weiße Punkt gehörte zur Spitze eines buschigen Schwanzes. Und der zu einem Fuchs. Noah horchte auf, öffnete seine Augen, griff in seine Hosentasche, zog etwas heraus, legte es sich in die Hände, die er tellerförmig vor sich hielt. Der Fuchs spähte hinter einem ausgerissenen Wurzelstock hervor, näherte sich und fraß ihm aus der Hand. Ich kannte mich mit Füchsen nicht aus, aber das hier kam mir ziemlich ungewöhnlich vor. Waren Füchse nicht scheu? Ich dachte, sie seien nur in der Nacht aktiv. Eigentlich hatte ich erwartet, dass der Fuchs so schnell wie möglich das Weite suchte, aber stattdessen schmiegte er seinen Kopf an Noahs Brust. Lächelnd streichelte dieser sein Fell und berührte ihn mit seiner Wange. Er kraulte ihn an der schneeweißen Brust und der Fuchs legte genüsslich den Kopf schief. Er verhielt sich wie ein Hund. Ich hatte so etwas noch nie gesehen. Dann schlang Noah beide Arme um den Fuchs und drückte ihn an sich. Er machte das so liebevoll und anrührend, dass mir die Tränen in die Augen stiegen. Die beiden schienen Freunde zu sein. Der Fuchs kletterte auf seinen Schoß, leckte ihn am Hals und Noah lachte. Er lachte ehrlich, zeigte das erste Mal seine weißen Zähne und bekam Grübchen in den Wangen. So also sah er aus, wenn er glücklich war. Sein Glück kroch in meine Brust, machte sich breit, rekelte und wälzte sich. Ich fühlte mich watteweich, flüchtig, sah mich wegfliegen, an Noahs Hand, hinauf in den Himmel. Er war so etwas wie Peter Pan; mit Kräften, von denen er vielleicht selbst noch nichts ahnte. So viel Glück ließ mich schwanken. Meine Knie knickten ein und ich musste mich an einem Birkenstamm festhalten. Verdammt. Ich wollte es wirklich nicht, aber wenn er lachte, machte mich das total fertig. Ich fuhr mir übers Gesicht und versuchte, wieder einen klaren Kopf zu bekommen. Alles easy. Alles gut. Er war kein Peter Pan, der davonfliegen konnte, er hatte einfach nur gelacht, sonst nichts, und einen Fuchs gestreichelt; sobald Tiere im Spiel waren, wurde ich sowieso weich in der Birne. Wahrscheinlich hätte ich etwas Ähnliches gefühlt, wenn Schwester Fidelis den Fuchs so liebevoll gestreichelt hätte. Das Glücksgefühl in meinem Kopf hatte nur dem Fuchs gegolten. Sonst niemandem.

Es knackte. Ich war auf einen Ast getreten. Mit einem einzigen Geräusch hatte ich die friedliche Szene zerschlagen. Noah zuckte zusammen, der friedliche Ausdruck flog jäh aus seinem Gesicht und der Fuchs jagte davon. Ich drehte mich um und rannte, so schnell ich konnte, zurück in die Villa.

Atemlos schenkte ich mir aus einem Krug, der auf der Veranda auf einem Tisch stand, Wasser in ein Glas und versuchte, damit die Schmetterlinge zu ertränken, die in meinem Bauch herumschwirren wollten. Noah kam die Stufen hoch und blieb neben mir stehen, weil er meine Schluckgeräusche hörte.

„Ich bin dann im Schwimmbad", sagte er kühl; nichts mehr erinnerte an sein sanftmütiges, zufriedenes Lachen. Noah hatte zwei Gesichter. Offiziell zeigte er mir nur sein angespanntes, sein griesgrämiges und sorgenvolles Gesicht. Darauf konnte ich verzichten. Andernfalls hätte ich ihn vielleicht auf seinen pelzigen Freund angesprochen, aber so wie er jetzt wieder drauf war, hätte er mich nur noch mehr gehasst.

Während des Trainings beschränkte sich unsere Unterhaltung auf ein Minimum. Immer noch wehrte er sich gegen Berührungen von mir. Und als die Stunde und das Mittagessen vorbei waren, hetzte ich in mein Zimmer, warf mich auf mein Bett und war sauer, dass mir Noah den Platz im Paradies vergiftete. Traumhaft hätte es sein können. Wo ich so stolz auf meine Entscheidungskraft war – stark genug war ich gewesen, mir eine Auszeit von meinen Eltern zu verschaffen. Wie schön es doch gewesen wäre, einen Freund an der Seite zu haben, mit dem ich meine neue Freiheit genießen hätte können. Mein Körper strotzte vor Kraft und ich war einsamer als je zuvor.

Die Zeit fing an, glitschig zu werden und sich an den Rändern zu verlieren. Ich driftete auf ihr davon wie ausgeleerte Fische über einen Fliesenboden und verlor jeden Anhaltspunkt. Nur wenn Noah in der Nähe war, zog sich die Zeit spiralförmig zusammen wie eine Galaxie um ein Zentrum, in dessen Mitte er schwebte und alle Kräfte um sich herum anzog. Meine Gedanken kreisten nur noch um ihn. Selbst der Koffer erschien mir nicht mehr wichtig. Ich hoffte nur noch darauf, dass mich Noah endlich wahrnahm, dass er mich in seine Mitte, in seine Nähe zog, aber er ließ mich haltlos rotieren und verhielt sich weiterhin wie ein Ekel.

Er spürte, wenn ich in seiner Nähe oder im gleichen Raum war, und schickte mich rüde fort. Er schnitt mich. Er sprach kein einziges Wort mit mir. Er ließ mich links liegen. Außer bei den gemeinsamen Mahlzeiten und im Schwimmbad bekam ich ihn überhaupt nicht zu Gesicht. Als ob er sich absichtlich vor mir versteckte. Er rannte um den See, als würde er von einer Horde ausgehungerter Wölfe verfolgt. Und er verschwand danach im Wald. Ob er mit Viktor wegfuhr, konnte ich nicht beurteilen. Aber vermutlich war es so.

„Was hab ich dir eigentlich getan?", fuhr ich ihn nach einer besonders schweigsamen Schwimmstunde an.

„Nichts", sagte er kühl und ging. Am liebsten wollte ich ihm hinterherrennen und ihm mit meinen Fäusten auf den Rücken trommeln. So lange, bis er mich endlich wahrnahm.

Mein Verhalten fing langsam an, sich zu verändern. Ich verlangte Antworten, wollte wissen, warum er sich so verhielt, wie er sich verhielt. Ich fing an, ihn wie eine Stalkerin zu verfolgen. Und merkte, dass ich nicht satt davon wurde, ihn zu beobachten. Geschmeidig wie ein Jaguar bewegte er sich durch dieses alte Haus, als wäre er mit ihm verschmolzen, als gehörte er zum Inventar und kommunizierte mit dem Gemäuer. Ich konnte nicht genug von ihm bekommen. Etwas war mit mir passiert, seit ich ihn mit dem Fuchs zusammen gesehen hatte, etwas, worüber ich nicht glücklich war: Obwohl er so abweisend war, bekam ich jedes Mal Herzrasen, wenn ich ihn sah, wenn ich nur an ihn dachte. Ich wollte es nicht, aber es passierte mir und ich konnte mich nicht dagegen wehren.

Ich hasse mich dafür, dass ich ihm hinterherrannte wie ein trotziges Kind, das von seiner Mama einen Lutscher wollte. Ich hasse mich dafür, dass ich so leicht beeinflussbar war, aber ich hatte sein glückliches Gesicht gesehen und seither ahnte ich, dass da etwas in ihm steckte, das er vor allen verbarg. Ich wollte wissen, was in ihm vorging und wie er wirklich war. Gleichzeitig nervte es mich, dass ich ihm nicht klipp und klar ins Gesicht sagen konnte, dass er mit mir nicht so respektlos umgehen durfte, dass er mich durch seine Art verletzte und dass ich es überhaupt nicht nötig hatte, ihm das Schwimmen beizubringen. Und am allermeisten hasste ich mich dafür, dass ich es nicht schaffte, die hart erkämpfte Freiheit zu genießen. Ich hatte mich von meinen Eltern befreien wollen, deswegen war ich hier. Aber statt darüber froh zu sein, verfolgte ich einen verstockten Blinden, der nichts von mir wissen wollte, und wurde gleichzeitig von meinem schlechten Gewissen aufgefressen, weil ich die Sorgen meiner Eltern nicht verdrängen konnte. Ich gestand es mir nicht gern ein, aber sie fehlten mir. Einsam fühlte ich mich. Einsam wie die gigantische Felswand, der ich mich nach und nach immer mehr annäherte. Gern hätte ich gewusst, was hinter dem Felsen war, aber nie würde ich dieses himmelhohe Bollwerk aus senkrechtem Stein und Geröll überwinden. Die Zähne hätte ich mir daran ausbeißen können und den Hals musste ich mir verrenken, um über den Gipfel schauen zu können. Das einzig Angenehme an diesem Giganten war der lange Schatten, den er ab dem Nachmittag warf.

„Haben Sie etwas auf dem Herzen?", fragte mich Anselm, der mit einem Büschel Kräuter in der Hand aus dem Garten kam und mich auf der Veranda aus den Gedanken riss.

„Nein", sagte ich, lachte laut und schüttelte den Kopf.

„Ich dachte nur, Sie wirken schon seit einiger Zeit sehr nachdenklich. Falls Sie reden wollen …?"

Natürlich wollte ich reden, aber irgendetwas hielt mich davon ab, Anselm mein Herz auszuschütten. Er hatte etwas an sich, das mich verstörte.

„Sind Sie sicher, dass Sie nicht reden wollen?", fragte Anselm noch einmal.

„Ganz sicher … Es ist nichts." Lächelnd hüpfte ich die Treppe hinunter und ging um das Haus, vielleicht pfiff ich dabei sogar. Dann sank ich ins Gras, erleichtert, dass ich Anselm nicht mein Herz ausgeschüttet hatte; der wollte mich doch nur aushorchen. Viel mehr hätte mich interessiert, wo Noahs Zimmer war. Das hatte ich immer noch nicht gefunden. Das Haus schien ihn zu verschlucken, sobald er es betrat.

Er verschwand nicht immer hinter der gleichen Tür, verwendete jedes Mal andere Treppenaufgänge, als ob er sich vor mir verstecken wollte. Ich versuchte, ihm zu folgen, aber er schien sich auf unerklärliche Weise in Luft aufzulösen. Dielen knarrten und ich streifte durchs Haus. Ein Schlafzimmer nach dem anderen. Die meisten Betten waren nicht bezogen. Es gab größere und kleinere Schlafzimmer, aber alle hatten eine Tür zum Balkon.

Dann entdeckte ich hinter einem schweren Samtvorhang in einer Nische eine schmale Wendeltreppe nach oben. Ich konnte mich nicht beherrschen, kletterte hoch und stand vor einer Tür. Sie war verschlossen, aber die Fußmatte hatte einen Buckel. Ich zog einen Schlüssel darunter hervor, sperrte auf und betrat einen finsteren Flur. Ein ekelhafter Geruch nach Ammoniak und Desinfektionsmittel zwang mich, kurz innezuhalten. Ich versuchte, nicht durch die Nase zu atmen. Kühl und dunkel war es, sehr dunkel, fast wie in einem Kino. Ich lief den Flur entlang. Links und rechts reihten sich Türen aneinander. Verstohlen berührte ich einen der vielen Türknaufe – ein wulstiger Büffelkopf. Wahnsinnig geschmackvoll. Ich erkannte, dass in diesem verbotenen Trakt jeder Türknauf anders gestaltet war und trotzdem gut in der Hand lag. Ich berührte den Schädel eines Nashorns, einen Tiger mit aufgerissenem Maul, einen Vipernkopf. Diesen Knauf drehte ich. Die Tür sprang auf. Weihrauchgeruch betäubte mich fast. In der Mitte stand ein Hausaltar mit Flügeltüren, auf denen Gemälde prangten. Kerzenleuchter, ein Kreuz und Heiligenbildchen davor. Eine Bank zum Knien. Es war ziemlich dunkel, kein Fenster, also griff ich nach der Streichholzschachtel auf dem Altar, riss ein Streichholz an und hielt es vor das Altargemälde. Mein Puls fing an zu rasen. Schlagartig wurde mir übel. Trotzdem musste ich hinschauen: Jesus schleppte sich mit geschultertem Kreuz, blutend und ausgepeitscht seinem Ende entgegen, wobei sein pulsierendes Herz offen aus seinem geschundenen Körper hing.

Das andere Bild stellte die Ermordung der Neugeborenen durch die Römer dar, die mit ihren bloßen Händen die Herzen aus den kleinen Kinderkörpern rissen. Sie leuchteten blutrot. Die Wucht der Bilder ließ mich fast aus den Schuhen kippen. Panisch stolperte ich rücklings hinaus und beschloss, dieses Zimmer, ja den ganzen Trakt nie wieder zu betreten.

Kaum hatte ich die Wendeltreppe hinter mir gelassen, lief mir schon wieder Anselm mit Staubsauger, Besen und Putzlappen in die Quere. Er schien immer genau dort zu putzen, wo ich herumschnüffelte.

„Ist alles in Ordnung?", fragte er wieder und tat, als wäre sein Interesse echt, aber mich konnte er nicht täuschen. „Haben Sie sich verlaufen?"

„Ja, ich glaube", murmelte ich, zog an ihm vorbei und widmete mich wieder einmal dem Koffer. Ich versuchte es mit einer Schere, einem Schraubenzieher, einem Brieföffner, mit Feuer und Wasser. Aber nichts schien den Stoff und das Fach darunter durchdringen zu können, was mich zunehmend nervöser machte.

Nur nachts, wenn Noah Klavier spielte, wurde ich ruhig.

Ich half Viktor weiterhin, Äste und Zweige aus dem Wald zu schleppen. Einmal nahm er mich an den Schultern und sagte verschwörerisch zu mir: „Lass die Finger von Noah, mein Mädchen. Er tut dir nicht gut. Mit diesem Jungen hat das Schicksal andere Pläne. Pläne, von denen du ganz sicher nichts wissen willst, glaub mir."

Ich starrte Viktor an.

„Ich will nichts von Noah!", sagte ich, lachte übertrieben und fragte mich, was Viktor von den Plänen wusste, die das „Schicksal", oder wer auch immer, mit Noah hatte.

„Na, dann is' ja gut", murmelte er und ich kam mir schon wieder völlig bescheuert vor. Es war ihm offenbar nicht entgangen, wie unverhohlen ich Noah die ganze Zeit anglotzte und wie ich ihm hinterherspionierte. Ich musste Schluss damit machen. Bisher hatte es noch keiner geschafft, mir das Herz zu brechen, weil ich noch keinem die Gelegenheit dazu gegeben hatte. Es war sowieso sinnlos. Sobald ich die Villa verließ, würde ich Noah nie wieder begegnen. Er würde mich vergessen haben, schneller, als ich wieder zu Hause ankam. Weil er in einem anderen Jahrhundert lebte, und leider war die Zeitreisemaschine kaputt und auch sonst noch einiges, worüber ich nichts wusste.

Nach einer schlaflosen, viel zu stillen Nacht beschloss ich, mich nicht weiter zu quälen. Es war Zeit. Ich sollte das tun, was ich schon viel zu lange hinausgezögert hatte – Schwester Fidelis mitteilen, dass meine Arbeit erledigt war. Ich musste gehen, bevor es zu spät war. Aus und vorbei!

14

„Kannst du mir bitte das Handtuch geben?", bat mich Noah eines Morgens nach der Schwimmstunde.

„Hol's dir selber. Es hängt an der Leiter", sagte ich und verließ das Schwimmbad, ohne ihn weiter zu beachten. Was er konnte, konnte ich auch. Mein Herz gehörte mir. Obwohl ich spürte, dass es schon ein paar Risse hatte.

Ich hatte einen Kloß im Hals, als ich Schwester Fidelis nach dem Mittagessen um ein Gespräch bat.

„Was gibt es denn, meine Liebe?"

„Unter vier Augen", sagte ich lauter als beabsichtigt. Noah ging gerade an uns vorbei, mit einem finsteren Ausdruck im Gesicht.

„In einer halben Stunde im Garten", sagte Schwester Fidelis. „Und wenn wir höflich darum bitten, serviert uns Anselm vielleicht Kaffee und eisgekühlte Holunderlimonade?" Sie wandte sich süß lächelnd Anselm zu, der gerade dabei war, den Esstisch abzuräumen.

„Aber natürlich, sehr gerne", sagte Anselm.

Gleichzeitig schepperte es in der Eingangshalle.

„Scheiße!", brüllte Noah.

„Oh mein Gott, der Putzeimer." Anselm knallte einen Stapel schmutziger Teller zurück auf den Tisch und eilte besorgt hinaus. Wir folgten ihm.

Noah stand fluchend in einer Pfütze, vollgespritzt bis zu den Oberschenkeln mit schmutzigem Putzwasser, und rieb sich mit schmerzverzerrtem Gesicht den Unterarm, mit dem er offenbar im Sturz das Geländer geschrammt hatte.

„Du lieber Himmel", Schwester Fidelis stürzte zu ihm hin und wollte sich die Schürfwunde ansehen.

„Es ist nichts", knurrte er, zog den Arm von ihr weg und rannte die Treppe hoch, zwei Stufen auf einmal nehmend, eine Hand am Geländer.

„Wie oft habe ich dir schon gesagt, du sollst nicht so rennen", rief sie ihm hinterher. „Du wirst dir noch den Hals brechen."

„Das war meine Schuld", sagte Anselm kleinlaut, stellte den Eimer auf und hatte Falten wie Würmer auf seiner Stirn, als er Noah besorgt hinterherblickte. „Ich kann dich verbinden!", rief er. Aber Noah war schon weg und hatte eine angespannte Stimmung hinterlassen. Ich verkroch mich noch ein paar Minuten in mein Zimmer, legte mich aufs Bett und betrachtete den roten Koffer mit gemischten Gefühlen. Nach all den vergeblichen Versuchen, in ihn einzudringen, wirkte er feindlich auf mich. Und trotzdem … obwohl meine Reise nicht ganz so gelaufen war, wie ich es mir erhofft hatte, fand ich immer noch, dass es richtig gewesen war, in Viktors Auto zu steigen. Jetzt fühlte es sich richtig an, diesen Ort wieder zu verlassen. Eigentlich sollte ich Irinas Sachen zurück in den Koffer packen. Stattdessen blieb ich wie gelähmt liegen und lauschte dem Tippen einer Schreibmaschine, das durch die offene Balkontür von irgendwoher zu mir drang.

Zur abgemachten Zeit beobachtete ich von der Ecke des Balkons aus, wie Schwester Fidelis an einem hübsch gedeckten Tisch unter einem Baum Platz nahm, sich Zucker in den Kaffee löffelte und ihren Kopf nach allen Seiten drehte. Offensichtlich wartete sie auf mich.

Das Tippen der Schreibmaschine war verstummt. Am Waldrand ästen Rehe. Sommerwolken quollen wie Fäuste über der Felswand auf. Viktor paddelte mit dem Ruderkahn hinaus auf den See und warf eine Angel aus. Heute Abend würde es Fisch geben. Wie sehr ich dieses Paradies, trotz allem, vermissen würde! Schweren Herzens verließ ich das Zimmer.

Ich prallte beinahe gegen Noah. Hatte er vor dem Zimmer auf mich gewartet? Peinlich berührt wischte ich mir eine Abschiedsträne aus dem Auge, bis mir klar wurde, dass er sie ohnehin nicht sah. Er versperrte mir den Weg. Sein Gesicht wirkte hellwach und ein wenig blasser als sonst.

„Wie geht's deinem Arm?", fragte ich, gab meinen Widerstand ihm gegenüber auf und lehnte mich gegen den Türrahmen. Auf einmal wollte ich nur noch schlafen, nicht weil ich müde war, sondern weil ich aufhören wollte, mir Fragen zu stellen, auf die ich keine Antwort bekam.

„Nicht der Rede wert. Das hast du im Schwimmbad vergessen", flüsterte er und drückte mir ein uraltes ledergebundenes Buch in die Hand.

„Ich hab nichts …"

„Doch, du hast!", sagte er leise, aber eindringlich. Unsere Gesichter berührten sich fast. Er duftete nach Seife, wandte sich ab und ging den Flur geradeaus von mir weg und nicht ins Erdgeschoss. Verwirrt betrachtete ich das alte Buch, während ich unter dem Hirsch die Treppe hinunterstieg. *Des Knaben Wunderhorn.* Was zum Teufel hatte das wieder zu bedeuten? Ich hatte das Buch noch nie in den Händen gehabt, hatte es weder im Schwimmbad noch sonst wo vergessen.

„Schwester Fidelis wartet bereits auf Sie", sagte Anselm. Er kniete am Fuß der Treppe und polierte energisch die Holzdielen vor der Treppe mit einer scharf riechenden Flüssigkeit.

„Bin schon unterwegs." Heiße Luft knallte mir ins Gesicht. Seit ich hier war, stieg die Temperatur von Tag zu Tag. Azorenhoch nannten sie es. Schwester Fidelis schien das Gleiche zu denken.

„So eine Schönwetterperiode hatten wir schon lange nicht mehr", wiederholte sie sich und bot mir einen Platz an.

„Ach, jetzt hat Anselm die Limonade doch vergessen." Seufzend erhob sie sich. „Kein Wunder, der Mann arbeitet zu viel."

„Soll ich die Limonade holen?"

„Nein, nein, bleiben Sie ruhig sitzen. Ich bin gleich zurück."

Als sie gegangen war, hörte ich ein Knarren über mir. Ich hob meinen Blick. Wie ein Denkmal stand Noah auf dem Balkon im Schatten einer Säule. Eine Weile beobachtete ich ihn. Gott, ich musste mir eingestehen, dass ich ihn jetzt schon vermisste. Ich musste ihn unbedingt noch fotografieren, bevor ich ging. So gern hätte ich ihn kennengelernt. Ich blätterte in dem ledergebundenen Buch. Ein Stück Papier flatterte heraus. Ich faltete es auf. Mit einer Schreibmaschine getippt, standen nur wenige Worte darauf: *Um Mitternacht an der Buche.* Ich sah nach oben. Noah war verschwunden. Dafür kam Schwester Fidelis zurück mit einem Krug Holunderblütenlimonade voller Zitronen und Eiswürfel. Sie konnten nicht kälter sein als der Klumpen, der sich gerade in meinem Magen bildete. Was sollte diese Botschaft?

„Was genau wollten Sie denn mit mir besprechen?", fragte Schwester Fidelis, faltete ihre Hände im Schoß, legte den Kopf schief und lächelte mich aufmunternd an. Was hatte ich sagen wollen? Dass ich nach Hause gebracht werden wollte? Dass ich es in Noahs Nähe nicht mehr aushielt, weil ich Angst davor hatte, dass ich mehr für ihn empfinden könnte, als er es verdient hatte? Dieser blöde Dickkopf. Dieser verbohrte Einzelgänger. Ich musste sofort einen Schluck Limonade trinken und meine angestaute Wut abkühlen. Es war doch ganz einfach: Er hatte eindeutig zum Ausdruck gebracht, dass er nichts mit mir zu tun haben wollte. War ja eigentlich kein Wunder. Noch nie war einer an mir interessiert gewesen.

„Nun, Irina?"

Ein Bild von mir selbst drängte sich mir auf: Ich, stinklangweilig, unsicher, nichtssagend und öd wie eine Wüste aus Beton. Meistens verkroch ich mich, hatte außer zu Kathi kaum Kontakte, und nur weil Noah mir ein bisschen gefiel, hatte ich mir eingebildet, dass ich ihm auch gefallen würde. Ich ihm! Ich, die langweiligste Person auf Erden. Ich gefiel mir selbst nicht, und was ich nicht fertigbrachte, konnte ich von ihm wohl kaum erwarten. Schnell noch einen Schluck. Ich merkte, wie ich *Des Knaben Wunderhorn* umklammerte. Was hatte auf dem Papier gestanden? *Um Mitternacht an der Buche.* Wahrscheinlich wollte er mir nur wieder unter die Nase reiben, dass ich so schnell wie möglich abhauen sollte. Den Gefallen tat ich ihm ohnehin. Andererseits ... Ein Raubvogel, der über dem Felsen seine Schwingen ausgebreitet hatte, stieß hohe, kurze Laute aus.

„Irina?"

Jetzt erst merkte ich, dass Schwester Fidelis mich anstarrte.

„Es ist wegen dem Schwimmunterricht ...", stammelte ich. „Also, wegen des Schwimmunterrichts." Die Hitze tat mir nicht gut.

„Wie ich mich vergewissern konnte, geht es gut voran", sagte die Nonne. „Sie können Noah gern mehr fordern. Er braucht das. Was liegt Ihnen auf dem Herzen?"

Ich knetete das Buch zwischen meinen Fingern, hatte keine Ahnung mehr, worum es mir eigentlich ging.

„Es geht um ... also, es geht mehr darum ... wie soll ich sagen ..."

Schwester Fidelis seufzte. „Ich kann mir schon vorstellen, was Ihnen Kopfzerbrechen macht. Noah ist Ihnen gegenüber sehr ruppig, nicht wahr? Das haben Sie nicht verdient." Sie klappte die Bügel ihrer Brille auf und zu. Langsam fragte ich mich, ob sie das blöde Ding überhaupt brauchte oder ob es nur ihr Spielzeug war. „Ich war immer bemüht, ihn zur Höflichkeit zu erziehen. Bisher war er das auch – meistens jedenfalls. Ich weiß nicht, was plötzlich in ihn gefahren ist. Sonst hat er sich immer gefreut, wenn Leute von außen gekommen sind. So ablehnend hat er sich noch nie verhalten."

Leute von außen?

„Muss die Pubertät sein", sagte sie; ein Spruch, der mich die letzten Jahre begleitet hatte wie ein Mantra und mir wahnsinnig auf die Nerven ging. „Die Hormone spielen ja so verrückt in diesem Alter."

Was sie nicht sagte. Ich wollte nicht wissen, was sich mit ihren Hormonen abspielte, wenn sie sich verliebte. Als ob das etwas mit dem Alter zu tun hatte. Hatte ich gerade *verliebt* gedacht?

„Geben wir ihm noch ein wenig Zeit. Er wird sich schon an Sie gewöhnen."

„Glauben Sie, ich bin zu streng zu ihm?", fragte ich, um irgendetwas zu sagen, denn in meinem Gehirn machte sich gerade ein Vakuum breit, wahrscheinlich verursacht durch spätpubertäre Hormone.

Schwester Fidelis setzte sich die Brille wieder auf und lächelte. „Sie sollten einmal meinen Unterricht miterleben. Noah braucht eine gewisse Strenge. Sonst würden ihm die Flausen zu Kopfe steigen. Machen Sie einfach so weiter, meine Liebe."

Zu gern hätte ich sie ohne diese Verkleidung gesehen. Ob sie drunter nur Unterwäsche trug? Ich hatte keinen blassen Schimmer, was für eine Haarfarbe sie hatte, geschweige denn, wie alt sie war und wie sie hierhergekommen war. Nach Noahs Eltern zu fragen, hatte sie mir ja verboten. Aber etwas anderes hätte ich sie längst fragen sollen.

„Wie lange leben Sie eigentlich schon hier?", platzte ich heraus.

„Sechzehneinhalb Jahre", sagte sie knapp und ihre Freundlichkeit schien zu zerbröckeln. „War das alles, was Sie mit mir besprechen wollten?"

Sechzehneinhalb Jahre? Mir wurde kalt. War Noah etwa auch schon so lange hier?

„Ich muss mich jetzt wieder an die Arbeit machen. Wir nehmen gerade die Punischen Kriege durch." Sie klopfte auf ein dickes Buch, das auf dem freien Stuhl neben ihr lag. „Eine komplexe Angelegenheit. Muss mich noch ein wenig einlesen."

Ich konnte nichts erwidern, war noch zu verstört von dieser Zahl. Sie erhob sich und zeigte auf das Buch, das mir Noah gegeben hatte. „Gefällt's Ihnen?"

Was ich bis jetzt darin zu lesen bekommen hatte, machte mich eher ratlos. *Um Mitternacht an der Buche.* Es war noch eine Ewigkeit bis Mitternacht.

„Sie wissen, dass Gustav Mahler zwölf Gedichte dieser Sammlung vertont hat? Ich habe eine wundervolle Aufnahme mit der einzigartigen Brigitte Fassbaender hier. Ich verehre diese Frau. Niemand hat den *Rosenkavalier* so grandios gesungen wie sie." Langsam fragte ich mich, ob ich mit Viktor doch eine Zeitreise gemacht hatte. *Rosenkavalier*, dass ich nicht lachte. Plötzlich war sie in ihrem Element und erzählte mir etwas über Mezzosopranistinnen, Richard Strauss und die Schönheit der Musik im Allgemeinen und im Besonderen.

„Hatten Sie nicht noch was über die Punischen Kriege nachlesen wollen?", fragte ich, als ich es nicht mehr aushielt.

„Ja, natürlich, verzeihen Sie. Ach, Sie Arme. Jetzt habe ich Sie gelangweilt. Aber wenn es um Musik geht, kann ich mich nur schwer beherrschen." Und weil sie das so ehrlich meinte, widersprach ich nicht, sondern versuchte zu lächeln. Sie legte mir ihre Hand auf den Rücken und entschuldigte sich noch einmal. Ich wusste immer noch nicht, ob sie mir wahnsinnig auf die Nerven ging und ein Freak war oder ob ich sie gernhaben sollte.

15

Im Schwimmbad verhielt sich Noah so abweisend wie immer. Er sprach nur das Allernötigste und nichts deutete darauf hin, dass er sich um Mitternacht unter der Buche mit mir treffen wollte. Voller Zweifel warf ich mich für ein paar Minuten auf mein Bett, betrachtete den roten Koffer im Spiegel, lauschte dem unheimlichen Säuseln des Abendwindes in den Wipfeln und fragte mich, ob die Nachricht tatsächlich von ihm war. Vielleicht hatte er etwas ganz anderes schreiben wollen, oder er wusste nicht, dass dieser Zettel im Buch lag. Ein bisschen klangen die Zeilen ja auch wie eine Nachricht aus einem altmodischen Schauerroman.

Beim Abendessen waren wieder alle versammelt. Anselm schien ein wenig durcheinander zu sein.

„Die Suppe!", rief er entsetzt, nachdem er jedem eine gegrillte Forelle vor die Nase gestellt hatte, und schlug sich vor den Kopf.

„Sie haben die Suppe vergessen?", fragte Schwester Fidelis so ungläubig, als wäre die Felswand verschwunden. Anselm wollte schon wieder in die Küche hetzen, als ihn Viktor aufhielt: „Du setzt dich erst mal hin. Die Suppe kann warten. Die Fische nicht."

„Sie arbeiten wirklich zu viel, Anselm", sagte Schwester Fidelis.

„Ich habe schon einmal gesagt, dass ich helfen kann", schlug ich vor.

„Kommt nicht infrage." Anselm nahm Noah den Teller mit dem Fisch weg, befreite ihn von den Gräten und stellte ihn wieder vor ihn hin.

„Fisch mit Augen", sagte ich, bemüht, es begeistert klingen zu lassen, und schaute das Tier auf meinem Teller skeptisch an. Alles, was mich ansah, aß ich nicht so gern.

„Anselm, kannst du Irina auch den Fisch zerlegen?", fragte Noah. Wahrscheinlich konnte er doch Gedanken hören oder er hoffte insgeheim, dass ich an einer Gräte erstickte. Na ja, dann hätte er kaum Anselm um Hilfe gebeten. Der befreite auch meinen Fisch professionell von Kopf, Augen und Gräten. Das Rückgrat landete auf einem Extrateller. Ich schaute lieber nicht hin. Langsam ließ ich mir einen winzigen Bissen Forelle auf der Zunge zergehen. Sie schmeckte ungeheuer zart und eigentlich gar nicht richtig nach Fisch. Wahrscheinlich war das die frischeste Forelle, die ich je gegessen hatte. Nur Anselm aß nichts. Wie immer. Kein Wunder, dass ihm der Anzug viel zu groß von den knochigen Schultern hing.

Die Suppe aßen wir nach der Hauptspeise, was Schwester Fidelis zum Kichern brachte. Sie kam mir vor wie ein Kind und ich merkte, dass ich sie in diesem Moment mochte, mit all ihren Eigenarten.

„Was würden Sie alle davon halten, wenn wir die Nachspeise heute auf der Terrasse einnähmen? Der Abend ist so lau." Hoffentlich dauerte das Nachspeise-Einnehmen nicht bis Mitternacht.

„Gibt's überhaupt eine Nachspeise?", fragte Anselm mit einem Augenzwinkern.

„Sie Witzbold", sagte Schwester Fidelis, worauf Noah ein Grinsen hinter seiner Serviette verbarg.

„Kann ich helfen?", fragte ich noch einmal.

Anselm zierte sich zwar, aber ich folgte ihm einfach in die Küche. Dort war ich bisher nur ein Mal gewesen, und das auch nur kurz, um nach Viktor zu suchen.

Der gewölbeartige, steinerne Raum lag einen Stock tiefer. Durch Oberlichter drang Abendsonne. Der Herd sah aus wie einem altmodischen Puppenhaus entsprungen. Schwarz-weiße Schachbrettfliesen am Boden. Kochlöffel, Schöpfer und Siebe aller Größen hingen über dem Herd. Ein Knoblauchzopf. Ein Schmalztopf.

Zwiebeln in einem Tongefäß. Die Küche war zwar auch aus dem letzten Jahrhundert und ein wenig heruntergekommen, aber mit allen Feinheiten ausgestattet, die ein Chefkoch haben musste. Und Anselm war bestimmt einmal ein Chefkoch in einem Fünfsternerestaurant gewesen, dessen war ich mir inzwischen ganz sicher. Das sah man auch seinem Reich an. Hunderte Gewürze, die meisten selbst gezüchtet, gepflückt und getrocknet, hatte er alphabetisch sortiert und mit feiner Schrift etikettiert: Absinth, Alant, Anis. Jedes Ding hatte seinen eigenen Platz. Und es war extrem sauber. Mit Geschirrtüchern, um sich nicht zu verbrennen, holte er einen süß duftenden Kirschauflauf aus dem Ofen.

„Wie kann ich Ihnen helfen, Irina?"

„Sind Sie schon lange hier in der Villa?", fragte ich.

Er bestäubte den Auflauf mit Puderzucker, gab mir zwei Topflappen und drückte ihn mir in die Hand.

„Sechzehneinhalb", sagte er, als er mit Geschirr beladen hinter mir herging.

„Sechzehneinhalb was?"

„Sechzehneinhalb Jahre bin ich hier. Es braucht jemanden, der sich um Noahs Wohl kümmert." Diese Zahl löste Beklemmungen in mir aus. Schwester Fidelis war auch sechzehneinhalb Jahre hier. Das konnte kein Zufall sein. Und so wie ich das einschätzte, war Noah ungefähr so alt. Kannten sie ihn schon, seit er ein Baby war? Hieß das, sie hausten hier schon so lange? Das wurde ja immer gruseliger.

„Pass auf, dass dir der Auflauf nicht hinunterfällt. Ich habe ihn mit Liebe gemacht." In Anwesenheit von Schwester Fidelis siezte er mich, aber kaum war er mit mir allein ... Freak-Show.

Auf der Terrasse aßen wir, außer Anselm, den luftigen Kirschauflauf, den ich, obwohl er himmlisch schmeckte, nicht richtig genießen konnte. Mir ging nicht aus dem Kopf, wie lange sie schon hier lebten. Bei dieser Vorstellung wurde aus dem Paradies ein goldener Käfig. Warum nur hatten sie sich für dieses Leben entschieden?

Vielleicht um der Welt den Rücken zu kehren, die in weiter Ferne, irgendwo hinter dem hohen Felsen, der Schlucht und den Wasserfällen ohne sie weitertobte. Ich musste zugeben, dass die Vorstellung, nichts von den Sorgen der Welt hören zu müssen, durchaus reizvoll war. Oh friedliche Welt. Friedliche, verlogene Welt. Wovor versteckten sie sich? All die Gedanken, oder vielleicht war es die Hitze, verwirrten mich. Ich merkte, wie mir schlecht wurde, fühlte mich wie ein Mauersegler ohne Federn, der aus dem Nest geplumpst war und für den jede Hilfe zu spät kam. Ich versuchte, mich auf meinen Atem zu konzentrieren und einen Boden der Realität unter meine Füße zu bekommen.

Als wir fertig waren, warteten alle darauf, dass Schwester Fidelis pünktlich um sieben, wie sonst, aufstand und in die Bibliothek ging, wohin ihr Noah normalerweise folgte. Aber heute war alles anders. Schwester Fidelis verzichtete wegen der Hitze auf das Pflichtprogramm, holte sich eine Handarbeit und ließ sich von Anselm – „Aber das ist wirklich der letzte, mein Lieber" – einen Magenbitter nach dem anderen einschenken, selbst angesetzt von Anselm und sehr bekömmlich für die Verdauung. Viktor spielte Schach. Schach gegen Noah. Wie konnte er sich nur die Positionen aller Figuren merken?

Mit der knappen Bemerkung, dass ich noch ein wenig lesen wollte, verabschiedete ich mich. „Brauchen Sie noch etwas?", fragte Anselm. Ich schüttelte den Kopf und floh förmlich ins Haus, kam mir vor wie ein Eindringling, der ihr seltsames Familienidyll störte.

Ich wurde einfach nicht schlau aus diesen Leuten. Außer Viktor, der nur einmal, um meinen Brief auf die Post zu bringen, die Villa verlassen hatte, waren alle immer hier. Oder vielleicht hatte ich einfach nicht mitbekommen, ob jemand weggefahren war. Aber dass niemand hergekommen war, das stand fest. Zu sagen hatten sie sich wenig. Die Nonne hielt entweder einen schulmeisterlichen Vortrag oder redete mit Vorliebe übers Wetter. Anselm sprach vor allem nichts, beschränkte sich aufs Zuhören, aufs Bedienen, Kochen und Putzen und wurde nicht müde zu betonen, dass alles an allen Ecken und Enden fehlte und dass er nicht hinterherkam. Viktor, der noch am meisten von sich gab, erzählte von morschen Bäumen, kaputten Zäunen, Borkenkäfern, Forellen, die dieses Jahr besonders groß geraten waren, oder dem Durcheinander, das der Dachs im Wald wieder angerichtet hatte. Und Noah hüllte sich auch lieber in Schweigen als sonst was. Nichts schien sie miteinander zu verbinden. Sie verfolgten einfach nur ihre Aufgaben. Schwester Fidelis lehrte. Anselm kochte und putzte. Viktor kümmerte sich um den Wald. Und Noah? Der lebte hier. Allein mit diesen drei Erwachsenen. Seit sechzehneinhalb Jahren. Warum?

Das Schachspiel, das unter mir auf der Terrasse ausgefochten wurde – inzwischen beriet Anselm Viktor –, schien heute Nacht wohl nicht mehr enden zu wollen. Das Treffen unter der Buche konnte ich vergessen. Schwester Fidelis war längst zu Bett gewankt. Aber dann, kurz vor Mitternacht, als hätte er nur darauf gewartet, setzte Noah seine beiden Gegner souverän matt.

Auf Zehenspitzen verließ ich mein Zimmer. Es war nicht still im Haus, das war es nie. In den Wänden krachte es lauter als sonst und die Wasserrohre sangen, als schien die Villa zu wissen, dass ich etwas Verbotenes vorhatte, von dem niemand etwas erfahren durfte. Ich zitterte. Falls ich jemandem begegnen würde, würde ich einfach behaupten, ich hätte etwas auf der Terrasse vergessen. Aber keiner kam. Nervös sah ich mich um, dann schlich ich über die Steinstufen, lief rasch über den Rasen, an der Terrasse vorbei und stellte mich hinter die Buche, die wie ein alter Mann ihre mächtigen Äste schützend über mich hielt.

Niemand kam. In einer Kammer unter dem Dach ging ein Licht an. Wer dort oben wohnte? Noah bestimmt nicht. Der hätte kein Licht gebraucht. Eher Anselm. Das Licht ging nach einer Weile aus. Niemand kam. Niemand kam.

Ich setzte mich auf den sandigen Boden und lehnte mich gegen den Stamm. Niemand kam.

Aus dem Wald nebenan drang plötzlich ein Laut, der mich schaudern ließ – es klang wie ein Kind, das schrie. Mich fröstelte und ich schlang meine Arme um die Knie. Wieder dieses Schreien. Konnten das streitende Katzen sein? Aber hier oben? Wind frischte auf. Die Bäume rauschten. Von der brütenden Hitze des Tages war nicht mehr viel übrig. Angenehm kühl war es jetzt. Grillen zirpten laut. Fledermäuse flatterten um mich herum. Meine Augenlider wurden schwer.

Ich schreckte hoch, weil mich etwas an der Schulter berührte.

„Irina", flüsterte Noah und seine Finger fuhren flüchtig über meinen Kopf.

„Oh Mann! … Du hast mich erschreckt!"

„Pssst." Er half mir hoch. „Komm mir nach."

„Wohin denn?" Ich bekam nicht mehr heraus, obwohl mir so viele Fragen auf der Zunge lagen.

„Sei leise. Ich konnte nicht früher weg. Verzeih mir bitte. Komm. Schnell." Er sprach so leise, dass ich ihn kaum hörte. Ich folgte ihm über die Wiese in Richtung Wald, dorthin, wo er den Fuchs getroffen hatte. Noah schien genau zu wissen, wohin er wollte. Mit den Füßen versicherte er sich mehrmals, dass er auf dem Waldweg gelandet war.

Sofort wurde es kühler und viel dunkler. Die Bäume rückten näher. Mir lief ein Schaudern über den Rücken. Noch nie war ich bei Nacht im Wald gewesen. Etwas flatterte über unsere Köpfe hinweg. Ich zuckte zusammen und unterdrückte einen Angstschrei.

„Was ist?", fragte Noah erschrocken.

„Nichts", keuchte ich und konnte meine Furcht kaum verbergen. Ich zupfte an seinem T-Shirt, blieb stehen und horchte. Rund um mich herum raschelte und knackte es. „Was ist das?"

„Das Knacken im Laub und im Geäst? Wühlmäuse vielleicht oder was anderes. Aber diese Tiere tun dir nichts", sagte er und lief

langsam weiter, war nicht mehr als eine schwarze Gestalt vor mir.
„Pass auf, da sind ein paar Wurzeln."
Wurzeln. Na toll. Wenn das mal mein schlimmstes Problem war. Ich blieb stehen, am ganzen Körper zitternd. Erst nach ein paar Schritten merkte er, dass ich nicht mehr an seiner Seite war, hielt ebenfalls an und drehte sich nach mir um.
„Was ist?", fragte er leise. „Es ist nicht mehr weit."
„Nicht mehr weit wohin? Was hast du eigentlich vor?"
Langsam kam er auf mich zu und blieb so dicht vor mir stehen, dass ich seinen warmen Atem in meinem Gesicht spüren konnte; er roch nach Vanillezucker.
„Ich will in Ruhe mit dir reden. Allein."
„Wir können doch auch in der Villa reden", stammelte ich und fühlte mich von allen Seiten aus Tieraugen beobachtet – bestimmt saß über uns eine Eule. Noah zuckte zusammen.
„Verdammt!" Er packte mich am Handgelenk und zog mich mit sich über Äste und Dornen.
„Scheiße, Mann. Was machst du denn?"
„Sei still", fuhr er mich an und ging hinter einem großen Baumstamm in die Knie. „Bück dich."
Wutentbrannt wollte ich eine Erklärung verlangen, als ich den Lichtkegel einer Taschenlampe durch den Wald huschen sah. Gespenstisch sah das aus. Jetzt erst merkte ich, dass mir Noah einen Arm um die Schulter gelegt hatte und mich offenbar beruhigen wollte. Viel half das nicht. Ich hörte nun auch die knackenden Schritte, die er lange vor mir wahrgenommen hatte.
„Wer ist das denn?"
„Viktor", flüsterte er mir ins Ohr.
Tatsächlich marschierte Viktor mit der Taschenlampe in der Hand durch den Wald. Ein Vogel schrie dicht über unseren Köpfen.
„Nur ein Kauz."
Der Lichtpunkt huschte davon, wurde kleiner und verschwand schließlich ganz.

„Ich glaube, er ist weg", sagte Noah leise.

„Wo ist er hin?" Fahrig zerdrückte ich eine Ameise oder was es sonst war, das auf meinem Unterschenkel krabbelte. Mich schüttelte es am ganzen Leib.

„Nach Hause."

„Und warum zum Teufel darf er nicht wissen, dass wir hier sind?", fragte ich. Was ich dachte, war: Du hast doch echt einen Knall. Redest den ganzen Tag kein Wort mit mir und schleppst mich dann mitten in der Nacht in diesen scheißdunklen Wald.

Zitternd stand ich auf. Neben mir brach raschelnd ein riesiges Tier aus dem Dickicht. Der Schrei blieb mir im Hals stecken. Mein Herz trommelte so heftig gegen meine Brust, dass ich glaubte, daran ersticken zu müssen. Für den Bruchteil einer Sekunde wurde mir noch schwärzer vor Augen.

„Nur ein Reh oder ein anderes Tier", sagte Noah mit einer Gelassenheit, die mich verrückt machte. „Solange der Wald lebt, brauchen wir uns nicht zu sorgen. Bedrohlich wird's erst, wenn Totenstille einkehrt. Dann ist es ziemlich sicher, dass etwas in der Natur den Tieren Angst einjagt, etwas, vor dem auch wir uns wirklich fürchten müssen." Äste knarrten und Noahs altmodisch klingender Vortrag beruhigte mich keineswegs. Als ein Insekt mit Flügeln – ein Falter oder so – um meine Wange flatterte, drehte ich fast durch. Ich musste raus hier. Auf der Stelle. Ohne nach links und rechts zu schauen, als hätte ich den Teufel im Nacken, stolperte ich zurück auf den Weg in Richtung Villa.

Kurz bevor ich die Wiese an der Lichtung erreichte, packte Noah mich am Arm.

„Bitte!", flehte er. „Ich wollte dich nicht erschrecken. Mir war nicht klar, dass dir der Wald solche Angst macht. Ich will doch nur mit dir reden, ohne dass uns alle dabei zuhören."

Ich bekam kaum Luft, aber das freundliche Bitten in seiner Stimme konnte ich nicht überhören.

„Wer soll uns denn mitten in der Nacht hören?"

„Ist dir noch nie das hohe Summen in der Villa aufgefallen? Es ist überall. Das sind Kameras. Ich werde Tag und Nacht überwacht."

Ich erstarrte. „Warum sollte das jemand tun?"

„Weil sie mich keine Sekunde aus den Augen lassen", sagte er. „Ich werde dir alles erzählen, aber nicht hier. Ich weiß nicht, wo Anselm ist und wie weit die Überwachung reicht."

Ich konnte nicht glauben, was ich da hörte. Kameras? Wie absurd war das denn? Aber Noah klang so ernst, dass ich es nicht über mich brachte, ihm das zu sagen.

„Bitte ... nicht in den Wald", sagte ich und kam mir vor wie eine Fünfjährige.

„So schlimm?"

„Ich bin in der Großstadt aufgewachsen. Mir ist echt unheimlich da drinnen."

Einen Moment lang überlegte er, schien aber keine Idee zu haben. Da schlug ich ihm den Holzstapel unten beim See am Waldrand vor, wo ich Viktor geholfen hatte, die abgesägten Äste übereinanderzuschichten. Noah nickte, ging voraus, durch das Gras, den Kies und auf dem X-Weg den Waldweg hinunter.

„Hast du die Markierungen in die Bäume geritzt?", fragte ich.

„Ja, aber das ist ewig her. Ich brauche sie schon längst nicht mehr." Ich war froh, dass er vorausging. Dieses Waldstück kannte ich zwar, aber in der Nacht war alles so viel unheimlicher. Wir folgten dem Seil am Uferrand entlang nach links. Dann wusste Noah nicht mehr, wie es weiterging, und blieb orientierungslos stehen.

„Du kennst den Weg?", fragte er leise.

„Ja. Soll ich deinen Arm nehmen?" Ich fühlte mich so unsicher, wie ich klang.

Er tastete nach meinem Ellenbogen. „Darf ich?"

„Ja", sagte ich und dachte unwillkürlich, dass ich vor einiger Zeit noch genickt hätte. Sachte hängte er sich bei mir ein. Ich streckte den Ellenbogen von mir weg wie einen fremden Gegenstand und achtete darauf, dass mich seine Finger nicht sonst wo berührten. Wir marschierten los. Ich schaute nur auf meine Füße, prompt stolperte er über einen Stein und unterdrückte einen Schmerzenslaut. „Entschuldige", sagte ich. Überwachungskameras. Der litt doch unter Verfolgungswahn.

16

Wir erreichten den Holzstoß und setzten uns auf einen davor liegenden Stamm, sodass wir von der Villa nicht gesehen werden konnten. Hinter mir rauschte der Wald und kam mir vor wie ein drohendes Wesen. Im See vor uns spiegelte sich die halbe Mondsichel und verlieh Noahs Gesicht einen unwirklichen Silberschimmer, als mich jäh die Erkenntnis überkam, dass ich keine Ahnung hatte, was ich hier machte. Irgendetwas stimmte nicht, mit der Nacht, mit der Luft, mit dem Rauschen des Waldes, mit dem See und vor allem mit Noah. Er saß zwar neben mir und ich spürte die Wärme seines Körpers, aber auf einmal kam er mir nicht mehr vor wie ein menschliches Wesen. Unwillkürlich musste ich an die vielen Romane denken, die ich gelesen hatte, über Jungen, die sich als Engel entpuppten, als Vampire, Halbgötter, Untote, Zwischenwesen mit außergewöhnlichen Fähigkeiten, gefährlich und heiß begehrt. Auch wenn er ein solches Wesen sein sollte, merkte ich, dass ich dieses Wesen mehr liebte, als ich mir eingestehen wollte, und große Angst hatte, von ihm abgelehnt und weggestoßen zu werden. Es war diese Angst, die meinem Tonfall etwas Kühles verlieh.

„Okay", sagte ich knapp. „Das, was du eben erzählt hast, klingt zwar total absurd für mich, aber noch mal von vorn."

Noah seufzte. Dann fuhr er sich übers Gesicht wie jemand, der große Sorgen hatte. „Warum bist du nicht nach Hause gegangen, als ich dich darum gebeten habe?" Seine Stimme klang resigniert.

„Darum gebeten? Loswerden wolltest du mich. Am liebsten hättest du mich doch rausgeworfen!"

„Dich rauswerfen? ... Im Gegenteil ... du glaubst ja gar nicht, wie schwer es mir fiel ... aber ... dein Leben ist in Gefahr!"

„Ach ja?"

„Ja", sagte er. „Du musst weg von hier, zurück in die Welt, aus der du gekommen bist."

Ich brauchte ein paar Atemzüge, um seine Worte zu verstehen. Dann fing ich unkontrolliert an zu lachen, hohl und böse, konnte gar nicht mehr aufhören und hielt mir die Hand vor den Mund, während mir Lachtränen aus den Augenwinkeln quollen. „Ich glaube, Schwester Fidelis hat dir zu viele Schauerromane aus dem 18. Jahrhundert vorgelesen ... Warum lebe ich hier gefährlich? Weil du hier bist?" Oh, ich kam mir schäbig vor.

„Alle, die hier zu Besuch waren, sind früher oder später verschwunden."

„Wie ... ich verstehe nicht ... du meinst, sie wurden ... umgebracht ... deinetwegen?"

Noah senkte seinen Blick. „Ob wegen mir oder etwas anderem weiß ich nicht."

„Bildest du dir das nicht ein?"

Vornübergelehnt saß er ruhig neben mir, hatte beide Unterarme auf seinen Oberschenkeln abgestützt und spielte mit einem Blatt in seinen Händen. In dem Augenblick ging er mir auf die Nerven mit seiner überlegenen Art. Ich kam mir vor wie eine Marionette an seinen Fäden, als ob er alles mit mir machen konnte. Ohne Vorwarnung hatte er meine größten Ängste an die Oberfläche geschaufelt, hatte alles, was ich so mühsam zuzuschütten versucht hatte, wieder ausgegraben – meine Angst vor dem Wasser, vor dem Wald und vor einem gebrochenen Herzen. Was machte er mit mir? Ich musste mich irgendwie vor ihm schützen.

„Du kommst dir wohl ziemlich wichtig vor", schnaubte ich.

Er reagierte nicht, hielt seinen Kopf gesenkt und zupfte kunstvoll das Grüne von den Blattadern, sodass nur noch ein zartes feingliedriges Gerippe übrig blieb.

„Du glaubst, du bist lebensgefährlich für andere?", fantasierte ich auf nicht gerade nette Art. „Das klingt, als wärst du ein Superheld ... So nach dem Motto: Wer in meine Nähe kommt ... grrr." Ich verzog mein Gesicht zu einer Fratze und ahmte ein Monster nach, das mit beiden Händen nach seinen Haaren griff.

„Hör auf", unterbrach er mich scharf, hob schützend seine Arme vor mir und lehnte sich von mir weg, weil er den Luftzug gespürt haben musste, den ich durch meine große Bewegung fabriziert hatte.

Ich verstummte und kam mir noch schäbiger vor als zuvor. Noah holte nicht nur meine Ängste aus mir hervor, sondern auch meine schlechten Seiten. „Du sagst, keiner hat die Villa je lebend verlassen? Wie hast du das denn herausgefunden?" Ich nahm meine Frage nicht wirklich ernst.

„Ich hab die Leichen gefunden."

Was? Ich lachte noch einmal. „Leichen? Woher wusstest du, dass es Leichen waren?"

„Ich habe Gräber gefunden ... also Knochen ... im Wald, nach einer besonders langen Wanderung. Noch nie war ich so weit gekommen. Zuerst dachte ich, die Knochen wären von einem Tier, aber dann ..." Er schluckte hörbar. „Du musst wissen, Schwester Fidelis hat mich ein Jahr lang im Unterricht mit einem Skelett geplagt, das Viktor extra aus der Stadt gebracht hatte und das an einem Haken hing. Jeden Knochen ließ sie mich auswendig lernen, inklusive lateinischen Namen. Am Schluss schaffte ich es, fast hundert Knochen aufgrund ihrer Form und Größe zu benennen. Ich wusste also sofort, was für einen Knochen ich vor mir hatte – es war der Radius, falls du's genau wissen willst, Speiche auf Deutsch oder Unterarmknochen. Zuerst hat mich meine Entdeckung nicht sonderlich irritiert, hätte ja sein können, dass die Knochen noch aus Sir Morris' Zeiten stammten, von jemandem, der eines natürlichen Todes gestorben ist. Aber ich fing an, in der Erde zu graben, und immer mehr Knochen kamen zum Vorschein, der ganze Arm,

Mittelhandknochen, Fingerknochen ... und mittendrin lag ein Ring ... ein Ring, den ich nur zu gut kannte. Er hatte die Form einer Blüte – vier Granatedelsteine und in der Mitte ein winziger Diamant. Der Ring stammte aus dem 19. Jahrhundert und gehörte Anna, meiner Klavierlehrerin. Sie war bei mir, als ich acht oder neun war. Ich mochte sie sehr und jedes Mal, wenn sie mir die Hand gab, spürte ich ihren Ring. Oft hat sie von der dunkelroten Farbe des Granats geschwärmt. Als ich diesen Ring dann plötzlich in der Erde wiederfand, zwischen all den Knochen, gab es für mich keinen Zweifel."

„Aber gesehen hast du die Gräber nicht, oder?"

„Nein, gesehen hab ich sie nicht", sagte er scharf. „Ich kann nichts sehen, falls du das schon wieder vergessen hast."

„Woher wusstest du dann, dass es Gräber waren?"

„Schließ die Augen", sagte er.

„Was?"

„Du hast mich schon verstanden. Na los. Schließ die Augen."

Ich schloss die Augen, hörte, dass er sich neben mir bewegte. Er nahm etwas vom Boden auf, tastete nach meiner Hand und legte mir einen faustgroßen Stein hinein. Schon wieder bekam ich eine Gänsehaut, als er mich so sanft berührte.

„Weißt du, was das ist?", fragte er.

„Ein Stein. Was sonst."

„Woher weißt du, dass das ein Stein ist? Du hast ihn doch gar nicht gesehen?"

„Aber ein Grab ist doch etwas ganz anderes." Fröstelnd rieb ich mir die Arme, den Stein immer noch in meiner Faust.

„Ich kann es dir nicht anders erklären, ich wusste, dass es ein Grab war."

„Wo sind diese Gräber denn?" Ich musste mir das mit eigenen Augen ansehen, dann konnte ich es vielleicht schaffen, ihn irgendwie wieder zur Vernunft zu bringen.

„Sie haben sie verschwinden lassen, nachdem ich sie entdeckt hatte … Ich hab keinem von meiner Entdeckung erzählt, aber sie wussten es trotzdem." Er stieß einen resignierten Seufzer aus. „Aber du glaubst mir auch nicht! … Kurz habe ich gedacht, du seiest anders als die anderen. Aber das ist wohl nicht so, war nur mein Wunschdenken. Für dich ist es jetzt zu spät. In den ersten paar Tagen hättest du es vielleicht noch geschafft, dass dich Viktor zurückgefahren hätte", sagte er leise. „Aber jetzt werden sie dich nicht mehr gehen lassen. Du hast schon zu viel von diesem Ort mitbekommen. Du könntest jedem da draußen davon erzählen. Du könntest erzählen, dass ich hier gefangen bin. Und dann schicken sie Leute von der Behörde oder sonst wen. Und das wollen sie nicht."

Ich verstand gar nichts, hörte aber weiter zu.

„Nun werden sie dich mit allen möglichen Überredungstaktiken hierbehalten, und falls du dann immer noch gehen möchtest, wird Schwester Fidelis mit dem Vertrag kommen, den du unterschrieben hast."

Sie haben eine Schweigeklausel unterschrieben, schossen mir Schwester Fidelis' Worte durch den Kopf.

„Und irgendwann, wenn du selber merkst, dass hier nicht alles mit rechten Dingen zugeht und du zu viele Fragen stellst, ist es zu spät und sie werden dich unauffällig verschwinden lassen, weil sie weder auf der einen noch auf der anderen Seite der Welt eine Verwendung für dich haben."

Noah warf das Blatt weg. „Du hast den Vertrag und das Kleingedruckte darin wahrscheinlich nie gesehen, Irina Pawlowa schon."

„Woher weißt du …?"

Er gab keine Antwort.

Ich kaute auf meiner Wange herum, bis ich Eisen schmeckte.

„Irina hat unterschrieben, dass es für sie schlimme Nachteile haben wird, wenn sie den Vertrag nicht erfüllt. So war's bisher jedenfalls immer. Alle, die hier waren, hatten Sorgen. Die Bezahlung ist außergewöhnlich hoch. Wahrscheinlich steckt die richtige Frau

Pawlowa gerade in Not und wurde deshalb für diese Aufgabe auserwählt. Schwester Fidelis hat erzählt, dass sie sie nicht lange überreden musste. Wusstest du, dass sie aus der Ukraine kommt?"

Ich schüttelte den Kopf.

„Wie heißt du eigentlich?", fragte er.

„Marlene", sagte ich resigniert, fühlte mich nackt, verletzt und durchschaut und auch ein bisschen erleichtert; wenigstens Noah brauchte ich nichts mehr vorzuspielen und offenbar hatte er mich noch nicht bei Schwester Fidelis verraten.

„Und wie ...?"

„Ich habe einen roten Koffer vor einem Bahnhof gesehen ... war neugierig ... wollte unbedingt wissen, was drin ist ... herausgekommen bist du." Von dem doppelten Boden erzählte ich nichts. Noah hatte offenbar selber ein paar doppelte Böden zu knacken.

„Und jetzt weißt du nicht, was du mit mir anfangen sollst." Es war keine Frage. „Du kannst überhaupt nichts mit mir anfangen", betonte er. „Aber ich kann etwas mit dir anfangen ... Darüber wollte ich mit dir reden."

17

Noah schluckte und richtete sich auf, als kostete es ihn große Überwindung, seine Frage anzubringen: „Ich wollte dich bitten, ob du mir hilfst, von hier wegzukommen."

„Warum fragst du nicht Viktor?", sagte ich ruhig, ohne mir etwas dabei zu denken.

„Marlene." Meinen Namen aus seinem Mund zu hören, machte mich hellwach und nervös. Er sagte ihn eindringlich, fast mitleidig. „Die lassen mich nicht raus. Ich bin hier eingesperrt."

In meinem Hals schien ein Eiszapfen zu wachsen. Was hatte er da gesagt?

„Ich habe doch gesehen, wie du mit Viktor und dem Jeep zurückgekommen bist."

„Ich habe seit vielen Jahren nicht mehr im Jeep gesessen", sagte Noah.

„Aber ..." Ich fing an nachzudenken – ich hatte den Jeep doch gehört, und eine Autotür, dann war Noah neben der Einfahrt aus dem Wald gekommen, dann Viktor mit der Einkaufstüte, was genau genommen kein Beweis dafür war, dass Noah tatsächlich mit Viktor unterwegs gewesen war, das hatte ich nur gedacht.

„Du warst noch nie weg?", fragte ich leise; meine Aggression verflog so schnell wie der Raubvogel, dessen Mondschatten unheimlich über den dunklen See glitt.

„Ein paar Mal schon", sagte er. „Den ersten Ausflug, an den ich mich erinnern kann, haben wir gemacht, als ich fünf war. Davor habe ich Schwester Fidelis so lange terrorisiert und mich so lange bei allem verweigert, bis sie mir meinen größten Wunsch erfüllt hat."

„Als du fünf warst?" Ich konnte noch immer das Unglaubliche in seiner Aussage nicht fassen und lediglich das Echo seiner Worte hervorbringen.

Er sprach schon weiter. „Wir waren zu dritt – Schwester Fidelis, Viktor und ich. Wir fuhren ungefähr zwei Stunden. Viktor parkte und blieb beim Auto. Wir sind ausgestiegen." Wie er das erzählte, beinahe so, als hätte er damals eine heilige Handlung vollzogen.

„Wir haben nur einen Spaziergang gemacht … Aber zum ersten Mal in meinem Leben habe ich gehört, wie es klingt, wenn mehrere Autos über Asphalt fahren. Ich habe gehört, wie ein Mann einen anderen auf der Straße gegrüßt hat und wie selbstverständlich sie sich dann miteinander unterhalten haben. Ich habe gehört, wie eine ältere Frau mit ihrem Hund geredet hat, den sie spazieren führte. Ich bin in einer halben Stunde mehr Menschen begegnet als in meinem ganzen Leben zuvor. Ich habe ein Fahrrad klingeln gehört und das Scheppern von Einkaufswagen. Vorher hatte ich gar nicht gewusst, dass es so etwas gibt. Ich glaube, das war nur eine kleine Stadt, vielleicht war's nicht mal eine Stadt, aber verglichen mit einem einzigen Haus war sie voller Leben. Ich kann mich heute noch an alle Gerüche und Geräusche erinnern, die ich aufgeschnappt habe. Ich habe die Freiheit gerochen, die Welt. Aber dann passierte es. Wir wollten auf einen Spielplatz und auf dem Weg dorthin wurde mir sterbensschlecht. Meine Füße gaben unter mir nach, ich fiel hin, musste brechen und bekam keine Luft, erstickte fast. Viktor war sofort da. Den Spielplatz habe ich nie erreicht. Sie brachten mich zurück. Die späteren Ausflüge waren das gleiche Desaster. Sie haben alle damit geendet, dass ich hinterher tagelang im Bett lag. Ärzte, ich weiß nicht, wie viele es waren, betreuten mich rund um die Uhr, bis es mir wieder besser ging. Niemand weiß, was es ist, das mich da draußen vergiftet."

Ich konnte die Wucht seiner Aussage noch nicht fassen.

„Dann sperren sie dich ja aber nicht ein. Dann schützen sie dich. Und trotzdem willst du weg? Obwohl du krank bist?" Die Worte kamen eher als Krächzen hervor. Er verzog den Mund zu einem sarkastischen Grinsen.

„Findest du, dass ich krank aussehe?" Eine Antwort wartete er gar nicht ab. „Was bitte soll das für eine Krankheit sein? Hast du schon mal von so etwas gehört?"

„Nein ... aber es klingt ernst ..." Ich brach ab.

„Schau mich an, ich weiß gar nicht, wohin mit meiner Energie. Ich fühle mich so gesund, wie man nur sein kann. Was soll hier in der Villa anders sein als anderswo? Sind es die Abgase? Der Verkehr? Die Fabriken? Die hält doch sonst auch jeder aus." Er machte eine Pause und sagte dann mit Nachdruck: „Ich glaube, sie haben mich vor allen Ausflügen in die Freiheit vergiftet."

Ich schlang meine Arme um den Körper; mir wurde immer kälter, nur den Stein hielt ich immer noch fest in meiner Hand – der war inzwischen warm geworden.

„Aber warum sollten sie das tun?"

„Ich soll selber überzeugt davon sein, dass ich da draußen sterbe, und deswegen soll ich gefälligst keinen Stress mehr machen und für den Rest meines Lebens brav hierbleiben und keine Fragen mehr stellen."

„Aber warum?"

„Ich weiß es nicht ..." Der Raubvogel schrie. „Sie sperren mich ein, so viel weiß ich. Nur den Aufwand verstehe ich nicht. Es muss einen Grund geben, weswegen sie mich verstecken. Diesen Grund will ich herausfinden ... und das kann ich nicht allein. Ein paar Mal habe ich versucht abzuhauen, aber es hat jedes Mal katastrophal geendet. Das Grundstück ist abgeriegelt mit elektrischen Zäunen und Mauern, mit Wasserfällen, undurchdringlichen Wäldern und Felswänden. Meistens dauert es keine Stunde, bis sie mich mit verstauchtem Knöchel aus irgendeinem Loch fischen müssen, in das ich bei meinen kläglichen Versuchen, in die Freiheit zu kommen, gestolpert bin. Ich schaffe das nicht allein. Aber ich will raus! Ich will endlich wissen, wer ich bin und was sie mit mir vorhaben." Er drehte mir sein Gesicht zu und ich hätte schwören können, dass er mich eindringlich ansah. „Hilfst du mir?"

Ich senkte meinen Kopf, wusste überhaupt nicht, was ich von alldem halten sollte.

„Bitte!", flehte er.

Herr im Himmel, am liebsten wäre ich sofort mit ihm über alle Berge abgehauen, hätte ihn in die Arme genommen und ihn nie wieder losgelassen.

„Ich weiß nicht ... Was, wenn du doch krank bist und da draußen stirbst? Ich kenne dich doch gar nicht. Wer sagt mir denn, dass du mich morgen nicht wieder loshaben willst, dass du nicht morgen wieder so gemein zu mir bist ...?" Ich spürte, wie mir Tränen die Kehle hochstiegen, und schluckte sie ganz schnell. „Wie soll ich dir denn vertrauen?"

„Marlene."

So sanft und flehend hatte noch nie jemand meinen Namen ausgesprochen. Mir schnürte es den Hals zu. Was war nur mit mir los? Er brauchte mich nur bei meinem Namen zu nennen und ich war streichfähig. Droge. Noah war eine Droge mit großer Suchtgefahr.

„Ich war doch nur so schroff dir gegenüber, weil ich mir Sorgen um dich gemacht habe, weil ich gehofft habe, dass du gehst, bevor es zu spät ist."

„Das hast du fast geschafft. Wenn du mir nicht diese Botschaft geschickt hättest, hätte ich Schwester Fidelis heute Nachmittag um meine Abreise gebeten."

„Gott, bin ich dumm!", sagte er entsetzt. „Das wolltest du wirklich tun? Du wolltest abreisen?" Noch einmal strich er sich die Haare aus der Stirn. „Hätte ich das nur gewusst ... Ich dachte, du hast auf stur geschaltet und wolltest unbedingt bleiben ... weiß der Himmel weswegen."

„Vielleicht um dir beim Absaufen zuzusehen?" Es sollte ein Witz sein, weil mir nach allem, was ich erfahren hatte, so gar nicht zum Lachen war. Aber es war nicht witzig; Noah wusste nicht, wie er den Satz auffassen sollte.

„Quatsch!", sagte ich.

„Weswegen dann?"

Weil ich süchtig bin nach dir und den Absprung nicht schaffe.

„Ich wollte ja gar nicht bleiben", murmelte ich. „Also, eigentlich wollte ich schon bleiben, aber du hast mich nicht beachtet und da dachte ich, dass es besser ist zu gehen."

„Marlene", sagte er noch einmal und fasste mich mit seinen unglaublich warmen Händen am Oberarm an. „Hilfst du mir? Allein habe ich keine Chance."

„Ich kann das nicht", flüsterte ich und schluckte etwas, das mir die Kehle hochstieg, weil er so verzweifelt um Hilfe bat. „Stell dir mal vor, ich helfe dir raus und du stirbst."

„Ich … bin … nicht … krank!", sagte er, als hätte er es in seinem Leben schon Tausende Male wiederholt. „Ich bin nicht krank. Und ich sterbe auch nicht. Ich will nur frei sein."

„Aber warum ist es dann jedes Mal passiert?"

„Weil sie mir vorher was in die Cornflakes gemischt haben. Gott, ich weiß, das klingt verrückt. Aber es ist so. Wie kann ich dich nur davon überzeugen?"

„Gib mir ein bisschen Zeit. Ich muss das alles zuerst verdauen. Auch das mit der Überwachung. Glaubst du nicht, dass du dir da was einredest? Das ist doch total übertrieben. Ich meine … du … also … sei mir nicht böse, aber du bist blind. Was sollst du schon groß anstellen? In dem Haus gibt's noch nicht mal Internet."

„Was?"

„Nichts", murmelte ich, schockiert darüber, dass er tatsächlich nicht wusste, was das war.

„Kannst du dich daran erinnern, als ich beinah ertrunken bin? Wir waren kaum aus dem Wasser, als Schwester Fidelis hereingeplatzt ist. Kam dir das nicht eigenartig vor?"

Ich musste zugeben, dass mich das schon irritiert hatte. Aber es konnte genauso gut Zufall gewesen sein. „Ich habe nirgends in der Villa eine Kamera gesehen."

„Ich auch nicht."

Diesmal hatte er einen Witz gemacht und ich kapierte ihn erst, als es zum Lachen zu spät war.

„Nein, im Ernst", sagte Noah. „Ich hatte noch nie eine Kamera in der Hand. Ich habe keinen Schimmer, wie so etwas aussieht, aber es müssen Kameras sein, anders kann ich mir das nicht erklären. Schon mein ganzes Leben lang fühle ich mich beobachtet. Immer wenn etwas passiert, das nicht passieren sollte, tauchen Schwester Fidelis, Anselm oder Viktor so unvermittelt auf, als hätten sie die ganze Zeit hinter mir gestanden. Sie wollen permanent wissen, wo ich bin und was ich mache."

Huuu-Hu-Huuuuu tönte es genau in diesem Moment dumpf aus dem Wald, so passend, als hätte ein Soundtechniker den Eule-Knopf gedrückt.

„Deswegen also das Treffen hier im Wald", sagte ich mehr zu mir selbst. „Wohin wolltest du mich eigentlich bringen?"

„Ach ... ich hab da einen Lieblingsplatz. Den wollte ich dir zeigen." Er räusperte sich verlegen.

„Der Platz, wo du den Fuchs getroffen hast?"

„Woher weißt du ... ach, ich verstehe ... du bist mir gefolgt", sagte er niedergeschlagen. „Nein, nicht dorthin. Behältst du das mit dem Fuchs für dich? Viktor darf nicht wissen, dass ich ihn immer noch treffe. Er denkt, er hätte ihn mir mühsam vor etlichen Jahren abgewöhnt. Füchse seien wilde Tiere und keine Schoßhunde ... Der hat ja keine Ahnung."

„Darf ich dich was fragen?"

Er nickte.

„Woran hast du am ersten Abend, als du Klavier gespielt hast, gemerkt, dass ich im Raum war?"

„Das Parfum ... Also, ich nehme an, Irinas Parfum ... Ich finde, es passt nicht zu dir, zu süß, zu blumig, du riechst schon ohne Parfum viel zu gut."

Was hatte er gerade gesagt?

„Es ist besser, wir gehen zurück." Noah schien es plötzlich eilig zu haben und stand auf. Ich tat es ihm nach. Bewegungslos standen wir uns gegenüber. Ich schaute ihn an. Zitternd hob er seine Hand, als wollte er meine Wange berühren.

„Fass mich nicht an!", entfuhr es mir und ich bereute es im gleichen Augenblick. Aber ich hatte viel zu viel Angst, dass er morgen wieder ganz anders drauf sein und mich verletzen würde.

Erschrocken zog er seine Hand zurück. „Verzeih mir ... das wollte ich nicht. Ich weiß auch nicht ... du tust etwas mit mir ... etwas, das ich noch nie erlebt habe. Du bist anders ... du verwirrst mich", stotterte er und wandte sich von mir ab.

„Lass uns gehen", sagte ich deprimiert und setzte mich über die Wiese in Richtung Uferweg in Bewegung. Nach ein paar Metern hielt ich inne. Wo blieb Noah?

Ich drehte mich um und sah, wie er sich an dem Holzhaufen entlangtastete und mir unsicher über die Wiese folgte. Verdammt! Ich war es schon so gewöhnt, dass er überall alleine hinfand, dass ich ihn einfach stehen gelassen hatte. Sofort eilte ich zu ihm.

„Tut mir leid", sagte ich. „Hab vergessen ..." Ich nahm ihn, ohne zu fragen, am Handgelenk, als wäre er eine Puppe, und zog ihn hinter mir her. Sobald wir den Uferweg erreicht hatten, befreite er sich von mir. Hintereinander stiegen wir den X-Weg hoch. Bevor wir den Kies am Vorplatz erreichten, hielt er an.

„Es ist besser, wir betreten das Haus nicht zur selben Zeit. Geh du zuerst rein."

„Und du?"

„Ich geh noch eine Weile zu meinem Lieblingsplatz. Kann ohnehin nicht schlafen. Wir sehen uns morgen um sieben zum Schwimmen."

Ich nickte. „Also dann." Die Vorstellung, dass er allein im dunklen Wald verschwand, beklemmte mich.

„Du überlegst es dir? Ja? ... Ja? ... Marlene? Bist du noch da?"

„Ich überleg's mir", sagte ich. „Gib mir noch ein bisschen Zeit."

„So viel du brauchst. Aber nicht alle Zeit der Welt, ja? Danke, Marlene. Ich ..."

„Gute Nacht, Noah", sagte ich, lief um das Haus herum, an der Buche vorbei und huschte über die Terrasse, wo noch Viktors Zigarettenstummel lagen, zurück in die Villa. Unter dem Türrahmen hielt ich an und lauschte. Es summte tatsächlich, sehr leise zwar, aber hörbar. Bisher hatte ich es für das Summen elektrischer Leitungen gehalten. Es war dunkel im Haus. Der Mond bot gerade so viel Licht, dass ich Umrisse erkennen konnte. Was, wenn Noah recht hatte? Hing Anselm jetzt hinter einem Bildschirm und beobachtete jeden meiner Schritte? Ein Schauder erfasste mich. Auf leisen Sohlen eilte ich in mein Zimmer. Aber wenn ich Noah glauben sollte, war ich hier auch nicht sicher.

Ich machte Licht und scheuchte riesige Nachtfalter auf, die vor den Fenstern verschreckt aufflatterten. Ein Nachtfalter hatte Augen auf den Flügeln. Ich rieb mir über das Gesicht. Wenn ich nicht aufpasste, wurde ich noch verrückt. Ich musste einen klaren Kopf bewahren. Wo sollten denn hier bitte schön Kameras versteckt sein? Unter der Holzdecke? Hinter den Vorhängen? Im Spiegel? Im Kachelofen? Himmel, ich merkte selbst schon, wie ich anfing, unter Verfolgungswahn zu leiden. Ich wagte nicht, mich ganz auszuziehen, sondern kroch in T-Shirt und Slip ins Bett.

Schlafen konnte ich nicht. Ich stellte den roten Koffer neben mich und hielt ihn fest, irgendwie beruhigte mich das. Noah hatte erzählt von Skeletten und Gräbern, von einem Ring, den er gefunden hatte und der seiner Klavierlehrerin gehört hatte. Und die immer wieder drängende Frage: Was, wenn er sich alles einbildete? Was, wenn diese Leute nur sein Allerbestes wollten, wenn sie ihn nur schützten vor einer tödlichen Krankheit? Sie waren nett zu ihm. Sie taten alles, damit es ihm gut ging. Nur raus ließen sie ihn offenbar nicht.

Viel Zeit verging. Zeit, die ich nicht mehr richtig wahrnahm. Ich wusste nicht mehr, wie alt ich war, was für ein Tag, welcher Monat, welches Jahr war. Ich merkte nur eines – in meiner Faust lag immer noch der Stein, den er mir gegeben hatte; Noahs warmer Stein, den ich diese Nacht nicht mehr losließ.

Als es dämmerte, hörte ich weit weg das Tippen einer Schreibmaschine. Ich fiel in einen schweren Schlaf und träumte nur Mist: Ich war allein im nächtlichen Wald. Hinter den Wipfeln brannte es lichterloh. Ein Feuersturm. Ich wollte vor dem Feuer davonlaufen, aber meine Füße versanken bis zu den Knien in einem Boden, der unter mir nachgab. Ich wollte mich herausziehen, griff mit den Händen in einen Haufen Erde. Die Erde war lose und voller Ameisen. In Sekundenschnelle krabbelten sie auf mich. Sie krabbelten über meine Hände, Arme und Schultern in mein Gesicht. Sie krabbelten über meine Augen, in meine Nasenlöcher, in meine Ohren und zwickten mich in die Mundwinkel. Sie bissen und kratzten. Hinter mir fraß sich das Feuer durch den Wald. Als mir die Hitze das Gesicht beinah versengte, flohen die Ameisen von mir, aber nur kurz. Ich rannte davon, hinter mir her Millionen von Ameisen, die immer schneller wurden und im Rennen die Form eines Mannes annahmen. Der Ameisenmann verfolgte mich mitsamt der Feuersbrunst. Als er mir seinen Ameisenarm um den Hals legen wollte, erwachte ich schweißgebadet von einem Schuss.

Aufrecht saß ich im Bett. Wer hatte geschossen? War jemand getroffen worden? Noah? Ich schob den Stein, der immer noch in meiner Hand lag und schweißnass war, rasch unters Kopfkissen und trat angsterfüllt auf den Balkon. Es war früher Morgen. Wieder würde es ein wolkenloser Tag werden. In der Nähe des Sees, aus dem dünne Nebelschwaden aufstiegen, bewegte sich ein Mensch. Er sah Viktor ähnlich. Neben ihm erkannte ich einen dunklen Fleck am Boden. War das Noah? Hatte Viktor auf Noah geschossen? Noah in einer Blutlache? Noah tot?

Nur in Slip und Shirt rannte ich hinunter in die Eingangshalle und prallte beinah mit Schwester Fidelis zusammen.

„Da hat jemand geschossen!", brüllte ich.

„Beruhigen Sie sich", sagte sie und musterte mich stirnrunzelnd. „Das war nur Viktor. Er sorgt dafür, dass der Rotwildbestand nicht überhandnimmt."

„Rotwild? Noah liegt angeschossen da draußen", japste ich und zeigte in Richtung See.

„Irina", Schwester Fidelis berührte mich. „Beruhigen Sie sich. Noah ist nichts passiert. Denken Sie, das würden wir zulassen? Wir sind hier, um auf Noah aufzupassen."

Seine Paranoia schien mich schon angesteckt zu haben. „Aber ... aber ... ich dachte, das Rotwild sei ausgestorben?"

Jetzt musste Schwester Fidelis lächeln. „Im 19. Jahrhundert, ja." Ich kam mir reichlich dumm vor. „Inzwischen hat sich die Population wieder erholt. Viktor tut nur seine Arbeit. Was halten Sie davon, wenn Sie sich etwas anziehen?"

„Sicher. Verzeihung."

Total gerädert tappte ich zurück in mein Badezimmer und schüttete mir eiskaltes Wasser ins Gesicht. Meine Augen waren verschwollen. Egal. Noah würde es nicht sehen. Noah! Viktor hatte ihn nicht erschossen. Was hatte er mir gestern Nacht alles erzählt? Unwillkürlich suchte ich nach Anzeichen für Überwachung, schloss die Augen und lauschte angestrengt. Da war kein Summen. Nirgends. Die Harfe von meinem Handy dudelte – Weckruf. Viertel vor sieben.

Ich fühlte mich energiegeladen, obwohl ich die letzte Nacht nicht mehr als zwei Stunden Albtraum abbekommen hatte. Ob Noah überhaupt geschlafen hatte? Ich konnte es kaum erwarten, ihn wiederzutreffen. Im Flur war er nirgends. Irgendwo klapperte Anselm mit Geschirr. Es roch nach Kaffee und frisch gebackenen Brötchen.

Ich betrat das Schwimmbad. Noch war es so dunkel, dass ich meine Hand nicht vor Augen erkennen konnte. Das war schon öfter so gewesen. Aber wie erschrocken war ich kürzlich gewesen, als mich Noah begrüßt hatte, bevor ich das Licht eingeschaltet hatte. Ich wartete kurz in der Schwärze. Heute schien er noch nicht da zu sein. Dann schaltete ich das Licht ein. Das Schwimmbad war leer. Ich setzte mich in einen der gepolsterten Sessel und schaute erwartungsvoll zur Tür. Als sie sich öffnete, erschrak ich. Das war nicht Noah.

18

„Haben Sie sich von dem Schock heute Morgen erholt?", fragte Schwester Fidelis. „Ich habe mir gedacht, nach unserem Gespräch gestern Nachmittag sei es vielleicht besser, den Jungen ein wenig im Auge zu behalten und ihn notfalls zurechtzuweisen."

Das Gespräch gestern Nachmittag. Es schien eine Ewigkeit her. In der Zwischenzeit war so viel passiert. Was genau hatten wir dort besprochen?

Noah trat ein, rasant wie immer. Kurz bevor er Schwester Fidelis niederstieß, hielt er erschrocken an; ich fragte mich, was er für Sensoren hatte.

„Verzeihung", sagte er. „Ich dachte nicht ..."

Sie wirbelte herum und musterte aufdringlich sein Gesicht. „Du siehst müde aus. Hast du denn genug geschlafen?"

„Ging so", sagte er und rieb sich die Augen. „Das Schachspiel von gestern Abend spukte mir die ganze Nacht im Kopf herum. Und Viktor mit seiner dummen Jägerei ... Haben Sie denn gut geschlafen?"

„Auch nicht so besonders", sie lächelte verlegen. „Eine kleine Magenverstimmung." Dass ich nicht lachte, zu viel Schnaps hatte sie getrunken.

„Das tut mir leid", sagte er, ging an ihr vorbei, steuerte auf die Liege zu, legte sein Handtuch darauf ab und strich es glatt.

„Morgen, Irina", sagte er unfreundlich. Woher zum Teufel ...? Ich hatte heute noch kein Parfum benutzt. Geduscht hatte ich mich aber auch nicht. Verstohlen roch ich unter meinen Achseln. So schlimm war es gar nicht. Trotzdem schien er mich gerochen zu haben. Und warum schon wieder dieser ablehnende Tonfall? Alle Nähe war dahin.

„Nun, es scheint, als hätten wir heute alle nicht sonderlich gut geschlafen. Ich wollte mich persönlich von deinen Fortschritten überzeugen", sagte Schwester Fidelis, rückte sich einen Sessel vors Becken wie ein Bademeister und verfolgte in der nächsten Stunde alles, was wir taten. Ich war überzeugt davon, dass sie das aus lauter Bösartigkeit machte. Wahrscheinlich war sie genauso süchtig nach ihm wie ich. Sie vergötterte ihn, bewunderte ihn, konnte ihre Augen nicht von ihm abwenden. Es war ja auch so praktisch, ihn zu beobachten, man fühlte sich dabei selbst nämlich so unbeobachtet. Sie hatte ihn täglich im Unterricht und in den Vorlesestunden und musste mir noch die paar Minuten mit ihm stehlen, die ich allein mit ihm hätte sein können … Ich hielt mein Gedankenkarussell an, schockiert darüber, was für mieses Zeug mir durch den Kopf schoss. Und Noah schwamm und schwamm und schwamm. Eine ganze Stunde lang, eine Länge um die andere. Viel brachte ich ihm nicht mehr bei. Wir hätten an seiner Beinbewegung arbeiten müssen, aber dann wäre wieder das Wer-berührt-wen-Theater losgegangen und das hätte ich vor Schwester Fidelis nicht aufführen wollen. Stattdessen gab ich knappe Anweisungen und Noah befolgte sie, wie er es gewöhnt war, ohne mit der Wimper zu zucken.

Beim Frühstück waren wir zu dritt. Viktor fehlte. Ich suchte eine Gelegenheit, um mit Noah zu reden, aber Schwester Fidelis schien heute Morgen an Sprechdurchfall zu leiden. Sie quasselte über das Wetter und die Punischen Kriege. Beides interessierte mich nicht. Danach zog sie Noah mit sich und die beiden verschwanden im Unterricht. Es war doch wie verhext. Anselm schien ebenfalls zu merken, was hier lief. Ich hatte die letzte Zeit schon oft beobachtet, wie aufmerksam er zuhörte. Auch diesmal fragte er mich, ob ich etwas auf dem Herzen hätte. Und wie immer weigerte ich mich, mit ihm zu reden. Ich traute ihm nicht über den Weg.

Nach dem Frühstück wollte ich mich nur kurz ausruhen und dann das Gelände nach möglichen Fluchtwegen auskundschaften, als ich einschlief. Beim Mittagsschwimmen würde ich Noah wieder treffen. Vielleicht konnten wir dann reden. Ich war fassungslos, als Schwester Fidelis schon wieder in Bademeister-Stellung am Beckenrand Platz nahm und anfing, an ihrer Haube zu häkeln, oder was immer das Geschwür war, das sie in ihren Spinnenhänden hielt.

Noah ignorierte sie. Noah ignorierte mich. Wie durfte ich das jetzt wieder auffassen? Er zog mich zu sich her und schnippte mich wieder weg wie ein Gummiband – gerade wie es ihm passte. Und auch wenn er mich vorgewarnt hatte, fühlte es sich nicht gut an. Gestern Nacht nah und präsent wie unter der Lupe, heute so weit weg wie ein flimmernder Punkt am Horizont einer Wüstenlandschaft.

Bis zum Mittagessen waren es noch zehn Minuten. Ich setzte mich zwischen die Rosenstöcke auf die heißen Steinstufen. Viktor kam mit dem Jeep und hielt vor mir an. Er öffnete den Kofferraum. Ein unangenehmer, schwerer Geruch nach Eisen schwappte mir entgegen. Ich stand auf und schaute in den Kofferraum. Viktor hob eine Abdeckung von einer Plastikwanne.

„Anselm wird sich freuen. Das wird ein Festessen."

Ich schlug mir die Hand vor den Mund und taumelte zurück. In der Plastikwanne lagen Gedärme, Leber, Lungenflügel und ein Herz. Schön frisch und blutig. Man konnte sich einbilden, das Herz pulsierte noch.

„Was hast du denn? Irina!" Lachend kam er auf mich zu. „Das ist doch nur Hirschfleisch. Eine Spezialität."

Ich torkelte ins Haus und beschloss, Vegetarierin zu werden.

„Ich habe heute keinen Hunger, falls mich jemand sucht", sagte ich zu Noah, der auf dem Weg ins Esszimmer war.

Zehn Minuten später standen alle vier vor meiner Zimmertür: Schwester Fidelis, Anselm und Viktor, Noah weiter hinten.

„Mir ist nicht wohl", murmelte ich und wollte mich gleich wieder zurückziehen, aber sie ließen nicht locker. Anselm predigte, wie wichtig es sei, sich gesund zu ernähren. Viktor hielt mir einen Vortrag, wie normal das alles sei und dass es viel besser sei, die Tiere selbst zu jagen, als das Fleisch im Supermarkt aus der Massentierhaltung zu kaufen. Die Tiere, die er schoss, hatten ein herrliches Leben in der freien Wildbahn geführt. Ich hörte nicht richtig zu, sah nur Noah, der weiter weg neben meinem ausgestopften Hirsch stand und traurig wirkte. Noah wollte auch ein Leben in freier Wildbahn führen. Vielleicht sollte ich ihm doch helfen, von hier zu verschwinden; geheimnisvolle Krankheit hin oder her. Ich hatte nie jemanden getroffen, der gesünder aussah als er.

Sie schafften es dann doch, mich zum Mittagessen zu überreden. Auf das Fleisch, ich glaube, es war Kaninchen, verzichtete ich und rechnete von allen Seiten mit Missachtung, stattdessen stand Anselm auf, briet mir verschiedenes Gemüse an, und obwohl ich keinen Hunger hatte, brachte ich es nicht übers Herz, es liegen zu lassen. Ich aß mehr, als ich vorgehabt hatte. Es schmeckte wunderbar, aber hinterher drückte mich der Magen.

Nach dem Essen hielt mich Noah auf. „Ach ... Irina ... ich wollte fragen, wann wir mit dem Kraulen beginnen?" Mit dem Kraulen beginnen? Was redete er? Ich versuchte noch, hinter den Sinn seiner Worte zu kommen, als ich merkte, dass er mir mit zitternden Fingern etwas in meine Hand schob. Klein zusammengefaltetes Papier. Sofort steckte ich es in meine Hosentasche.

„Zum Kraulen ist es noch zu früh", sagte ich. „Sei froh, dass du nicht mehr untergehst."

Das reichte ihm schon und er ging.

Zuerst wollte ich das Papier in meinem Zimmer öffnen, da fiel mir seine Warnung vor der Überwachung ein. Was, wenn jemand mitlas? Ich kündigte einen Spaziergang an und machte mich auf den Weg zum See. Doch ich schlug nicht den üblichen Rundweg ein, sondern ließ den See hinter mir zurück. Duftwolken aus Thymian, Majoran und Rosmarin schlugen mir entgegen. Ich kam durch wilde, unberührte Natur und suchte mir ein schattiges Plätzchen unter einem Baum. Neben mir gluckste ein Bach, an dem eidottergelbe, violette und weiße Blumen blühten – gern hätte ich sie mit Namen benennen können, aber außer Gänseblümchen und Löwenzahn kannte ich nicht viel. Insekten summten und die Erde atmete feuchtwarme, nach wilden Kräutern duftende Luft aus. Vorsichtig öffnete ich das Papier. Es waren mehrere furchtbar dünne Papierblätter, eng zusammengefaltet. Die einzelnen Blätter waren fast durchsichtig. Ich wusste nicht, wo man so ein Papier kaufen konnte. Genauso gut hätte es das Toilettenpapier von Sir Morris gewesen sein können. Die Schreibmaschine hatte mitsamt den Buchstaben teilweise Löcher hineingestanzt. Das war es also, was ich gestern Nacht gehört hatte. Und die Überwachung? Wahrscheinlich hatte Noah den Brief im Dunkeln geschrieben. Kaum anzunehmen, dass jemand mitgelesen hatte.

Liebe Marlene. Ich habe gestern noch lange nachgedacht, vor allem darüber, was ich tun kann, damit du mir vertraust. Vielleicht mache ich einen großen Fehler, aber ich sage dir jetzt die ganze Wahrheit. Ich war nämlich nicht ganz ehrlich zu dir. Deshalb schreibe ich jetzt die Wahrheit, auch wenn es mir sehr schwerfällt. Verzeih, ich habe mich wiederholt, aber ich kann meine Wörter nicht löschen mit dieser Maschine nicht löschen. Sie ist sehr alt. Die elektrische Schreibmaschine, mit der ich normalerweise Aufsätze und Hausaufgaben schreibe, ist bei Viktor in der Reparatur. Jetzt weiß ich wieder nicht, wo ich stehen geblieben war. Aber wenn du wüsstest, wie oft ich diesen Brief schon begonnen habe. Der Ofen ist voll davon. Ich darf nicht vergessen, ihn anzuzünden, damit außer dir keiner lesen kann, was ich geschrieben habe. Also noch einmal von vorne. Weil ich möchte, dass du mir vertraust, muss ich dir schreiben, dass ich nicht ganz ehrlich zu dir war.

Ich presste den Brief an meine Brust, wagte es kaum, Luft zu holen, sah einer pelzigen, dunklen Hummel hinterher, die an mir vorbeibrummte, und las vorsichtig weiter.

Als ich dich gebeten hatte, nach Hause zu fahren, lag das nicht nur daran, dass ich Angst um dich hatte. Schon als ich deine Stimme zum ersten Mal gehört habe (als du aus dem Auto ausgestiegen bist), war es um mich geschehen. Du wolltest den Koffer selber tragen. Noch schlimmer wurde es, als du mir die Hand gegeben hast. Was für wunderschöne Hände du hast. Am Allerschlimmsten wurde es im Schwimmbad. Was glaubst du wohl, warum ich nicht wollte, dass du mich berührst? Ich habe deine Nähe nicht ertragen. Nicht weil ich dich nicht mag, sondern im Gegenteil. Weil mir deine Gegenwart den Boden unter den Füßen wegzieht. Weil mir von dir schwindlig wird. Wenn du mich berührt hättest, ich hätte mich wahrscheinlich nicht beherrschen können. Es tut mir leid. Ich bin mir vorgekommen wie ein Voyeur, als ich dich erforscht habe, dafür möchte ich mich entschuldigen, aber ich konnte nicht anders. Alles an dir ist so aufregend, so reizvoll und berauschend schön, deine weiche Haut, deine Schultern, deine Härchen an den Unterarmen, deine langen Haare, deine Atemgeräusche und du riechst so gut. Marlene, ich glaube, ich habe mich in dich verliebt.

Ein Tropfen fiel auf das dünne Blatt und breitete sich als feuchter Fleck gleich nach allen Seiten aus. Ich wischte mir mit dem Ärmel über die Augen und las gierig weiter.

Ich habe mich noch nie verliebt, aber jetzt weiß ich, wovon in all den Geschichten die Rede ist, wenn sie von Liebe auf den ersten Blick schreiben. Es ist mir einfach passiert, es hat mich überfallen. Im ersten Moment war ich sehr verwirrt. Immer wenn ich verwirrt bin oder nachdenken muss, spiele ich Klavier, dabei denkt es sich leichter. Das habe ich gemacht. Und dabei bist du mir nicht mehr aus dem Kopf gegangen. Ich stellte mir vor, wie es sein müsste, für immer mit dir zusammen zu sein zusammen zu sein mit dir für immer. An einem Ort, wo uns niemand kontrolliert, wo wir frei sind und tun und lassen können, was wir wollen. Diese Vorstellung war so unglaublich schön und ich hatte solch eine Sehnsucht danach, dass es mich fast zerrissen hat. Und plötzlich wurde mir klar, dass mein Wunsch nie in Erfüllung gehen wird. Sie werden mich nie rauslassen. Sie werden uns opfern, wegen eines Geheimnisses, das vor mir verborgen ist. Wenn ich mir vorstelle, dass auch du sterben musst, ich könnte es nicht ertragen. Ich will dich nicht verlieren, wie ich damals Anna verloren habe. Deshalb wollte ich, dass du so schnell wie möglich gehst.
   Noch etwas musst du wissen. Für Schwester Fidelis bin ich sehr wichtig. Auf eine Art liebt sie mich, aber ich weiß nicht, wie man so eine Liebe nennt, ich weiß nur, dass sie schnell eifersüchtig wird. Mir ist nicht ganz klar, weshalb sie eine dritte Schwimmstunde angeordnet hat. Ich vermute, dass sie

uns testen will. Deshalb war ich auch heute so distanziert zu dir. Es ist besser, wenn ich mich in den nächsten Tagen weiterhin so verhalte, als könnte ich dich nicht leiden. Dafür bitte ich dich jetzt schon inständig um Verzeihung. Ich tue das nur, weil ich dich liebe und um dich zu schützen. Der neue Tag bricht bald an, dabei gäbe es noch so viel, das ich dir schreiben müsste. Aber ich muss aufhören. Bitte verbrenne diesen Brief, damit ihn niemand findet, und lass dir nichts anmerken. Zum Schluss bleibt mir nur, dich noch einmal inständig zu bitten, um alles in der Welt: Hilf mir, frei zu werden und das Geheimnis, weshalb ich hier sein muss, zu lüften. Es muss einen Ausweg geben. Zu zweit können wir es schaffen. Ich gehe hier ein.
Ich will leben.

In Liebe
Dein Noah

Lehn deine Wang an meine Wang,
Dann fließen die Tränen zusammen;
Und an mein Herz drück fest dein Herz,
Dann schlagen zusammen die Flammen!

Und wenn in die große Flamme fließt
Der Strom von unsern Tränen,
Und wenn dich mein Arm gewaltig umschließt,
Sterb ich vor Liebessehnen!

(Ich wünschte, ich hätte das Gedicht für dich geschrieben. Es war Heinrich Heine.)

19

Über mir kreiste ein Steinadler mit Schwingen wie kräftige Arme. Es musste ein junger Adler sein, er hatte noch weiße Unterfedern. Ausgerechnet jetzt, nachdem ich den schönsten Liebesbrief aller Zeiten bekommen hatte, fiel mir ein, dass ich mit zwölf ein Referat über den Steinadler gehalten hatte. Ich war damals so aufgeregt gewesen, dass man das nervöse Flattern des Zettels lauter als meine Stimme hörte, während ich schwitzend vor der Tafel stand. Dass ich jemals einen Steinadler fliegen sehen würde, hätte ich damals nicht gedacht. Dieser Raubvogel traf mich mit der gleichen Wucht wie der Brief. Wäre ich jetzt Noah gewesen, hätte ich mich sofort ans Klavier setzen müssen. Ich war verwirrt und vollkommen überwältigt, bekam kaum Luft zum Atmen. Alles drehte sich um mich herum. Ich kam mir vor wie eine Blüte, die kreiselnd im glucksenden Gebirgsbach schwamm, legte mich auf den Rücken, beobachtete den Steinadler, zählte meinen Herzschlag, setzte mich auf und las den Brief ein zweites, ein drittes und ein viertes Mal. Zwischendurch musste ich weinen.

Der Steinadler schien etwas am Felsen entdeckt zu haben. Dort standen Gämsen. Oh nein! Der Adler stürzte sich vom blauen Himmel und wurde plötzlich zu einer tödlichen Waffe. Gnadenlos schlug er seine Fänge in den Kopf einer Gämse, bohrte sich in ihr Gehirn, riss das sterbende Tier mit sich und segelte damit waagrecht in seinen Horst. Keinen Meter Höhe hätte er gemacht mit einem Tier, das wahrscheinlich dreimal so schwer war wie er selbst. Ich erstickte fast an meinem Herzschlag. Mit weichen Beinen kroch ich zu dem kleinen Bach, der neben mir gurgelte, und trank, Auge in Auge mit einem Grasfrosch, der mich aufmerksam durch Halme beobachtete. Danach ging es mir ein wenig besser.

Ein Blick auf die Uhr verriet mir, dass ich noch etwas mehr als eine Stunde Zeit hatte. Noahs Bitte konnte ich nicht abschlagen. Niemals. Ich würde ihm helfen, von hier wegzukommen. Wir würden das Rätsel gemeinsam lösen. Plötzlich vertraute ich ihm grenzenlos und fing an, über alles, was er mir erzählt hatte, ernsthaft nachzudenken. Und weil es sich im Gehen besser denkt und weil ich ohnehin einen Weg in die Freiheit suchen musste, lief ich drauflos, querfeldein, durch einen Buchenwald, eine Heublumenwiese, eine Sumpflandschaft und einen Nadelwald, in dem es betörend wild nach Harz roch. Angenommen, alles stimmte, was mir Noah erzählt hatte, dann zeichnete sich ein düsteres Bild ab. Ein blinder Junge wurde von einer Nonne festgehalten, die ihn abgöttisch liebte und jeden aus dem Weg räumte, der ihr nicht in den Kram passte. Er war das Opfer von Schwester Fidelis' privater Horror-Show und Viktor ihr persönlicher Auftragskiller. Anselm verzauberte sie mit köstlichen Gerichten, entlockte allen Besuchern ihre Gedanken und half Viktor, ihre Konkurrentinnen umzubringen, die sie selbst ins Haus holte. Nein. Das war totaler Quatsch. Viel eher konnte ich mir vorstellen, dass es im Hintergrund noch einen anderen Drahtzieher gab, der die Nonne, Anselm und Viktor für viel Geld engagiert hatte. Vielleicht war die Nonne auch gar keine Nonne. Aber so richtig glaubte ich nicht an die Theorie; eine gute Schauspielerin war sie bestimmt nicht.

Bremsen und Mücken fielen über mich her. Es war feuchtheiß. Ich trampelte Dornen nieder und quälte mich durch hüfthohes Gesträuch. Meine Unterschenkel wurden zerkratzt und zerstochen. Ununterbrochen zerklatschte ich Insekten auf meinen Armen, an Beinen und im Gesicht. Ich kam an einer bizarren rötlichen Steinformation vorbei, die größer war als ich – wie eine Stecknadel balancierte ein hoher Stein auf einem anderen und sah aus, als würde er jede Sekunde das Gleichgewicht verlieren. Aber wahrscheinlich verharrte er schon Jahrtausende in dieser Stellung. Ich berührte den Nadelfelsen, ging noch wenige Meter weiter und hatte auf einmal das Gefühl, keinen einzigen Schritt mehr machen zu können. Mitten in der Bewegung musste ich innehalten und meinen Fuß wieder abstellen. Trotz der brütenden Hitze wurde mir schlagartig eiskalt und mein Herz hämmerte wie verrückt in meinen Schläfen. Mir wurde schlecht und der Schweiß brach aus meinen Poren, obwohl es mich fror. So ungefähr stellte ich mir eine Panikattacke vor. Unerklärliche Todesangst überfiel mich und ließ mich fast ohnmächtig werden. Keuchend ging ich in die Knie, öffnete die oberen Knöpfe meiner Bluse, rang nach Luft und versuchte, mich zu beruhigen. Bewusst atmete ich tief aus und ein und versuchte mir klarzumachen, dass es keinen vernünftigen Grund für diesen Anfall gab. Ich wartete, bis es mir besser ging, aber ich konnte diesen einen Schritt nicht machen. Stand nur starr in den Brennnesseln. Was passierte mit mir? Ich versuchte es mit dem anderen Fuß, aber auch den konnte ich nicht vorwärtsbewegen. Ich konnte einen Schritt nach rechts, einen nach links machen und rückwärtsgehen. Nur vorwärts schaffte ich nicht. Als ob es eine unsichtbare Grenze gab. Ich dachte an Noah. Er war sich sicher, eingesperrt zu sein. Und ich glaubte ihm. Vielleicht war es gar nicht meine Schuld, dass ich an diesem Punkt nicht weiterkam. Vielleicht waren da ganz andere teuflische Kräfte am Werk. Vielleicht kam Noah hier auch nicht weiter. Vielleicht war über der Villa eine Art Energiefeld gespannt, eine unsichtbare Glocke, die dafür sorgte, dass niemand unerlaubterweise das Grundstück verließ. Mein Entschluss stand fest: Ich musste Noah hier rausbringen. Jetzt erst recht. Und dann hörte ich dieses Summen. Ich fuhr herum, wirbelte um die eigene Achse. Hatte sich dort zwischen den Bäumen etwas bewegt? War das eine Kamera, die mich im Visier hatte? War es das Summen eines Elektrizitätsfeldes? Es fuhr mir durch Mark und Bein. Noch ein letztes Mal versuchte ich, die unsichtbare Grenze zu überschreiten, aber es gelang mir nicht. Aufgewühlt bewegte ich mich nach rechts und versuchte im Gehen, einen Durchgang zu erspüren, indem ich an der unheimlichen Grenze entlangstolperte. Das Unkraut war hüfthoch und voller Spinnen, Insekten, scharfer Blätter und Dornen. Ich hatte nicht gewusst, wie weh Brennnesseln tun konnten. Trotzdem stapfte ich weiter, aber es hatte keinen Sinn. Die unsichtbare Glocke ließ mich nicht hinaus. Sie schien auf der einen Seite an den Felsen, auf der anderen Seite an einen Abhang zu grenzen. Wie sollte ich Noah hier rausbringen? Die Zivilisation schien Autostunden entfernt. Ich war schweißgebadet. Erbarmungslos knallte die Sonne vom Himmel. Mir schwindelte. Ich torkelte von der Grenze weg und fand mich irgendwann in einem Wald vor einer kleinen Schlucht wieder, durch die ein wilder Bach sprudelte. Ich kletterte hinab, trank Wasser, rastete kurz, kletterte wieder hoch, trat erneut in die Sonne und orientierte mich am Felsen, kam aber kaum vorwärts. Immer wieder stand ich vor einem Hindernis – einer undurchdringlichen Hecke, einem Stein, einem baufälligen Holzzaun, verrostetem Stacheldraht oder dieser unsichtbaren Mauer, die ich mir nicht erklären konnte. Die Insekten waren blutrünstig und zerstachen mich.

Ich war schon ziemlich verzweifelt, als ich einen Motor knattern hörte. Und dann tauchte ein kleiner Traktor hinter einem Hügel auf, mit einem Anhänger, auf dem Holz und eine Motorsäge lagen. Viktor lenkte den Traktor. Was war eigentlich seine Aufgabe in diesem verrückten Spiel? Er kümmerte sich um das Anwesen, aber abgesehen davon, dass er gern Tiere abknallte, kam er mir noch am normalsten vor.

„Irina!", brüllte er vom Traktor. „Was machst du hier? Müsstest du nicht längst in der Villa sein? Die warten bestimmt schon auf dich."

Ich war erleichtert, ihn zu sehen. Fünf Uhr war längst vorbei. Ich hatte mich gnadenlos verlaufen. Wie würde die Nonne reagieren, wenn ich zu spät kam?

„Steig auf!", rief er mir zu, ohne den Motor abzuschalten. Ich kletterte auf den Traktor, setzte mich schräg hinter Viktor auf einen runden Metallhocker und klammerte mich irgendwo fest. Der Traktor war nicht gerade das neueste Modell. Höllenlaut knatterte er durch die Landschaft. Gefederte Sitze waren etwas anderes.

„Ich hab mich verlaufen!", brüllte ich.

„Das kann hier leicht passieren", antwortete er. „Aber da kann ich dich beruhigen – besonders weit wärst du nicht gekommen. Das Anwesen ist gut geschützt. Du bleibst immer in einem gewissen Radius."

„Geschützt?", fragte ich nach.

„Eingezäunt. Das kommt noch aus den Zeiten, als Sir Morris hier gelebt hat. Er wollte sich von den Nachbarn und Einheimischen abgrenzen. Vermutlich gab es viele Wilderer, die eindringen wollten."

„Sie meinen die unsichtbare Mauer?"

„Was für eine unsichtbare Mauer?", fragte Viktor und fing zu lachen an. Wahrscheinlich hatte er die baufälligen Holzzäune gemeint, an denen ich vorbeigekommen war. Ich kam mir so blöd vor. Trotzdem konnte ich nicht glauben, dass ich mir schon wieder alles eingebildet hatte.

Schwester Fidelis stand wie eine Oberlehrerin mit strenger Miene in der offenen Eingangspforte.

„Frau Pawlowa hat sich verlaufen!", rief ihr Viktor vom Traktor aus zu, während ich erhitzt von dem holprigen Gefährt kletterte.

Ich erwartete, in ein riesiges Donnerwetter zu rennen, und baute mir innerlich eine Schutzhülle auf, um gegen ihren Angriff gewappnet zu sein.

„Es tut mir furchtbar leid", begann ich, um ihr den Wind aus den Segeln zu nehmen.

„Machen Sie sich nichts draus", sagte Schwester Fidelis zu meiner Verwunderung. „Das kann passieren. In Zukunft möchte ich

Sie aber bitten, die Zeiten pünktlich einzuhalten. Bei Noah müssen Sie sich übrigens selbst entschuldigen. Er ist ziemlich sauer auf Sie!"

Noah war sauer. Schnell musste ich mir den Brief ins Gedächtnis rufen – okay, das gehörte alles zum Spiel. „Wo ist er denn?"

„In seinem Zimmer", sagte sie. „Er hat eine halbe Stunde umsonst im Schwimmbad auf Sie gewartet."

„Oh, tut mir leid."

„Das kann jeder sagen", sagte Noah, der jetzt die Treppe herunterkam. Sein Gesicht sah finster aus. „Aber mit mir kann man's ja machen."

Ich fühlte mich völlig gelähmt, wusste nicht, was ich sagen sollte, nicht nach seinem Liebesgeständnis. In meinem Kopf brachte ich es kaum zusammen, dass er dieselbe Person war wie die, die diese Zeilen geschrieben hatte. Hatte er sie überhaupt geschrieben? Oh, ich fing schon an zu halluzinieren. Wer sonst sollte es denn gewesen sein.

„Na los, worauf warten Sie, gehen Sie zu ihm hin", flüsterte mir Schwester Fidelis ins Ohr und gab mir einen sachten Stoß in den Rücken. Es ging mir auf die Nerven, wie unterwürfig sie Noah gegenüber war. Trotzdem näherte ich mich ihm wie auf Eierschalen. Er stand unter dem Adler, hielt sich am Knauf des Geländers fest und hatte seine blauen Augen offen auf mich gerichtet.

„Ich wollte dich nicht warten lassen", sagte ich. „Tut mir leid ... Ich war spazieren, hab mich unter einen Baum gelegt und gelesen. Etwas, das mich sehr berührt hat ... etwas Wunderschönes ... Danach war ich so verwirrt, dass ich mich verlaufen habe. Es wird nicht mehr vorkommen."

Er knurrte etwas, das ich nicht verstand, und ging an mir vorbei ins Esszimmer.

„Noah!", rief ihn Schwester Fidelis zurück. „Du kannst Frau Pawlowa nicht einfach so stehen lassen. Man nimmt eine Entschuldigung an, wenn sie ehrlich gemeint ist."

„Ich nehme die Entschuldigung an", sagte er kühl und verschwand.

Ich konnte kaum fassen, was er für eine Maske auf seinem Gesicht hatte und mit welchem Tonfall er die Worte einzukleiden vermochte, gerade wie er es brauchte. Seine wahren Emotionen konnte er perfekt überspielen, es sah nach jahrelangem Training aus. Aber konnte man wirklich so perfekt spielen?

Schwester Fidelis jedenfalls machte einen zufriedenen Eindruck, vor allem als sie meine untröstliche, leidende Miene sah. Sie bemerkte, dass mich Noah nicht an sich heranließ, und das gefiel ihr offenbar.

Ich rannte vor dem Essen noch schnell in den oberen Stock, unter dem Vorwand, mich ein wenig frisch machen zu wollen, und überlegte fieberhaft, was ich mit dem Brief anstellen sollte. Auf gar keinen Fall würde ich ihn vernichten. Es war der schönste Brief, den ich je bekommen hatte. Während ich mir die Zähne putzte, was vor dem Essen völlig idiotisch war, fasste ich einen Plan – angenommen, mein Zimmer wurde überwacht, dann war jedes Versteck sinnlos. Wenn schon verstecken, musste ich es so anstellen, dass es meine Überwacher nicht merkten. Ich wusch mir die Hände und wischte sie an einem Handtuch trocken, dabei wickelte ich den Brief unauffällig darin ein, tat so, als polierte ich damit den Emaillekrug auf der Kommode und ließ den Brief darin verschwinden. Wohl war mir nicht, aber wo hätte ich ihn sonst verstecken sollen? Es fiel mir nur der rote Koffer ein, aber der war mir zu unsicher, denn das Geheimversteck hatte ich ja noch nicht aufgekriegt.

Noah zog seine Rolle beinhart durch. Er ignorierte mich. Nur einmal, als er auf dem Tisch nach dem Brotkorb tastete, berührten sich unsere Hände. Ich konnte die Gänsehaut in seinem Gesicht sehen und in dem Moment bezweifelte ich nicht mehr, dass er den anderen etwas vorspielen wollte.

Schnell senkte er seinen Kopf, stocherte in den Gnocchi, stach daneben und steckte sich eine leere Gabel in den Mund.

„Anselm, bringen Sie Noah bitte einen Löffel", sagte Schwester Fidelis, die ihn keine Sekunde aus den Augen ließ.

„Brauch ich nicht", knurrte Noah und schaufelte die Gnocchi mit dem Daumen auf die Gabel. Anselm legte ihm trotzdem einen Löffel hin. Noah ließ ihn unberührt liegen.

Fieberhaft überlegte ich, wie ich wenigstens in seiner Nähe sein konnte, wenn wir schon nicht ungestört miteinander reden konnten. Die Vorlesestunde stand bevor. Ich fragte Schwester Fidelis, ob sie etwas dagegen hätte, wenn ich es übernahm, ein wenig Ordnung in ihre Bücher zu bringen. Sie fand diese Idee ganz und gar reizend.

Gleich nach dem Essen ging sie mit mir in die Bücherei und wir diskutierten, nach welcher Ordnung wir vorgehen sollten.

„Lassen Sie mich nur machen!", sagte ich und zog wahllos einen Stapel Bücher aus dem Regal. Sie ließ mich allein. Ununterbrochen spähte ich zur Tür, hoffte, dass die beiden endlich kommen würden, um ihre abendliche Lesung zu zelebrieren. Aber sie kamen nicht. Stattdessen hörte ich Noah nebenan Klavier spielen. Die Schlange hatte meinetwegen das Programm geändert und ließ ihn komplizierte Tonleitern üben. Selbst die klangen wie Melodien unter seinen Fingern. Ich legte einen Stapel verstaubte Lyrik weg und lauschte dem Klang der Fingerübungen. Irgendwann hielt ich es nicht mehr aus und lief hinüber zum Musikzimmer.

Schwester Fidelis saß neben ihm am Flügel, hatte eine Hand auf seinen Rücken gelegt und gab ihm Anweisungen. „H-Dur hat fünf Kreuze. Spiel's noch einmal."

Konnte sie ihn eigentlich nie in Ruhe lassen? Das war ja der reinste Psychoterror. Ich hatte keine Lust, mich von ihr sehen zu lassen, und schlich rückwärts wieder aus dem Raum. Schon fast an der Tür, trat ich auf einen Dielenbalken, der fürchterlich knarrte. Noah hörte auf zu spielen.

„Frau Pawlowa", sagte Schwester Fidelis.

„Hm", ich räusperte mich, „ich wollte nur fragen, ob Sie die Lyrik nach Erscheinungsdatum oder nach Autoren sortieren wollen."

„Ach ... entscheiden Sie das doch. Sie machen das bestimmt richtig."

Schweren Herzens begab ich mich wieder in die Bibliothek nebenan und ließ die Tür angelehnt. Was für eine staubige Arbeit, aber wenigstens bekam ich so Noahs Klavierspiel aus nächster Nähe mit. Ich hörte, wie jemand durch das Musikzimmer lief. Bald darauf erklang Orchestermusik von einem Tonträger. Ich wagte noch einmal einen Blick hinein. Schwester Fidelis stand an einem Plattenspieler, senkte die Nadel und spielte Noah etwas vor. Er hörte aufmerksam zu und versuchte, die Melodie nachzuspielen. Es war faszinierend zu beobachten, wie schnell er sich dem Original näherte. Unterdessen staubte ich Bücher ab und sortierte sie nach Farben.

Ich war gerade völlig in Noahs Klavierspiel und einen Gedichtband von Heinrich Heine versunken, in dem ich *mein Gedicht* suchte, als schon wieder eine Diele knarrte, diesmal hinter mir. Wie ertappt rammte ich das Buch an der erstbesten Stelle zurück ins Regal. Viktor war hereingekommen. Er hatte eine Glühbirne in der Hand und ging damit auf eine altmodische Stehlampe zu, die hinter einem der beiden Ohrensessel stand. Sein Kopf verschwand unter dem Lampenschirm, der wie ein großer blassgelber Hut mit Bommeln über ihm schwebte. Er schraubte daran herum, knipste den Lichtschalter an, zeigte mir triumphierend die kaputte Glühbirne und warf sie in den Mülleimer. „Funktioniert wieder!" Bevor er die Bibliothek verließ, hielt er inne und schaute mir zu, wie ich planlos die Bücher von rechts nach links und wieder zurückschob.

„Alles in Ordnung?", fragte er.

„Sicher ... Klar", sagte ich viel zu schnell und zu überschwänglich.

„Ehrlich gesagt finde ich, du siehst ziemlich blass aus. Der Ausflug heute hat dich irritiert, nicht wahr?"

Ich schluckte und warf einen Blick auf das in weinrotes Leinen gebundene Buch in meiner Hand, das zu einem siebenbändigen Werk gehörte – *Auf der Suche nach der verlorenen Zeit*. „Falls du ein offenes Ohr brauchst ... ich bin draußen auf der Veranda." Dann ging er. Ich brauchte tatsächlich ein offenes Ohr und folgte ihm.

20

Obwohl die Sonne bereits untergegangen war, waren die Steinstufen vor dem Eingang noch warm. Viktor saß auf der Bank und lehnte sich entspannt zurück wie jemand, der den ganzen Tag hart gearbeitet hatte und den Feierabend genoss. Er klopfte neben sich und ich ließ mich seufzend nieder.

„Ist was passiert?", fragte er.

Ich schüttelte den Kopf.

„Ich find's auch übertrieben, dass Noah neben dem dichten Programm noch Klavier spielen muss. Aber solange er sich nicht dagegen wehrt, können wir auch nichts machen", sagte Viktor.

„Er wehrt sich doch", platzte es aus mir heraus und ich war mir nicht sicher, ob es klug war, mit ihm so offen zu sprechen. „Soviel ich mitgekriegt habe, möchte Noah von hier weg."

„Ich weiß." Viktor streckte seine Beine aus und verschränkte die Arme über der Brust. „Das wissen wir alle. Aber du hast nicht erlebt, wie schlecht es ihm ging, als wir ihm diesen Wunsch erfüllt haben."

Konnte ich Viktor vertrauen?

„Stimmt das denn mit dieser seltsamen Krankheit?"

„Diese Krankheit ist nicht nur seltsam, Irina, sondern vor allem sehr gefährlich – etwas da draußen vergiftet ihn. Vielleicht sind es die Abgase, die Häuser oder sogar die Menschen. Keiner weiß das. Die Ärzte stehen vor einem Rätsel und sind der Überzeugung, dass Noah ohne diesen Ort, der offenbar heilende Kräfte hat, nicht überleben könnte."

Er sah meinen zweifelnden Blick.

„Ich schwöre dir, ich wäre der Erste, der Noah jeden Tag in die Schule fahren und wieder holen würde, aber es würde ihn umbringen. Ich kann das nicht verantworten. Das kann keiner von uns." Seine Stimme wurde leiser. „Hier oben hat er alles, was er braucht. Das ist vielleicht einer der wenigen Orte auf der Welt, an dem er überhaupt leben kann. Woanders würde diese Krankheit tödlich für ihn enden."

Tödlich. Tödlich. Tödlich. Ich wollte und konnte das nicht glauben. Dass Menschen an irgendwelchen Allergien oder Immunkrankheiten litten und besonders geschützt werden mussten, war mir als Arzttochter natürlich klar, aber noch nie hatte ich von einer Krankheit gehört, bei der Patienten unmittelbar auf Umwelteinflüsse reagierten, sobald sie auch nur eine halbe Stunde durch eine Stadt spazierten.

„Es schaut zwar nicht immer so aus, aber Schwester Fidelis meint es gut. Sie tut für ihn, was sie kann."

„Außer dass sie's furchtbar übertreibt", sagte ich.

„Ich habe schon oft mit ihr darüber gesprochen, aber sie ist der Ansicht, jede Ablenkung tut Noah gut. Vielleicht hat sie ja recht damit. Anfangs haben wir sie gebeten, ihm mehr Freiheiten zu lassen und mehr Menschen von außen hereinzuholen, aber da bleibt sie stur. Sie macht sich große Sorgen um ihn." Viktor zupfte an einer kleinen, verkrusteten Verletzung an seiner Handoberfläche, die aussah, als hätte er sich an einem Ast aufgeschürft.

„Wie kommst du eigentlich hierher?", fragte ich ihn. „Und Schwester Fidelis? Sie hat mir erzählt, Noahs Eltern wären gestorben. Wann ist das gewesen?"

Aus dem Wald drangen plötzlich hohe zwitschernde Laute, zuerst dachte ich, es sei ein Vogel, aber dann klang es wie das hohe Knarren einer Tür, schließlich fauchte es schrill und aggressiv.

„Oh mein Gott!" Viktor sprang auf wie ein Schachtelteufel. „Ich muss los, Irina. Tut mir leid."

„Was war das?", fragte ich beklommen.

„Baummarder! Fehlt mir noch in meiner Sammlung." Und dann stürmte er hinein in den Wald, wo wieder der gruselige Laut ertönte. Wie passend, dachte ich bitter. Deutlicher hätte er mir nicht zu verstehen geben können, was er unter einem offenen Ohr verstand. Aber gut, sein Ausweichmanöver war auch so etwas wie eine Antwort gewesen. Denn wenn es nichts zu verbergen gab, warum wollte mir Viktor meine Fragen nicht beantworten?

Ich machte mich auf den Weg zurück in die Bibliothek. Noah kam mir entgegen, mit geschlossenen Augen, und schien so gedankenverloren, dass er mich ausnahmsweise nicht bemerkte.

„Noah", flüsterte ich und hielt ihn am Ärmel fest. Er erschrak, hatte nicht mit mir gerechnet, blieb stehen, öffnete die Augen und wandte mir sein aufmerksames Gesicht zu. Fest entschlossen nahm ich ihn an der Hand.

„Ich helfe dir, von hier wegzukommen. Versprochen", flüsterte ich in sein Ohr und konnte mich nicht beherrschen, mit meinen Lippen seinen Nacken zu berühren – ein bisschen Salz, ein bisschen Seife, viel nackte Haut, ich hätte ihn fressen können.

Seine Mundwinkel zogen sich nach oben. Er schenkte mir sein glücklichstes Lächeln, während er meinen Händedruck fest erwiderte. Was war es für ein Zauber, der in seinem Lachen lag? Beinahe glaubte ich, den Stein zu hören, der ihm von seinem Herzen fiel, meiner plumpste hinterher. Er stieß einen tiefen Seufzer aus und drückte meine Hand noch einmal ganz fest. Dann öffnete er den Mund, um noch etwas zu sagen, als Anselm wie auf Knopfdruck um die Ecke kam, eine Gießkanne in der Hand. Ich bezweifelte, dass es in diesem Trakt etwas zu gießen gab. Sofort ließen wir einander los. „Wieder bei der Buche, gleiche Zeit?", flüsterte ich, ohne die Lippen zu bewegen. Noah nickte kaum merklich und sagte laut und unfreundlich: „Du entschuldigst, ich muss auf die Toilette."

Anselm sprang auf die Seite, als Noah rasant an ihm vorbeihetzte, schaute ihm erstaunt hinterher und blieb mit seinem fragenden Blick schließlich an mir hängen.

„Habe ich euch gestört?", fragte Anselm. „Das war nicht meine Absicht."

„Ich sortiere nur Bücher", stammelte ich und schlüpfte mit Herzklopfen zurück in die Bibliothek. Dort hätte ich am liebsten den Ohrensessel umarmt vor lauter Glück. Noah liebte mich. Ich liebte ihn. Gemeinsam würden wir von hier verschwinden. Ich würde ihn mit zu mir nach Hause nehmen und meine Eltern hatten bestimmt eine Idee, wie sie ihn gesund machen konnten, falls Noah tatsächlich krank war, was ich ohnehin nicht glauben konnte. Einen Vorteil musste es schließlich haben, wenn beide Elternteile Ärzte waren und einen Preis nach dem anderen für innovative Projekte einheimsten. Auf einmal konnte ich es kaum erwarten, nach Hause zu kommen. Ich würde Noah alles zeigen. Was wohl Kathi zu ihm sagen würde? Und vielleicht konnte er im Herbst sogar mit mir auf dieselbe Schule gehen. Da fiel mir ein, dass ich nicht einmal wusste, wie alt er genau war. Aber das, was er bei Schwester Fidelis gelernt hatte, reichte wahrscheinlich längst fürs Abitur. Tänzelnd und singend schob ich Bücher aus einem Regal und sortierte sie in ein anderes – Salbeigrün neben Minzgrün neben Moosgrün, Sonnengelb neben Zitronengelb neben Schlüsselblumengelb. Bis Mitternacht war es noch eine Ewigkeit. Draußen senkte sich die Nacht. Ich knipste den Lampenschirm an und mein Blick fiel auf die Glühbirne im Mülleimer. Ich weiß nicht, warum ich sie herausholte, es war mehr so ein Instinkt. Aber ich schüttelte die Glühbirne und hörte nicht das zarte Klirren, wie das bei kaputten Birnen sonst der Fall ist. Also schraubte ich die neue noch einmal heraus und die alte hinein, und siehe da, sie war gar nicht kaputt. Warum wechselte Viktor funktionierende Glühbirnen? Entweder er hatte einen Vorwand gebraucht, um mit mir reden zu können oder um mich zu kontrollieren.

Das Klavierspiel verstummte. Schritte gingen vorbei – so sachte lief nur Noah. Dann kam Schwester Fidelis. Sie schaute kurz herein, registrierte mit skeptischer Miene das Farbspiel im Bücherregal und bat mich, morgen weiterzumachen und jetzt doch lieber ins Bett zu gehen. Und weil ich ohnehin keine Lust mehr hatte, lief ich in mein Zimmer. Zum Warten setzte ich mich auf den Balkon.

Von hier sah ich weit über den See, in dem sich die Milchstraße spiegelte, Sternenstaub überall, eine klare Nacht. Als hätte jemand glitzernde Diamanten auf schwarzen Samt geleert. „Die Milchstraße ist eine Spiralgalaxie", hörte ich meinen Vater sagen. „Unser Sonnensystem ist in einem Außenarm. Von dem blickst du ins Zentrum der Galaxie. Ist das nicht großartig?" Voller Begeisterung konnte mir mein Vater erklären, wie welche Sterne hießen. Und obwohl sie so hell funkelten, gab es im Augenblick nur einen Stern für mich, und den würde ich um Mitternacht bei der Buche treffen. Die Minuten krochen wie altersschwache Schleimschnecken und kamen nicht vom Fleck. Im Wald knallte eine Autotür. Der Motor des Jeeps heulte auf. Scheinwerferlichter tanzten zwischen den Baumstämmen und entfernten sich. Viktor fuhr um die Zeit noch weg? Wohin nur? Obwohl, mir war das recht – einer weniger, der unsere Pläne durchkreuzen konnte.

Dann endlich schlich ich auf Zehenspitzen aus dem Zimmer, die Treppe hinunter. Die Haupteingangstür war verschlossen. Ich lief durch das Esszimmer. Die Tür zur Terrasse war ebenfalls abgeschlossen. Ich suchte nach einem Schlüssel, aber weder unter Fußmatten noch in Vasen, Schüsseln oder Schubladen fand ich einen. Ich versuchte es durch die Hintertür, aber auch die war zu. Jetzt rannte mir die Zeit davon. Durch ein Fenster abzuhauen, traute ich mich nicht. Die Simse waren zu hoch oben, als dass ich es wieder zurück schaffen würde. Ich kannte nur noch eine Tür – im Keller hinter der Küche, sie führte geradewegs in den Garten. Anselm benutzte sie, wenn er Tomaten aus dem Gewächshaus holte. Ob ich es wagen sollte? Allein um diese Zeit war es unheimlich in diesem Haus. Nur wenige Lichter brannten und ich traute mich nicht, andere einzuschalten. Sachte stieg ich eine Stufe nach unten, dann noch eine, als sich schlurfende Schritte aus dem Keller näherten und auf mich zukamen. Sie wurden begleitet von einem Keuchen, das mir Angst machte. Ich hatte Anselm noch nie keuchen gehört. Er war ständig auf den Beinen. Meine Schläfen pochten. Ich umklammerte das Geländer und fühlte mich wie gelähmt, unfähig, noch einen Schritt zu tun. Das Keuchen wurde lauter. Weg hier. Von Angst getrieben riss ich mich vom Geländer los und flüchtete panisch in den Gang, der zur Bibliothek führte. Nur eine schummrige Wandleuchte verteilte schwaches Licht. Auf einmal erschien an der Wand ein Schatten, der sich aufblähte. Wer war das? Ich presste mir meine Faust in den Magen, holte tief Luft und hetzte davon, an der Bibliothek und am Musikzimmer vorbei. Der Schatten erschien neben mir. Ich konnte nicht erkennen, wer ihn verursachte. Die schlurfenden Schritte wurden so laut und dröhnend, als bewegten sie sich durch eine Kathedrale. Am Ende des Flurs jagte ich eine knarrende Treppe hoch, stechende Schmerzen in meiner Brust. Der Schatten erschien neben meinem eigenen – größer, mächtiger. Schattenarme griffen nach mir. Ich unterdrückte einen Angstlaut, zog instinktiv den Kopf ein und entdeckte den schweren Vorhang. Ich riss ihn zur Seite, schlüpfte daran vorbei und erstarrte. Hier war es so dunkel, dass ich meine Hände nicht mehr sehen konnte. Die schlurfenden Schritte näherten sich unaufhaltsam. Alle meine Muskeln verkrampften sich. Das Stechen in meiner Brust wurde stärker. Ich sah ein Blitzlichtgewitter vor meinen Augen und meine Beine wollten zusammensacken. Verzweifelt tastete ich nach der Wand. Ein heißer Atem in meinem Nacken. Eine Hand, die sich auf meinen Mund legte. Ich wollte schreien, konnte aber nicht.

21

„Psst", zischte eine Stimme in mein Ohr. In meiner Panik biss ich kräftig zu.

„Au ... verdammt. Ich bin's doch nur." Die Hand wurde von meinem Mund gezogen. Oh nein. Es war Noah. Er steckte sich den Finger in den Mund und lutschte daran.

„Was machst du hier?", fuhr ich ihn an, immer noch außer mir vor Angst.

„Leise", murmelte er und hielt mich an den Schultern fest. Ich verharrte und lauschte. Jemand schlurfte keuchend direkt neben uns am Vorhang vorbei. Es hörte sich gruselig an. Aber das Schlurfen entfernte sich und wurde leiser. Vorbei. Wir waren allein.

„Wer war das?"

„Schwester Fidelis", murmelte er. „Manchmal wandelt sie im Schlaf. Das klingt wirklich ziemlich schauerlich. Ich weiß nicht, warum sie dann so keucht. Es ist schon vorgekommen, dass sie mitten in der Nacht neben meinem Bett stand. Kann einem einen ordentlichen Schrecken einjagen."

„Allerdings." Meine Beine wollten einknicken, aber Noah hielt mich fest.

„Komm mit. Ich kenne einen Platz, wo wir ungestört sind." Er nahm mich an der Hand – so warm, so weich und sicher – und zog mich die Wendeltreppe hinauf. Zielsicher griff er nach dem Schlüssel unter der Fußmatte und sperrte die Tür auf. Wieder dieser ekelhafte Geruch – eine Mischung aus Desinfektionsmittel und Weihrauch. Aus dem halb geöffneten Zimmer mit dem Altar warf der

Mond einen Lichtstreifen auf den staubigen Teppich und gegen die Wand. Wir durchschritten den Lichtstreifen. Unwillkürlich fiel mir der Film *Fluch der Karibik* ein und wie die verfluchten Piraten auf der Black Pearl sich im Mondlicht in Skelette verwandelten. Es hätte mich nicht gewundert, wenn auch wir uns im Mondlicht in andere Wesen verwandelt hätten – in Feen, Lichtwesen, Engel oder einfach nur in zwei über beide Ohren komplett verknallte Verliebte, durchlöchert von Pfeilen, die Amor auf uns geschossen hatte, besoffen von Hormonen, die irgendwer im Überfluss über uns ausgeschüttet hatte.

Noah führte mich weiter in den Flur hinein, als ich das letzte Mal gekommen war. Die Zimmer, in die ich hineinsehen konnte, wurden kleiner, der Boden noch knarrender. Nur noch Kammern waren es. Wahrscheinlich hatten hier früher die Küchenmädchen und Kammerdiener gehaust. Auf einmal endete der Flur. Wir bogen um eine Ecke. Eine steile Treppe mit einer Holzlatte als Geländer führte hinauf unters Dach. Sie machte einen desolaten Eindruck. Das ungehobelte Geländer wackelte. Leicht hätte man ins Nichts steigen können.

„Pass auf, die Treppe ist nicht mehr die jüngste", warnte er mich. Als er oben angelangt war, tastete er sofort wieder nach meiner Hand. Mondlicht schimmerte durch eine runde Dachluke am Ende und tauchte den alten Plunder zwischen breiten Holzpfosten und teerverschmierten Kaminen in magisches Licht.

„Verdammt." Noah wischte mit einer wütenden Handbewegung eine Spinnwebe vor seinem Gesicht weg. Staub verklebte uns die Nasenlöcher. Wir mussten unsere Köpfe einziehen, tasteten uns gemeinsam im Zickzack einen Weg durch Gerümpel. Von überallher starrten mich die Glasaugen ausgestopfter Tiere an. Geweihe. Gamsköpfe. Raben. Zaumzeug. Peitschen. Sättel. Tierfallen. Alte Kannen. Das hier war ein Gruselkabinett.

Es kitzelte mich in der Nase. Immer wieder fuhr ich herum, weil ich das Gefühl hatte, dass jemand hinter mir stand, blickte aber nur in die aufgerissenen Augen toter Tiere. Beinahe rannte ich mit dem Gesicht gegen etwas Dunkles, das so groß wie ein Basketball von den Dachziegeln hing.

„Was ist das?", rief ich entsetzt und wich aus.

„Was?" Noah drehte sich zu mir um. Ich nahm seine Hand und führte sie zu dem unheimlichen Ball. Er berührte ihn nur flüchtig.

„Wespennest", sagte er und hielt sein Ohr daran. Oh Gott, was tat er da?

„Keine Angst. Es lebt nicht mehr", flüsterte er. „Viktor hat es letztes Jahr ausgeräuchert. Es hat ziemlich viele Probleme gemacht."

Es war warm hier oben – die Hitze des Tages war in jedem Ziegel gespeichert. Hinter dem äußersten Kamin hielt Noah an. Dort standen mehrere zusammengerollte Teppiche. Noah nahm einen, rollte ihn aus und bedeutete mir, mich zu setzen. Aber ich wollte nicht, blieb zitternd vor ihm stehen. Atmen nicht vergessen. Ein- und wieder ausatmen. Kein Wort kam mir über die Lippen. Durch die Dachluke schien die Mondsichel und schenkte mir einen Blick auf sein Gesicht. Alleine an diesem unheimlichen Ort wäre ich längst in Panik ausgebrochen. Aber ich war nicht allein.

„Sind wir hier sicher?", flüsterte ich schließlich. Noch immer war ich außer Atem.

„Ich hoffe es", flüsterte er zurück. „Das hohe Surren habe ich hier noch nie gehört. Ich glaube, uns kann nichts passieren – Schwester Fidelis wandelt im Schlaf durch die Villa wie ein Geist, Viktor ist weggefahren und Anselm schläft um diese Zeit normalerweise."

Ich hatte mich noch nicht von dem Schrecken der schlafwandelnden Schwester Fidelis erholt, wollte mir das aber nicht anmerken lassen, und noch weniger brachte ich es auf die Reihe, jetzt mit Noah allein zu sein. Er war mir so nah, dass es mir wehtat.

„Bist du öfter hier?", fragte ich und meine Lippen zitterten gegen meinen Willen.

„Im Winter ja, wenn ich nicht in den Wald kann, weil der Schnee meterhoch liegt ... Marlene", murmelte er, nahm mich an den

Schultern und zog mich sachte zu sich. Ich schlang meine Arme wild um ihn und hielt mich an ihm fest. Plötzlich liefen mir Tränen aus den Augen und ich heulte seine Schulter nass und wusste gar nicht, wie mir geschah. In seinen Armen fühlte ich mich so sicher und geborgen wie schon lange, lange, lange nicht mehr. Als ob mir in seiner Gegenwart nichts passieren könnte. Niemand, der mir wehtat. Aber auf einmal, so plötzlich, als hätte jemand einen Fluch ausgesprochen, zerbrach diese Sicherheit und ich hatte das Gefühl, die Welt flöge auseinander. Noah verwandelte sich in ein Wesen aus Wasser, das über mich schwappte, das ich nicht begreifen konnte und in dem ich ertrinken würde. Ich klammerte mich an seinen muskulösen, schlanken Körper, bekam ihn aber doch nicht richtig zu fassen, als ob er mir durch die Finger glitt. Es war alles sehr verwirrend. Irgendetwas stimmte nicht, irgendetwas war nicht in Ordnung, mit mir oder diesem Haus. Ich konnte nicht mehr unterscheiden, ob das, was ich erlebte, aus meinem Inneren oder von außen kam. Aber nein. Noah war da. Ganz nah.

„Du glühst", sagte er und fasste mich an den Wangen. „Marlene. Was ist los mit dir? Hast du Fieber? Dein Herz pocht wie verrückt. Beruhige dich. Du machst mir Angst."

Er drehte mich um, stellte sich hinter mich und presste seinen Brustkorb auf meinen Rücken. Ich konnte sein Herz schlagen spüren. Sehr kräftig und sehr langsam.

„Konzentrier dich darauf", flüsterte er, schlang mir beide Arme um den Bauch und legte sein Kinn auf meine Schulter. Ich berührte mit meiner Wange seine Wange, drohte umzukippen, aber er hielt mich fest. Mir konnte nichts passieren. Er war da. Mein Herzschlag verlangsamte sich. Seiner wurde schneller. Und als wir den gleichen Rhythmus gefunden hatten, kam mir das vor wie Zauberei. Unsere Herzen schlugen im Gleichklang. Po-Doch. Po-Doch. Po-Doch. Wir vermischten unsere beiden Melodien zu einer einzigen, einer Melodie, die so schön war, dass sie den Frieden auf Erden hätte bringen können. Eine Ewigkeit blieben wir so stehen.

Dann presste ich mein Ohr auf seinen Brustkorb. Nie hatte mich etwas ruhiger gemacht als sein kräftiger, zuverlässiger Herzschlag. Noch lauter wollte ich ihn haben. Ich zog sein T-Shirt hoch und legte mein Ohr auf seine nackte Haut. Sie war kühl und glatt und so weich. Sein Herz schlug schneller. Er atmete tief und hielt mich fest.

Unsere Beine gaben nach. Wir sackten auf den Boden. Er kniete sich hin. Ich kniete mich ihm gegenüber und schaute in seine großen glänzenden Augen. Aus einem Reflex hob ich kurz die Hand.

„Was machst du?"

„Du kannst wirklich nichts sehen?", fragte ich ungläubig.

„Nein." Sein Gesicht kam auf mich zu. Unsere Wangen berührten sich. Unsere Lippen suchten den Weg zueinander. Seine kühlen Lippen berührten meine. Wir küssten uns. Und ich versank in einem warmen, blaugrünen, glasklaren Meerwasser, das uns umfing und uns mitnahm, schwebend und in vollkommener Geborgenheit. Alle Sorgen und Ängste fielen von mir ab. Noah war bei mir. Das warme Meerwasser trug uns davon. Ich war glücklich.

22

Am nächsten Morgen schlug ich meine Augen auf, hatte das benommene Gefühl verlorener Zeit und dachte an Noah. Nein, falsch, ich dachte weiter an Noah, ich hatte nie aufgehört, an Noah zu denken. Mir kam es so vor, als hätte ich selbst im Schlaf seine Hände auf meinem Körper gespürt. Hatte ich überhaupt geschlafen? Mit geschlossenen Augen lauschte ich den Vögeln und spürte der letzten Nacht nach.

Wo Noah jetzt war? Ob er auch so wenig geschlafen hatte wie ich? Ob er an mich dachte? Draußen sang eine Amsel. Glitzernd kroch die Sonne über die Gipfel und schickte ihre ersten Strahlen auf meine Bettdecke. Wie spät war es gewesen, als wir uns mit einem letzten Kuss oben auf dem Dachboden voneinander verabschiedet hatten?

Ich war so gierig darauf gewesen, alles von ihm zu bekommen und nichts zu verpassen, dass mir die Realität irgendwie verloren gegangen war. War er vor mir ins Bett gegangen oder nach mir? Welchen Weg hatte ich ins Zimmer genommen? Welchen war er gegangen? Hatte er mich begleitet? Was waren seine letzten Worte gewesen? Hatte ich noch etwas zu ihm gesagt? Als ob jemand mit einer Schere ein paar Fotos aus meinem Album geschnitten hätte, fehlten mir ein paar Bilder. Oder es waren so viele auf mich eingestürmt, dass ich nicht alle aufnehmen hatte können. Vielleicht kam daher das Gefühl, dass ich nicht wirklich geschlafen haben konnte. Vielleicht musste ich ohnehin aufhören zu schlafen. Denn solange ich schlief, konnte ich nicht an Noah denken und die Luft, die ich einatmete, seit ich hier war, schien mir genug Energie zu geben, um ohne Schlaf auszukommen.

Ich nahm eine heiße Dusche, blickte den Tropfen nach, die über meinen Körper auf die Fliesen flossen und dann kreisend im Ausguss verschwanden. Am liebsten hätte ich vor Glück geschrien, am liebsten hätte ich vom Balkon in die Welt hinausgerufen: „Ich liebe dich!" Aber ich beherrschte mich und begnügte mich damit, Lieder zu singen, die ich im Kindergarten gelernt hatte. Andere fielen mir nicht ein.

Es pochte an der Tür, Schwester Fidelis' Stimme ertönte; sie fragte etwas, das ich nicht verstand.

„Bin unter der Dusche!", rief ich gut gelaunt und nahm nicht weiter Rücksicht darauf, sondern schäumte mich noch einmal ein und ließ mir jede Sekunde der letzten Nacht wieder und wieder auf der Zunge zergehen. Ich bekam Sehnsucht. Ich vermisste Noah jetzt schon so, als hätte ich ihn wochenlang nicht mehr gesehen. Schnell trocknete ich mich ab und stülpte den Emaillekrug auf der Kommode um. Ich musste seinen Liebesbrief noch einmal lesen, jetzt, sofort.

Aber wo war der verdammte Brief?

Er war nicht mehr da. Ich steckte meinen Arm in den Krug, schüttelte ihn, stellte ihn auf den Kopf. Nichts. Er war leer. Hitze stieg in mir hoch. Ich wirbelte herum, spähte noch einmal in alle Ecken. Wurde beobachtet. Schnell schlang ich das Handtuch um meinen nackten Körper. Wer hatte gewusst, wo ich den Brief versteckt hatte? Wer hatte ihn gestohlen? Zufall konnte das keiner sein.

Ich bebte, wusste nicht mehr, wo mir der Kopf stand, riss alle Schubladen auf, holte den roten Koffer unter dem Bett hervor, schaute hinein, durchsuchte alle Kleider, blickte in den Kachelofen, nirgends. Der Brief war weg.

Es konnte nur Schwester Fidelis gewesen sein. Heute Nacht. Vielleicht hatte sie uns beobachtet, während sie so getan hatte, als spukte sie wie ein Gespenst schlurfend durch die Gänge. Vor dem Abendessen hatte ich den Brief versteckt. Im Prinzip hätte ihn jeder nehmen können, auch Anselm oder Viktor, während ich in der Bibliothek Bücher sortiert hatte. Oder es war jemand, den ich gar nicht kannte und der mich ständig beobachtete. Vor einer Minute noch war ich der glücklichste Mensch auf Erden gewesen und jetzt saß mir die nackte Angst im Genick. Es pochte wieder an meiner Zimmertür.

Diesmal war es nicht Schwester Fidelis.

„Irina? Wir wollen frühstücken", hörte ich Noah sagen und mein Herz schlug einen Purzelbaum vor Freude. Ich wollte die Tür aufreißen, das Handtuch fallen lassen und mich ihm in die Arme werfen – gefundenes Fressen für meine Beobachter. Also öffnete ich die Tür nur einen Spalt. Er spielte mit seinen Händen und wirkte angespannt von Kopf bis Fuß.

„Ja?", flüsterte ich.

„Alle warten auf dich", murmelte er. „Du solltest dich beeilen." Dann machte er kehrt, bog zu früh ab und knallte geradewegs mit der Hüfte ins Treppengeländer. Ich hatte es vorausgesehen, aber meine Sprache war zu langsam gewesen. Noah fluchte leise, rieb sich den Hüftknochen und korrigierte hinkend seinen Kurs. Noch nie hatte ich gesehen, dass er die Orientierung verloren hatte. Ich bemerkte, dass ich nervös am Handtuch kaute. Alle warten auf dich, hatte er gesagt.

Ich warf das Handtuch aufs Bett, stieg in den erstbesten Rock, streifte mir eine Bluse über, schlüpfte in die Sandalen, verließ das Zimmer und war aufgeregt, Noah zu begegnen. Es würde mir verdammt schwerfallen, ihn zu ignorieren und so zu tun, als wäre nichts gewesen.

„Ach, da ist sie ja endlich!", rief mir Schwester Fidelis entgegen. Sie war die Kleinste zwischen drei Männern, die rund um sie herum in der Eingangshalle standen. Den dritten hatte ich noch nie gesehen.

Er war pummelig und trug eine kreisrunde Brille. Seine dunkelbraunen Locken kräuselten sich wild um die Geheimratsecken seiner hohen Stirn. Er hatte eine tiefe Grube im Kinn und volle, geschwungene Lippen. Sein auberginefarbenes Seidenhemd spannte sich über seinen Bauch. Die gelbe Krawatte war wie eine Ohrfeige. „Darf ich vorstellen. Doktor Lenard Adams. Irina Pawlowa", sagte Schwester Fidelis, als hätte sie schon lange sehnsüchtig auf ihn gewartet. Ihre Wangen glühten wie mit Bohnerwachs polierte Äpfel. Ein Arzt? Ob er hier war, um Noah zu untersuchen?

Er lachte freundlich und schüttelte meine Hand. Seine war schwammig und klebrig feucht, trotzdem war er mir nicht unsympathisch.

„Ich möchte Ihnen von ganzem Herzen danken", sagte er und hörte nicht mehr auf, meine Hand zu schütteln. „Schwester Fidelis hat mir erzählt, dass Sie Noah das Schwimmen beigebracht haben."

Noah. Jetzt erst traute ich mich, ihm einen Blick zuzuwerfen. Er erwiderte ihn, schaute mich an, offen, voller Neugier und Bewunderung ... Ich schüttelte den Kopf, machte mir wieder bewusst, dass er mich überhaupt nicht sah, sondern dass nur seine Augen weit geöffnet auf mich gerichtet waren, als versuchten sie, mich zu erfassen, und konnten es nicht.

Der Arzt bemerkte, dass meine Aufmerksamkeit nicht ihm allein, sondern auch Noah galt, der hinter ihm stand. Meine Hand immer noch fest im Griff, drehte er sich zu Noah um, zog ihn mit der anderen Hand am Ärmel zu sich und legte ihm kumpelhaft einen Arm um seinen Hals, was er besser nicht gemacht hätte, denn Noah war ein bisschen größer als er und Adams präsentierte blühende Schweißflecken unter den Armen. Warum durfte er Noah anfassen und ich nicht? Ach, könnte ich doch nur die Zeit biegen und die letzte Nacht noch einmal erleben. Immer und immer wieder. Und dann einfach anhalten für ewig.

„Geht's dir gut, mein Junge?" Jetzt erst ließ er von mir ab.

Noah nickte. Ich senkte meinen Blick wieder, weil es mir fast das

Herz zerriss, vor Verlangen und Begierde und Liebe und was weiß ich, was das alles für Gefühle waren, in denen ich zu ertrinken drohte.

„Ich freue mich, dich endlich wiederzusehen." Er boxte Noah kumpelhaft auf die Brust.

„Ich mich auch", sagte Noah und lächelte. Sein Lachen sah echt aus, aber er war ein guter Schauspieler. Nie konnte man wissen, was wirklich in ihm vorging. Nein, ich konnte es nicht aushalten, ich musste doch zu ihm hinschauen, und mit jeder Sekunde, die ich ihn länger ansah, wurde mein Wunsch, mich an ihm festzuhalten, ihm nahe zu sein, größer.

„Wie lange war ich nicht mehr hier? Sechs Wochen? Unglaublich, wie du wächst. Jetzt hast du mich endgültig überholt." Der Arzt lachte. „Tut mir leid, dass ich es nicht früher geschafft habe. In der Kanzlei ist der Teufel los."

Rechtsanwalt also, kein Arzt.

Anselm verkündete, dass das Frühstück fertig sei, und bat zu Tisch. Die Prozession setzte sich in Bewegung. Viktor, der am Kachelofen gelehnt hatte, rieb sich die Augen. Er sah müde aus.

Ich ließ alle anderen vorgehen, weil ich mir einbildete, dass über meinem Kopf ein Pfeil schwebte, der zu einer bonbonrosa blinkenden Sprechblase führte, in der grell leuchtend stand: Sie verbrachte die letzte Nacht mit Noah auf dem Dachboden!!! Schwester Fidelis aber schien den Pfeil nicht wahrzunehmen, als sie sich nach mir umdrehte. Sie hakte mich unter.

„Sie haben sich bestimmt schon gefragt ..." Ja, ich hatte mich gefragt, wann ich endlich mit Noah allein sein durfte. „Doktor Adams ist Noahs Pate. Er kommt uns regelmäßig besuchen."

„Mein guter Anselm!", rief der Doktor, als er den überladenen Frühstückstisch erblickte. „Sie haben sich wieder einmal selbst übertroffen."

Anselm lächelte verlegen. „Man tut, was man kann. Kaffee mit Milchschaum? Wie immer?"

Das Frühstückstheater zog an mir vorbei wie ein unscharfer Schwarz-Weiß-Film. Nur Noah wurde ausschnittsweise gezeigt; in Farbe und BluRay, mit Gerüchen als Extra – Sommersprossen auf der Nase – weiße Schneidezähne, wenn er lachte – Adern auf seinem Handrücken wie Flüsse, die Kontinente durchzogen – seine Zungenspitze, die in Zeitlupe etwas Marmelade aus dem Mundwinkel leckte – seine tiefe, wohlklingende Stimme – schwarze Haarsträhnen, die ihm über die Augen fielen – der Geruch seiner Haut zwischen Feige und Quitte, Himbeere und Hagebutte.

Während mein privater Film ablief, schien Noahs Pate die Tischgesellschaft zu unterhalten. Er strich Noah ein Brötchen nach dem anderen und quatschte allen die Ohren voll. Nur hin und wieder hatte ich das Gefühl, dass Noah versuchte, seine Fühler durch das ganze Gewirr nach mir auszustrecken. Ob er mich wahrnahm? Ich versuchte, mich bemerkbar zu machen, räusperte mich und lachte an Stellen, an denen alle lachten, obwohl ich nicht wusste, warum sie lachten. Dann gelang es mir, dass sich unsere kleinen Finger am Rand der Zuckerdose begegneten, aber Schwester Fidelis, als wüsste sie, was wir spielten, nahm die Zuckerverteilung sofort in ihre Hände. „Ich gebe dir Zucker, Noah."

„Wie gefällt es Ihnen in der Villa Morris?", fragte Adams. Fassungslos beobachtete ich, wie Schwester Fidelis einen nicht einmal halb vollen Löffel Zucker in Noahs Kaffee rieseln ließ. Ich wollte mich statt seiner aufregen, wollte ihr sagen, dass sie ihm gefälligst einen ganzen Löffel Zucker gönnen konnte. Aber er lächelte.

„Irina?", sagte Noah und es rann durch mich hindurch wie warme Bienenhonigmilch. Erst als mich alle anstarrten, merkte ich, dass die Frage an mich gerichtet war. Stotternd gab ich Antwort, sagte, dass ich es ganz toll fände in der Villa, nur dass es ein wenig abgelegen sei.

„Ein wenig abgelegen?" Adams lachte. „Diese Villa ist am Arsch der Welt. Ich hoffe, Sie verzeihen mir meine Ausdrucksweise, Schwester Fidelis."

Peinlich berührt lächelte sie ihn an und er erklärte mir, wie schwierig es war, Leute zum Herkommen zu bewegen. Mich musste er nicht mehr bewegen. Ich blieb bei Noah. Egal, was passierte. Meine Träumereien wurden nur von den düsteren Gedanken an den verlorenen Brief unterbrochen. Aber die verdrängte ich, so schnell es ging. Ich war jetzt nicht bereit, mich damit auseinanderzusetzen.

Nicht nur Schwester Fidelis, auch Viktor und Anselm waren heute aufgekratzt, vermutlich aufgrund der wohltuenden Ablenkung. Ich fragte mich, warum Noah mir nichts von seinem Besuch erzählt hatte. Wobei – wir hatten heute Nacht wirklich anderes zu tun gehabt. Wieder tauchten fetzenartig die Bilder unserer ineinanderfließenden Körper vor mir auf. Adams fragte nach Noahs Fortschritten im Unterricht und mir blieb eine Himbeere im Hals stecken, als Schwester Fidelis einen Vortrag über Punische Kriege und chemische Elemente hielt und Noah dann noch französisch reden musste, als wäre er eine Zirkusattraktion. Wehr dich, wollte ich ihm zurufen. Warum lässt du alles mit dir machen? Aber er tat es brav und ohne Widerworte, um des Friedens willen oder damit es schneller vorbeiging. Ich wusste es nicht. Am liebsten hätte ich ihn an der Hand genommen und wäre mit ihm davongerannt. Immerhin glaubte ich zu erkennen, dass Adams Schwester Fidelis' Methoden auch nicht so toll fand.

Endlos zog sich das Frühstück, aber auf einmal standen alle der Reihe nach auf. Schwester Fidelis schien eifersüchtig, weil Adams Noah für sich selbst vereinnahmte. Der Pate wollte, dass er ihm seine Schwimmkünste vorführte, und Schwester Fidelis wetterte, dass Schwimmen nach dem Essen gefährlich sei.

„Nicht, wenn Irina mitkommt", sagte Noah – ich hätte ihn küssen mögen und ließ es mir nicht nehmen, verstohlen seine Hand zu berühren. Er erwiderte meinen Händedruck. Adams hakte mich kumpelhaft unter.

„Ich bin in meinem Kontor … falls mich jemand braucht", sagte

Schwester Fidelis schmollend wie ein Mädchen, dem man seine Puppe weggenommen hatte.

Im Schwimmbad achtete ich darauf, mich hinter Adams aufzuhalten – ich konnte nämlich nicht für meinen Gesichtsausdruck garantieren, wenn Noah aus seinen Kleidern stieg.

Aber auch Adams starrte ihn ewig an, bis er rief: „Mensch, Junge. Was für ein Körper. Der Neid könnte einen fressen. Was meinen Sie, Irina?"

Ich würgte einen Laut hervor, der klang, als hätte ich die Himbeeren vom Frühstück immer noch im Mund. Adams musste schallend lachen. Noah lächelte, stieg ins Wasser und schwamm los.

Mit hochgekrempelten Ärmeln stand Adams aufgeregt am Beckenrand und überschüttete ihn mit Glückwünschen. Dann drehte er sich nach mir um und gab mir noch einmal die Hand.

„Dass Sie das hingekriegt haben ... erstaunlich. So viele Versuche haben wir schon gemacht. Eine Weile lang habe ich selbst probiert, ihm das Schwimmen beizubringen. Aber ich bin wirklich keine Sportskanone." Demonstrativ klopfte er sich auf seinen Bauch. „Obwohl Fett ja schwimmen soll." Er lachte über seinen geschmacklosen Witz. Noah legte beide Unterarme auf den Beckenrand und wischte sich Wasser aus dem Gesicht. Ich entdeckte knapp oberhalb seines Schlüsselbeins einen großen pflaumenblauen Fleck. Oh mein Gott. Knutschfleck. Mein Knutschfleck.

„Noah!", rief Adams, ging vor ihm in die Knie und patschte ihm auf den nassen Unterarm. „Du machst mir große Freude."

„Schwimm doch noch eine Runde!", drängte ich ihn, weil ich Angst hatte, dass sein Pate den Knutschfleck entdeckte.

Noah legte los. Und das nach dem Frühstück. Ich hätte mich glatt ausgekotzt. Während er Länge um Länge zog, quetschte mich Doktor Adams darüber aus, wie ich das angestellt hatte. Ich wusste selbst nicht, was ich alles sagte, während ich versuchte, seinen Blick von Noah abzulenken, als der aus dem Becken kam und sich abtrocknete. Wie hatte ich ihm nur so einen Knutschfleck verpassen können? Irgendwie musste ich es ihm sagen. Aber wie?

„Ich geh mich umziehen." Noah verließ das Schwimmbad. *Bitte zieh dir einen Rollkragenpullover an.* Wir folgten ihm. Während Noah die große Treppe unter dem Steinadler hinaufstieg, blieb Adams ein wenig verloren in der Eingangshalle stehen und ich spürte, dass mein Moment gekommen war. Adams war Noahs Vormund. Und ich schien ihm sympathisch zu sein. Wenigstens hatte ich einen dicken Pluspunkt wegen des Schwimmens geerntet.

„Setzen Sie sich mit mir auf die Veranda?", fragte ich und kam mir dabei ziemlich altklug vor. „Es ist so schön heute."

Als wir in den flirrenden Morgen traten, stieß er einen tiefen Seufzer aus. „Was für eine traumhafte Aussicht."

Nebeneinander nahmen wir auf der Bank Platz, in der Nähe der Rosen, deren Duft mich fast betäubte, und ließen unsere Blicke über die Tannenwipfel und den See dahinter gleiten.

„Wie lange kennen Sie Noah schon?", fragte ich, schluckte und warf einen kurzen seitlichen Blick auf ihn.

Der dicke Mann lächelte und ich bildete mir ein, dass ein schmerzhafter Ausdruck über sein Gesicht flog. Jeden Moment wartete ich darauf, dass Schwester Fidelis auftauchen würde. Jetzt oder nie!

„Noah will von hier weg", sagte ich leise, aber mit Nachdruck. „Das wissen Sie, oder?"

„Natürlich weiß ich das." Er schlug seine Beine übereinander. „Aber wissen Sie auch, was mit seinen Eltern passiert ist?"

Ich schüttelte den Kopf und hatte plötzlich Angst vor dem, was er mir gleich erzählen würde.

Sein Blick ruhte prüfend auf mir, als wäge er ab, was er mir sagen konnte und was nicht. Ich hielt den Atem an. Schließlich holte er tief Luft und ich hätte fast erleichtert aufgeseufzt.

„Seine Eltern waren meine besten Freunde. Großartige Menschen. Wunderschön. Alle beide. Wie Noah. Aber sie waren vom

Unglück verfolgt." Er wischte sich mit seinem Taschentuch über die Stirn. „Bei Noahs Mutter brach die Krankheit kurz nach Noahs Geburt aus. Die Ärzte waren ratlos, rieten zu einer abgeschotteten Umgebung. Daraufhin erwarb Noahs Vater die Villa Morris mitsamt dem gigantischen Anwesen, um sie zu schützen. Aber es war zu spät. Sie starb, als Noah ein halbes Jahr alt war." Adams machte eine kurze Pause, betrachtete das Taschentuch und ich konnte nicht einschätzen, was er dachte. „Er zog mit dem Baby zurück in die Stadt. Als es blau anlief und sich herausstellte, dass Noah die Krankheit geerbt hatte, verzweifelte Noahs Vater fast. Er engagierte eine Kinderfrau, brachte die beiden zurück zu diesem Ort und flüchtete sich in der Stadt in Arbeit." Wieder eine Pause, diesmal war sie länger. Fast dachte ich, dass er nicht mehr weitersprechen würde.

„Und was ist mit ihm passiert?", brachte ich hervor. „Er lebt doch auch nicht mehr?"

„Es war Nacht und er war vollkommen übermüdet." Adams sprach nun leiser, seine Stimme war belegt und er zerrte nervös an seinem Taschentuch. „Er war hergefahren, um seinen Sohn zu sehen, als er in der Schlucht vom Weg abkam. Der Wagen stürzte in den Abgrund und überschlug sich mehrmals. Die Rettungsaktion verlief äußerst schwierig. Aber schließlich konnten sie ihn mit dem Hubschrauber ins Krankenhaus bringen. Seine Verletzungen waren schwer und die Chancen, dass er überleben würde, gering. In seinem letzten lichten Moment musste ich ihm das Versprechen abgeben, alles dafür zu tun, dass Noah so lange am Leben blieb, bis es eine Möglichkeit gab, ihn zu heilen. Er sollte nicht das gleiche Schicksal erleiden wie seine Mutter. Ich sage Ihnen, Irina, einem sterbenden Freund verspricht man alles. Und plötzlich stand ich da. Mit einem kranken Säugling. Was hätte ich anderes tun sollen, als mich nach einer Person umzusehen, die sich für so lange Zeit um den kleinen Knopf kümmerte? Schwester Fidelis war ein Segen."

Ein schales Gefühl beschlich mich. Ich wusste nicht warum, aber irgendwie kam mir die Geschichte zu, ich weiß nicht, zu künstlich vor. Solche tragischen Waisenkindergeschichten passierten doch nur in Büchern. Ich konnte mir nicht vorstellen, dass die ganze Sache so einfach war. Das würde nämlich auch bedeuten, dass Noah tatsächlich krank war und dass es hier überhaupt kein Geheimnis gab, sondern sie ihn einfach nur schützen wollten. Daran wollte ich überhaupt nicht denken. Schnell suchte ich nach einer Abzweigung in meinen Gedankengängen. Adams half mir.

„Ich bin der Treuhänder seines Vermögens, bis der Junge volljährig ist", flüsterte er.

„Waren seine Eltern reich?"

Adams lachte zuerst, dann machte er ein Gesicht, als wollte er sagen, dass sie nicht nur reich, sondern stinkreich waren.

„Und wodurch sind sie so reich geworden?"

Das Kumpelhafte verschwand und er kehrte den Anwalt heraus. Sachlich und klar, aber mit Nachdruck erklärte er mir: „Ich glaube, Sie verstehen, dass ich Ihnen das nicht sagen kann. Nur eine Handvoll Menschen wissen, wem das Anwesen gehört und wer hier wohnt, und das soll auch so bleiben." Demonstrativ steckte er sein Taschentuch ein. „Die Villa Morris war vor hundert Jahren schon ein Mythos unten im Tal. Viel wurde darüber geredet und spekuliert. Es hat mich allerhand Mühe gekostet, dass niemand mehr ins Tal kommt. Mit Überwachungsanlagen. Hohen Strafen. Besitzstörungsklagen et cetera, et cetera. Im Laufe der letzten fünfzehn Jahre geriet die Villa ein wenig in Vergessenheit, unter anderem weil ich das Gerücht am Köcheln halte, dass sie baufällig und nicht mehr zu betreten sei. Außerdem gehört es zu meinen Aufgaben, Noahs Identität geheim zu halten. Was meinen Sie, wie es sonst hier zugehen würde, wenn die Presse von seinem Aufenthaltsort erführe."

„Warum? Waren Noahs Eltern ... bekannt? ... Berühmt?"

Adams gab keine Antwort und ich konnte beim besten Willen

nicht aus seiner Miene herauslesen, was er dachte. Wieder drängte sich mir dieser eine schreckliche Gedanke auf: Was, wenn Noah starb, sobald ich ihm hier raushalf? Er erzählte mir doch etwas ganz anderes. Er behauptete, er sei gesund und das hier alles sei eine einzige Verschwörung gegen ihn. Was sollte ich denn bloß glauben?

23

Adams schien meinen inneren Kampf zu bemerken.

„Ich weiß, dass das alles nicht einfach zu verstehen ist. Aber die Medizin macht Fortschritte. Vielleicht findet man bald heraus, was Noah sterbenskrank macht."

Warmer Wind blies um die Hausecke und zerzauste die Rosenblüten.

„Warum erzählen Sie mir das eigentlich alles?", fragte ich schlecht gelaunt – jeder wollte mir irgendwelche Geschichten aufdrücken, und je länger ich nachdachte, umso mehr flossen die einzelnen Argumente ineinander wie zu dünn angerührte Wasserfarben und vermischten sich in meinem Kopf zu einem immer dunkler werdenden Brei.

Er holte tief Luft. „Irina. lassen Sie mich ehrlich sein … Schwester Fidelis hat Sie und Noah beobachtet. Sie glaubt, dass Noah Sie darum bitten wird, ihm hier rauszuhelfen, weil er das alleine nicht schafft."

Mir blieb die Spucke weg. Also doch Überwachung.

„Wie kommen Sie denn auf die Idee?", rief ich laut und mir wurde augenblicklich bewusst, wie übertrieben es klang.

„Ob er Sie tatsächlich darum gebeten hat oder nicht, interessiert mich eigentlich nicht. Ich kenne Noah. Wir wissen alle, dass er wegwill. Das will er schon, seit er sprechen kann, und eigentlich kann jeder vernünftige Mensch seinen Wunsch nachvollziehen. Wer möchte in einem Kasten wie diesem hier ein Leben lang eingesperrt sein? So empfindet er das jedenfalls. Das hat im Laufe der

Jahre dazu geführt, dass er uns manchmal als seine Feinde ansieht. Er hat begonnen, sich Dinge einzureden, die objektiv nicht wahr sind. Er ist zu viel mit sich allein, hat zu viel Zeit, sich Horrorszenarien auszumalen, von wegen, dass wir alle umbringen, die hierherkommen, dass wir ihn vergiften wollen und lauter solche Sachen. Das macht mir große Sorgen." Adams seufzte. „Hören Sie, Irina! Ich liebe diesen Jungen, und das Einzige, worum ich Sie bitten möchte, ist, ihn nicht zusätzlich in Gefahr zu bringen. Können Sie mir das versprechen?"

Noch ein Versprechen. Wie viele hatte ich schon gegeben? Eines an Schwester Fidelis. Eines an Noah. Da kam es auf eines mehr oder weniger auch nicht mehr an. Ich kreuzte zwei Finger hinter meinem Rücken, als ich ihm die Hand gab – das hatte ich schon öfter in Filmen gesehen. Eigentlich totaler Schwachsinn. Ich tat es trotzdem.

„Was soll Irina versprechen?", fragte Noah, der in der Tür erschien. Er hatte sich umgezogen, trug nun ein gebügeltes helles Hemd, die obersten drei Knöpfe waren offen und gaben den Blick auf den eindrucksvollen Knutschfleck oberhalb seines Schlüsselbeins frei.

„Dass ich dich nicht in Gefahr bringe", sagte ich nervös und stürmte auf ihn zu. „Du hast da einen Marmeladefleck." Ich nahm ihn am Handgelenk. „Ich mach ihn dir schnell weg." Ohne mich umzusehen, zog ich ihn mit und führte ihn ins Esszimmer. Dort stand noch immer ein Krug Wasser auf dem Tisch. Ich tauchte eine Stoffserviette ein und fing an, unter seinen Rippen sinnlos einen nassen Flecken auf seinem Hemd zu produzieren.

„Du musst die oberen Knöpfe von deinem Hemd zumachen", flüsterte ich ihm ins Ohr. „Du hast da einen Knutschfleck."

„Was?"

Du meine Güte. Wahrscheinlich wusste er gar nicht, was das war. Ich tippte ihm flüchtig auf die Stelle über dem Schlüsselbein, wollte gerade zu erklären beginnen, als er mich auf einmal wütend anfuhr: „Könntest du mit dieser idiotischen Wischerei aufhören? Ich komme mir vor wie ein Kleinkind!"

Erschrocken fuhr ich zurück und Tränen traten mir in die Augen, weil mir sein Tonfall so wehtat. In dem Moment tauchte Anselm auf – Noah musste ihn vor mir kommen gehört haben – und ich schluckte die Tränen herunter. Gott, war ich empfindlich geworden.

„Kann ich helfen?", fragte Anselm, der fürs Mittagessen aufdecken wollte.

„Ja bitte", sagte Noah mit genervter Stimme.

„Es war nur ein Marmeladefleck", sagte ich und zeigte auf den nassen Fleck auf seinem hellen Hemd.

„Noah trug zum Frühstück sein dunkelblaues T-Shirt", sagte Anselm.

So genau sah er ihn an? So genau kannte er sich mit seinen T-Shirts aus? Das war doch nicht normal. Selbst ich hätte das nicht mehr gewusst, obwohl ich ihn den ganzen Morgen angestarrt hatte, außer Anselm kümmerte sich auch um seine Kleider.

„Dann war's eben ein anderer Fleck. Jetzt ist er jedenfalls weg", stammelte ich und bog zur Treppe hin ab, während Noah, sich das Hemd bis unter den Hals zuknöpfend, hinaus auf die Veranda zu seinem Paten ging.

Wehmütig sah ich ihm nach und kehrte zurück in mein Zimmer. All die Leichtigkeit und das Glück von heute Morgen waren verschwunden und eine bleierne Schwere kroch durch meine Knochen. Warum waren die schönen Momente in meinem Leben immer nur von so verdammt kurzer Dauer? Mir kam es so vor, als säße ein kleiner, böser Kerl in meiner Brust, der hinterhältig lachend einen Hebel auf Katastrophe umlegte, sobald er einen Hauch Glück roch.

Jetzt konnte ich nicht mehr verdrängen, dass jemand den Brief geklaut hatte. Es musste Schwester Fidelis gewesen sein. Hundertprozentig. Während der letzten Tage hatte ich herausgefunden, wo ihr Zimmer war. Ob ich mich hineinwagen und herumschnüffeln sollte? Und wenn uns doch Kameras überwachten? Verdammt. Noch einmal suchte ich alles durch, aber der Brief war weg.

Langsam wusste ich nicht mehr, was ich glauben und denken sollte.

Vom Balkon aus konnte ich sehen, wie Noah und sein Pate im Schneckentempo um den See spazierten. Sie schienen miteinander zu reden. Ich hätte gern gewusst, worüber. Ob ihm Noah von mir erzählte?

Jede Faser meines Körpers sehnte sich danach, ihm nahe zu sein, wieder mit ihm allein zu sein, und ich fragte mich, wann wir wieder die Gelegenheit dazu bekommen würden. Heute Nacht würde ich ihn suchen. Die konnten mich alle mal.

Ein Duft zog von unten zu mir herauf, Anselm machte Wildschweinbraten. Als wir alle um den Tisch saßen, bereute ich meinen Entschluss, kein Fleisch mehr zu essen. Aber ich hielt mich dran, nahm die Hirseleibchen entgegen, die Anselm extra für mich gemacht hatte, und beobachtete beeindruckt, wie sich Adams dreimal nachgeben ließ. Dazu kippte er eine Flasche schweren Rotwein und seine Gesichtsfarbe passte sich langsam der Farbe seines Hemdes an.

Nach dem Essen brauchte er unbedingt zwei oder drei Grappa und mehrere Espressi.

„Ich muss euch noch etwas Unangenehmes mitteilen", sagte er, als er fertig war. Alle erwachten aus ihrer Mittagsschwere.

„Ich kann zu Noahs Geburtstag leider nicht hier sein." Er legte seine Hand auf Noahs Unterarm. „Das wollte ich dir schon unten am See sagen, aber ... wie soll ich sagen ... es fällt mir schwer, ich wäre wirklich gern hier gewesen."

„Schade", sagte Noah.

„Das ist wirklich sehr, sehr schade", sagte Schwester Fidelis und wirkte ehrlich enttäuscht.

Vielleicht sollte es beiläufig aussehen, als sich Adams hinüber zum Sofa schleppte und ein Kuvert aus Büttenpapier auf einer Kommode neben einem Kerzenleuchter platzierte, aber mir war klar, wie gewichtig der Inhalt sein musste.

„Erst am Geburtstag öffnen", sagte Adams und hob dabei verschmitzt lächelnd seinen Zeigefinger vor Noahs Gesicht; als ob er das sehen konnte, Adams war das egal, mir nicht, ich fand es unfair, dass wir außer über Geräusche und Gerüche keine Möglichkeit hatten, miteinander zu kommunizieren. Wenn wir uns schon nicht berühren durften, weil sich ständig jemand zwischen uns setzte, hätten wir uns normalerweise wenigstens anschauen können. Aber normal war in diesem Haus gar nichts.

Ich verschwand unter dem Vorwand, auf die Toilette zu müssen. Als ich in der Eingangshalle stand, holte ich tief Luft – ich musste gar nicht auf die Toilette, sondern hatte es einfach nicht mehr ausgehalten, mit Noah im selben Raum und ihm gleichzeitig so fern zu sein. Die Türklinke von Schwester Fidelis' Kontor fiel mir ins Auge – das Verlangen, mich darin umzusehen, wurde übermächtig.

Natürlich war die Tür verschlossen, aber ich hatte Schwester Fidelis schon einmal beobachtet, wie sie einen Schlüssel hinter einem Jagdgemälde hervorgeholt hatte. Mit meiner zitternden Hand fuhr ich hinter das Gemälde, spürte den Schlüssel an einem kleinen Nagel hängen, zog ihn hervor und sperrte auf. Mein Herz schlug mir bis zum Hals, als ich mich ihrem Schreibtisch näherte. Jeder Schritt knarrte. Rasch probierte ich, eine Schublade nach der anderen aufzuziehen. Die meisten waren verschlossen. In einer bewahrte sie Rechnungen auf. Ich blätterte sie durch, konnte nichts Auffälliges entdecken. In einer anderen Schublade lagen mehrere kleine, leere Glasfläschchen mit roten Pipetten. Ich musterte den Inhalt. Augentropfen.

Wahllos schlug ich einen Wälzer auf, der auf dem Tisch lag. *Karthago: Aufstieg und Fall einer Großmacht*. Dazwischen versteckt kam ein dickes Heft zum Vorschein. *Noah 785* stand auf dem Etikett. Es war eine Art Tagebuch. Leider gab es darin erst vier oder fünf Eintragungen. Von Hand geschrieben, mit gestochen scharfer Schreibschrift, versehen mit Datum: Gestern hatte sie notiert: „*Er verändert sich zusehends. Etwas geht mit ihm vor. Es ist Irina Pawlowa. Die Schwimmlehrerin verdreht ihm den Kopf. Er gibt sich große Mühe, mir vorzumachen, dass er sie nicht mag, aber mein Gefühl sagt mir etwas anderes. Lange schaue ich nicht mehr zu. Sie tut ihm nicht gut. Es muss wieder Ruhe einkehren.*"

24

Die Sonne war verschwunden, schickte nur noch ein paar letzte Strahlen durch die Baumstämme, zwischen denen Noah plötzlich auftauchte. Seine Haare waren zerzaust. Er sah verschlafen aus.

„Ich bin hier", rief ich ihm zu und konnte mich weder erinnern, wie ich in den Wald gekommen war, noch, wie lange ich schon hier saß. Meine Gedanken kreisten so eng um Noah und die letzte Nacht, dass ich gar nicht mehr richtig mitbekam, was sich außerhalb meines Kopfes abspielte.

Ein Lachen flog über sein Gesicht. Hatte er mich gesucht? Viel zu lange dauerte es, bis er bei mir war. Er bekam einen Ast ins Gesicht und stolperte über eine Wurzel, weil er es auch nicht abwarten konnte. Ich sprang auf, lief ihm entgegen und wir fielen uns in die Arme. Wir küssten uns, hielten uns fest, streichelten uns. „Wo warst du?", fragte er und drückte mich fest an sich. Hinter den Ohren roch er am besten. Ich weiß nicht, ob ich so etwas schon einmal gerochen hatte, vielleicht auf der Haut neugeborener Babys.

„Ich hab dich so vermisst ... hab's nicht mehr ausgehalten ... mit dir im selben Raum ... der ganze Tag ... es war schrecklich ohne dich", sagte ich atemlos. Noah strich mir die Haare aus dem Nacken, legte seine Lippen darauf. Ich hörte, dass er lachte. „Ich hab dich auch vermisst, aber hab Geduld. Alles wird gut."

Auf einmal kam ich mir albern vor. Woher hatte er seine Zuversicht? Aber je länger er mich festhielt, umso ruhiger wurde ich.

„Warum lachst du?", fragte er.

„Wegen einem kleinen bösen Kerl in meiner Brust", sagte ich wie betrunken, „der gerade fuchsteufelswild herumhüpft, weil er mir das Glück nicht vermasseln kann, solange du in meiner Nähe bist."

Noah hielt inne.

„Denk nicht drüber nach", sagte ich, „bleib einfach bei mir und halt mich fest."

„Das mache ich", flüsterte er. Ich vergrub meine Hände in seinem dichten Haar und nahm ganz tiefe Atemzüge. Am liebsten hätte ich ihn tief in mich eingesaugt, damit niemand ihn mir wegnehmen konnte. Noah küsste meine Handflächen und löste sanft unsere Umarmung.

„Komm, ich zeig dir meinen Lieblingsplatz", sagte er und zog mich mit sich. Ein fußbreiter, ausgetretener Pfad deutete darauf hin, dass er öfter hier ging. Mit einer ausgestreckten Hand tastete er sich von Baum zu Baum, blieb manchmal mit dem Fuß in Dornen hängen, befreite sich schnell und stapfte weiter. Ich klebte ihm an den Fersen, hatte auch Mühe, nicht im Dickicht stecken zu bleiben. Der Wald wurde dichter. Auf einmal hielt Noah an, duckte sich und legte sich den Zeigefinger auf die Lippen.

In weiter Ferne hörte ich ein Motorengeräusch.

„Viktor kommt zurück", flüsterte er. „Hat meinen Paten in die Stadt gefahren." Wir warteten, bis der Jeep nicht mehr zu hören war, und bewegten uns weiter, einen Hügel aufwärts, dann abwärts, überquerten ein Rinnsal.

„Hier sind wir", sagte er und führte mich rund um einen gigantischen Baumstamm mit einem breiten Spalt. Eine Menge trockenes, platt gedrücktes Laub lag wie ein Teppich darin.

„Komm rein", sagte er, setzte sich in die Baumhöhle, lehnte sich gemütlich an und streckte beide Arme nach mir aus. Ich nahm vor ihm Platz und er umschlang mich von hinten. Es war dunkel, duftete nach Harz, Tannenbaum, Moos und Pilzen. Die Innenseite der Baumhöhle war glatt und sauber. Draußen hätte ein mächtiges Gewitter loslegen können, wir wären im Trockenen gesessen. Schön wäre ein Gewitter jetzt gewesen. Ich sehnte mich nach Regen. Eine Weile hörten wir nur dem Atem des anderen zu, unseren im Gleichklang pochenden Herzen. Noch nie hatte ich mich so geborgen gefühlt. Noah war warm. Er roch gut. Er hielt mich fest. Ach, würde dieser Moment doch nie enden.

„Hast du Zweifel?", fragte er so vorsichtig, als könnte er mit seinen Worten den Baumstamm zum Einsturz bringen.

„Wie meinst du das?"

„Du hast versprochen, mir zu helfen. Aber jetzt hat dir Lenard zu erklären versucht, dass ich verrückt bin und mir alles einbilde und sterbe, sobald ich hier rauskomme."

Woher wusste er das?

„Ach, Marlene. Ich verstehe, dass du so denkst, wie du denkst. Aber stell dir doch nur mal eine Sekunde lang vor, dass alle lügen ... Versuchst du das?"

Ich nickte und er fuhr fort.

„Wer sagt mir denn, dass die Geschichte über meine Eltern stimmt? Wer sagt mir, dass sie wirklich tot sind? Könnte es nicht sein, dass ich entführt worden bin und sie irgendwo dort draußen auf mich warten? Wer sagt mir, dass Doktor Adams wirklich mein Pate und nicht jemand ganz anderes ist, der mich ebenfalls hier festhalten will?"

Ich biss mir auf die Lippen und murmelte schließlich: „Wer sagt mir denn, dass meine Eltern meine Eltern sind?"

„Niemand, aber du weißt trotzdem, dass sie es wirklich sind, oder? ... Wieso weißt du das?" Er drehte sich eine meiner Haarsträhnen um seinen Finger und berührte seine Wange damit.

„Es ist wie mit dem Stein, den du mir gegeben hast ... ich spüre es."

„Eben, und ich spüre etwas ganz anderes. Ich spüre, dass in meinem Leben nichts stimmt. Manchmal frage ich mich, ob ich nur ein Hirngespinst bin."

Ich nahm seine Hand und küsste seine Finger. „Bist du nicht."

„Hast du dich heute nicht gefragt, weswegen mein Pate so offen mit dir über mich geredet hat, wo doch nur eine Handvoll Menschen von meinem Aufenthalt hier und meiner Identität wissen dürfen?"

„Das kam mir wirklich ein bisschen komisch vor." Ich spielte mit seinen schlanken Fingern, fuhr mit dem Daumennagel über die Ader, die sich um den Ansatz seines Zeigefingers schlängelte.

„Dafür gibt es nur zwei Erklärungen: Entweder alles ist Unsinn, oder du bist längst keine Gefahr mehr, weil sie ohnehin vorhaben, dich zu beseitigen."

Es dauerte eine Weile, bis ich verstand, was er gerade gesagt hatte; unwillkürlich musste ich an Schwester Fidelis' Zeilen in dem Tagebuch denken.

„Und noch etwas: Wenn meine Eltern wirklich so steinreich waren – warum tropft es dann durchs Dach? Warum rottet diese Villa vor sich hin? Du glaubst ja gar nicht, was alles kaputt ist. Wenn Lenard meinen Eltern tatsächlich das Versprechen gegeben hat, für mich zu sorgen – warum sorgt er dann nicht dafür, dass die Bude isoliert wird? Hast du eine Ahnung, wie kalt es da im Winter ist? In meinem Zimmer wachsen Eisblumen am Fenster. Aber auf der Innenseite. Es dauert eine Ewigkeit, bis die Öfen alle geheizt sind, und es kühlt unglaublich schnell aus."

„Denkst du, er steckt das Vermögen deiner Eltern in seinen eigenen Sack?"

Noah gab einen genüsslichen Laut von sich, weil ich seine Handflächen küsste. Er legte seinen Kopf auf meine Schulter. Bevor er antworten konnte, schreckte er hoch.

„Pssst", er zog seine Hände weg, setzte sich aufrechter hin und lauschte; dabei wirkte er nicht ängstlich, sondern erregt.

„Was ist?", flüsterte ich.

Mit einem Druck auf die Schultern gab er mir zu verstehen, dass ich aus der Baumhöhle hinaus sollte. Langsam kroch ich in die Dämmerung. Er folgte mir, war ganz wachsam im Gesicht. Ein erwartungsvolles Lächeln lag auf seinen Lippen. Er kniete sich neben mich ins Moos, streckte seine Hand aus und verharrte bewegungslos. Ich schloss die Augen, versuchte zu hören, was er hörte. Da tappte tatsächlich etwas durch die Bäume auf uns zu.

Der Fuchs kam. Noah hatte mir eine Hand auf den Rücken gelegt. Die andere ausgestreckt. Ich tat das Gleiche. Schnüffelnd und vorsichtig näherte sich der Fuchs. Er hatte leuchtende kastanienbraune Augen und eine schwarze Nase, mit der er jetzt an meiner Hand schnüffelte.

„Das ist Marlene. Meine Freundin", sagte Noah mit ruhiger Stimme. „Ich hoffe, du bist lieb zu ihr." Sachte kraulte er den Fuchs zwischen den Ohren und der Fuchs wurde immer zutraulicher. Bald ließ er sich auch von mir streicheln. Sein Fell war unglaublich dicht und gar nicht so weich, wie es von Weitem aussah.

„Wie lange hast du den schon?"

„Als ich neun war, habe ich ihn gefunden. Er war noch ein ganz kleiner Welpe und hatte sich am Hinterlauf verletzt. Ich habe ihn mit der Flasche aufgezogen. Anfangs hat mir Viktor dabei geholfen. Dann fand er, dass ich ihn gehen lassen müsste. Wilde Tiere könne man nicht zähmen. Aber der Fuchs fand mich überall. Nur ein einziges Mal hat uns Viktor noch miteinander erwischt, woraufhin ich mir ein mächtiges Donnerwetter anhören musste. Seither verstecken wir unsere Freundschaft. Fuchs und ich. Viktor hat ihn längst vergessen … hoffe ich." Noah lächelte und hielt mich und den Fuchs fest, als wollte er diejenigen, die ihm am wichtigsten waren, vereinen.

„Wann machen wir uns auf den Weg, Marlene?", fragte er mich, als wir aufbrachen, weil es immer dunkler und mir der Wald unheimlich wurde.

Er hielt mich, umklammerte fest meine Hände. „Du findest doch einen Weg hinaus?"

Ich schluckte.

„An meinem Geburtstag. Nicht später", sagte er. „Was meinst du?"

Ich hatte das Gefühl, ein Eisenband legte sich um mein Herz und drückte ganz fest zu. „Okay, bis zu deinem Geburtstag. Ich versprech's dir." Schon wieder ein Versprechen. Herr im Himmel. Diesmal kreuzte ich die Finger nicht.

Noah berührte mein Gesicht und küsste mich, zuerst auf die linke Wange, dann auf die rechte, dann auf die Augen, auf die Nasenspitze und auf den Mund. „Das wird der schönste Geburtstag meines Lebens."

Meine Eingeweide zogen sich schmerzhaft zusammen, als ich in sein strahlendes Gesicht blickte. Ich war verdammt froh, dass er die Tränen nicht sah, die mir übers Gesicht liefen, während ich fröhlich zu sagen versuchte: „Ja, das wird ein schöner Geburtstag."

Noah war so euphorisch, dass seine Schritte federten. Am liebsten wäre er davongeflogen vor lauter Vorfreude. Mir ging es anders. Ich hatte Angst um ihn. Und auf einmal knallte ein Schuss durch den Wald.

Wir hielten abrupt an. Noah legte ängstlich seinen Arm um mich, jeder seiner Muskeln war angespannt. Wer hatte geschossen? Was war passiert? Aber die Bäume standen so dicht, dass ich nicht weit sehen konnte.

„Hörst du das?", fragte Noah und seine Worte klangen, als ob sein Mund ganz trocken war. Er wandte sich von mir ab und runzelte die Stirn. „Oh mein Gott", murmelte er und ging voraus.

„Was ist?" Ich eilte ihm hinterher.

„Fuchs", sagte Noah ängstlich und ging mit großen Schritten und ausgestreckten Armen auf ein Geräusch zu, das offenbar nur er hören konnte. Er verließ den Pfad. Das Gebüsch und die Nadelbäume wichen auseinander. Ich hielt mir die Hände vors Gesicht.

„Pass auf!", konnte ich gerade noch rufen, als sich die Bäume kreisförmig lichteten und sich vor Noah eine Grube auftat, hier war eine riesige Wurzel ausgegraben worden. Um ein Haar wäre er hineingefallen und hätte sich weiß Gott was gebrochen. Gerade noch konnte ich ihn zurückziehen. Aber Noah ließ sich nicht aufhalten, ließ sich auf die Knie fallen, tastete sich kniend den Rand der Grube entlang, stand wieder auf und betrat einen Kiefernwald.

Ich stieß einen Schrei aus, als ich das blutende Fellbündel auf der Erde liegen sah. Der Fuchs. Neben ihm kniete Viktor. Noah blieb reglos stehen.

„Marlene! ... Was siehst du ... sag mir, was du siehst", sagte er flehend, mit erstickter Stimme.

Aber ich brachte nichts über die Lippen. Starr wie eine Salzsäule, mit Tränen in den Augen, blickte ich auf das sterbende Tier und auf Viktor, neben dem das Gewehr lag und der uns jetzt kommen sah.

„Noah! Was macht ihr hier, um Himmels willen. Ihr solltet längst in der Villa sein."

Ich sah Noahs geschockter Miene an, dass er ahnte, was passiert war. Er kam wieder in Bewegung, wankte an mir vorbei, stolperte über einen Schössling, fiel hin und kroch auf allen vieren weiter, auf den sterbenden Fuchs zu, bis er ihn unter seinen Fingern spürte. Mir krampfte sich alles zusammen. Ich hielt es kaum aus, ihm dabei zuzusehen, wie er seinen Freund liebkoste. Mit blasser Miene wich Viktor zurück und beobachtete fassungslos, wie Noah den Fuchs zuerst an der Wange und dann am Hals streichelte. Er griff in die nasse Schusswunde, leckte seine Finger ab, schmeckte das Blut und seine Augen füllten sich mit Tränen. Er behielt eine Hand am Hals des Fuchses und wartete, bis er seinen letzten Atemzug tat. Der Fuchs war tot. An Noahs Miene konnte ich sehen, wie sich die Gewissheit, seinen Freund verloren zu haben, langsam ausbreitete, sich festsetzte und ihn dann mit ganzer Wucht traf. Er brach über dem Fuchs zusammen, nahm ihn mit beiden Armen auf, legte ihn sich in den Schoß, wiegte ihn hin und her und vergrub sein Gesicht im Fell. Der Anblick war so herzzerreißend, dass ich auch nur noch weinen konnte. Selbst Viktor hatte feuchte Augen und faselte etwas von einem fatalen Fehler. Am liebsten hätte ich Noah festgehalten, aber der Moment wirkte so intim, dass ich ihn nicht dabei stören wollte. Viktor schien es ähnlich zu gehen, denn seine Knie zitterten, als er auf Noah zuging und ihn am Rücken berührte. Aber Noah schlug ihm die Hand weg.

„MÖRDER!", brüllte er.

25

Endlich hatten sie aufgehört, gegen Noahs Zimmertür zu pochen. Sie hätten sie sprengen, ja sie hätten die ganze Villa zum Einsturz bringen können, und doch hätten wir einander nicht losgelassen. Eng ineinander verschlungen lagen wir auf Noahs Bett und weinten. Der Schmerz schüttelte seinen ganzen Körper. Nie hatte ich jemanden verzweifelter weinen hören. Es klang so, als hätte er selber erfahren, bald sterben zu müssen, als gäbe es keinen Ausweg und keine Hoffnung mehr in diesem Leben. Schwester Fidelis hatte es zuerst im Guten versucht, war dann mit harten Geschützen aufgefahren und hatte mit schriller Stimme mein Arbeitsverhältnis durch die Tür hindurch mit sofortiger Wirkung aufgelöst. Schließlich hatte sie versucht, an meine Vernunft zu appellieren. Vernunft! Als ob es hier noch um Vernunft ging. Viktor hatte Noahs Freund kaltblütig erschossen, auch wenn er noch so sehr beteuerte, dass er ihm vor die Flinte gelaufen war, als er einem Baummarder hinterher war. Um nichts auf der Welt hätte ich irgendwen ins Zimmer gelassen. Dann hörte ich Anselm, der versuchen wollte, mit uns zu reden. Wir ignorierten auch ihn.

Irgendwann schlief Noah ein, aus Trauer oder Erschöpfung, ich wusste es nicht. Meinen Kopf in die Hand gestützt, lag ich seitlich neben ihm und schaute ihn an. Jung sah er aus im Schlaf, fast wie ein Kind, und ein friedlicher Ausdruck lag auf seinem Gesicht, als könnte ihn jetzt nichts mehr erschüttern. Ich würde wach bleiben. Ich würde ihn nicht allein lassen. Seine Hand suchte nach mir, schlang sich um meinen Körper und meine Lider wurden schwer.

Auf einmal spürte ich einen sanften Kuss in meinem Augenwinkel, dann eine tastende Hand auf meiner Wange, Finger auf meinen Lippen, noch einen Kuss auf meinem Mund. Ich schlug meine Augen auf.

Noah lächelte ein kleines bisschen. Er wirkte müde und blass, aber nicht mehr so traurig, fast schien mir, als hätte er Frieden geschlossen, Frieden mit dem Tod des Fuchses, mit dem Leben und dem Sterben. Als hätte er alles Unausweichliche akzeptiert.

Über den Fuchs verlor Noah kein Wort mehr. Er nahm mich an der Hand und ich wartete darauf, dass er sagte: „Weiter geht's!" Aber er sagte es nicht, sondern küsste mich zuerst und führte mich dann aus seinem Zimmer treppauf, treppab durch unzählige Flure in die Eingangshalle – kein Wunder, dass ich nie dorthin gefunden hatte.

Als wir Schwester Fidelis im Esszimmer mit Anselm sprechen hörten, wurde uns beiden klar, dass sie, egal was sie von letzter Nacht mitgekriegt hatten, eine Liebesbeziehung zwischen uns nie zulassen würden – wir lösten unsere Hände voneinander, was uns so schwer fiel, als hinge einer von uns an einer Klippe. Ich erschrak, als ich Noahs Gesicht sah; jetzt kam er mir vor wie eine Wachsfigur, vollkommen starr, die Augen unnatürlich weit aufgerissen und ohne zu zwinkern, wappnete er sich innerlich mit einem Schutzschild gegen die Begegnung mit den Leuten, die schuld an seinem Unglück waren. Er räusperte sich, verfinsterte seine Miene und ging, wohl fest entschlossen, keine Gefühlsregung mehr zu zeigen, auf das Esszimmer zu. Ich versuchte, meine Haare zu ordnen, bog mein Kreuz durch, knackte mit den Fingergelenken und machte mich auf einen Rauswurf gefasst, der sich gewaschen hatte.

Wie aufgefädelt standen Schwester Fidelis, Anselm und Viktor nebeneinander, als zuerst Noah, dann ich eintrat. Aber irgendetwas war nicht so, wie ich es erwartet hatte. Was hatten sie vor mit uns? Wo war der Widerstand? Wo blieb der Angriff? Ich versuchte, ihre Mienen zu lesen. Waren sie fröhlich? Erwartungsvoll? Aufgeregt?

„Lieber Noah", setzte Schwester Fidelis feierlich an und ihre Stimme zitterte. „Wir haben uns entschlossen, dir deinen allergrößten Wunsch zu erfüllen!"
Wie bitte?
Ich trat neben ihn, um seine Reaktion zu sehen. Sein Mund klappte auf.
Was versuchte sie ihm gerade mitzuteilen?
„Ja ja, du hast schon richtig gehört. Deine Ohren funktionieren noch." Schwester Fidelis lachte überreizt, was ich ziemlich daneben fand. „Heute Abend wirst du sie ganz besonders brauchen, denn …", sie holte tief Luft, nahm das Kuvert aus Büttenpapier von der Kommode und drückte es ihm in die Hand, „du wirst heute am späten Nachmittag mit mir, Viktor und Frau Pawlowa in die Stadt fahren." Wie einem Dampfkochtopf entwich ihr Atemluft.
Noah tastete, den Brief in der Hand, nach einer Sessellehne, sank nieder, die Augen ängstlich geweitet und immer noch starr im Gesicht.
„Du darfst dir die Probe zu einem Klavierkonzert anhören. Wir werden die einzigen Zuschauer sein, allein in einem großen Konzertsaal. Doktor Adams hat sich ausführlich mit Ärzten unterhalten und sie sind der Meinung, dass wir das riskieren können … Hoffentlich … Er hatte diesen Besuch eigentlich erst an deinem Geburtstag geplant, aber nach dem, was gestern passiert ist, dachten wir … er konnte ihn vorverlegen – das Orchester beginnt heute zu proben." Wie hatte Adams so schnell von dem erfahren, was gestern passiert war? Viktor hatte also doch ein Telefon.
Während sie sprach, weichte Noahs Miene ein wenig auf. Er schien mit sich zu kämpfen, biss sich auf die Lippen, schluckte leer und seine zitternden Finger spielten verlegen mit der Tischdecke.
„Ich …", seine Stimme brach. „Ich darf auf ein Konzert?" Er verkniff sich sichtbar ein Lächeln.
„Ja", sagte Schwester Fidelis.
Ein paar Atemzüge lang hob und senkte sich sein Brustkorb

schnell, tausend Gedanken schienen ihm durch den Kopf zu wirbeln. Und dann konnte er nicht anders – seine wächserne Fassade schmolz. Er gab sich einen Ruck, stand auf und umarmte die zarte Frau. Überwältigt versuchte sie, ihre Tränen wegzuzwinkern, und konnte wohl gerade noch verhindern, in lautes Schluchzen auszubrechen. Sie machte sich von ihm los, legte ihre Brille auf den Tisch und wandte sich peinlich berührt von uns ab.

„Das ist unglaublich", murmelte Noah und wirkte so gelöst wie heute früh.

„Na, dann können wir ja jetzt endlich frühstücken!", sagte Anselm, für den es nichts anderes zu geben schien, als anderen die Mägen zu füllen.

Ich freute mich zwar für Noah, aber die ganze Sache verwirrte mich auch. Der Konzert-Ausflug war für den Geburtstag geplant gewesen und jetzt vorverlegt worden. Wegen der Sache mit dem Fuchs, weil sie ihn aufheitern wollten? Aber auch das verstand ich nicht recht. Hatten sie nicht gesagt, die Stadt wäre lebensgefährlich für ihn? Er würde dort sterben, hatten sie gesagt. Und jetzt das. Oder sie hatten vor, ihn umzubringen.

Noah wirkte zwar immer noch gedämpft, aber so viel wie an diesem Morgen hatte er schon lange nicht mehr geredet. Er wollte wissen, was für eine Musik gespielt würde – Rachmaninovs Klavierkonzert Nummer zwei in c-Moll – und wer spielte – eine ungarische Pianistin – und was man zu diesem Anlass so anziehe – Anselm habe gerade gebügelt – und wie lang man denn unterwegs sei – zweieinhalb Stunden – und wann es denn losgehe – um fünf – und warum er denn jetzt doch rausdürfe.

„Du kannst dich bei deinem Paten bedanken", seufzte Schwester Fidelis. „Er will, dass du glücklich bist, und er hat so lange auf mich eingeredet, bis ich zugestimmt habe … Hoffen wir bloß, dass alles gut geht."

„So was wie eine Atemmaske haben Sie schon versucht?", fragte ich und kam mir reichlich dumm dabei vor. Als ich erfuhr, dass er davon erst recht Erstickungsanfälle bekam, wurde mir richtig mulmig zumute. Ich konnte nichts mehr essen. Ich verstand nicht, was hier gerade vorging. Wie gern hätte ich mit Noah darüber geredet. Allein. Aber mein Vorhaben, mich mit ihm zu zweit auf den Weg zu machen, schien Schwester Fidelis mit allen Mitteln durchkreuzen zu wollen. Dafür riskierte sie sogar sein Leben. Aber ich riskierte sein Leben ja auch, wenn ich ihm nach draußen half. Wie verwirrend sich doch alles anfühlte.

26

Erschöpft von zu vielen Gefühlen und irritierenden Gedanken kämpfte ich mich durch den Tag, während Schwester Fidelis Noah in Beschlag nahm. Im Musikzimmer bereiteten sie sich auf das Konzert vor. Lauter als sonst klang ein Orchestersound aus dem Zimmer. Ich verschanzte mich in der Bibliothek und lauschte.

Als sich Schwester Fidelis für die ungewohnte Lautstärke entschuldigte und sich auf den Weg zur Toilette machte, schlüpfte ich ins Musikzimmer. Noah stand am Fenster, das Gesicht zur großen Buche vor dem Fenster gerichtet, und lauschte der Konzertmusik aus den Lautsprechern. Er war so in die Musik versunken, dass ich befürchtete, ihn zu erschrecken, wenn ich ihn jetzt berührte oder ansprach. Wo sollte ich ihn am besten anfassen? Am Handgelenk, am Ellenbogen, an der Schulter? Seine Augenbrauen hoben sich kurz. Er bekam eine Gänsehaut im Gesicht, fing an zu lächeln, streckte seine Hand nach mir aus und berührte mich am Arm.

„Was machen wir denn jetzt?", flüsterte ich und er wurde sofort wieder ernst. Sehr eindringlich sagte er in mein Ohr: „Wir haben nur eine einzige Chance, Marlene! ... Du musst während des Konzertes abhauen!" Genauso gut hätte er mir eine schallende Ohrfeige versetzen können. „Schau, dass du so schnell wie möglich nach Hause kommst. Du bist hier wirklich in großer Gefahr. Morgen schon könnte es zu spät sein."

„Aber." Ich spürte Tränen in mir hochsteigen.

„Erzähl alles deinen Eltern." Sein Adamsapfel bewegte sich, als kämpfte auch er gegen Tränen. „Und vielleicht kannst du mich holen kommen … falls du mich dann noch haben willst … wenn du zu Hause bist … vielleicht …"

„Was redest du da? Natürlich will ich dich haben." In meiner Kehle wurde es eng.

Noah umarmte mich von hinten, legte sein Kinn auf meine Schulter und sprach leise: „Du bist die Erste, die es lebendig auf die andere Seite schaffen könnte. Vielleicht kannst du etwas über meine Eltern herausfinden. Finde heraus, ob sie noch leben, was mit meiner Mutter wirklich passiert ist, ob es diese Krankheit überhaupt gibt. Wie Schwester Fidelis, Anselm und Viktor hierhergekommen sind. Warum sie so ein Leben gewählt haben, in der Einsamkeit, als müssten sie sich vor etwas verstecken oder vor etwas davonrennen. Einfach alles. Finde es heraus. Bitte!"

Der Plan war nicht schlecht. So könnte es klappen. Noah löste sich aus der Umarmung, tippte sich demonstrativ aufs Ohr, drehte sich wieder zum Fenster und verschränkte seine Arme vor der Brust. Ich schaffte es gerade noch in die Bibliothek, bevor Schwester Fidelis das Musikzimmer wieder betrat.

Zum Büchersortieren hatte ich keinen Nerv. Es war brütend heiß und ich verbrachte die restlichen Stunden damit, Kraniche aus vergilbtem, leerem Notenpapier zu falten, das ich stapelweise in einem Regal fand; früher war das eine Weile lang meine Lieblingsbeschäftigung gewesen und sie beruhigte mein nervöses Herz.

Die Orchestermusik verklang und Noah begann, Klavier zu spielen – ein beinah perfekter idyllischer Moment. Seine Musik verzauberte mich. In diesem Moment war er glücklich. Als er aufhörte zu spielen, war mir, als hätte jemand einen Spiegel zertrümmert; unser Plan, gemeinsam zu flüchten, lag in Splittern vor mir und der Fuchs war immer noch tot – ich mochte nicht daran denken, dass ich Noah verlassen musste. Wie lange würde ich ihn nicht mehr wiedersehen? Was, wenn sie ihn an einen anderen Ort brachten, wenn ihm etwas zustieß? Mein Magen fühlte sich an, als flatterten meine gefalteten Kraniche ziellos darin herum. Sie stachen mir mit ihren spitzen Schnäbeln in die Eingeweide. Ich wollte nicht gehen und trotzdem spürte ich, dass es der einzige Weg war, die Wahrheit herauszufinden.

Als Noah und Schwester Fidelis das Musikzimmer verließen, um sich umzuziehen, huschte ich in den Wald, stellte mich an einen Abhang hinter der Villa, schoss einen Kranich nach dem anderen in den heißen Sommerwind und sah zu, wie sie kurz über den Wipfeln kreisten und dann im Sturzflug von dunklem Laub gefressen wurden.

Unsere gemeinsame Zukunft war so ungewiss.

Dann rannte ich, zwei Stufen auf einmal nehmend, die Treppe hoch, riss mein Handy aus der Schublade und kontrollierte, ob es noch Strom hatte. Endlose verschwommene Tage hatte es ausgeschaltet in der Schublade gelegen und trotzdem war noch ein kläglicher Rest übrig. Schnell schaltete ich es wieder aus und konnte es kaum erwarten, wieder mit der Welt verbunden zu sein. Als Erstes wollte ich meine Eltern anrufen, vielleicht konnten sie mich abholen kommen. Ich warf das Handy in meine selbst genähte Stofftasche. Dann zog ich den Koffer unter dem Bett hervor und wollte anfangen zu packen, als mir klar wurde, wie dumm das war. Ich konnte ihn wohl kaum mitnehmen, ohne Verdacht zu erwecken. Aber ich musste ihn zurückgeben. Außerdem kannte ich sein Geheimnis immer noch nicht. Ein allerletztes Mal versuchte ich, den doppelten Boden zu öffnen. Ich stellte den Koffer auf den Kopf, schüttelte ihn und versuchte, die Stoffverkleidung mit meinen bloßen Händen zu zerreißen, aber er wehrte sich – sein Inneres würde für immer vor mir verborgen bleiben. Schweren Herzens schob ich ihn wieder unters Bett und trat auf den Balkon. Auch ein letztes Mal. Viktor war auf dem Weg ins Glashaus. Er hatte einen Topf mit Setzlingen dabei. Heißer Wind fuhr ums Hauseck. Das Holz, von der Sonne aufgewärmt, roch berauschend. Ich setzte mich auf den Balkon mit Blick auf das Glashaus und genoss den gigantischen Ausblick. Am liebsten hätte ich noch ein paar Fotos gemacht, aber den Akku von meinem Handy würde ich für Wichtigeres brauchen. Der Steinadler segelte aus seinem Horst im Felsen. Ich würde diesen magischen Ort vermissen. Ziemlich lange saß ich da. Seit ich hier war, tickte meine Uhr anders. Die Zeit hatte sich verzwirbelt, verpuppt, entfaltet und gedehnt, so lange, bis nichts Erkennbares mehr übrig geblieben war.

Eine Glocke ertönte. Die schlug Anselm manchmal, wenn das Essen fertig war. Ich stand auf. Viktor kam von links aus dem Wald durch die Einfahrt. Moment mal ... Viktor war doch rechts im Glashaus gewesen. Wie konnte er jetzt von der ganz anderen Seite kommen? Ich hätte schwören können, dass ich das Glashaus immer im Blick gehabt hatte, es stand unter dem Felsen, und den hatte ich doch beobachtet. Ich musste für ein paar Sekunden eingenickt sein. Anders konnte ich mir seinen Ortswechsel nicht erklären. Ohne dass ich es mitgekriegt hatte, musste er vom Glashaus zurück in den Wald gelaufen sein, aus dem er sich jetzt der Villa näherte.

Ich hängte mir meine Stofftasche um, lief nach unten und gesellte mich zu den anderen.

„Jetzt hör mal auf zu zappeln", ermahnte Schwester Fidelis Noah, der eine schwarze gebügelte Hose und ein weißes Hemd trug und mit ihr zwischen den Rosenbüschen auf Viktor wartete. An seinem Arm baumelte ein Jackett. Er sah aus, als würde er in den nächsten fünf Minuten zu einer schwierigen mündlichen Prüfung vor eine Kommission gebeten, von der sein weiteres Schicksal abhing.

„Wo bleibt er denn?", fragte Noah ungeduldig.

Schwester Fidelis kontrollierte noch einmal in ihrem Handtäschchen, ob sie alles dabeihatte. Sie trug das gleiche Nonnen-Kostüm wie immer. Ich hatte mir Irinas eleganteste Sachen aus dem Koffer gesucht. Nichts sollte darauf hindeuten, dass ich abhauen wollte, obwohl mir Jeans und Shirt lieber gewesen wären als der Seidenfummel. Auch das fehlende Geld konnte bei meiner Flucht ein Problem werden. Immerhin hatte mein Handy noch ein bisschen

Saft. Ich vergewisserte mich noch einmal, dass es in meiner Stofftasche war, und fragte mich, in welche Stadt wir fahren würden. Hier in der Gegend kannte ich mich überhaupt nicht aus. Endlich kam Viktor mit dem Jeep.

„Bitte schön, die Herrschaften!", sagte er und wollte, dass Noah vorne einstieg. Aber der war immer noch nicht gut auf ihn zu sprechen und kletterte lieber auf den Rücksitz. Endlich konnten wir nebeneinander sitzen. Dachte ich. Schwester Fidelis reagierte schnell, drängte sich an mir vorbei und setzte sich neben ihn.

„Den Beifahrersitz überlasse ich Irina. Sie hat es sich verdient. Die Aussicht vorne ist viel schöner."

Diese Schlange. Wütend nahm ich auf dem Beifahrersitz Platz.

„Anschnallen", befahl Schwester Fidelis. Noah hatte keine Ahnung, wie man das machte. Oft hatte er noch nicht in einem Auto gesessen, so viel stand fest. Viktor half beiden mit dem Gurt, dann fuhren wir los. Anselm winkte uns nach.

„Gut, hier sind die Spielregeln", sagte die Nonne wie ein Feldwebel, nachdem wir das schmiedeeiserne Tor passiert und Viktor alles wieder verriegelt hatte. „Bis wir beim Theater sind, wird das Fenster nicht mehr geöffnet. Wir steigen dort aus, gehen rein, hören uns das Konzert an und fahren augenblicklich wieder zurück. Keine Extratouren diesmal, keine Ausflüge zu Kinderspielplätzen, in Restaurants oder sonst wohin. Hast du mich verstanden, Noah?"

„Ich bin nicht taub", sagte er, worauf sie entnervt den Kopf schüttelte.

„Worauf habe ich mich da nur wieder eingelassen?"

27

Die Herfahrt war mir viel kürzer vorgekommen. Jetzt erst kapierte ich, wie abgelegen die Villa Morris wirklich war, und wunderte mich, dass es in Mitteleuropa überhaupt noch so einen menschenleeren Platz gab. Noahs Vater musste ein Vermögen ausgegeben haben, um so ein riesiges Stück Land für sich selbst beanspruchen zu können. Wieder kamen wir durch die dunklen Tannenwälder, über Brücken und Schluchten, fuhren an Wasserfällen vorbei. Während es Noah nicht zu wild sein konnte und er sich über jede Kurve und jedes Holpern freute, wurde Schwester Fidelis immer wortkarger. Sie war weiß wie eine Wand, klammerte sich mit einer Hand am Griff über dem Fenster fest und stöhnte vor sich hin.

Aus dem holprigen Weg wurde ein asphaltierter Weg, daraus eine einspurige, dann eine zweispurige Straße. Die Klimaanlage lief auf Hochtouren – je näher wir der Stadt kamen, umso höher stieg die Außentemperatur. Als wir die Schlucht verließen, kletterte sie auf zweiunddreißig, als wir durch die öde Ebene rollten, auf vierunddreißig Grad. Erste Autos fuhren uns entgegen und ich glaubte, Noahs Herzklopfen bis zu mir nach vorne spüren zu können. Den Ort mit der Kurklinik, in dem meine Eltern geehrt worden waren und wo ich zu Viktor in den Jeep gestiegen war, ließen wir links liegen.

„Wo sind wir?", fragte Noah ständig. „Was sieht man?"

Schwester Fidelis beschrieb ihm alles so wie die Blindenerklärung in Fernsehfilmen, über die ich mich bisher immer so aufgeregt hatte, weil ich nie wusste, wie man sie abstellte.

„Ein Mann in kurzen Hosen und Badeschlappen kurvt gefährlich einen Fahrradweg entlang. Auf dem Gepäckträger transportiert er einen Kasten Bier."

„Einen Kasten Bier? Geht das überhaupt?", fragte Noah. Was er sich darunter wohl vorstellte?

„Du glaubst gar nicht, was alles geht", sagte Viktor.

„Noch mehr Fahrradfahrer, eine Familie mit Kindern. Alle haben Badesachen bei sich", erklärte Schwester Fidelis. „Im Hintergrund sieht man den Badesee. Dort ist heute der Teufel los. Gut so, dann ist die Stadt bestimmt wie ausgestorben." Sie öffnete ihr Täschchen, holte ein besticktes Stofftaschentuch heraus und tupfte sich damit das Gesicht ab.

Der Verkehr nahm zu.

„Warum bleiben wir stehen?", fragte Noah.

„Rote Ampel", erklärte Viktor und trommelte auf das Lenkrad.

Noah wippte mit seinen Knien nervös auf und ab.

„Bald sind wir da", sagte Schwester Fidelis. „Sie kennen doch die kürzeste Route, Viktor?"

„Selbstverständlich."

Die Außentemperatur betrug inzwischen achtunddreißig Grad, obwohl die Sonne bereits hinter den vielen Kirchturmspitzen und den Hochhäusern versank. Wir waren umringt von anderen Fahrzeugen und die Spannung im Auto stieg.

„Geht's dir gut?", fragte Schwester Fidelis. Noah nickte eifrig. Aber ich konnte ihm anmerken, dass er sehr nervös war. Wir erreichten das große Konzerthaus. Es ähnelte einer goldenen Welle und beeindruckte mich. Viktor fuhr einmal um den ganzen Gebäudekomplex samt Park herum. Dann fand er, was er suchte, und blieb stehen.

„Da ist er ja!", rief Schwester Fidelis und meinte Doktor Adams, der neben einem Seiteneingang wartete und nach uns Ausschau hielt.

„Wer?", fragte Noah.

„Merkst du gleich", sagte sie.

„Ihr steigt aus. Ich suche einen Parkplatz", sagte Viktor und hielt an. Adams öffnete die Autotür und reichte Noah die Hand. „Komm schnell mit."

„Irina, bist du noch da?", fragte Noah.

„Ja." Ich folgte ihnen durch den Seiteneingang. Drinnen stand ein Hausmeister und hielt uns eine Tür auf. In einem Moment, als Adams mit dem Hausmeister ein paar Worte wechselte, umklammerte Noah meine Hand. „Ich liebe dich! Viel Glück!", konnte ich seinen Lippen ablesen. Mehr Zeit, uns zu verabschieden, gönnten sie uns nicht. Hinter mir trippelte Schwester Fidelis, gefolgt von Musikern, die Geigenkästen trugen und ebenfalls diesen Seiteneingang nahmen.

Während die Musiker durch eigene Flure gingen, lotste uns der Hausmeister durch ein Labyrinth aus Gängen und Treppen und schließlich zu einer Tür, die in den beeindruckenden Zuschauersaal führte.

„Wahnsinn!", sagte Noah ehrfürchtig, der die Größe des Raumes zu spüren schien. Kühl und leise war es.

„Sie können hier vorne in der Mitte Platz nehmen", meinte der Hausmeister.

„Lieber ein bisschen weiter hinten, danke", sagte Adams und wir setzten uns. Ich konnte nicht aufhören, Noah zu beobachten. Er freute sich über alles, was er entdeckte. Als wäre dies der schönste Ort der Welt, fuhr er immer wieder über die Polstersitze. Er fasste alles an, was es anzufassen gab. Alle seine Sinne schien er ausgefahren zu haben, es gab kein Anzeichen von irgendeiner Krankheit.

Sein Pate legte ihm einen Arm um die Schultern, als suchte er selbst Halt.

Schon wieder setzte sich Schwester Fidelis zwischen uns beide und verhinderte jede Berührung. Sie hatte unsere gemeinsame Nacht in Noahs Zimmer mit keinem Wort kommentiert, genauso wie mein mündlicher Rausschmiss kein Thema mehr gewesen war, aber sie tat alles, um sich zwischen uns zu drängen. Außerdem richtete sie nicht mehr direkt das Wort an mich. Mir machte das nichts, trotzdem wurde ich das Gefühl nicht los, dass sie noch etwas mit mir vorhatte – warum sonst ließ sie mich beim Konzert dabei sein?

Während wir auf den Beginn der Probe warteten, kam der Hausmeister und brachte ein Tablett mit, darauf standen eine Flasche Champagner, eine Flasche Mineralwasser, Gläser und ein Teller mit Häppchen.

„Meinen Glückwunsch zum Geburtstag", sagte er und schenkte uns ein. Dass er damit zu früh war, erwähnte keiner. Wir stießen an. Noah nahm einen Schluck Champagner und verzog das Gesicht.

„Und da behaupten immer alle, das Zeug schmeckt so gut." Er bat Schwester Fidelis um Wasser. Wir hielten die Gläser in unseren Händen oder stellten sie neben uns auf den Boden. Dann betraten die Musiker hintereinander die Bühne. Sie polterten, rückten ihre Notenständer zurecht, kramten nach ihren Noten, stimmten ihre Instrumente und plauderten miteinander.

Bis alle saßen, dauerte es seine Zeit, aber Noah war gespannt wie ein Flitzebogen. Aufrecht saß er in seinem Sitz und lauschte nach allem, was er bekommen konnte. Ich konnte mich nicht so darauf konzentrieren. In meinem Kopf spielten sich ganz andere Sachen ab. Ich musste gehen. Aber vorher wollte ich wenigstens ein Mal in Noahs Gesicht sehen, wenn die Musik anfing zu spielen. Endlich waren alle da. Die Musiker trugen Alltagsklamotten. Selbst der Dirigent hatte Jeans an. Er klopfte mit dem Taktstock auf sein Pult und es wurde leise. Dann begrüßte er die Pianistin, die jetzt die Bühne betrat und sich an den Flügel setzte. Die Streicher klopften mit ihren Bögen auf die Notenständer, um sie willkommen zu heißen.

„Erster Satz, bitte", sagte der Dirigent und gab ein paar kurze Anweisungen. Die Kleider der Musiker raschelten noch einmal. Der

Dirigent wartete, bis jeder richtig auf seinem Stuhl saß und bereit war. Dann wurde es mucksmäuschenstill und die Spannung stieg. Die Pianistin hob ihre Hände, ließ sie unfassbar lange über der Tastatur schweben, senkte ihren Kopf und dann ihre Hände, als ein schriller Pfeifton wie eine Nadel in meine Ohren fuhr. Ich zuckte zusammen, presste beide Hände gegen meinen Kopf und sah, dass es mir alle gleichtaten und sich unter dem schrecklichen Geräusch wanden wie Nacktschnecken, auf die man Salz streute.

„Was ist das?", brüllte Noah.

„Feueralarm!", schrie ich. Ich kannte den hässlichen Ton von den Übungen, die unser Direktor zweimal jährlich in der Schule veranstaltete. Die Musiker auf der Bühne klemmten ihre Instrumente unter die Arme und suchten das Weite, dabei stießen sie Notenpulte um. Wir sprangen alle auf und hetzten aus der Bankreihe. Ich stolperte, fiel am Ende der Reihe auf den Boden und presste mir beide Hände gegen den Kopf – ich war überzeugt, dass er gleich platzen würde. Dieser Alarm versetzte mich so in Stress, dass ich nicht mehr fähig war, mich zu rühren, weil sich alle Energie in meinem Brustkorb anzusammeln schien. Heftig hämmerte mein Herz auf den Fußboden und drohte aus meiner Kehle zu springen.

Doch dann war mit einem Schlag alles vorbei. Eine unheimliche Stille, und mein Herzschlag verringerte das Tempo. Ich brauchte eine Weile, bis ich wieder Luft bekam. Viktor half mir auf und reichte mir ein Taschentuch, weil mein Gesicht schweißgebadet war.

„Es tut mir leid!", beteuerte der Hausmeister, der nervös hin und her hetzte, die Musiker zurückbeorderte und sich für den Alarm entschuldigte, der durch die seit Wochen anhaltende außergewöhnliche Hitze ausgelöst worden war, offensichtlich in diesem Sommer nicht zum ersten Mal. Während ich kaum fähig war, einen Fuß vor den anderen zu stellen, wirkte Noah munterer als alle anderen zusammen – ihm schien der widerliche Ton am wenigsten ausgemacht zu haben; und das, obwohl sein Gehör bestimmt ausgeprägter war als meines. Auch Schwester Fidelis war leichenblass im Gesicht und wischte ihre angelaufene Brille an ihrem Ärmel trocken. Nach und nach konnte der Dirigent wieder alle Musiker zur Probe versammeln.

Diesmal wurde die Spannung vor dem ersten Ton nicht bis zum Äußersten ausgereizt – der widerliche Alarm schien nicht nur mir in den Knochen zu stecken. Ohne dass ihr der Dirigent ein Zeichen gab, fing die Pianistin zu spielen an. Was für eine Wohltat. Ich spürte, wie der Stress nachließ. Schon die ersten Töne brachten mein Herz zum Klingen. Sie waren wie Glockenschläge in der Ferne und brachten etwas in Schwingung, das mich ganz unmittelbar traf. Nicht weinen! Nicht jetzt! Die Streicher führten die schwermütige Melodie fort und mit meiner Fassung war es vorbei. Ich kannte das Stück. Es war voller Gefühle und spiegelte genau den Aufruhr wider, der sich in mir abspielte – lange würde ich das nicht aushalten.

Ich blickte hinter Schwester Fidelis vorbei, die gebannt auf die Bühne starrte, und sah in Noahs strahlendes Gesicht. Sein Mund stand offen, seine Augen glänzten feucht. Jedes Härchen auf seiner Haut hatte sich aufgerichtet. Er schien innerlich zu vibrieren und wirkte beglückt über die Schönheit dieser Musik.

Gehen sollte ich. Ihn verlassen. So hatten wir es ausgemacht. Damit ich ihm von außerhalb helfen konnte. Aber was genau war der Grund gewesen, uns hier an dieser Stelle ohne einen ausgiebigen Kuss zu trennen? Weil er dachte, dass mein Leben in der Villa in Gefahr sei. Wenn ich ehrlich war, hatte ich dort nicht viel Gefahr gespürt, die erste spürbare Gefahr war der Feueralarm, der mich ganz schön in Stress gebracht hatte, aber in der Villa? Ganz im Gegenteil – ich war jeden Tag mit dem feinsten Essen verwöhnt worden, war so stark gewesen, dass ich kaum schlafen musste, und fühlte mich geborgen in Noahs Nähe. Selbst nach der Nacht in seinem Zimmer hatte mich Schwester Fidelis nicht rausgeworfen, sondern mich sogar mit ins Konzert genommen. Hätte sie das gemacht, wenn sie mich loswerden wollte? Wenn sie mich umbringen wollte? Umbringen. Unwillkürlich musste ich den Kopf schütteln, weil sich im Klang dieser Musik die Vorstellung eines gewaltsamen Todes so absurd und unglaubwürdig anfühlte. Der einzige Grund, mich jetzt davonzuschleichen, war der, dass ich dringend meine Eltern informieren sollte – ihre Sorge um mich war nämlich alles andere als absurd und unglaubwürdig, sondern so real, dass mich das schlechte Gewissen im Nacken packte. Wie hatte ich sie nur so lange im Trüben lassen können. Sie mussten endlich wissen, wo ich war. Ich könnte sie anrufen, dann mit Noah zurück in die Villa fahren, ihn nicht aus den Augen lassen und mit ihm zusammen bei nächster Gelegenheit abhauen oder meine Eltern in die Villa kommen lassen. In derselben Sekunde fiel mir auf, wie bescheuert diese Idee war. Hatte uns Viktor nicht den größten Gefallen getan? Er hatte uns direkt in die Stadt chauffiert, mit Klimaanlage und kühlen Getränken. Wozu wieder zurück und sich dann auf eine gefährliche Wanderung einlassen oder darauf hoffen, dass meine Eltern dorthin fanden. So wie es aussah, war Noah kerngesund. Nichts stand uns im Wege. Sobald das Konzert zu Ende war, am besten während alle klatschten, oder danach im Foyer, würde ich Noah an der Hand nehmen und mit ihm davonrennen. Keiner hier war so fit wie er. Schwester Fidelis würde erst gar keinen Versuch machen, ihm zu folgen. Viktor rauchte zu viel und Adams keuchte schon bei jedem normalen Schritt.

Ich versuchte unauffällig aufzustehen und schob mich durch die Reihe. Schwester Fidelis warf mir einen missbilligenden Blick zu und ich gab ihr mit den Lippen zu verstehen, dass ich dringend auf die Toilette müsste. Mit einer Handbewegung winkte sie mich weg.

Im Foyer kam mir der Hausmeister entgegen. Aufgebracht wegen des Alarms redete er mit einem Servicemann in sein Handy und schien mich nicht zu bemerken. Ich rannte an ihm vorbei die Treppe hinab zu den Toiletten und sperrte mich ein. Dann zog ich mein Handy aus der Tasche. Voller Empfang. Endlich zurück in der Zivilisation. Das Display war gesprenkelt mit Zahlen – zweiundvierzig Telefoneingänge, Nachrichten über alle Kanäle, die meisten von meinen Eltern. Ich hatte keinen Nerv, alle zu öffnen, war so nervös, dass ich nicht wusste, was ich zuerst tun sollte. Wie ferngesteuert wählte mein Daumen MAMA. Nur die Mailbox meldete sich. Ihre Stimme zu hören, wühlte mich noch einmal richtig auf.

„Hallo Mama, ich bin's, ich hab dich lieb, es geht mir gut, wo bist du, kannst du uns abholen kommen, also mich und Noah ... ich muss dir so viel erzählen, ich hoffe, du bist mir nicht böse, ich hab dich lieb, bitte komm uns holen", stammelte ich, wartete noch eine Weile, und als ich nichts hörte, legte ich auf.

Dann probierte ich PAPA. Auch bei ihm nur die Mailbox. Ich versuchte es in der Praxis und erfuhr, dass sie geschlossen war und man sich in dringenden Fällen an seinen Hausarzt wenden sollte. Das war doch wie verhext. Zur Sicherheit schickte ich beiden eine Nachricht. Dann rief ich Kathi an. Dass sie nicht erreichbar war, leuchtete mir ein, wahrscheinlich segelte sie gerade an der Küste vor Korsika. Auch ihr hinterließ ich eine Nachricht. Eine Weile starrte ich das Display an und wartete darauf, dass etwas passierte. Nichts passierte. Nur der Akku wurde immer leerer. Ich wiederholte meine Notrufe – rief meine Mutter und meinen Vater an, versuchte es dann sogar bei meiner Großmutter und bei einer Nachbarin. Niemand nahm ab. „Holt uns ab. Bitte! Noah und mich. Noah ist mein Freund. Wir brauchen eure Hilfe! Könnt ihr uns holen? Es geht mir gut, aber ich habe kein Geld!"

Nach Hause war es weit. An diesem Abend würden wir es wohl nicht mehr schaffen. Niemals hätte ich allein auf irgendeinem Bahnhof übernachten wollen, aber mit Noah zusammen war alles schön. Mit ihm an meiner Seite würde ich auch zu Fuß nach Hause wandern. Mein Handy piepste – einkommende Mail. Enttäuscht nahm ich zur Kenntnis, dass mich irgendwer, den ich nicht kannte, zu irgendetwas einlud, das mich nicht interessierte. Dann tippte ich in die Suchmaschine: Villa Morris. Und bekam genau die gleichen Informationen, die ich schon kannte, dass nämlich die Jagdvilla von einem englischen Alpinisten und Bankier gebaut worden war und so weiter und so weiter. „Heute ist die Villa in Privatbesitz, baufällig und nicht mehr zu betreten", stand als letzter Satz dort. Noch einmal rief ich meine Mutter an. Wieder nichts. Wo konnte sie denn nur sein? Ich hatte den Überblick über Wochentage und Zeiten verloren. Mir wurde übel. Viel Zeit hatte ich nicht mehr, um mir einen Plan zurechtzulegen. Wahrscheinlich war es doch am besten, mit Noah zum Bahnhof zu rennen und die erste Etappe nach Hause mit dem Zug hinter uns zu bringen, dann konnten uns meine Eltern immer noch von unterwegs abholen.

Ich steckte das Handy ein, spülte, ging zurück ins Foyer und machte mich auf den Weg zurück in den Konzertsaal, als sich eine der mächtigen Flügeltüren zum Saal öffnete. Schwester Fidelis und Adams stützten Noah, der vornübergebeugt keuchend nach Luft rang. Ich erkannte ihn fast nicht wieder. Es klang, als würde er ersticken. Mein Herz zog sich schmerzhaft zusammen.

„Wo sind Sie so lange gewesen?", fuhr mich Schwester Fidelis an.

„Toilette ... Was ist passiert?"

„Das sehen Sie doch!", rief sie wütend und voller Sorge. „Das ist allein Ihre Schuld!", bellte sie über Noahs Kopf hinweg seinen Paten an.

„Mir ... ist ... schlecht", keuchte Noah. Sie schleppten ihn hinunter zu den Toiletten, während Schwester Fidelis den Hausmeister anschrie, er solle die Eingangstür aufsperren, vor der Viktor gerade rasant bremste. Es war ein nervöses Hin und Her, zu dem ich nichts beitrug, außer fassungslos im Weg herumzustehen – mein genialer Plan zerbrach, und auch sonst alles, was ich geglaubt oder gehofft hatte. Zu dritt kamen sie die Treppe wieder hoch. Noah wischte sich den Mund mit einem Papierhandtuch ab – seine Hände zitterten wie die eines uralten Mannes. Dünn und zerbrechlich wirkte er auf einmal. Seine Haut schillerte durchsichtig und hatte gelbliche Flecken, die Schatten unter seinen Augen erschienen fast schwarz.

„Noah", murmelte ich.

„Du? ... Warum ... bist ... noch ... da?", japste er und klammerte sich an Adams fest. Jedes Wort kostete ihn viel Luft, die er offenbar nicht hatte. In seiner Lunge rasselte es bedrohlich. Er musste alle Kraft aufwenden, Atemluft in seine Brust zu pressen. Einen Asthmaanfall hatte ich schon einmal erlebt bei einer Mitschülerin, aber das hier war schlimmer. Viel schlimmer. Ich hätte schreien können.

„Raus aus der Stadt!", brüllte Schwester Fidelis. „Schnell."

Der Hausmeister hatte inzwischen den Haupteingang aufgesperrt, Viktor die Autotüren aufgerissen. Sie verfrachteten Noah auf den Rücksitz. Er hustete stoßweise. Niemand kümmerte sich um mich und ich dachte nicht mehr nach, als ich einfach auf den Beifahrersitz stieg. Ich konnte es nicht. Ich konnte Noah nicht alleinlassen, nicht so.

Viktor brauste Hals über Kopf los.

„Mir ist so schlecht!", keuchte Noah immer wieder, worauf Viktor anhielt, ihm aus dem Auto half und er sich übergab, als würde es ihn von innen nach außen stülpen.

Sein kalkweißes Gesicht war schweißgebadet, seine Haare klebten nass an der Stirn. Die Haut wirkte, als hätte man sie etliche Nummern zu klein über seine Wangenknochen gespannt. Auf einmal sah ich das Skelett darunter. Sterbenskrank!, schoss es durch mein Gehirn. Er wird sterben!

28

Wie wir die Fahrt durch die dürre Ebene überstanden, war mir ein Rätsel. Sobald wir die Schlucht erreicht hatten, riss Viktor alle Fenster auf. Noah schien nicht zu merken, was um ihn herum vorging. Seine Worte kamen verworren aus seinem Mund. Er keuchte mit ungeheurer Anstrengung, als stemmte er ein Gewicht, das viel zu schwer für ihn war, dabei holte er nur Luft zum Atmen, aber so grauenvoll es auch gurgelte, hoffte ich, dass dieses Röcheln nicht verstummen würde. Solange er um Luft rang, lebte er.

Nach einer gefühlten Ewigkeit erreichten wir die Villa. Noah keuchte wie ein Blasebalg, dann sank er zusammen, sah aus, als sei alle Luft aus ihm gewichen, aber plötzlich, wir zuckten zusammen, schwoll seine Brust wieder an und es gelang ihm, seine Lungen mit Luft zu füllen. Wie im Fieber faselte er vor sich hin, in mehreren Sprachen, Englisch, Französisch, Latein, am besten aber klang sein Spanisch. „Die Oliven", gurgelte er. „Sie müssen runter vom Baum ... zu spät ... wir sind zu spät ... Un niño murió al atragantarse con un hueso de aceituna." Ich verstand kein Wort.

Anselm stellte keine Fragen, obwohl er uns offensichtlich noch nicht so früh erwartet hatte. Er rannte zum Auto und half Viktor, Noah die Treppe hochzutragen. Schwester Fidelis wieselte nervös hinter ihnen her und scherte sich nicht darum, dass ich ihnen folgte.

Wie durch einen Schleier registrierte ich die Unordnung in Noahs Zimmer, schon gestern war mir das aufgefallen, ich war immer davon ausgegangen, Blinde müssten alles ordentlich sortiert haben. Auf einem Tisch neben einer Schreibmaschine lagen Tonbandkassetten kreuz und quer übereinander, dazwischen Batterien, alte Bonbons, Münzen, Schneckenhäuser, Steine, Tannenzapfen und besonders große Federn. Es tat gut, sich an diesen Alltagssachen festzuhalten, während Schwester Fidelis die Flügeltüren aufriss, die auf eine eigene Terrasse führten – das unterschied Noahs Zimmer von den anderen, es war nicht mit dem Balkon eines anderen Zimmers verbunden.

Viktor warf Noahs Kleider von einem Sessel auf den überfüllten Schreibtisch und setzte den keuchenden Noah dort hin. Sein Kopf hing herunter wie der einer welken Blume und er hielt sich würgend den Bauch, während seine Augen geschlossen waren. „Nicht mehr weit ... wirf mir den Achter rüber ... ich seil dich jetzt ab ... nimm die Bremshand ... was macht die Bremshand ... Der Hahn, was machst du mit dem Hahn? ... Bring ihn zur Mühle." Wovon um alles in der Welt faselte Noah? „El gallo no morir." Gemeinsam schoben sie sein Eisenbett hinaus auf die Terrasse und führten ihn hin, während er weiterhin gurgelnd unzusammenhängendes Zeug in mehreren Sprachen von sich gab. Erschöpft ließ er sich auf die Matratze fallen.

Schwester Fidelis zog ihm Schuhe und Socken aus, deckte ihn zu und kühlte sein Gesicht mit einem feuchten Tuch. Erst jetzt bemerkte sie, dass ich starr vor Schock in der Tür stand.

„Gehen Sie ins Bett, Irina! Wir können jetzt nichts tun."

„Aber ... Sie wollen nichts unternehmen? Kein Arzt? Kein Krankenhaus?"

„Die Luft hier ist die einzige Medizin. Wir brauchen jetzt viel Geduld und müssen hoffen, dass er nicht zu viel abgekriegt hat von was immer es ist, das er nicht verträgt."

„Das ist doch absurd", murmelte ich, wankte rückwärts aus seinem Zimmer und stieß beinah mit Anselm zusammen, der eine Kanne Tee brachte.

„Er wird schon wieder", brummelte er in meine Richtung, es klang wenig hoffnungsvoll.

Auch wenn Noah „wieder wurde", schien er tatsächlich sterbenskrank zu sein, allergisch gegen Menschen, allergisch gegen die Zivilisation oder was es sonst war. Bedeutete das für mich, dass ich ihn allein zurücklassen musste, dass er verdammt dazu war, für immer hier zu leben? Ich konnte das alles nicht begreifen, sank draußen auf der Veranda auf einer Bank zusammen. Zigarettenrauch stieg mir scharf in die Nase. Viktor stand am Geländer und drehte sich rauchend zu mir um.

„War nicht so gedacht, was?"

Ich schüttelte wie betäubt den Kopf.

„Verdammt noch mal." Plötzlich brüllte Viktor. „Irgendetwas da draußen bringt ihn um." Laut stieß er Rauch aus.

Ich kroch ins Bett, geprügelt wie ein alter Hofhund. In mir drinnen tat alles weh. In meinem Zimmer konnte ich nicht bleiben. Ich schlich zurück zu Noah, aber Schwester Fidelis ließ mich nicht zu ihm hinein, und so blieb ich vor seiner Tür sitzen und hoffte und bangte und brachte kein Auge zu.

Das Frühstück am nächsten Morgen fiel aus – nur eine Kanne Kaffee stand auf dem Tisch, ein Wecken, Brot und etwas Marmelade. Keiner rührte etwas an. Schwester Fidelis kam nicht oft aus Noahs Zimmer, aber wenn, dann sprang ich auf und sah sie erwartungsvoll an.

„Wie geht es ihm?"

Sie schüttelte nur den Kopf und drängte mich hinaus. „Sie müssen verstehen, Irina. Er braucht seine Ruhe. Sie regen ihn zu sehr auf."

Bei jeder Gelegenheit warf ich einen Blick in sein Zimmer. Sie hatten ihn von der Terrasse wieder in sein Zimmer geschoben. Luft bekam er zwar inzwischen genug, aber er hatte hohes Fieber, murmelte weiter in fremden Zungen vor sich hin und schien nicht zu merken, was rund um ihn herum los war. Ich wollte zu ihm, aber

Schwester Fidelis ließ mich nicht und beobachtete ihn lieber selber rund um die Uhr. Ich probierte es auf allen Wegen, aber sie blieb hartnäckig. Nach etlichen schlaflosen Nächten fiel mir auf, dass sie selber kaum noch aufrecht stehen konnte. „Es ist unverantwortlich, was Sie machen", sagte ich. „Wie können Sie für ihn sorgen, wenn Sie selbst in so einem schlechten Zustand sind?"

Entgegen meinen Erwartungen blieb sie stehen und schaute mich müde an.

„Na gut", sagte sie leise. „Eine Stunde. Sie bekommen eine Stunde! Ich werde mich nur ein wenig frisch machen." Sobald sie an mir vorbei war, huschte ich in Noahs Zimmer. Es roch nach Krankheit und Enge. Ich setzte mich zu ihm ans Bett. Er sah aus wie eine Steinfigur, mit Wasserperlen auf der schneeweißen Stirn. Ich wischte ihm mit einem Tuch übers Gesicht und nahm ihn an der Hand. „Der Karabiner, nimm den Karabiner", sagte er aufgebracht.

„Was redest du?", flüsterte ich und hielt seine Hand. Er ließ es geschehen, schien es gar nicht zu merken. Ich blieb bei ihm und betete alle Engel und Heiligen an.

„Creo que es el calor!", rief er plötzlich. „Was machst du in meinem Traum? ... Wer bist du?" Dann wachte er auf, merkte, dass seine Hand in meiner lag.

„Marlene? Bist das du?", flüsterte er.

„Ja." Ich musste lachen, so glücklich war ich, dass er wieder unter den Lebenden weilte. Ich wollte ihn im Gesicht berühren, aber er stieß meine Hand weg.

„Du bist immer noch hier!" Den wütenden Ton in seiner Stimme nahm ich zuerst gar nicht ernst.

„Natürlich bin ich hier", sagte ich. „Was dachtest du denn? Du bist krank!"

„Ich bin nicht krank. Verdammt! Aber du glaubst mir nicht, nicht wahr? Dann geh! Geh, wenn du mir nicht vertraust! Gehen sollst du! Hast du nicht gehört?" Dann fing er an zu schreien, aggressiv und laut. „Ich hab gesagt, du sollst gehen. Ich hab genug davon, dass du mir nicht glaubst. Ich will dich nicht mehr sehen! Nie mehr! Geh weg und lass mich endlich in Ruhe!"

„Ich will dir doch nur helfen", murmelte ich tränenerstickt.

„Helfen? Das nennst du helfen? So sieht für dich Hilfe aus? Ich dachte, Menschen, die sich lieben, vertrauen einander, immer. Du liebst mich nicht! Du hast mich angelogen." Er fing an, mit beiden Fäusten nach mir zu schlagen. Ich wich zurück, versuchte, ihn zu beruhigen, aber er schlug weiterhin um sich, so lange, bis Schwester Fidelis kam und mich ebenfalls anschrie, sich aufplusterte und mich hinausbugsierte.

Weinend rannte ich davon, kauerte mich auf einen Polstersessel in einem der vielen Salons. Ein Geweihkranz auf einem Tisch. Auf einem Bild ein Jäger, der auf Flugenten schießt, eine kitschige Heiligenfigur.

Zuerst schrieb ich seinen Anfall dem Fieber zu. Aber er sprach auch noch so mit mir, als das Fieber langsam nachließ. Ich verstand es nicht, aber der Konflikt, von dem meine Gedanken aufgerieben wurden, lähmte mich. Die Tage verschwammen, während ich tatenlos dasaß. Einzelne Szenen blitzten auf, an denen ich mich festzuhalten versuchte – Schwester Fidelis, die ihm das Fieberthermometer in den Mund steckte; Anselm, der ihm eine Suppe brachte. Wie sie ihn gemeinsam unter die Dusche stellten. Schlaflose Nächte bei brütender Hitze. Noahs laute Fieberträume in fremden Sprachen, die weithin hörbar waren, immer wieder der Hahn, von dem er sprach. Sommerflirren über den Wipfeln. Noah eingewickelt in eine Decke, bei dreißig Grad im Schatten, mit heißem Tee. Zeit ohne Sprache. Zeit mit tauben Gefühlen. Trostlos und verloren. Und immer wieder Noah, der mich nicht beachtete. „Warum gehst du nicht?", fauchte er mich immer und immer wieder an.

Wir drifteten auseinander, jeder in eine andere Richtung, und wenn ich mal einen Moment mit Noah allein war, schien es, als ob ich Luft für ihn wäre. Es war fast wie am Anfang, als er mich nur angeknurrt hatte. Irgendetwas fühlte sich dabei nicht richtig an und ich fing an, mir einzureden, dass Noah inzwischen selber wusste, dass er krank war und dass er mich nur aus Liebe loshaben wollte. Ich wollte mir lange nicht eingestehen, dass er recht hatte – ich glaubte nicht daran, dass ihn irgendwer absichtlich vergiften wollte. Das klang einfach zu absurd.

Die ganze Villa hatte sich in ein Spukhaus verwandelt, jeder schlich um den anderen herum und keiner sprach mehr als nötig. Viktor schien wie vom Erdboden verschluckt. Und ich kam mir selber vor wie ein Zombie.

„Ich bin froh, dass Sie hier sind", sagte Schwester Fidelis eines Abends, als ich zu Noah ins Zimmer spähte, als er schon eingeschlafen war. Die Nonne schien ihren Groll gegen mich aufgegeben zu haben. Sie war grau im Gesicht und ich fragte mich, ob sie in letzter Zeit überhaupt geschlafen hatte. Aus purer Erschöpfung überließ sie mir wieder für eine Nacht die Wache an seinem Bett.

Mit angezogenen Beinen kauerte ich im Polsterstuhl und betrachtete Noah so lange, bis meine Augen zu müde wurden. Ich nickte fast ein, als seine Stimme in meinen Traum drang.

„Es ist das Gift in meinem Blut", murmelte er. Ich schreckte auf und traute mich nicht, eine Lampe anzuknipsen. Der Mond war nicht mehr als eine Sichel, trotzdem konnte ich erkennen, dass seine Augen weit aufgerissen waren. Gruselig sah er aus, er machte mir Angst, wirkte wie ein Toter. Mit blecherner Stimme leierte er vor sich hin und ich war mir nicht sicher, ob er überhaupt wach war. Ich beugte meinen Kopf zu seinem Mund, um zu hören, was er flüsterte.

„Sie haben mir was ins Wasser getan ... Ich hab's geschmeckt ... bitter ... der Geruch ... ich kenne ihn ... so riecht der Tod ... Es war Gift ... konnte fühlen, wie es in mein Blut gelangt ist ... hat mir den Atem genommen ... die Sinne vernebelt ... den Magen umgedreht ... niemand glaubt mir ... niemand ... nicht einmal Marlene ... Marlene ... Marlene glaubt mir nicht."

„Noah", sagte ich hilflos. Und noch einmal: „Noah." Aber er reagierte nicht. Ich war mir nicht mal sicher, ob er wach war, und eine Sekunde war ich mir nicht einmal sicher, ob er überhaupt noch lebte. Noch nie hatte ich so ein lebloses, steinernes Gesicht gesehen. Ich konnte ihn nicht mehr ansehen, sank schluchzend auf den Boden und konnte spüren, wie mein Herz in zwei Teile zerbrach, denn ein Gefühl überfiel mich, das schrecklicher war als alles bisher. Es stimmte. Noah litt unter einem Verfolgungswahn und wollte einfach nicht wahrhaben, was mit ihm los war. Denn so wie es aussah, schien er sich wirklich lauter Dinge einzubilden, die nicht der Realität entsprachen.

Wie lange ich auf dem Boden saß, wusste ich nicht, aber irgendwann rutschte seine Hand unter der Bettdecke hervor und hing über die Bettkante. Ich nahm sie in meine, hatte keine Hemmungen mehr, ein Licht anzuknipsen, betrachtete ruhig die Innenseite seiner Hand und legte seine in meine; seine wirkte durchsichtig, meine war gebräunt von der Sonne. Ich legte meine Hand auf seine, seine Finger waren um eine Fingerkuppe länger als meine. Adern. Venen, Gefäße, Gelenke. Sein Blut. Mein Blut.

Und dann hatte ich eine verrückte Idee.

Wie von einem Insekt gestochen, sprang ich auf, stürzte zu seinem Schreibtisch, wühlte darauf herum und fand in dem Durcheinander einen Brieföffner, er war sehr scharf, und ehe ich mich versah, zog ich die Klinge über seine Daumenkuppe und dann über meine; ich zuckte nicht einmal mit der Wimper; unser Blut vermischte sich, ein Ruck ging durch seinen Körper, sein Brustkorb blähte sich auf, Luft entwich ihm; ich presste unsere blutenden Daumen aufeinander, ganz fest, so fest, dass es wehtat.

Noahs Fieber sank schlagartig. Schon am nächsten Tag ging es ihm deutlich besser. Er stand auf, gegen Schwester Fidelis' Willen, und drehte eine Runde durchs Haus, langsam zwar und auf wackeligen Beinen, aber er schaffte es. Mit mir sprechen wollte er nicht mehr und ich war so verwirrt und verzweifelt, dass ich inzwischen auch keine Anstalten mehr machte, es zu versuchen. Ich hatte das Gefühl, alles getan zu haben, trat für ein paar Minuten hinaus auf die Terrasse, atmete die Nacht ein und spürte, wie sehr ich ihn liebte. Hatte ich ihn für immer verloren? Wie sollte es nur weitergehen?

29

Und dann, eines Morgens, ich weiß nicht, nach wie vielen Tagen, hatte der Himmel zum ersten Mal, seit ich in der Villa war, eine andere Farbe. Er war nicht mehr tiefblau, sondern milchig, fast weiß. Die Sonne wirkte wie mit zu viel Wasser auf den Himmel gemalt, trotzdem war die Hitze noch nie so unerträglich drückend und schwül gewesen.

Vom Balkon aus sah ich Noah zu, wie er sich um den See schleppte. Immer wieder musste er stehen bleiben, aber trotzdem war es erstaunlich, wie schnell er sich erholte. Sein Training zog er mit großer Willenskraft durch und es machte den Anschein, als könnte ihn nichts dabei stoppen.

Sie hat mir nicht geglaubt ... Sie hat mich verraten, schoss es mir durch den Kopf. Waren das wirklich seine Worte gewesen?

„Es wird ein gewaltiges Gewitter geben", rief mir Viktor zu und kletterte auf dem Dach herum, um kaputte Ziegel auszuwechseln und den Blitzableiter zu reparieren.

Das schwülheiße Wetter und die Spannung in der Luft machten Schwester Fidelis zu schaffen. Sie sah krank aus und hatte keine Kraft mehr, Noahs Schatten zu spielen, was ihm offenbar nur mehr als recht war. Was in ihm vorging? Ich wusste es nicht mehr.

Mir ging er aus dem Weg. Unser Band war zerschnitten. Aber seine Miene gefiel mir nicht – er wirkte aggressiv, wild entschlossen und ablehnend; die Mauer, die er um sich herum aufbaute, war dicker als am Anfang.

Warum tat er mir das an? Was hatte er denn von mir erwartet?

Hatte er wirklich gedacht, ich würde zusehen, wie er sterbenskrank von mir weggebracht wurde? Hätte ich gehen sollen? Ja, vielleicht hätte ich in der Stadt bleiben und meine Eltern um Hilfe bitten sollen. Irgendwann hätte ich sie wohl erreicht und dann wären sie gekommen und sie wären mit mir zur Villa gefahren. Dort hätten sie Noah gefunden – an der Schwelle zwischen Leben und Tod. Und was hätten sie dann getan? Ihn untersucht? Wie es schon unzählige Ärzte vor ihnen getan hatten? Ich musste mich krümmen, als mir klar wurde, dass sie genauso hilflos neben seinem Bett gestanden hätten, nachdem sie von Schwester Fidelis seine Geschichte erfahren hätten. Als ob meine Eltern besser wären als alle anderen Ärzte. Das hatte ich mir nur immer gewünscht. Eltern, die jede Krankheit heilen können. Eltern, die niemals hilflos sind. Eltern, die eine Lösung für jedes Problem haben. Aber sie wären genauso machtlos gewesen wie die anderen, wie ich, wie Noah.

Am Nachmittag schob sich eine massive Front über die Berggipfel. Wie mit einem Lineal gezogen bewegte sich die Wolkenwand auf die Villa zu und schob einen Sturm vor sich her, der zuerst an den Baumwipfeln rüttelte, dann an den Fensterläden. Anselm und Viktor rannten gestresst um die Villa, brachten Stühle, Tische und Sonnenschirme in Sicherheit, kontrollierten, ob im Glashaus alles bereit war für das große Donnerwetter, sprangen in jedes Zimmer, um Fenster und Oberlichter wetterfest zu verschließen und Dinge ins Haus zu tragen, die lose herumstanden wie Besen, Rechen, Blumentöpfe und Gießkannen.

Anselm hatte mir erlaubt, für das Abendessen zu decken, und Noah hatte ich den ganzen Nachmittag noch nicht gesehen. Eine Angst steckte mir im Nacken. Irgendetwas würde heute noch passieren. Alle schienen auf etwas zu warten, weil wir alle auf eine gewisse Art eingesperrt waren und keinen Ausweg fanden. So jedenfalls kam es mir vor. Vielleicht konnte uns nur ein Donnerwetter aus der ausweglosen Situation reißen.

Schwester Fidelis erschien zwar zum Abendessen, weil es sich so gehörte, aß aber fast nichts. Sie war klapprig und zerbrechlich wie nie. Nur Anselm wirkte ein wenig zufriedener, weil Noah wieder richtig zuschlug, weil er aß wie ein Halbverhungerter und sich dreimal nachschöpfen ließ, die staunenden Blicke nicht bemerkend, die auf ihm lagen. Erst in diesem Moment fiel mir auf, dass er nicht mehr krank aussah. Wann war das passiert? Er hatte wieder Farbe im Gesicht. Es war fast wie die Verwandlung nach dem Konzert, von einer Minute auf die andere hatte er sterbenselend ausgesehen und jetzt war es umgekehrt.

Ich hielt es drinnen nicht mehr aus und ging auf die Terrasse. Der Sturm zerrte an meinen Haaren und die ersten Regentropfen klatschten auf den Kies, vereinzelte dunkle Klecks, weit auseinander, so groß wie Zwanzig-Cent-Stücke, platzten auf die heiße Steintreppe vor dem Eingang und verspritzten Staub nach allen Seiten. Wie auf Knopfdruck verstärkte sich der Regen. Eine Wohltat nach der langen trockenen Zeit. Plötzlich kam Noah hinter mir her. Mit geschlossenen Augen trat er unter dem Dach hervor und hielt sein Gesicht in die perlendicken Regenschnüre. Schnell zeichneten sich sein Brustkorb, die Rippen und der Bauchnabel unter dem nassen T-Shirt ab.

Anselm und Viktor unterhielten sich hinter uns über das große Gewitter, das kommen würde. Viktor musste los und ich hatte nur Augen für Noah, der vor mir stand, klitschnass und schillernd. Waren es die vielen Tropfen und ein schwacher Sonnenstrahl, der sich noch irgendwo durch eine Wolkenmauer stahl, die bewirkten, dass Noah in allen Farben zu leuchten schien? Mir war, als wäre er in einen Regenbogen gepackt. Oder ich nahm plötzlich das wahr, was manche Menschen Aura nannten. Bei Noah war sie so ausgeprägt, dass sogar ich sie sehen konnte. Oder es geschah, weil die Zivilisation so weit weg war. Vielleicht würde ich hier noch anfangen, Elfen aus den Blütenkelchen flattern zu sehen. Nur sein Gesichtsausdruck hatte nichts Märchenhaftes. Er kam mir vor, als schwebte er in einer schillernden Seifenblase, die nichts und niemand zum Zerplatzen bringen konnte. Eine Seifenblase, dicker als Panzerglas. So undurchdringlich, dass ich ihn nicht einmal hören konnte, wenn er mich rief.

Meine Kehle schnürte sich zu, ich wollte so gern, dass alles wieder werden würde wie früher. Früher, als er mich eingelassen hatte, als er mich mit seinem Körper und seiner Seele eingehüllt hatte und ich mich geborgen gefühlt hatte. Als wir miteinander in einer Seifenblase durch den Wald geschwebt waren. Ich vermisste die Nähe zu ihm so sehr.

Dann plötzlich drehte er sich um. Er kam die Treppe hoch und blieb dicht vor mir stehen. Von seinen Haaren tropfte es auf meine Schulter. Kalte Regenschleier wehten seitwärts heran, Böen brandeten durch die Wipfel. Er öffnete den Mund und mir schien, als wollte er mir etwas sagen. Aber dann schloss er den Mund wieder. Regentropfen und Tränen auf Wimpern waren nur schwer auseinanderzuhalten. Aber ich hätte schwören können, dass er weinte, als er an mir vorbei zurück in die Villa stolperte und mich verstört zurückließ.

Und auf einmal war mir, als risse mir der Wind einen dicken wollenen Vorhang vor meiner Seele weg, als fegte er die Linsen meiner Augen blank, als zerrte er Stöpsel aus meinen Ohren. Mein Leben tauchte vor mir auf. Unser Leben. Unser gemeinsames Leben. Laut musste ich gegen den Wind schreien: Ich liebe dich! Noah! Ich liebe dich!

Wie hatte ich ihn nur so schrecklich im Stich lassen können? Wie hatte ich zulassen können, dass er sich so von mir abkapselte? Warum verstand er denn nicht, was in mir vorging? Ich hätte ihn nie alleinlassen können. Und ich würde es auch nicht tun, nie, so einfach war das. Wenn er krank war und das hieß, dass er für immer hierbleiben musste, würde ich auch für immer hierbleiben. So einfach war es. Der Ort hier war paradiesisch. Sicher, ich musste mich um meine Eltern kümmern, um die Schule, um all das, aber spätestens nach meinem Abschluss konnte ich meinen Plan in die Tat umsetzen. Wir konnten zusammen sein und nichts sprach dagegen, schließlich war er nicht von mir krank geworden. Solange er hier war, ging es ihm gut, er hatte keine Schmerzen, sprühte vor Energie und konnte doch fast alles tun, was er wollte. Ich platzte fast vor Mitteilungsbedürfnis. Ich musste ihm das sagen. Jetzt sofort!

Noah! Ich bleibe bei dir. Nichts ist schöner, als mit dir in dieser Natur zu leben. Die Probleme lassen wir weit, weit weg. Wir werden Kinder haben. Eine Familie gründen. Die Villa zum Leben erwecken. Ich lade Kathi ein. Und meine Eltern. Jeden Sonntag feiern wir ein Gartenfest mit unseren Freunden und unseren Kindern. Die kann Schwester Fidelis unterrichten, wenn sie unbedingt will. Anselm ist glücklich, weil er jeden Tag Kuchen backen kann und wir stellen noch jemanden an, der ihm beim Putzen hilft. Viktor bringt unseren Kindern den Umgang mit Tieren bei, zeigt ihnen den Wald.

Meine Vorstellung vom Glück wurde immer farbiger, während ich die Treppen hinaufstürmte und durch Flure rannte. Ich sah Noah und mich am See liegen und träumen, während unsere Kinder zwischen Dotterblumen tollten und sich Ketten aus Walderdbeeren umhängten. Ich sah, wie sie auf Noah herumturnten und ihn zum Lachen brachten. Ich sah uns nebeneinander am Sonntagmorgen erwachen. Mein Kopf auf seiner Brust, während er mich streichelte. Die Kinder kamen hereingerannt und hüpften zu uns ins Bett. Wir hielten uns fest, hatten einander lieb, bis ans Ende aller Zeiten.

„Noah!", rief ich und stürmte in sein Zimmer. „Ich muss dir was sa… Noah?" Wie angewurzelt blieb ich stehen. Sein Bett war gemacht. Weit und breit nichts von ihm zu sehen. Das Rauschen von Sturm und Regen betäubte meine Ohren. Es prasselte laut gegen die Scheiben.

Obwohl ich schnell gerannt war, wurde mir mit einem Schlag so eiskalt, dass ich mich kaum mehr rühren konnte.

Wo bist du? Ich lauschte dem Tosen und dem Wind, der jeden Dachbalken zum Ächzen brachte und die Rohre fauchen ließ. Eine Wasserfontäne schoss aus dem Dach auf die Terrasse und spritzte gegen die Scheibe. Wasser tropfte von der Decke und klatschte zu Boden.

Und auf einmal wurde es draußen so still, als hätte jemand einen Schalter umgelegt. Schlagartig hörte es auf zu regnen. Nur noch ein müder Wind strich um die Wipfel. Gespenstisch war es. Die Stille machte mir Angst. Bis in die Zehenspitzen war ich angespannt. Die berühmte Stille vor dem richtigen Sturm und mein Blick fiel auf Noahs alte Schreibmaschine – ein Blatt Papier war noch eingespannt.

„Der Zeitpunkt ist gekommen. Ich kann nicht länger bleiben. Lieber sterbe ich, als eingesperrt zu sein. Ich will frei sein. Ich will wissen, wer ich bin. Noah"

Mein Kinn fing an zu zittern. Ich presste meine Hand auf die Lippen, weil mein Traum zerplatzt war – blutig lagen unsere gemeinsamen Kinder im Wald; das Bild des Fuchses drängte sich mir auf, und das von Noah, der mit verdrehtem Körper danebenlag, seine schwarzen Haare verklebt mit Blut. Dann rannte ich los. Ich musste ihm helfen, durfte ihn nicht alleinlassen! Nur meine Schritte waren zu hören. Unter dem Steinadler musste ich stehen bleiben. Irgendetwas tat sich. Ich hielt die Luft an, lauschte in die beklemmende Stille, die wie eine Glocke über der Villa lag.

Jäh krachte es so laut, als explodierte die ganze Felswand, gleichzeitig zerriss ein Blitz die Nacht. Ich kroch die Treppe hoch, fand gerade noch in mein Zimmer und tastete nach dem Lichtschalter. Die Lampen waren tot. Stromausfall. Unglaublich dunkel war es jetzt. Kein Mond am Himmel. Nur dichte Wolken und keine einzige Lichtquelle mehr. Der Donner knurrte. Irgendwo da draußen war Noah. Allein. Blind.

In der Schublade fand ich mein Handy. Gott sei Dank. Ein letzter Funken Akku war mir geblieben. Wie eine Taschenlampe hielt ich es vor mich, ging den Flur entlang und machte mich auf die Suche nach ihm. „Noah!" Vorbei an all den hässlichen Jagdgemälden, unter den Augen ermordeter Tiere. „Noah! Bist du da? Wo bist du?"

Er war geflohen. Bei dem Wetter! War der eigentlich wahnsinnig? Wie wollte er sich da draußen orientieren? Spätestens beim See oder nach dem Glashaus würde er nicht mehr weiterwissen. Wenn ich an die Wasserfälle und die Schlucht dachte, wurde mir schlecht. Noah war drauf und dran, sich selbst umzubringen, aber vielleicht war genau das seine Absicht.

Ich kam mir vor wie auf einem Schlachtschiff auf hoher See und irgendwo gab es einen Sklaven, der das Unwetter ausnützen wollte, um von sich abzulenken und zu fliehen. Verdammt! Noah! Ich begann ihn zu hassen. Was war er nur für ein Sturkopf! Vielleicht hatte er sich aber nur in einem der Zimmer versteckt und wartete einen besseren Moment ab, um abhauen zu können – noch gab ich meine Hoffnung nicht auf.

„Bist du da? ... Noah! Bist du noch da?"

Keine Antwort. Stattdessen Donnergrollen, Blitze, Sturm und Regenprasseln, jetzt stärker als zuvor. Wie weit konnte er gekommen sein bei dem Inferno? Und in welche Richtung war er unterwegs? Wut kochte in mir hoch. Warum hatte er, verdammt noch mal, nicht mit mir gesprochen? Warum war er einfach auf und davon? Dieser Vollidiot! Dieser verflixte Sturschädel! Immer mehr Schimpfwörter fielen mir ein, während ich in Richtung Eingangshalle rannte und genau wusste, dass er mir deswegen nichts erzählt hatte, weil er dachte, ich hätte ihn verraten. So weh es mir tat, aber ich musste Schwester Fidelis über sein Verschwinden informieren. Gemeinsam würde es uns vielleicht gelingen, ihn zu finden.

30

Hassen würde er mich für immer und ewig. Aber wenn ich nichts unternahm, wurde er womöglich vom Blitz erschlagen, von einer Geröllawine oder einer Mure verschüttet, von einem Steinadler angefallen. Immer wieder sah ich die Gefahren auf ihn zukommen und konnte die Bilder in meinem Kopf nicht abstellen. Was dachte er sich eigentlich bei dieser hirnrissigen Aktion? Er war blind, verdammt! Konnte ihm das vielleicht mal irgendeiner sagen? Blitzlichter erhellten die Eingangstreppe. Ohne anzuklopfen, stürmte ich in das Kontor von Schwester Fidelis. Es wunderte mich erst hinterher, dass die Tür nicht abgesperrt gewesen war. Ihre Handtasche lag halb offen auf dem Schreibtisch. Ein paar Sachen hatte sie herausgeräumt – ihren Geldbeutel zum Beispiel und ein gebügeltes Taschentuch mit eingestickten Initialen. Ich hatte nicht beabsichtigt, sie auszuspionieren, aber ich konnte nicht verhindern, dass ich im schwachen Schein meines Handys das Fläschchen mit den Augentropfen erblickte, das aus der Handtasche gerollt war. Ich wollte es zurücklegen, das Fläschchen war noch halb voll, dabei bemerkte ich, dass die Pipette nicht richtig zu war. Bei dem Versuch, es zuzuschrauben, hatte ich plötzlich die Pipette in der einen und das Fläschchen in der anderen Hand, dabei stieg mir ein Geruch entgegen, so intensiv und ekelhaft, dass ich würgen musste. Das waren keine Augentropfen. Niemals. Das war ... Was immer es war, es roch nach Zerstörung. Nach Gift und Verderben. Nach flüssigem Tod. Schnell schraubte ich es zu. Dabei glitt mir das Fläschchen durch die verschwitzten Finger, fiel auf den Boden und rollte in die Dunkelheit. Klack, klack, klack, machte es mit jeder Umdrehung, bis es verstummte. Ob es das Gift war, mit dem sie versucht hatte, Noah umzubringen? Ihn umzubringen war vielleicht gar nicht ihre Absicht gewesen, aber ihn für sich allein behalten, das wollte sie ganz bestimmt. Ohne Aufwand hätte sie das Gift während des Konzerts in sein Mineralwasser schütten können, in das Glas, das er neben sich auf den Boden gestellt hatte. Deswegen hatte sie unbedingt neben ihm sitzen wollen.

Oh mein Gott. Wie ein Tsunami überspülte mich die Erkenntnis, dass Noah die ganze Zeit recht gehabt hatte. Er hatte gewusst, dass er vergiftet worden war, und keiner hatte ihm geglaubt. Nicht einmal ich. Sonst hätte ich nach seinem Erstickungsanfall im Konzert sofort die Polizei alarmiert. Der Reihe nach hätte jeder seine Aussage gemacht – Schwester Fidelis, Viktor, Adams und Anselm. Eine Untersuchung wäre in Gang gekommen und alles wäre aufgeklärt worden. Man hätte Noahs Blut untersucht, die Giftspuren nachgewiesen und herausgefunden, dass er gesund war – gesund und frei – und dass er gegen seinen Willen eingesperrt worden war! Er wäre dann mit mir gekommen, hätte bei mir gewohnt, bis wir herausgefunden hätten, was mit seinen Eltern geschehen war, wer er war und wie er in die Villa gekommen war. Wir hätten für immer zusammen sein können, ohne unsere Gefühle füreinander verstecken zu müssen. Mann, war ich bescheuert gewesen! Alles wäre anders gekommen, wenn ich ihm restlos vertraut hätte. Lautstark begann ich mit einer wüsten Selbstbeschimpfung, verwandelte meine Angst in Zorn und kroch wütend auf dem Boden herum, um wenigstens das Fläschchen wiederzufinden. Es war das Beweisstück, mit dem ich Noah retten würde! Leider reichte das Licht meines Handys kaum über meine Zehenspitzen hinaus. Also schlich ich Schritt für Schritt von Diele zu Diele, die Augen weit aufgesperrt. Da war es! In einem Spalt zwischen zwei Holzdielen lag das Fläschchen. Als ich es aufnahm, merkte ich, dass das Dielenbrett locker saß. Ein kalter Luftzug kam von unten. Was, um

Himmels willen, war das? Schnell steckte ich das Fläschchen ein und konnte nicht anders, als an dem Dielenbrett zu rütteln. Es war nur ein kurzes Brett, als sei es hinterher eingesetzt oder zersägt worden, auch die Bretter daneben waren kürzer als die anderen. Ich konnte ein Quadrat erkennen, grub meine Fingerspitzen in einen Spalt und hob eines der Bretter weg, dann ein zweites und ein drittes. Eine Falltür kam zum Vorschein, mit zwei Eisenringen, um die Türen seitlich aufzuklappen. Aber etwas hinderte mich daran, das zu tun. Ich wagte es nicht, die Eisenringe anzufassen. BERÜHREN VERBOTEN!, schrie mir eine innere Stimme in die Ohren. Und auf einmal bildete ich mir ein, dass die Ringe glühten. Die Finger wollte ich mir nicht verbrennen, also schob ich die Bretter schnell wieder an die richtige Stelle und hastete zurück zur Tür. Bevor ich das Kontor endgültig verließ, drehte ich mich noch einmal um, während in meinem Kopf ein lautes Geschrei losging, dessen Lautstärke ich nicht senken konnte. *Was versteckt Schwester Fidelis da unten?*, schrien sie. Meine Neugier wuchs wie ein Geschwür, wickelte sich um meine Gehirnwindungen und klebte sich daran fest. Ewig würde ich mich fragen, was dort unten verborgen gewesen war. Die Stimmen in meinem Kopf brüllten sich gegenseitig an: Betreten verboten! Schau nach, Feigling! Betreten verboten! Schau endlich nach, Feigling! Natürlich siegte meine Neugier.

Also eilte ich erneut zu den kürzeren Brettern, schob sie zur Seite, eines nach dem anderen, bis ich die zwei Eisenringe freigelegt hatte. Ich drehte daran und klappte zwei schmale Holztüren seitlich hoch. Laut krachend fielen sie mir aus der Hand und landeten rechts und links von dem schwarzen Loch, das sich aufgetan hatte wie der Schlund eines Höllenhundes. Kalte Luft schlug mir entgegen, die sich wie Atem anfühlte und mich fast umwarf, nicht weil sie stank, sondern weil sie eine geballte Ladung schmerzhafter Gefühle transportierte, die mich überrollten wie zu viele schlechte Nachrichten. Das schwarze Loch vor meinen Augen geriet in Bewegung, waberte wie eine gallertartige Masse, verschmolz mit den aufgeklappten Falltüren, dem Holzboden, den Wänden und mit meiner Hand zu einem Klumpen.

Ich schrieb diese eigenartige Sinneswahrnehmung meiner Angst um Noah zu, versuchte, mich zu beruhigen, und rieb meine Augen. Kein Schlund. Kein Atem. Nur eine Kellertreppe schälte sich aus dem Dunkel. Wieder donnerte es so heftig, dass ich glaubte, die Villa stürzte über mir ein. Das Handy in der zitternden Hand stieg ich eine Kellertreppe nach unten. Mit jedem Schritt wurde es kälter. Die gekalkte Wand bröckelte. Meine Knie waren so weich, dass ich um mein Gleichgewicht fürchtete. Immer wieder hielt ich inne und versuchte, mich nicht von den Gefühlen überwältigen zu lassen, die auf mich einströmten. Zuerst dachte ich, es sei nur panische Angst, aber während ich durch die Angst stieg, kam es mir vor, als waberten dazwischen warme Blasen aus Geborgenheit, Hoffnung, Liebe und Zuversicht, als kämpften die unterschiedlichen Gefühle gegeneinander an, aber die Angst war stärker, sie zerquetschte die Blasen von Glück, kroch in jede Mauerritze und durch meine Haut.

Ich staunte, als ich in ein unterirdisches Gewölbe kam. Wahrscheinlich war es so groß wie das Schwimmbad nebenan. Auf dem Boden lagen Gebilde, vielleicht Weinflaschen, die fingerdick mit einem tiefschwarzen, unheimlichen Pelz überzogen waren, der auch an den feuchten Wänden klebte. Mich grauste. Vielleicht waren hier früher überall Weinkeller gewesen, mit gigantischen Fässern, von denen jetzt keines mehr übrig war. Aus einem der Gewölbe hatte man ein Schwimmbad gemacht, aus einem die Küche und aus diesem hier? Ich hob das Handy, kniff die Augen zusammen und entdeckte in Töpfen so etwas wie Setzlinge. Zart noch, aber immerhin. Ein ungewöhnlicher Ort für Pflanzen. Anselm musste sie hier gezogen haben, um sie später im Glashaus oder im Kräutergarten anzupflanzen. Etwas verbarg sich weiter hinten. Vorsichtig näherte ich mich. Jeder Schritt knirschte auf dem sandigen Erdboden. Hügel. Mehrere Hügel. Beete waren das keine. Wer züchtete schon Gemüse unter der Erde. Das wenige Licht, das tagsüber durch die winzigen Kellerfenster unterhalb der Decke einfiel, konnte nicht genug sein. Ich bibberte. Keine Hügelbeete. Gräber! Mit jedem Blitz tauchten Kreuze auf, die windschief und morsch in der Erde steckten. Es gab sie also doch. Noah hatte recht gehabt. Mein Magen wollte sich umdrehen. Ich schluckte und versuchte, die Nerven nicht zu verlieren, wollte nicht glauben, dass in den Gräbern Noahs Freunde lagen, die sterben mussten, damit sie seinen Aufenthaltsort nicht verraten konnten. Anselm, Viktor und die Nonne waren ein eingeschworenes Team, so viel war mir jetzt klar. Vielleicht hatten sie vor fast sechzehneinhalb Jahren einen Vertrag unterschrieben, der ungefähr so lautete: Ewig bleiben oder sterben. Wer gehen wollte, wurde umgebracht. Mich schüttelte es am ganzen Körper vor Ekel und Panik und ich fragte mich, wer für all das verantwortlich war. Viktor traute ich inzwischen viel zu. Aber ich konnte es drehen und wenden, wie ich wollte, den Grund, warum niemand von Noah und seinem Aufenthaltsort wissen durfte, erfuhr ich dadurch nicht. Eher kam es mir vor wie in diesen Märchen: Ein Königssohn wird aus Eifersucht von der bösen Stiefmutter in einen Turm gesperrt, bis er ein Mädchen singen hört, in das er sich unsterblich verliebt, und sich entschließt zu springen. Die Augen von den Dornen zerkratzt, irrt er als blinder Bettler durch die Lande, bis er schlussendlich das Mädchen findet und doch auf dem rechtmäßigen Thron landet. Vor lauter Glück weint sie, ihre Tränen fallen auf seine Augen und er kann wieder sehen. Aber das war nur ein Märchen. Oh, ich war so durcheinander. Ich schlug mir auf den Kopf und verbot mir, an Märchen zu denken, anstatt mir endgültig einzugestehen, dass Noah die ganze Zeit recht gehabt hatte. Ein Schluchzen drang aus meiner Kehle. Ich lehnte mich mit dem Rücken gegen die kalte Wand und krallte die Hände zwischen die Steine, während mir Tränen über die Wangen liefen. Und ich hätte ihm beinahe noch Schwester Fidelis auf den Hals gehetzt. Der Schmerz in meiner Brust wurde unerträglich. Ich musste schreien. Laut aus mir heraus. Dieser Keller machte mich verrückt. Ich wurde verrückt. Immer wieder geriet der Boden unter meinen Füßen ins Wanken. Die Grabkreuze wankten mit und schauten noch schiefer aus, als sie wahrscheinlich waren.

„Marlene!" Schwester Fidelis' Stimme durchfuhr mich wie ein Schwert und ich brauchte ein paar Atemzüge, bis ich erkannte, was mich noch mehr irritierte als die Tatsache, dass sie mich gefunden hatte.

„Marlene!" Seit wann kannte sie meinen richtigen Namen und woher nur kam ihre Stimme? Kam sie aus dem Kellergewölbe? Von oben aus ihrem Büro? Kerzenschein flackerte an den Wänden. Ich erstarrte, hörte Schritte klackern, hörte Schritte über mir, unter mir, neben mir, sie verstärkten sich, wurden immer lauter, drohten mich zu zertrampeln. „Marlene?" Das Gemäuer warf ihre Stimme hin und her wie einen Ball, der immer schneller und größer wurde, sich verstärkte und zu einer Lawine aus Schall anschwoll. „Marlene ... Marlene ... Marlene!" Ich presste mir die Hände gegen die Ohren. Trotzdem drang ihre Stimme in mich, bekam plötzlich einen anderen Klang und ich glaubte, meine Mutter zu hören.

„Marlene!", rief meine Mutter. „Komm zurück!"

„Marlene!", rief Noah. „Marlene!"

Die Stimme meiner Mutter und die von Noah klangen so angstvoll, dass ich anfing, laut zu singen und den Kopf wild hin und her zu schütteln. Dann fing ich noch einmal an zu schreien, weil ich sie beide nicht hören wollte, weil ich ihre Angst um mich nicht hören wollte. Als ich kurz Luft holte, hörte ich einen Knall und dann noch einen und zweimal quietschte etwas. Dann waren die Stimmen weg!

Ich rannte die Stufen hoch und erkannte, warum es zwei Mal geknallt hatte – Schwester Fidelis hatte zuerst die eine, dann die andere Falltür zugeworfen und die Eisenringe gedreht, damit die Türen zu waren. Mit beiden Fäusten hämmerte ich gegen die Tür über meinem Kopf und brüllte wie am Spieß.

Die wollten mich hier unten verrecken lassen. Wie Noah gesagt hatte: *Warum bist du nicht gegangen, jetzt ist es zu spät.* Ich sackte zusammen. Ein gewaltiger Donner übertönte mein verzweifeltes Trommeln. Blitze erhellten das Gewölbe und die Holzkreuze auf den Gräbern lösten sich grell gruselig aus der Dunkelheit. Mit wackeligen Beinen stieg ich die Treppe hinab und näherte mich Schritt für Schritt den Gräbern. Das schwache Handyleuchten wies mir den Weg.

Unter meinen Füßen knirschte Sand. Ich erreichte das erste Grab. Das Holzkreuz war wurmstichig. Ein liebloses Holzschild hing an einem Strick daran. „VIGOR" war mit einem Filzstift lieblos daraufgekritzelt worden, wie ein Graffiti an Hauswänden oder Klotüren, als würde man noch schnell ein Gurkenglas etikettieren. Noah hatte mir nie von Vigor erzählt. Ich bekam kaum Luft hier unten, oder es war die Furcht, die aus den Gräbern waberte. Gespenstisch bewegten sich die Schatten der Grabkreuze über das Gemäuer und es dauerte eine Weile, bis ich erkannte, dass ich die Schatten selbst mit dem schwachen Schein des Handys verursachte.

In das nächste Kreuz war das Wort „Michele" geschnitzt. Darunter stand ein Geburtsjahr – das gleiche wie meines. Wann war Michele zu ihm gekommen? Hatte er sie geliebt? Vielleicht war sein Schmerz über ihr Verschwinden so groß gewesen, dass er nicht über sie hatte sprechen können.

Im dritten Grabhügel stand kein Kreuz, sondern ein schwarzer Stein. Darin eingraviert stand: DIE CISI ETE. Das klang lateinisch; *die* kannte ich, *multo die* hieß zum Beispiel *spät am Tag* und *cis* bedeutete *diesseits,* neben einer Menge anderer Bedeutungen, so viel wusste ich noch. Aber ete? Auf Französisch mit Accent auf einem oder beiden e, die ich nie richtig setzen konnte, hieß ete *Sommer.* Aber machte das einen Sinn? Diesseits, spät am Tag, im Sommer? Das klang eher nach einer Art Treffpunkt. Oder es handelte sich auch um einen Namen. Bei genauerem Hinsehen erkannte ich, dass man die Wortabstände auch an anderer Stelle machen hätte können. Mein Kopf schien zu platzen. Benommen trippelte ich zum letzten Grab. Es lag weiter weg. Das Gewölbe war hier noch dunkler.

Und dann entfuhr mir ein Schreckenslaut. Das letzte Grab war offen. Eine Grube. Ausgehoben. Tief unten lag bereits ein halb verfallener Sarg. Erdhaufen daneben. Der Grabstein schien blank poliert und war aus Marmor, als ob in diesem Grab jemand besonders Wichtiges ruhen sollte. Rechts und links davon standen Blumen in Vasen, die in dem schwachen Licht erstaunlich frisch aussahen, so frisch, als seien sie eben erst gepflückt worden. Zwei Namen waren darin eingraviert. Die Augen weit aufgerissen, versuchte ich, den ersten Namen zu lesen, neben dem ein rundes Bild klebte – das wenige, das ich erkennen konnte, war das Foto einer schönen Frau. Hieß das AURELIA? Aber es war zu dunkel und ich musste auf den nächsten Blitz warten, weil ich wegen des offenen Grabes nicht näher herankam und mein Handy zu schwach leuchtete. Beim nächsten Blitzlichtgewitter konnte ich nicht nur AURELIA neben dem Foto lesen, sondern auch den Namen darunter – unauslöschlich brannten sich die vier Buchstaben auf meine Netzhaut: NOAH. Jemand hatte sich bereits die Mühe gemacht, sein Geburtsdatum in Stein zu meißeln, wie das Jahr des Sterbedatums – dieses Jahr, nur Monat und Tag waren noch frei geblieben.

Das war mir zu viel. Ich drehte mich um und stolperte halb bewusstlos vor Schock zur Treppe und konnte nicht anders, als die Gräber anzustarren. Dann fiel mein Blick auf die Setzlinge in den Töpfen und ich weiß nicht, was für ein Teufel mich ritt, aber ich hatte das dringende Bedürfnis, etwas damit zu tun. Wie besessen schleppte ich die Töpfe zu den Gräbern und grub die Pflanzen in die Erde, schräg und schief und nicht nach Gärtnerkunst, aber als die Töpfe leer waren und die zarten Setzlinge aus den Gräbern spitzten, fühlte sich das irgendwie besser an.

Dann gab mein Handy endgültig den Geist auf und das letzte bisschen Mut verließ mich. Die Dunkelheit war lähmend. Das war mein Ende. Und das von Noah. Wahrscheinlich gab es hinter seinem noch ein ausgehobenes Grab, auf dem schon mein Name stand. Aber das wollte ich nun wirklich nicht sehen.

Ich erkannte nicht einmal meine eigene Hand vor Augen, kauerte mich auf eine Treppenstufe, klemmte meine nackten Zehen ineinander und presste meine Beine zusammen aus Angst, ich könnte mir in die Hose machen. Dieses Abenteuer würde ich nicht überleben. Ich Vollidiot! Noah hatte wochenlang versucht, mich vor all dem zu warnen. Er hatte gesagt, dass noch keiner lebend die Villa verlassen hatte. Und ich war taub gewesen. Weinend sackte ich zusammen.

Die Kälte war bald unerträglich. Wasser wäre wahrscheinlich gefroren, vielleicht war es auch wärmer, als ich dachte, aber nach den heißen Tagen fühlte es sich hier wie im Kühlschrank an. Meine Lippen wurden gefühllos und meine nackten Füße verwandelten sich in Eisklumpen. Schnell wurde mir klar, dass ich hier unten verrecken würde, wenn ich nichts unternahm, und nicht nur ich, sondern auch Noah würde sterben. Genau das würde eintreffen, was sie beabsichtigt hatten. Sie wollten ihn umbringen. Das musste ich verhindern. Nicht Noah!

Zitternd kroch ich auf allen vieren die Steinstufen hinauf und hämmerte mit den Fäusten so lange gegen die Falltür, bis ich nicht mehr konnte. Dabei schrie ich mir die Seele aus dem Leib. Dann sank ich nieder und rang nach Atem wie nach einem Hundertmeterlauf, aber aufgeben wollte ich nicht, nur kurz verschnaufen, weitermachen. Ich dachte an Noah, der jetzt vielleicht mit dem Gesicht nach vorn in einem Schlammloch steckte und nicht mehr herauskam.

31

Gerade wollte ich wieder anfangen zu hämmern, als ich ein Quietschen vernahm, jemand drehte an den Eisenringen. Noch einmal versuchte ich, die Türen über mir zu öffnen, und plötzlich bewegten sie sich. Mit voller Kraft wuchtete ich zuerst die eine, dann die andere Tür auf. Der Lichtkegel einer Taschenlampe blendete mich. Vor mir im hellen Schein stand eine schwarze Gestalt. Ich konnte nicht erkennen, wer es war. Den Umrissen nach am ehesten Anselm. Der steckte mit Schwester Fidelis unter einer Decke, hatte wohl in ihrem Auftrag alle umgebracht – Vigor, Michele und Aurelia, die jetzt dort unten in den Hügelgräbern von Maden und Würmern zerfressen wurden, und … ich musste Noah suchen!

„Anselm?"

Anselm, oder wer immer es war, machte kehrt, eilte aus dem Kontor und ließ die Zimmertür hinter sich zufallen. Die neuerliche totale Dunkelheit war wie eine Ohrfeige. Als ich gegen eine Wand knallte, hielt ich abrupt an und bewegte mich mit rudernden Armbewegungen in Richtung Tür. Ich rieb mir die Augen, froh darüber, wieder auf und nicht unter der Erde zu sein, als mich ein Wimmern erneut erstarren ließ. War noch jemand mit mir im Raum? Ich lauschte, hörte heftige Atemzüge und erneut das Wimmern. Alle Alarmglocken in meinem Kopf schrillten und ich tastete mich vor, streckte meine zitternden Hände aus und griff … in weiches, dichtes Haar. Um Gottes willen!

„Noah?"

Ich fuhr über seinen Kopf, über Schultern und Arme. Kein Zweifel. Er war es. Die Hände um die Knie geschlungen, kauerte er neben der Tür und schlotterte am ganzen Körper. Ich kniete mich neben ihn, hielt ihn fest. „Was ist mit dir? Bist du wieder krank?"

Hilfe suchend schlang er seine Arme um mich, vergrub sein Gesicht in meinem Nacken und brach in entsetzliches Schluchzen aus. Ich umklammerte ihn fest, angespannt, weil ich nicht wusste, was los war, weil ich mir so große Sorgen machte.

Und erst als er sich langsam wieder beruhigte, konnte ich die Wortfetzen verstehen, die gepresst aus seinem Mund kamen, und mir eins und eins zusammenreimen. „Hab dich schreien gehört ... von dort unten ... niemand darf hinunter ... niemand ... dort unten ..." Er brachte es gar nicht mehr über die Lippen, aber dass ich dort unten gewesen war, schien für ihn noch schlimmer zu sein als für mich. Mir war nicht klar, ob er wusste, wer da unten vergraben war.

„Es ist gut", murmelte ich und streichelte ihn. „Mir ist nichts passiert."

Er schien mir nicht zu glauben und versicherte sich immer wieder, dass ich noch lebte, indem er mich überall berührte, um zu prüfen, ob ich auch unversehrt war.

„Es tut mir so leid", sagte ich. „Ich hätte auf dich hören sollen. Du hattest von Anfang an recht. Sie haben dich vergiftet und sie haben alle getötet, die dir helfen wollten. Ich hätte in der Stadt Hilfe holen sollen, so wie du vorgeschlagen hast, dann wäre es gar nicht so weit gekommen, aber ich konnte es nicht, ich hatte Angst, dass du stirbst ... Verstehst du das?"

Ich hörte, dass er trocken schluckte. Dann küsste er mich, beruhigte sich langsam und wurde ganz allmählich wieder er selbst. Die alte Energie kehrte in ihn zurück.

„Ich muss jetzt gehen", sagte er mit belegter Stimme, schnäuzte in ein Taschentuch und ich spürte, dass ich ein wenig gekränkt war, weil er offenbar immer noch nicht erkannt hatte, dass ich auf seiner Seite war.

„Es ist meine letzte Chance, Marlene. Das Gewitter hat den Strom lahmgelegt. Vielleicht kann ich jetzt die Grenze überwinden."

„Noah!", sagte ich mit fester Stimme, fordernd und bestimmt. „Ich komme mit!" Die Gräber im Keller hatten mir mit voller Wucht zu verstehen gegeben, dass diese Villa nicht das Paradies auf Erden war. Der Zeitpunkt war gekommen, endlich herauszufinden, was hier gespielt wurde.

„Ich geh mit dir bis ans Ende der Welt!" Fest umklammerte ich das Fläschchen mit dem Gift in meiner Tasche.

„Bis ans Ende der Welt", wiederholte Noah und drückte mir einen so heftigen, entschlossenen Kuss auf die Lippen, dass mir kurz die Luft wegblieb.

„Du musst mir nur zeigen, wohin. Ich sehe nichts", sagte ich und musste unwillkürlich kichern.

Entschlossen nahm er meine Hand, öffnete die Tür und wollte gerade hinaus, als die Eingangshalle erhellt wurde. Zuerst dachte ich an einen Blitz, dann erkannte ich, dass es Autoscheinwerfer waren. Noah hörte das Auto im selben Augenblick vorbeifahren und wir huschten zurück. Das Scheinwerferlicht, das durch die Fenster des Kontors fiel, warf die Schatten herunterrinnender Regentropfen als Streifen an die Wand gegenüber. Wir mussten raus. Noch einmal öffnete ich die Tür einen Spalt und spähte vorsichtig hinaus in die Halle. Kerzenschein hüllte die oberste Stufe der großen Treppe in warmes Licht. Schwester Fidelis tauchte mit einer Kerze in der Hand unter dem Adler auf. Gruselig sah das aus. Wie hingezaubert stand Anselm mir gegenüber unter der Treppe. Zu spät. Er hatte mich erkannt. Ich presste meine Hand auf den Mund.

„Was ist?", flüsterte Noah, aber ich brachte keinen Ton über die Lippen und drückte nur fest seine Hand. Der Wind peitschte Regen gegen das Haus.

„Viktor", stöhnte Noah – eine Autotür flog zu, kurz darauf polterte Viktor in die Eingangshalle.

„Wo sind sie?", fragte Schwester Fidelis aufgebracht und eilte Viktor entgegen. Der schüttelte den Kopf.

„Ich habe vorhin in der Nähe des Musikzimmers Geräusche gehört", sagte Anselm ruhig. Das Musikzimmer lag weit weg von uns. Wollte uns Anselm etwa helfen?

„Dann los!", rief Viktor und stürmte voraus in einen Flur, der von uns wegführte. Schwester Fidelis eilte ihm hinterher. Zuletzt folgte Anselm. Noch einmal drehte er sich nach uns um, erblickte mich, zog etwas Helles aus seiner Gesäßtasche und legte es demonstrativ in eine Obstschüssel, die auf einer Kommode in seiner Nähe stand. Ich wusste sofort, was es war.

„Komm." Ich zog Noah mit mir durch die Halle, solange noch ein Schimmer des Kerzenscheins übrig war, eilte zur Kommode und nahm den Liebesbrief an mich. Anselm hatte ihn also gehabt. Um zu verhindern, dass ihn Schwester Fidelis entdeckte? Hatte er uns etwa die ganze Zeit beschützt?

Im Flur nebenan wurde es schon wieder heller. Jemand kam zurück in die Halle, schien etwas vergessen zu haben. Keine Zeit, bis zur Eingangstür zu gelangen und diese zu öffnen – sie war extrem schwer. Wir huschten in den Salon rechts von der Kommode, in dem ich selten gewesen war, und schlossen leise die Tür hinter uns. Von dort kam man an Sofas und Kaffeetischchen vorbei in kleinere Zimmer.

„Hier entlang", sagte Noah, ging vor und ich stolperte hinter ihm her, konnte keinen Schimmer sehen. Noah rannte in einem Affentempo wieder hinaus in einen Flur. Dieses Haus kam mir manchmal lebendig vor, als würden ihm Flure und Stockwerke wachsen wie Tentakel, die sich genauso schnell wieder auflösten. Ich folgte seinen Schritten. Dann konnte ich nicht mehr. Er merkte es sofort.

„Was hast du?"

„Es ist scheißdunkel, Mann. Ich sehe nichts", flüsterte ich zornig.

„Ich auch nicht. Komm. Das ist der kürzeste Weg ins Freie. Du vertraust mir doch?"

Ich zögerte nicht nur wegen der Dunkelheit, sondern wegen etwas anderem.

„Natürlich vertrau ich dir. Aber ich hab was Wichtiges vergessen. Ich muss zurück in mein Zimmer."

Noah schien nachzudenken, zu lange für mein Gefühl. Sie kreisten uns ein, von überall hörte ich ihre Schritte und Stimmen, die klangen, als kämen sie nicht von drei Personen, sondern von einer ganzen Armee.

„Bitte!", flehte ich. „Es ist wichtig. Lebenswichtig!"

„Na dann ... wenn es lebenswichtig ist ... häng dich bei mir ein." Ich legte meinen Arm in seinen angewinkelten Ellenbogen. Zusätzlich nahm er mich an der Hand. „Es ist ganz einfach. Du spürst, wenn ich eine Stufe nach oben oder nach unten gehe, weil ich immer einen Schritt vor dir laufe. Wir brauchen gar nichts zu reden, spür einfach, was ich mache, und mach's mir nach. Wir schaffen das!", flüsterte er eindringlich.

Ich nickte, hätte in dem Moment gern seine Zuversicht gehabt und schloss die Augen. Das war irgendwie einfacher, denn diese totale Dunkelheit machte mich schwindlig. So ungefähr musste sich ein Astronaut fühlen, der von der Mondoberfläche weg ins Weltall katapultiert wurde und haltlos trieb ohne ein Oben oder Unten. Anfangs ging Noah furchtbar schnell und ich musste ihn immer wieder bremsen, aber dann verstand er, dass ich nicht mit ihm mithalten konnte, und er drosselte das Tempo. Wie unsichtbar huschten wir durch Flure und Gänge, über Treppen und Stiegen ein, zwei Stockwerke hinauf, ich hatte längst die Orientierung verloren.

„Scheiße", fluchte er auf einmal und ich öffnete die Augen. Der Lichtkegel einer Taschenlampe flackerte über eine Wand. Irgendwer kam die Treppe herauf.

Eine neue Welle der Angst ließ mich erstarren. Noah öffnete die erstbeste Tür und bugsierte mich hinein. Wir klebten uns an die Wand und lauschten. Ob der da draußen schon vorbei war? Dann zog mich Noah mit sich und nestelte an der Balkontür herum. Er öffnete sie und ein Schwall Wasser platschte uns ins Gesicht. Wir mussten uns wohl beide auf die Zungen beißen, um nicht laut aufzuschreien. Drinnen riss jemand die Tür auf. Taschenlampenlicht fegte durch den Raum.

32

An der Balkonwand schlichen wir um das Haus herum. Präzise führte mich Noah in mein Zimmer, wo ich prompt gegen den Bettpfosten stieß; ich trug nur Irinas feine Schühchen.

„Aua!", entfuhr es mir. Der Schmerz raubte mir kurz den Atem.

„Marlene?"

„Geht schon", presste ich hervor und bückte mich, um den roten Koffer unter dem Bett hervorzuziehen. Noah fühlte, was ich machte, und hielt erstaunt inne.

„Nur wegen des Koffers sind wir noch einmal zurückgegangen?" Er konnte es kaum fassen. „Was willst du denn mit einem Koffer?"

„Mein Gefühl sagt mir, dass er unser Leben retten wird. Er hat mich hergebracht und er wird uns wieder zurückbringen. Klingt total bescheuert. Ich weiß. Aber irgendwie hab ich das Gefühl, als ließe ich mein Leben zurück, wenn ich den Koffer zurücklasse."

„Wenn ich nicht selber manchmal Gefühle hätte, die mir niemand glaubt, würde ich sagen, du bist verrückt", sagte er und ich konnte hören, dass er lächelte.

„Wahrscheinlich bin ich verrückt", sagte ich und stolperte zu dem Sessel, auf dem meine alten Jeans lagen – ich hatte nicht vor, in Irinas kurzem Seidenrock und den feinen Schühchen unsere Reise anzutreten. „Eine Sekunde noch. Ich zieh mir nur was anderes an. Shit!" In meiner Panik hatte ich keine Chance, in dem Sauhaufen irgendetwas zu erkennen. Noah kam zu mir und reichte mir hörbar grinsend der Reihe nach Jeans, T-Shirt, Socken und einen Pullover.

„Lach nicht", knurrte ich. Ich glaube, ich hatte mich noch nie zuvor in absoluter Dunkelheit angezogen.

„Entschuldige", sagte er schmunzelnd. „Was brauchst du denn so lange? Soll ich dich vielleicht anziehen?"

„Ich bin nicht berufsblind, so wie du", fluchte ich und er musste lachen.

„Das ist nicht lustig, Mann."

„Doch", sagte er. „Ich kann dir die Schuhe binden, wenn du willst. Hat eine Ewigkeit gedauert, bis ich das konnte. Ist ganz schön kompliziert."

„Klettverschluss", triumphierte ich, steckte zuallerletzt das Giftfläschchen in eine Hosentasche, Noahs Brief in die andere und nahm den Koffer.

Endlich konnten wir das Zimmer wieder verlassen. Diesmal hielt ich die Augen offen, falls Taschenlampen, Kerzen oder sonst was auf uns zukamen.

Auf direktem Wege führte mich Noah mehrere Stockwerke hinunter, bis ich die Küche riechen konnte. Wir liefen an ihr vorbei den Flur entlang bis zum Ende. Noah drückte die Klinke. Endlich im Freien.

„Wohin jetzt?", fragte ich.

„Ich habe keine Ahnung", sagte Noah. Da hörten wir Viktor und Schwester Fidelis hinter uns in Richtung Küche laufen.

„Ins Glashaus", sagte er kurz entschlossen. „Dann sehen wir weiter."

„Sehen ist gut", stöhnte ich und folgte ihm durch eine schräg heranwehende Regenwand. Nach wenigen Metern waren wir nass bis auf die Unterwäsche. Mit großen Schritten zog er mich durch den Garten, an den Kräuterbeeten vorbei. An seinem Arm fühlte ich mich sicher. Er öffnete die quietschende Glashaustür. Von der Wärme war nicht mehr viel übrig, aber wenigstens war es halbwegs trocken. Da fiel mir plötzlich Viktors eigenartiges Verschwinden ein. Davon erzählte ich Noah.

„Vielleicht gibt es von hier einen Weg nach draußen", sagte er hoffnungsvoll.

„Ich weiß nicht", sagte ich. „Aber wir können es ja versuchen." Wie wusste ich auch nicht.

„Mir ist schon öfter eine Steinplatte aufgefallen, die wackelt", sagte er. „Die müssen wir finden. Am besten wir trennen uns und jeder sucht in einer anderen Richtung."

„Worauf du lange warten kannst", keuchte ich. „Ich lasse dich nie wieder los."

„Na dann", sagte er und konnte einen gewissen Stolz in seiner Stimme nicht verbergen.

Systematisch tappten wir durch das Glashaus, während ich mich an ihn klammerte wie eine Klette. Der Regen trommelte laut auf das riesige Glasdach. Plötzlich blieb Noah stehen, machte einen Schritt zurück und wieder vor.

„Hier muss es sein. Die Platte wackelt." Wir bückten uns und gruben unsere Finger in den Spalt. Tatsächlich ließ sich die Platte bewegen. Mit vereinten Kräften schoben wir sie weg. Ein Loch in der Erde kam zum Vorschein.

„Stufen", sagte Noah. „Komm mit."

Diesmal war auch er langsamer als zuvor. Ich merkte, dass er sich eine Hand vors Gesicht hielt. Eine Wendeltreppe führte nach unten.

Modrige Luft schlug uns entgegen. Die Treppe war gerade mal so breit, dass ein Erwachsener durchpasste. Mit meiner Schulter streifte ich die Wand und stieß einen angewiderten Laut aus. Wir stiegen eine scheinbar endlose Steintreppe nach unten. Die Luft wurde dünner und schlechter. Gern hätte ich mir die Nase zugehalten, aber dann hätte ich Noahs Schulter loslassen müssen oder den Koffer, den ich mühsam hinter mir herzerrte. Noah spürte das Ende der Treppe, verlangsamte erst seinen Schritt und marschierte dann weiter.

„Fühlt sich verschimmelt an", flüsterte Noah, der offenbar auch mit der Wand in Berührung gekommen war. „Riecht auch so. Pfui Teufel!"

Immer noch hatte ich gegen ein Schwindelgefühl zu kämpfen, weil ich mich einfach nicht an die Dunkelheit gewöhnen konnte. Sie ließ mir die Nackenhaare zu Berge stehen. Das Wissen, mich in einem unterirdischen Tunnel zu befinden, gab mir fast den Rest. Meine Beine gaben nach.

„Was hast du?"

„Ich schaff das nicht", murmelte ich, hatte das Gefühl, keinen Meter mehr weiterzukönnen, und kämpfte gegen Tränen. Er drehte sich zu mir um, nahm mir den Koffer ab, stellte ihn hin und legte seine Arme um mich. „Natürlich schaffst du das. Was denn sonst. Du bist nicht allein." Er küsste mich und hielt mich ganz fest.

„Wie hältst du das nur aus?", fragte ich.

„Was, die Dunkelheit? Für mich ist es nicht dunkel."

„Was dann?"

Er fuhr mir über die Wirbelsäule. „Was siehst du mit deinem Rücken?"

„Nichts", sagte ich.

„Eben. Genau so ist es. Ich sehe nichts. Komm, wir müssen weiter."

„Du hast keine Ahnung, was hell und dunkel ist?"

Ein dicker Tropfen zerplatzte auf meinem Kopf und ich zuckte zusammen.

„Nein, und es ist mir auch nicht wichtig." Er nahm mich an der Hand und zog mich weiter. Beinah hätte ich den Koffer vergessen.

„Weißt du denn, was Farben sind?" Irgendwie war mir nach Reden zumute, das half mir, mich abzulenken. Noah wirkte eher genervt; so unwichtig war für ihn, was meine Welt bunt machte.

„Ich weiß, dass der Himmel blau, Gras grün und Tomaten rot sind, aber nur, weil man mir das gesagt hat. Ich hab's gelernt wie Französischvokabeln. Pass auf, hier ist es rutschig."

Ich hörte ein Kratzen. „Was ist das?"

„Keine Ahnung. Ratten vielleicht oder Mäuse. Die tun uns nichts."

Wie konnte er das nur so locker sagen. Ich kam mir hilflos vor.

„Warum bist du blind, Noah?"

„Ich weiß es nicht. Ich kann mich nicht daran erinnern, je gesehen zu haben. Sie erzählen, ich sei so auf die Welt gekommen. Aber wer weiß, was ich ihnen glauben kann."

Wieder platschte ein Tropfen auf meine Stirn. Schnell wischte ich ihn mit dem Oberarm weg.

„Möchtest du gerne sehen?"

„Nein, ich kenne nichts anderes. Aber ich möchte gern Dinge tun, für die man sehen muss."

„Zum Beispiel?"

„Frei sein. Weglaufen können, wo immer ich hinwill. Rad fahren. Auto fahren. Wegfahren. Davonfliegen, aber wenn das ohne zu sehen ginge, wär's für mich auch in Ordnung."

„Und warum…" Ich wollte gerade zur nächsten Frage ansetzen, als er mich unterbrach.

„Ich muss mich hier ein bisschen konzentrieren, Marlene. Lass uns später reden. Wir dürfen keine Zeit verlieren."

Natürlich hatte er recht und ich hielt meinen Mund. Ich wusste nicht, ob wir erst fünf Minuten oder schon fünf Stunden durch den Tunnel gehetzt waren, als Noah stolperte, einen Schmerzenslaut unterdrückte und ich auf ihn drauf fiel.

„Verdammt", keuchte er. „Wer denkt auch an eine Leiter. Ich hab mich nur auf Stufen konzentriert." Gegenseitig halfen wir uns hoch. Noah nahm mir erneut den Koffer ab und legte meine Hände auf eine Leiter, die schräg vor uns nach oben führte.

„Ich glaube, es ist besser, du gehst zuerst. Vielleicht kannst du da oben was sehen."

„Okay", murmelte ich und kletterte Sprosse für Sprosse nach oben. Mein Kopf stieß gegen eine Holztür. Ich versuchte sie zu heben, aber es gelang mir nicht und die Leiter unter mir wackelte bedrohlich. Noah reichte mir den Koffer und stieg ebenfalls auf die Leiter. Er war größer als ich und zu zweit schafften wir es, die Tür nach oben zu stemmen.

Der Schein einer Lampe drang in unseren Tunnel. Ich blinzelte, war das Licht nicht mehr gewöhnt. Nach einer Weile konnte ich erkennen, dass auf einem Tisch Gläser, Bierflaschen und ein überquellender Aschenbecher standen. Daneben war ein amerikanischer Kühlschrank. In einer Fensterscheibe spiegelte sich ein schäbiges Sofa. Leise schilderte ich Noah, was ich sah.

„Ich glaube, wir sind in Viktors Haus gelandet", flüsterte ich. Gegenseitig hielten wir uns die Falltür auf und krochen auf den Küchenboden. Wir vertauschten die Rollen. Noah hängte sich jetzt bei mir ein. Ich achtete nicht auf seine Füße und prompt stieß er gegen einen Blecheimer, der sich wie ein Kreisel um die eigene Achse drehte und einen Höllenlärm veranstaltete. Ich hatte nicht gewusst, dass mein Magen so weit nach unten sacken konnte. Was, wenn Viktor bereits nebenan im Bett lag? Ich glaubte, das schmerzende Herzklopfen nicht mehr ertragen zu können, und wollte mich auf den Eimer stürzen. Zu spät. Rasselnd kippte er um und verstreute Müll. Gelähmt vor Schreck verharrten wir und lauschten. Aber es schien niemand da zu sein.

„Wir müssen raus. Er kann jeden Augenblick wiederkommen", drängte Noah. Ich öffnete die Küchentür und mir stockte der Atem. „Das gibt's nicht", stöhnte ich.

33

„Bildschirme! Noah. Eine ganze Wand voller Bildschirme! Es sind neun. Immer drei übereinander. Da steht die modernste Video-Überwachungsanlage, die du dir vorstellen kannst." Am Boden lagen kreuz und quer Ausdrucke, auf denen unterschiedliche Kurven zu sehen waren, als hätte Viktor Temperaturunterschiede oder so etwas aufgezeichnet. Ich konnte mir kaum vorstellen, dass es dabei um den heißen Sommer ging.

„Komm jetzt", ungeduldig zog Noah an meinem Arm.

„Warte." Das musste ich mir genauer ansehen. Auf jedem Bildschirm war ein Aufkleber; auf einem stand: Master Suite. Auf einem anderen: Hirsch. Mein Gefühl hatte mich also nicht getäuscht – jedes Mal wenn ich mit dem Hirschkopf gesprochen hatte, hatte mir Viktor dabei zugesehen.

„Der hat alles kontrolliert. Eine Kamera war in meinem Zimmer, eine in deinem. Sogar im Steinadler über der Treppe war eine Panoramakamera installiert, im Esszimmer und im Schwimmbad. Ich fasse es nicht."

Noah schien das nicht sonderlich zu beunruhigen. Er hatte es ja schon längst gewusst, aber ich war so mit dieser Entdeckung beschäftigt, dass ich den Motorenlärm erst bemerkte, als mich Noah darauf aufmerksam machte.

Wir huschten hinter die Tür. Jemand polterte in die Küche. Ich hatte nicht gewusst, dass Herzschläge so wehtun konnten. Mir trat der Schweiß auf die Stirn. Ich äugte durch den Türschlitz und sah, dass Viktor wie bescheuert in ein Handy tippte.

„Verdammt!", fluchte er und warf das Handy in hohem Bogen zwischen Aschenbecher und Bierflaschen. „Und was ... Dieser verfluchte Marder." Er hatte wohl den Müll auf dem Küchenboden entdeckt und stürmte genau auf uns zu. Ich schreckte zurück, presse mich neben Noah gegen die Wand. Viktor kam herein, hatte uns den Rücken zugekehrt, schlug mit der Hand auf eine Computertastatur unter den Bildschirmen und versuchte, sie zum Laufen zu bringen. Kein Strom. Nichts bewegte sich. Noch einmal fluchte er, hetzte zurück in die Küche und wir zuckten zusammen, als die Haustür zuschlug. Starr blieben wir stehen. Noah bekam als Erster wieder Boden unter die Füße und tippte mich an.

Zitternd wagten wir uns in die Küche. Nichts wie raus hier.

Wir stolperten in den Hof und rannten in den Wald. Es regnete immer noch wie aus Eimern.

„Marlene", sagte er. „Ich glaube, ich finde von hier hinunter zum See."

„Von dort müssen wir weiter bis zu einer Felsformation mit einem Stein, der wie eine Nadel aussieht", flüsterte ich.

Jetzt hing alles davon ab, wie schnell wir waren.

„Lauf! Lauf so schnell du kannst", sagte er und nahm mir den Koffer ab. Dicht ineinander eingehängt stolperten wir durch den Wald den Hang hinab. Noah jagte zwischen den Baumstämmen hindurch, als hätte er die Sensoren einer Fledermaus. Wurzeln und schmale Äste konnte aber auch er nicht erahnen.

„Scheiße, verdammt!" Wütend schlug ich einen Tannenzweig aus meinem Gesicht und trampelte über irgendwelche Sträucher. Noah blieb in Brombeerranken hängen und ein Ratschen deutete an, dass er sich die Hose zerrissen hatte. Wir mussten ein jämmerliches Bild abgeben. Einfach weiter. Irgendwie weiter.

„Wieso knallst du nie gegen einen Baum?", fragte ich atemlos.

„Ich kann Bäume hören", sagte er und klang hellwach. „Alles, was in Kopfhöhe ist, kann ich hören. Ich höre, dass da etwas ist. Vielleicht ist es so, als würde dir etwas die freie Sicht versperren.

Als Kind habe ich die Möbel gehört – Tische und so, weil sie in Kopfhöhe waren. Dann wuchs ich und schlug mich überall an. Bis mir klar wurde, dass nicht die Möbel schrumpften, sondern ich wuchs."

Der Sturm fuhr zwischen die Wolken und blies sie auseinander. Kurz wurde es heller. Das pechschwarze, unergründliche Loch dort unten musste der See sein. Verbissen schlingerten wir durch das Gelände. Wir passierten den Holzstoß und versanken in einer wasserdurchtränkten Wiese.

„Der Weg um den See", sagte Noah und suchte das Seil. Wieder stieß ich mit einem Fuß an einen Stein. Ein stechender Schmerz durchzuckte den großen Zeh, den ich mir schon in meinem Zimmer angeschlagen hatte. Fluchend stürzte ich zu Boden.

Noah zog mich hoch. Stöhnend humpelte ich hinter ihm her und stellte erleichtert fest, dass der Regen ein wenig nachließ. Der Wolkenvorhang schob sich an den Himmelsrand und obwohl kein Mond zu sehen war, konnte ich jetzt wenigstens die Umrisse der Bäume und Felsen ausmachen. Noah spürte sofort, dass ich nicht mehr ganz so hilflos war, und überließ mir am Ende des Sees die Führung. Wir eilten über eine hüfthohe Wiese und waren innerhalb von Sekunden so nass, als hätten wir ein Bad genommen. Noch ein Wald. Wieder und wieder stieß ich mir meine ohnehin schon zerschlagenen Zehen an und meine Hände und Arme waren komplett zerkratzt, als wir auf eine freie Ebene gelangten.

„Ich glaub, dort hinten ist das Nadelsteingebilde!", sagte ich erschöpft und mochte nicht an die Brennnesseln und die Brombeerhecke denken, durch die wir gleich stapfen mussten. Nur schwer kamen wir vorwärts. Dornen bohrten sich durch unsere Kleider in die Haut und es war kompliziert, uns daraus zu befreien. Aber da mussten wir durch. Die unsichtbare Mauer kam immer näher. Und auf einmal standen wir davor. Mein Herz pochte gegen die Brust.

„Wir sind da", murmelte ich.

„Ich spür's." Noah streckte vorsichtig seine Hände aus.

„So weit bin ich noch nie gekommen." Ehrfürchtig tastete er die Steinformation ab.

„Lass uns zusammen die Grenze überschreiten."

Wir nahmen uns an den Händen, holten tief Luft und auf drei machten wir einen großen Schritt.

Kaum hatten wir den Boden wieder berührt, erfüllte ein Summen die Luft und meine Nackenhaare stellten sich auf. Mit einem Schlag wurde mir so heiß und so schlecht, dass ich glaubte, mich übergeben zu müssen. Ich hielt die Luft an, ließ die Welle durch mich hindurchgehen wie radioaktive Strahlung, wartete, bis die glühende Hitze aus meinem Gesicht wich, und so schnell dieser Anfall gekommen war, so schnell verschwand er auch wieder. Ich wirbelte herum. Die Villa hinter dem See erstrahlte wie ein Weihnachtsbaum und beleuchtete die tief hängenden Wolken von unten. Wir hatten es geschafft. Wir hatten die Grenze überschritten. Mir steckte noch der Schreck in den Gliedern, aber Noah stieß einen Freudenschrei aus und fing so glücklich an zu lachen, dass er mich ansteckte. Wir fielen einander um den Hals und rannten weiter, so lange, bis wir vor dem nächsten Hindernis standen: einer Mauer. Diesmal war sie echt und schwarz und so hoch wie ich. Der Motor von Viktors Gelände-Motorrad jaulte durch die Nacht.

„Du zuerst", sagte ich großzügig und bereute meinen Entschluss sofort, denn ich hatte keine Ahnung, wie ich da rüberkommen sollte.

„Nett von dir", sagte er grinsend. Mit der Kraft, mit der er sich immer aus dem Schwimmbecken gestemmt hatte, legte er seine Hände über den Kopf auf die Mauer und zog sich spielend daran hoch. Er schlang seine Beine darüber, legte sich mit dem Bauch drauf, nahm den Koffer entgegen und ließ ihn auf der anderen Seite fallen. Das Motorrad näherte sich rasch. Noah hielt mir beide Hände entgegen. Mit voller Kraft zog er mich irgendwie hoch und wir landeten beide auf dem Hosenboden im Gras auf der anderen Seite.

Keine Zeit zu verschnaufen. Weiter ging es durch noch einen Wald. Obwohl sich Noah wehrte, bestand ich darauf, den Koffer selbst zu tragen, schließlich war es meine Schnapsidee gewesen, das unhandliche Ding mitzunehmen.

„Wir müssen einen Bach finden", sagte ich, „Bäche fließen immer ins Tal. Hast du eine Idee?"

„Hören." Noah hielt an. Dünne Tropfen fielen auf das dichte Blätterdach, das hoch über unseren Köpfen zusammenschlug. Wir lauschten dem Gurgeln und Glucksen des Wassers, trotzdem konnte ich nirgends einen Bach rauschen hören. Noah, das Gesicht in den Himmel gereckt, hatte seine Antennen ausgerichtet, seine Sinne geschärft, er drehte sich und zeigte plötzlich mit ausgestrecktem Zeigefinger in eine Richtung. Ich hatte nicht den geringsten Zweifel, dass er recht hatte, und obwohl die Vegetation in dieser Richtung noch dichter und undurchdringlicher schien, schafften wir es trotzdem, irgendwie durchzukommen. Alle paar Meter hielt er an, um sich zu vergewissern, dass wir auf dem richtigen Weg waren.

„Hoppla." Ich musste grinsen.

„Was?", fragte er.

„Dein Bach ist ein mächtiger Fluss." Wie Silberlametta wälzte er sich im schwachen Schein der wenigen Sterne, die zwischen Regenwolken leuchteten, durch eine breite Schlucht und transportierte Holz und Äste mit, die das Gewitter abgerissen hatte. Wir kletterten den steilen Abhang zum Flussbett hinunter und Noah beschleunigte das Marschtempo wieder. Er schien die Freiheit zu riechen und wirkte euphorisch. Aber während er endlos Energie versprühte, wurde ich immer müder und hatte gegen Schweißausbrüche zu kämpfen. Mühsam schleppte ich mich hinunter ans Flussbett, rutschte über schlüpfrige Wurzeln, Felsen und Geröll und blieb immer wieder im Schlamm stecken. Ohne Noah wäre ich spätestens an dieser Stelle keinen einzigen Schritt mehr weitergegangen. Aber der Motor von Viktors Maschine heulte durch die

Nacht. Er kam schnell näher. Eisige Kälte fraß sich durch meine Brust. Hatten wir überhaupt eine Chance?

Noah fiel über einen riesigen Baumstamm. Ich mit ihm. Bäuchlings lagen wir auf dem feuchten Holz und vor unseren Köpfen wand sich der Fluss ins Tal.

Über uns dröhnte das Motorrad.

„Denkst du gerade das Gleiche wie ich?", fragte Noah. Ich hatte keine Ahnung, was er dachte. Er klopfte auf den Baumstamm.

„Ist es nicht so, dass Baumstämme schwimmen?"

„Du meinst … oh nein!" Ich lachte auf. Seine Idee war absurd.

„Dieser Fluss klingt zahm. Genauer gesagt, höre ich ihn kaum. Könnten wir's nicht ein Stück probieren? Dann wären wir Viktor los und hätten schon einen großen Teil des Weges hinter uns gebracht. Ist doch besser, als durch den Wald zu stolpern. Findest du nicht?", fragte er.

„Aber der Koffer?", sagte ich schwach und schaute das inzwischen schmutzig gewordene Ding in meiner Hand an.

„Es ist nur ein Koffer", ermutigte mich Noah, mich von ihm zu verabschieden, aber ich konnte nicht. Erst als das Motorengeräusch immer näher kam, hatte ich keine andere Wahl. Am liebsten wäre ich in Tränen ausgebrochen, als ich den Koffer dem Wasser übergab. Er wurde mitgerissen. Ein auf der Wasseroberfläche tanzender roter Punkt, den die Nacht verschluckte. Mir war, als verschwand mit dem Koffer ein Teil von mir. Ich hätte es nicht tun sollen. Ich hätte es nicht tun sollen.

„Worauf wartest du noch? Komm!"

34

Das Motorrad jaulte uns entgegen. Gemeinsam rollten wir den schweren Stamm ans flache Flussufer über Steine und Kies. Das Wasser war kalt, aber weil wir ohnehin schon vollkommen durchnässt waren, machte es uns nicht mehr so viel aus. Wir wateten in den Fluss, gingen in die Knie und umklammerten irgendwie den Baumstamm. Bevor wir wussten, was mit uns geschah, wurden wir mitgezogen, nicht besonders schnell, aber es reichte mir. Unter meinen Oberschenkeln, Knien und Füßen spürte ich manchmal Steine, aber der Fluss schien recht tief. Erstaunlich ruhig glitten wir dahin und kamen schnell vorwärts.

„Jippijajeh!", rief Noah ausgelassen und reckte triumphierend eine Hand in die Höhe.

„Hast du eigentlich vor gar nichts Angst?"

„Oh doch", brüllte er gegen das Lärmen des Flusses an. „Ich habe Angst davor, eingesperrt zu sein. Angst davor, bevormundet zu werden und mir den ganzen Tag sagen zu lassen, was ich tun und lassen soll. Aber das hier. Das ist FREIHEIT! Marlene. Ich liebe dich!" Er rief es so aus tiefstem Herzen, dass ich fast weinen musste. Einen Arm um den Baumstamm geklammert, legte er die andere um mich und drückte mich. Glücklich gondelten wir durch die Nacht, und das, obwohl mir das Wasser bis zum Hals stand und mein Unterkörper langsam taub wurde vor Kälte. Immer wieder verlor ich für Momente das Bewusstsein, kippte in dunkle Löcher, die mir Sekunden stahlen. Lange würden wir das nicht durchhalten. Bis ich am Ufer, weit weg, einen winzigen Punkt sah und mir einbildete, dass es nur der Koffer sein konnte, der dort stecken geblieben war.

„Noah! Das ist Wahnsinn! Wir müssen ans andere Ufer!", brüllte ich gegen das tosende Rauschen an. Unser Floß hatte die Fahrt beschleunigt und schlingerte zwischen Felsen durch. Ich sah unser Ende näher kommen und behielt den Punkt am Horizont wie einen Rettungsanker im Auge. Weil die Kleider an mir zerrten, streifte ich die Jacke ab. Sie wirbelte um einen Felsen und verschwand.

„Wir müssen schwimmen", japste ich, weil ich keine andere Möglichkeit sah. „Aber wir haben nur eine Chance, wenn wir getrennt schwimmen. Ich kann dich nicht festhalten, ohne uns beide nach unten zu ziehen. Okay?"

„Ja!", brüllte Noah, bereit für jedes Abenteuer, egal wie gefährlich.

„Du kannst schwimmen und du bist stark. Schaffst du das?"

Noah würde das schaffen, nur ich war selbst nicht sicher, ob ich es schaffen würde. „Gib alles, hörst du? Du musst das Ufer erreichen, bevor uns die Strömung in die Tiefe reißt."

„Aber ... aber", keuchte er. „Wohin?"

„Gegen den Strom und mir nach", sagte ich. „Schwimm stromaufwärts. Schwimm, so fest du kannst. Wir tun's zu zweit. Okay?"

„Okay", Noah nickte angsterfüllt, aber wild entschlossen. „Okay, wenn du meinst."

„JETZT", brüllte ich und gab ihm einen Stoß. Wir hatten keine andere Wahl. Ich schrie, als ich den Stamm losließ, wurde sofort unter die Wasseroberfläche gedrückt und spürte, was für eine Kraft mich mitreißen wollte. Luft schnappen! Luft! Meine strampelnden Beine streiften einen Felsen. Meine schwarze Welt drehte sich. Ich kam mir vor wie in einer Waschtrommel. Die Erlebnisse der letzten Wochen wirbelten wie Strudel durch mich hindurch, fast wie in Zeitlupe. Ich driftete weg.

Schwalben sirren. Sommerglut auf meinem Nacken. Ein altes

Ehepaar dreht einen Ständer auf der Suche nach Postkarten. Verfallener Bahnhof. Eingeschlagene Scheiben. Meine Sandalen stecken im Asphalt. Ich will einen Schritt machen, aber ich klebe wie auf Kaugummi. Zerrissene Plakate von Sängern. Graffitis. Flimmernde Luft über dem Bahnhof. Und Durst. Unerträglich viel Durst. Durst, der mit all dem Wasser, an dem ich ertrinke, mit all dem Wasser aus dem Fluss nicht gestillt werden kann. Verzweiflung. Eine verbogene Straßenlaterne. Darunter ein altmodischer roter Koffer. LUFT! Als ob mir jemand in den Brustkorb geschlagen hätte, erlangte ich das Bewusstsein wieder, suchte die Wasseroberfläche, gierte nach mehr Luft, fing an zu schwimmen und glaubte, den roten Koffer immer noch zu sehen. Ich war ihm ganz nahe. Er lag am Ufer. Zwischen dem Koffer und mir schwamm Noah. Ich kämpfte um mein Leben, er um seine Freiheit. Er wurde fortgerissen, schwamm aber, wie ich es noch nie gesehen hatte. Nur schwer konnte ich ihm folgen. Es war verdammt hart, in der Dunkelheit gegen die Strömung anzukämpfen, und meine steifen Muskeln brannten. Immer ein Auge auf Noah gerichtet, sah ich, wie er das Ufer vor mir erreichte. Das gab mir Kraft. Ich kämpfte so hart gegen den Widerstand an, dass ich nur wenige Meter neben ihm und dem, was ich für meinen Koffer gehalten hatte, am Ufer zum Liegen kam. Es war nur ein Stein mit einer besonderen Form und einer glänzenden Oberfläche. Noah schien nicht so schnell mit festem Boden gerechnet zu haben. Offenbar hatte er sich an den Ufersteinen angeschlagen und rieb sich Stirn und Knie. Ich kroch ihm keuchend hinterher, über hartes Ufergestein, bis ich Schlamm unter meinen Fingern spürte und erschöpft zusammensackte. Trotz der Kälte strömte ein warmes Gefühl durch meine Seele. Wir hatten es geschafft.

Bäuchlings robbte ich über den Uferschlamm zu ihm hin und legte meinen Kopf auf seine bebende Brust. Seelenruhig lächelnd lag er auf dem Rücken, hatte beide Arme weit zur Seite ausgestreckt wie Flügel und ließ sich aufs Gesicht regnen.

„Du wirst nass", sagte ich, worauf er so lachen musste, dass er einen Hustenanfall bekam und mich umarmte. Wir hielten einander fest und beruhigten uns langsam. Da waren nur noch unsere Atemzüge, unsere Herzschläge und unser Blut, das in den Ohren rauschte.

„Hörst du das?", fragte er.

„Blut", murmelte ich.

„Das ist kein Blut", sagte Noah. Ich hob meinen Kopf ein wenig und dann hörte ich es auch. Nicht weit von uns stürzte das Flusswasser in den Abgrund.

„Ein Wasserfall", flüsterte ich beklommen und konnte gleichzeitig unser Glück kaum fassen.

Noah rückte noch näher. Wir hielten uns aneinander fest, pressten unsere Körper zusammen und wollten nie wieder loslassen. Die gegenseitige Nähe machte mich schläfrig.

„Nur eine Minute", murmelte Noah ebenfalls schlaftrunken. Sein Atem ging ruhig und gleichmäßig. Ich passte meinen an seinen an und driftete schneller in den Schlaf, als ich meinen Namen aussprechen konnte. Von sehr weit weg hörte ich irgendwann seine Stimme: „Wir müssen weiter … holen uns den Tod … es ist viel zu kalt …"

Im Schlaf bemerkte ich auch die Kälte, die mich langsam durchdrang. Noah hatte recht, wir sollten aufstehen, aber ich war so müde, wollte nur schlafen. Dann fuhr ein kräftiger Windstoß in mein Haar, als wollte er mich wecken. Ich ignorierte ihn, aber der nächste Windstoß war noch kräftiger und riss mir förmlich die Augen auf. Ich sah einen Kieselstein direkt vor meiner Nasenspitze liegen, der aus der Nähe so groß wie ein Berg wirkte, dahinter in der Ferne lag ein dunkler Fleck auf einem Felsen, der irgendwie nicht in die Landschaft passte. Ich hob meinen Kopf. Was war das für ein dunkler Fleck? Auf allen vieren bahnte ich mir einen Weg über die Ufersteine, schlug mir Knie und Unterschenkel an und näherte mich dem Fleck. Das Rauschen des Wasserfalls schwoll an.

Ich sah, was es war, konnte es kaum glauben. Er war also doch da. Mein Koffer! Nur rot war er nicht mehr, das viele Wasser hatte ihn aufgeweicht, immerhin waren das Stahlblech an den Kanten und die Holzstreben an den Seiten noch dran. Er war auf einem Felsbrocken liegen geblieben, ein paar Zentimeter weiter und er wäre mit dem Wasser in die Tiefe gefallen. Vorsichtig kroch ich zum Felsrand, beugte mich nach vorn und warf einen Blick nach unten, während mir die Gischt ins Gesicht spritzte. Oh mein Gott! Ich schnellte zurück, presste mir beide Hände vor den Mund und rang nach Luft. Dieser Wasserfall war gigantisch. Für einen Moment glaubte ich, mich übergeben zu müssen, aber dann nahm ich den Koffer in die Hand und der fühlte sich so irdisch an, ein Alltagsgegenstand, der mir half, den Schrecken zu überwinden. Das Aufstehen fiel mir schwer, weil ich immer noch vollgesogen war wie ein Badeschwamm.

„Marlene, wo bist du?" Noah war inzwischen ebenfalls erwacht und tastete verzweifelt nach mir. Ich wankte über die Ufersteine auf ihn zu. „Hier bin ich!"

Dann schüttelten wir Wasser aus unseren Kleidern, nahmen uns an den Händen und stolperten in den Wald. Den Koffer ließ ich von jetzt an nicht mehr los.

Der dicke Laubboden im Buchenwald fühlte sich weich an, nicht viele Hindernisse lagen uns im Weg, als ob dort jemand gefegt und aufgeräumt hätte. Wir orientierten uns am Rauschen des Flusses und liefen stetig bergab.

Das Gewitter war weitergezogen und es war auch nicht mehr so dunkel wie in der Villa. Eine Weile lang redeten wir nichts. Wir waren einfach nur froh, dass der andere da war und dass wir den Höllenritt durch den Fluss überlebt hatten.

Manchmal stolperte Noah oder schlug sich die Füße an und ich musste mir wieder ins Gedächtnis rufen, dass er nichts sah. Ich lief einen halben Schritt vor ihm und es war schön, seinen warmen Atem in meinem Nacken zu spüren. Der Wind blies ihm manchmal meine langen Haare ins Gesicht, woraufhin er jedes Mal erschrak und ich sie mit einem Knoten im Nacken zusammenband. Schnell fanden wir einen gemeinsamen Rhythmus, passten unsere Schrittlänge aufeinander an und marschierten schweigend in engem Körperkontakt. Anfangs waren unsere durchgefrorenen Glieder noch sehr steif, aber die Bewegung wärmte uns auf und ich versuchte, nicht an die nassen Kleider zu denken, die unangenehm auf meiner Haut klebten. Allein wäre ich verzweifelt. Mit Noah war es schön. Endlich waren wir zusammen und deswegen jammerte ich nicht, sondern wir liefen und liefen und liefen der Freiheit entgegen. Nebelschwaden krochen durch die Bäume und die ersten Vögel in der Dämmerung begannen laut zu singen.

„Die Nacht ist vorbei", stellte ich fest und merkte, was für eine Anspannung mir von den Schultern fiel.

Wir verließen den Wald und setzten uns ans steinige Flussufer, um uns auszuruhen. Hinter einem Gipfel schickte die Sonne ein paar Strahlen hervor, die den Nebel aber kaum durchdringen konnten. Nicht zu glauben, dass es bis gestern unerträglich heiß gewesen war. Wir suchten uns einen flachen Stein, kauerten uns aneinander, hielten uns fest, wärmten uns gegenseitig. An Noahs gleichmäßigem Atem merkte ich, dass er eingeschlafen war. Ewig hätte ich ihm dabei zuhören können, wäre ich nicht selber eingeschlafen.

„Marlene!" Noah rüttelte mich an der Schulter.

Ich blinzelte. Der Tag war zwar angebrochen, aber die Sonne zeigte sich nicht mehr. Tief hängende Regenwolken wälzten sich über die Baumwipfel. Ich hob meinen Kopf, um ihn zu küssen, aber er war total aufgeregt. „Was ist das? Hörst du das auch?"

„Hubschrauber", nuschelte ich verschlafen.

„So klingen Hubschrauber?", fragte er erstaunt. „Die haben sie losgeschickt, um uns zu suchen."

„Du glaubst, die suchen uns mit Hubschraubern?" Schlagartig

war ich hellwach und suchte den wolkigen Himmel ab. Hubschrauber konnte ich keine sehen, aber hören konnte ich sie, und wenn mich nicht alles täuschte, waren es sogar zwei. Besser, wir machten uns auf den Weg.

Die ersten Schritte taten weh. Die Unterschenkel, die Knie – alles war steif. Ich hatte Blasen an den Füßen. Die Helikopter über uns knatterten. Aber wo waren sie nur? Ich konnte sie beim besten Willen nicht entdecken und das machte mir noch mehr Angst. Jederzeit konnten sie über uns auftauchen. Noah zog den Kopf ein.

„Solange wir im Wald sind, können sie uns nicht so gut finden", versuchte ich, mich selbst zu beruhigen, aber es gelang mir nicht wirklich. Wir wichen einem ausgerissenen Wurzelstock aus und kamen an zwei zusammengewachsenen Bäumen vorbei.

„Was glaubst du, was sie von dir wollen?", fragte ich. „Warum haben sie dich so lang dort oben eingesperrt?"

„Keine Ahnung. Ich weiß nur, dass die uns bestimmt keine Hubschrauber schicken, nur weil mich Schwester Fidelis so furchtbar vermisst."

„Das glaube ich auch nicht."

Wir liefen eine Ewigkeit und auf einmal standen wir wieder neben den zusammengewachsenen Bäumen. Ich blickte mich um.

„Was hast du?"

„Wir sind im Kreis gelaufen", sagte ich, den Tränen nahe. Ich hatte keine Ahnung mehr, in welche Richtung wir gehen mussten, spürte keine Neigung mehr, der wir talabwärts hätten folgen können. Planlos irrten wir durch Baumstämme, doch in dem Moment, als ich verzweifelt aufgeben wollte, entdeckte ich eine Eisenbahnschwelle unter Lehm und Laub. Noch eine und noch eine, mit großen Nieten. Sie waren genau eine Schrittlänge voneinander entfernt und ich konnte den Teer riechen. Wir folgten dieser alten Eisenbahntrasse wie in Trance, redeten nichts. Da hörte ich das Schnaufen einer Dampflok hinter mir. Ich fuhr herum. „Der Zug!", rief ich und wir rannten los. Wie besessen folgte ich den Schienen, bereit, mich ins Gebüsch zu werfen, bevor uns der Zug niederwalzen konnte. Sch-Sch-Sch in meinen Ohren, immer lauter, ohrenbetäubend. Dazwischen Noahs Stimme.

„Marlene", Noah zog mich an der Hand. „Was machst du? Halt an! Da ist kein Zug."

Ich fuhr herum, sah keinen Zug, aber eine Dampfwolke, die sich zwischen den Bäumen auflöste. Meine Nerven spielten verrückt. Ich japste nach Luft, musste eine Weile stehen bleiben, bis ich weiterkonnte. Die Eisenbahntrasse wurde schmaler, die Schwellen lückenhaft. Hier konnte nie und nimmer ein Zug fahren.

Und dann standen wir vor einer morschen Eisenbahnbrücke, unter der ein tosender Gebirgsbach wütete. Sie war mit gekreuzten Holzlatten abgesperrt und ein Schild verkündete: „Lebensgefahr! Betreten der Brücke verboten!" Doch es blieb uns nichts anderes übrig. Wir kletterten über die Absperrung. Ich klammerte mich an Noah, und während ich Todesängste ausstand, setzten wir einen Fuß vor den anderen. Jetzt erst sah ich, dass die Brücke nicht bis zum rettenden Felsen reichte, sondern eine Lücke ließ. Vor uns war plötzlich Leere. Wir mussten ans andere Ufer springen. Noah ermunterte mich – der hatte leicht reden, er sah nicht, wie tief es nach unten ging. Aber ich wusste, dass wir nicht mehr zurückkonnten, wagte diesen großen Schritt, gab Noah Anweisungen, wir reichten uns die Hände und standen schließlich eng umschlungen und zitternd auf dem Felswürfel, noch ein Schritt über den Abgrund zu einem steilen Geröll, das wir hochkletterten, während unsere Füße immer wieder davonrutschten. Dann hatten wir es geschafft und festen Boden unter den Füßen.

Erleichtert atmeten wir durch, ruhten uns eine Weile aus, tranken Wasser aus einem Rinnsal und stapften querfeldein über harte Sträucher weiter.

Noah wurde langsamer, blieb auf einmal stehen, bückte sich und durchkämmte mit seinen Fingern die nassen Sträucher. Er kniete sich zwischen sie, zupfte daran herum und hielt mir dann eine

Handvoll Heidelbeeren entgegen. Vor lauter Regennässe hatte ich sie nicht gesehen. Mit meinen Lippen fischte ich sie von seiner Handfläche. Es waren die besten Heidelbeeren meines Lebens. Der Waldboden war voll davon. Ich fing auch an zu sammeln und wir stopften zuerst unsere Münder, dann unsere Taschen damit voll. Leider bekam ich davon noch mehr Hunger – die regelmäßigen, ausgiebigen Mahlzeiten in der Villa hatten meinen Magen ganz schön verwöhnt. Das Knattern der Helikopter wurde mal lauter und verstummte dann wieder.

Noah lenkte mich ab. Er zeigte mir Pfefferminze, Kamille, Lungenkraut, stinkenden Storchenschnabel, Huflattich, sauren Klee, Waldmeister, Bucheckern und Preiselbeeren, kannte jedes Gewächs mit Namen. Manche entdeckte er mit der Nase, andere, indem ich sie ihm in die Hand drückte, egal, welches Kraut – nur durch Tasten, Riechen und Schmecken schien er so ziemlich alles zu kennen, was hier wuchs. Pfefferminze kannte ich nur aus Kaugummis und Preiselbeeren gab es bei uns zu Hause manchmal zum Schnitzel. Das war auch schon alles. Ich hatte keine Ahnung, wie viele unterschiedliche Zapfen es gab, dass die einen nach oben und die anderen nach unten wuchsen, zu Tannen oder Fichten gehörten, und dass die Zapfen der Zirbelkiefer bei den Römern ein Symbol der Unsterblichkeit waren. Laut Noah gab es vier verschiedene Arten von Brennnesseln, in seinem Leben war er mit allen öfter in Berührung gekommen, als ihm lieb war.

Der Wald war sein Spielplatz gewesen, erzählte er mir. Jede freie Minute hatte er die Rinden und Blätter von Bäumen untersucht, Vogelnester zerlegt, Käfer, Beeren, Schnecken und Blütenkelche gesammelt. Er wollte immer schon alles wissen, schleppte Kröten, Eicheln und Hirschkäfer mit in die Villa, pflanzte jedes Kraut im Glashaus ein und trieb Schwester Fidelis damit so lange an den Rand des Wahnsinns, bis sie ihm Antworten auf all seine Fragen gab. Die schlimmste Zeit für ihn war der Winter. Der Schnee dämpfte alle Geräusche. Er kannte sich im Freien nicht mehr aus und war dazu verdonnert, drinnen zu bleiben. Im Winter hatte er auch begonnen, Klavier zu spielen, und im Winter hatte er sich einsamer gefühlt als sonst.

Und dann war Anna gekommen und hatte ihm vom aufregenden Leben draußen in der Welt erzählt. Sie war in jungen Jahren weit gereist, kannte viele interessante Menschen und mochte an Noahs Krankheit auch nicht so wirklich glauben. Sie drängte Schwester Fidelis so lange, bis diese einem Ausflug in die Stadt zustimmte. Erst nachdem Anna mitansehen musste, wie Noah um sein Leben kämpfte, hörte sie auf, ihm von der Welt zu erzählen. Stattdessen philosophierten die beiden stundenlang. Irgendwann erzählte ihm Anna, dass sie immer davon geträumt hatte, eine eigene Schneiderei zu führen. Noah wollte wissen, was sie davon abhielt. Und je länger sie mit ihm darüber redete, umso fester wurde ihr Entschluss. Anna wollte, wenn ein Jahr um und ihr Vertrag erfüllt war, die Villa verlassen und mit dem Geld, das ihr Schwester Fidelis zugesagt hatte, eine Schneiderei aufmachen. Am nächsten Tag war sie verschwunden. Sie kam nie wieder. Eine Weile lang hatte Noah gehofft, dass sie das Jahr nicht abwarten hatte wollen und dabei war, ihren Traum zu verwirklichen. Aber dann hatte er den Ring in der Erde gefunden. Am Finger eines Skeletts weit weg in einem Wald, den er noch nie zuvor betreten hatte. Offenbar hatte Viktor das Grab, nachdem Noah es entdeckt hatte, in den Keller verlegt. Ich wollte Noah nach Vigor, Michele und Aurelia fragen, aber ich brachte es nicht übers Herz.

Der Morgen ging in den Vormittag über. Wir hatten gehofft, dass sich das schlechte Wetter verziehen würde, aber der Himmel wurde immer dunkler. Schon wieder begann es, wie aus Eimern zu schütten. Wie lange würden wir das noch durchhalten? Meine Füße fühlten sich an, als wären ihnen Schwimmhäute gewachsen. Mit dem starken Regen allerdings war das Knattern der Hubschrauber verschwunden. Wir wurden immer langsamer und versanken in Schweigen. Noah wäre wohl gern ein wenig schneller gegangen, aber ich hatte Mühe, genug Luft zu bekommen. Wahrscheinlich war ich gegen eine der vielen Pflanzen, an denen ich gerochen hatte, allergisch. Heuschnupfen oder so, denn die Enge in meiner Brust erinnerte mich an eine Hausstauballergie, die ich gehabt hatte, als ich klein war. Hoffentlich wurde das nicht schlimmer. Weit entferntes Hundegebell störte meine Gedanken. Zuerst dachte ich mir nichts dabei, aber als es immer näher kam, wurde auch Noah unruhig. Das Bellen näherte sich. Es klang aggressiv und blutrünstig. Wir rannten drauflos, mit dem Koffer, fielen über Wurzeln, wurden von Ästen zerkratzt, die uns in die Gesichter schlugen. Ich entdeckte den Hochstand eines Jägers. Das Bellen näherte sich. Hals über Kopf kletterten wir hintereinander daran hoch und fielen mit letzter Kraft auf die Holzplattform.

35

Schwer nach Atem ringend wagte ich einen Blick über das brusthohe Holzgeländer. Lauerten die Hunde mit fletschenden Zähnen am Fuß der Leiter? Versteckten sie sich hinter dicken Stämmen oder im Unterholz?

„Ich höre sie nicht mehr", flüsterte Noah.

Und ich sah sie nicht. Die Hunde schienen sich in Luft aufgelöst zu haben. Nach unten wagten wir uns trotzdem nicht, und weil wir hier oben ein Dach über dem Kopf hatten, ruhten wir uns aus. Das schlechte Wetter verlieh der Welt etwas Düsteres, ich hatte keine Ahnung, wie spät es sein konnte. Meine Uhr war bei unserem Ritt durch den Fluss stehen geblieben. War es erst Mittag oder schon später Nachmittag? In meinem Magen grummelte es und mir war flau.

„Noah." Ich tippte ihm auf den Arm, weil ich nicht wusste, ob er schlief.

„Hm?"

„Ich möchte nicht noch eine Nacht im Wald verbringen."

„Werden wir nicht. Keine Angst", murmelte er schlaftrunken und verschränkte seine Arme über der Brust. „Wir müssen das nur bestellen beim Universum."

„Bestellen ... beim Universum?"

Er streckte seine Beine aus. „Ich bestelle alles beim Universum ... Dich habe ich auch bestellt."

„Und wie macht man das?"

Er zog mich zu sich. Ich legte mich auf ihn drauf und wir hielten uns fest – es war schaurig nass und schön zugleich. Während wir uns küssten, bestellte ich beim Universum eine heiße Badewanne, trockene Kleider, ein Bett und etwas zu essen. Aber all das schien so weit weg und das leere Gefühl in meinem Magen und die Pflanzenallergie, oder was immer es war, machten mir zu schaffen. Als ich mich aufrappelte, knickten mir beinah die Beine weg.

„Was hast du?", fragte Noah besorgt und setzte sich auf.

Ich musste gestöhnt haben und merkte, dass meine Hände auf meinem Magen lagen; die Heidelbeeren waren mir nicht gut bekommen. Durchfall kündigte sich an.

„Nichts", sagte ich und mir war bewusst, dass es übertrieben fröhlich klang. An Noahs Gesichtsausdruck merkte ich, dass ich ihm nichts vormachen konnte. Er schien sehr wohl zu spüren, wie erschöpft ich war. Mein angestrengtes Luftholen und das asthmatische Pfeifen in meiner Lunge hörte er schon die ganze Zeit. Ich überblickte das Gelände. Es wirkte auf mich wie ein aus lauter Punkten gemaltes Ölbild. Ich schrieb die Sinnestäuschung meinem Hunger und dem fehlenden Schlaf zu. Die Punkte tanzten vor meinen Augen und setzten sich nach einer Weile zu einem brauchbaren Bild zusammen.

„Das gibt's nicht", sagte ich ungläubig. „Dahinten ist ein Weg."

Noah stand auf, schüttelte sich den Schlaf aus dem Gesicht, kletterte in null Komma nichts mit dem Koffer die hohe Leiter hinunter und wartete ungeduldig auf mich. Wo hatte er nur seine Energie her?

Und wieder kämpften wir uns über Schösslinge, Äste, Wurzeln und Steine, trampelten Pilze nieder, zerkratzten uns die Unterschenkel und versanken im Moos. Je näher wir dem Weg kamen, umso wütender rumpelte es in meinem Gedärm. Mein Magen fühlte sich an wie vor einer großen Prüfung, lampenfiebrig und nervös. Dann konnte ich es nicht mehr halten, stürzte hinter den nächsten Baumstamm, zog die Hose runter, hockte mich hin und gab Geräusche von mir, für die ich mich schämte, gegen die ich aber nichts tun konnte. Während ich ein Huflattichblatt ausriss, um mich damit zu putzen, dachte ich mir, wie unromantisch das doch alles war. Beinah hätte ich geheult. Warum konnte es bei uns nicht so sein wie bei anderen Liebespaaren? Warum konnten wir nicht einfach in einem Kino sitzen, Popcorn essen, uns küssen und das Leben genießen? Stattdessen stolperten wir erschöpft, blind und planlos durch einen nasskalten Wald, Bluthunde und Hubschrauber im Nacken, und als ob das nicht schon genug war, spielten meine Eingeweide verrückt und eine Allergie machte mir das Atmen schwer. Ich wischte mir mit den Ärmeln über die Augen, schluckte ein paar Tränen, zog mir die Hose hoch und versuchte, mich zusammenzureißen, als ich Noah gegenübertrat, der geduldig auf mich gewartet hatte.

„Die Heidelbeeren", murmelte ich peinlich berührt und versuchte, nicht umzukippen, weil mir ziemlich schwindlig war.

„Geht's dir besser?", fragte Noah und nahm mich in die Arme.

„Ja, ich glaube, ein bisschen wackelig noch, aber besser, ja. Solange du bei mir bist ..." Ich biss mir auf die Lippen, drohte schon wieder, mich in Tränen aufzulösen. Noahs Hand war warm und fest und half mir, wieder zu mir zu finden.

Dann erreichten wir den Weg. Er war präpariert und roch nach Wanderern und Zivilisation. Wenig später entdeckte ich einen Wegweiser, dessen Schrift aber von Wind und Wetter schon so verwittert war, dass ich nichts lesen konnte. Wir folgten ihm trotzdem. Während Noah wie mit einer Dauerbatterie geladen einen Fuß vor den anderen setzte, ging mir die Puste aus. Die Leere in meinem Magen machte mich schummrig und ich musste mich beherrschen, nicht alle paar Schritte hinter einen Baum zu rennen. Meine Knie und alle meine Muskeln taten weh. Ich hatte überall Blasen an den Füßen, am schlimmsten war die auf der Unterseite des großen Zehs. Jeder Schritt war eine Qual und ich wusste nicht mehr, wie ich weitergehen sollte.

„Du brauchst eine Pause", stellte Noah fest und wir suchten uns einen Platz unter einem überhängenden Felsen. Das Laub war nass und ich zitterte vor Kälte und Erschöpfung. Noah versuchte, mich abzulenken, und wollte wissen, was mich in der Gewitternacht zuvor dazu gebracht hatte, ihm endlich zu glauben. Bibbernd zog ich das Fläschchen aus meiner Hosentasche und drehte vorsichtig den Verschluss auf.

„Was tust du?"

„Riech mal." Ich hielt es ihm unter die Nase. Angewidert verzog er das Gesicht. „Igitt. Schwester Fidelis' Lebenselixier."

„Was?"

„Das hat sie dauernd getrunken. Besonders ekelhaft war's im Unterricht. Sie behauptete, damit würde man ewig leben." Er nahm es mir aus der Hand. Meine Reaktionszeit war furchtbar langsam. Zu spät registrierte ich, was er da tat, indem er es sich an die Lippen setzte und einen Schluck nahm. Erst dann riss ich es ihm weg und flippte fast aus. „Bist du wahnsinnig?"

Er schluckte und würgte.

„Was hast du getan? Verdammte Scheiße! Noah!" Ich konnte es nicht glauben. „Das ist das Gift, das sie dir ins Mineralwasser getan hat", heulte ich völlig verzweifelt.

„Das ist kein Gift", er lächelte. „Es ist Lebertran, schmeckt nach Fisch und ist wahrscheinlich hundert Jahre alt, bringt dich aber nicht um. Probier mal."

Fassungslos starrte ich ihn an. Was hatte er getan? Wollte er uns umbringen? Mit Noah sterben. Wie Romeo und Julia. Vielleicht war eh schon alles egal. Seit ich in dem Kellergewölbe gewesen war, fühlte ich eine Traurigkeit in mir, die einen Gedanken an den eigenen Tod möglich machte. Ich schluckte einen Tropfen. Mir wurde hundeübel, aber nicht von dem Lebertran, sondern von der neuen Erkenntnis, die durch meine Gehirnwindungen kroch. Die Bäume um mich herum fingen an, sich zu drehen. Ich kam mir vor wie in einem Ringelspiel, das ich nicht zu stoppen vermochte, dann wurde mir schwarz vor Augen, ich sank zu Boden und musste mich heftig übergeben. Noah kniete neben mir und legte mir die Hände auf den Rücken.

„Dort drüben ist ein Bach", sagte er, als es mir ein wenig besser ging, und zeigte in eine Richtung. Hustend folgte ich ihm zu einem kleinen Bächlein, das zwischen Birken gluckste. Nachdem ich ein paar Schlucke glasklares Wasser genommen hatte, konnte ich meine Angst um Noah endlich in Worte fassen.

„Wenn das nicht das Gift war ... was hat dich dann krank gemacht?", fragte ich stimmlos.

„Weiß ich nicht, aber der Lebertran bestimmt nicht."

„Aber wenn ... aber ... was ist, wenn ..."

„Marlene", er hielt mich fest. „Ich bin nicht krank. Du brauchst keine Angst um mich zu haben. Ich mach mir eher Sorgen um dich. Was ist los mit dir?"

„Das waren doch nur die Heidelbeeren nach zu wenig Schlaf und zu viel Aufregung. Eine logische Stressreaktion. Noah! Ich hab Angst um dich. Todesangst. Was, wenn du stirbst, sobald wir die Stadt erreichen. Ich will dich nicht verlieren. Verdammt. Hast du schon vergessen, wie beschissen es dir gegangen ist nach dem Konzert?"

„Nein, das habe ich nicht vergessen. Aber der Lebertran war's nicht, das hätte ich gerochen. Ich glaube auch nicht, dass es Schwester Fidelis war. Sie ist zwar eine Nervensäge, aber umbringen würde sie mich nie, dafür hat sie mich zu gern."

„Wer war's dann? Anselm offenbar auch nicht. Viktor?"

Er schüttelte den Kopf.

„Entweder es ist noch jemand im Spiel, den ich nicht kenne, oder es war mein Pate", vermutete Noah.

„Doktor Adams?"

Er nickte.

„Dann werden wir ihm einen Besuch abstatten und ihn zur Rede stellen." Wütend stemmte ich meine Hände auf Noahs Schultern und zog mich an ihm hoch – Wut erzeugt Energie. „Komm."

Wild entschlossen gab ich Noah die Hand und wir liefen weiter – Noah lief, ich humpelte und schwankte wie ein beschädigtes Spielzeug. Wieder beschlichen mich diese verflixten Zweifel. Was, wenn er doch erstickte, sobald wir die Stadt erreichten? Hatte ich es wirklich so eilig, dorthin zu kommen? Immer langsamer schlich ich dahin.

Bis er jäh stehen blieb und mir beide Hände auf die Wangen legte.

„Schau mich an."

Das tat ich ausgiebig. „Weißt du eigentlich, wie schön deine Augen sind?"

Er musste lächeln. „Weißt du, wie egal mir meine Augen sind? Nicht egal ist mir aber, dass du dauernd an mir zweifelst."

„Dann lass mich dich etwas fragen."

Er nickte.

„Weißt du hundertprozentig, dass du diese Krankheit nicht hast, oder glaubst du es nur?"

Er seufzte. „Ich glaube es nur."

„Du weißt es also genauso wenig wie ich!", sagte ich und merkte, wie wütend ich wurde. Noch einmal seufzte er und es kam tief aus seiner Seele. „Mal für eine Sekunde angenommen, ich irre mich, dann sterbe ich lieber frei, als für immer eingesperrt zu sein. Kannst du das nicht verstehen?"

„Nein … Doch … Ach verdammt. Ich muss komplett durchgeknallt sein."

„Durchgeknallt?"

„Verrückt", übersetzte ich wütend.

„Natürlich bist du durchgeknallt. Wer will schon wissen, was in einem roten Koffer ist, und steigt aus lauter Neugier in ein fremdes Auto? Ziemlich durchgeknallt!" Er knuffte mir lachend in die Seite, zog an meiner Hand, lief voraus und landete glatt in einer Pfütze. Das Wasser spritzte ihm bis zum Bauch, aber es machte ihm nichts aus.

„Hast du in deinem beschissenen Spiel nur ein einziges Mal an mich gedacht? Was mache ich, wenn du stirbst?", rief ich empört.
„Das überlebe ich nicht."
„Dann sterben wir eben zu zweit. Wie Heinrich von Kleist und seine Henriette. An einem kalten Herbsttag saßen sie am Ufer eines Sees und bestellten sich Kaffee und Rum vom Gasthof nebenan, alberten herum, jagten sich wie kleine Kinder. Dann hallten zwei Schüsse durch die Herbstlandschaft. Er hatte ihr in die Brust geschossen, dann sich selbst in den Mund. Als man die beiden fand, lag sie auf dem Rücken, die Hände über dem Leib gefaltet. Kleist saß kniend vor ihr, den Kopf auf eine Pistole gestützt."

So wie er das erzählte, wurde er mir zum ersten Mal ein wenig unheimlich. Das flaue Gefühl in meinem Magen verwandelte sich in einen ziehenden Schmerz. Meinte er das ernst? „Hat dir das Schwester Fidelis so erzählt?", fragte ich mit klammer Stimme und hoffte, er würde das neuerliche Rumoren in meinen Gedärmen nicht hören.

„Ich musste ziemlich lange nachbohren. Sie sprach nur von seinem Selbstmord, aber ich wollte unbedingt wissen, wie er es getan hatte, und ließ nicht locker und irgendwann kramte sie dann die ganze Geschichte aus ihren Büchern hervor."

Ich strich ihm über seinen Unterarm. „Hast du schon einmal darüber nachgedacht, mit allem Schluss zu machen?"

Ein paar Schritte lang überlegte er. „Hat nicht jeder manchmal Todessehnsucht? Nichts mehr, das wehtut?" Er klopfte sich auf seine Brust.

Ich stolperte, obwohl nichts im Weg war, und er fing mich auf. „Hoppla ... Ist wirklich alles in Ordnung mit dir? Du schwankst schon die ganze Zeit. Hab ich dich wütend gemacht?", fragte Noah besorgt.

„Nein .. du nicht ... ich hab Angst, Noah, Angst, dass dir etwas passieren könnte, Angst, dass uns etwas passieren könnte. Ich mag nicht übers Sterben nachdenken. Ich ..." Eine wilde Kreatur in meinem Inneren schien zum Leben zu erwachen. Ich presste mir eine Faust in den Magen und schluckte sie mit aller Gewalt nach unten. Sie sollte gefälligst dort bleiben, wo sie war.

„Ich kann sowieso nicht sterben, nicht ohne mich, zufrieden und heiter, wie ich bin, mit der ganzen Welt, und somit auch, vor allen anderen, meine teuerste Marlene, mit dir, versöhnt zu haben", zitierte er wie ein Burgschauspieler. Unter normalen Umständen hätte ich jetzt wohl gelacht. Aber in diesem Moment trafen mich seine Worte mit Wucht. „Wir sind doch versöhnt?", fragte ich ängstlich, worauf er mich zärtlich küsste. Nur heiter und fröhlich waren wir nicht. Noah schien meine düstere Stimmung zu spüren und versuchte, die Lage mit seinem muntersten Tonfall zu entspannen. „Weiß du, was ich hab? Hunger hab ich. Großer Gott, hab ich Hunger. Siehst du irgendwo einen Apfelbaum oder ein gebratenes Huhn oder so was?"

„Hunger", murmelte ich.

„Noch bin ich nicht tot, oder?" Er strich sich über den Bauch, der keiner war.

Das unverkennbare Knattern von Hubschraubern ließ uns erneut aufschrecken. Ich verrenkte mir den Hals, sah nichts, aber das Geräusch war bedrohlich und wir versuchten, uns unter den Bäumen aufzuhalten.

Der Regen, jetzt ein dünner, ekelhafter Sprühregen, hörte nicht auf und auch Noah schien irgendwie zu verwelken. Der Hunger setzte ihm viel mehr zu als das Laufen oder die Nässe. Der Weg wurde schmaler und verwachsener, bald wusste ich nicht mehr, ob wir überhaupt noch auf einem Weg waren, vor meinen Augen verschwamm alles. Lief ich noch auf festem Grund? Waren das Wolken unter mir? Oder gar nur leerer Raum oder Wasserdampf, auf dem ich lief? Als wir mehrere Stacheldrähte überwinden mussten, wachte ich kurz auf, spürte Atemnot, einen brennenden Magen, Blasen und schmerzende Muskeln. Am liebsten hätte ich geschrien vor Erschöpfung, Schmerz und Verzweiflung. Ich hatte keine Lust mehr. Ich konnte nicht mehr. Ich hatte die Nase gestrichen voll.

Als vor uns eine halb verfallene Holzhütte auftauchte, wusste ich, dass ich keinen Schritt mehr machen würde, und wenn darin nur Dreck war. Die Hütte bestand aus zwei Teilen – auf der einen Seite waren ein paar winzige Fenster und eine Eingangstür. Auf der anderen Seite musste früher ein Stall gewesen sein. Die grauen Holzschindeln bröckelten herunter. Die Läden hingen schief in den Angeln und die Fenster waren mit einer Schicht aus Staub und Spinnweben überzogen. Ich ließ Noah im Regen stehen, stieg die paar Stufen rauf und rüttelte an der Eingangstür, aber die Klinke ließ sich keinen Millimeter bewegen. Durch hohes Gras stapften wir rund um den Stall. Noch eine Tür mit einem Vorhängeschloss. Ich war wild entschlossen, ein Dach über dem Kopf zu kriegen, nahm eine Holzlatte, klemmte sie in den Türspalt und gemeinsam bogen wir das altersschwache Vorhängeschloss auf. Die Tür sprang auf.

Uralter Gestank nach Mist, Ziege, Schmutz und Gülle verschlug mir fast den Atem. Noah hielt es kaum aus und musste sich die Nase zuhalten. Durch Holzritzen drang ein wenig Licht und in einer Ecke lag noch ein wenig Heu.

„Wenigstens ist es trocken", stellte ich fest, und ohne eine Sekunde über all die Viecher nachzudenken, die hier herumkrabbelten, legte ich mich hin, rollte mich zusammen, suchte Noahs warmen Körper und schlief augenblicklich ein. Das Letzte, was ich hörte, war sein knurrender Magen, das Grummeln in meinem Bauch und das unangenehme Pfeifen meiner Lunge, das mir mehr Sorgen bereitete, als ich zugeben wollte.

Einmal erwachte ich, weil mir alles wehtat. Draußen war es dunkel geworden. Schatten huschten ums Haus und jagten mir eine Höllenangst ein. Sie sahen aus wie Männer mit Gewehren. Waren das Schritte? Stimmen? Vielleicht aber waren es auch nur Schatten von Bäumen oder Tieren. Ich wickelte mir Noahs Arm um den

Bauch, klammerte mich an ihm fest und redete mir ein, dass mir nichts passieren konnte, solange er da war.

Ich erwachte, weil mir unglaublich kalt war und ich am ganzen Leib zitterte. Jeder Muskel tat mir so weh, als hätte mich jemand verprügelt. Ich griff mit der Hand ins Leere. Dort, wo Noah gelegen hatte, war das Heu platt und kalt.

36

Noah war weg!
Sie hatten ihn gefunden, abgeholt, mitgenommen.
„Noah?" Panisch schnellte ich hoch. Aber es war wieder so verdammt dunkel, dass ich meine Hand nicht vor Augen sehen konnte. Schwankend stolperte ich über einen Holzstiel, dann über eine Milchkanne, die höllisch laut schepperte, und kam mir vor wie betrunken.
„NOAH!", brüllte ich, erreichte eine Holzwand, tastete mich daran entlang und versuchte, die Tür zu finden. Da war aber keine Tür. Ich war eingesperrt. In einem dunklen Stinkloch. Voll mit altem Mist, Ratten, Mäusen und ...
„Was schreist du denn so?", fragte Noah seelenruhig und ich erkannte seine Silhouette in der halb geöffneten Stalltür, durch die kühle Luft hereindrang. „Ich bin hier."
Ich tastete mich zu ihm hin.
„Mach das nie wieder!", brüllte ich ihn an und trommelte ihm mit beiden Fäusten auf die Brust. „Geh nie wieder von mir fort, ohne vorher was zu sagen!" Dann sank ich erschöpft zu Boden, hatte zu viel Extrakraft verbraucht.
„Tut mir leid. Ich wollte dich nicht erschrecken. Du hast nur so tief geschlafen. Alles ist gut. Du zitterst ja und wie dein Atem rasselt. Komm her." Er nahm meine Hände, umarmte mich und ich ließ mich von ihm wärmen.
„Wo bist du gewesen?", fragte ich.
„Draußen vor der Tür hab ich gesessen. Ich hab's hier drin nicht

mehr ausgehalten. Dieser Gestank macht mich fertig. Außerdem tut mir alles weh. Komm. Lass uns lieber weitergehen."

„Es ist so dunkel."

„Macht doch nichts", sagte er und zum ersten Mal beneidete ich ihn darum, dass er keinen Unterschied zwischen hell und dunkel kannte. Schlaftrunken taumelten wir los. Immerhin ein paar Stunden hatte ich geschlafen. Es hatte aufgehört zu regnen. Aber es war kalt. Wenigstens waren unsere Kleider ein bisschen getrocknet. Die frische Luft weckte mich auf. Trotzdem waren die ersten Schritte die Hölle. Meine Blasen mussten aufgeplatzt sein. Die offenen Stellen brannten wie Feuer und ich hatte das Gefühl, über glühende Kohlen zu gehen. Mein Magen tat jetzt richtig weh und zog sich immer wieder schmerzhaft zusammen. Dann begann es zu dämmern. Wir kamen zu einem Brunnen. Der gab mir Hoffnung, dass wir uns der Zivilisation näherten. Wir tranken so viel, bis wir das Gefühl hatten überzugehen. Manchmal hörten wir Hunde bellen und das war das Einzige, was uns am Laufen hielt. Nach ich weiß nicht wie vielen Stunden konnte ich nicht mehr. Weinend vor Erschöpfung ließ ich mich ins Gras auf den Wegrand fallen, klammerte mich an Noahs Bein und den Koffer, der an allem schuld war. Aus. Vorbei. Das war's.

„Du kannst machen, was du willst, aber ich geh keinen einzigen Schritt mehr", schluchzte ich und begann sinnlos auf den Koffer einzuschlagen. Ich trommelte von oben auf ihn drauf, dellte ihn ein, schlug ihn auf den Wegrand, öffnete ihn und versuchte, das Futter herauszureißen, aber immer noch wehrte es sich gegen meine Angriffe.

„Marlene", hörte ich Noah von weit weg. „Was machst du ... hör auf, bitte, du machst mir Angst ... Marlene!" Immer wieder hörte ich ihn meinen Namen rufen und ich drosch wie bescheuert auf den Koffer ein, so lange, bis ich nicht mehr konnte und nur noch jämmerlich heulte.

Noah hielt mich fest, ganz fest, so lange, bis ich mich beruhigt hatte. Er war warm. Wie lange wir so saßen? Ich hatte keine Ahnung.

„Es ist gut", sagte Noah und legte mir seinen Arm um die Schultern. „Wir bleiben einfach hier sitzen und warten auf bessere Zeiten. Meine Güte, hab ich Hunger." Er krümmte sich stöhnend, riss ein Pfefferminzblatt ab und roch sehnsüchtig daran. Diese Geste brachte mich hysterisch zum Lachen. „Du bist komisch", heulte ich und brach erneut in einen Weinkrampf aus. Dann musste ich in seinen Armen wohl eingenickt sein.

Das Hecheln eines Hundes weckte mich. Als ich meine verweinten Augen öffnete, war es bereits zu spät. Der Hund stand dicht vor uns. Noah krallte seine Hände in meinen Arm und schien vor Angst zu erstarren, als das Vieh auf uns zukam. Es hatte langes Fell. Seine Augen waren blutunterlaufen und seine Lefzen hingen ihm sabbernd über große Zähne. Es schnüffelte an Noahs Unterschenkel und hinterließ Sabberspuren. Wir wagten nicht, auch nur einen Atemzug zu tun. Zum zweiten Mal erlebte ich, dass Noah richtig Angst hatte. Wie in Schwester Fidelis' Kontor, als ich aus dem Keller mit den Gräbern gekommen war, zitterte er am ganzen Körper.

„Heinrich!", rief plötzlich eine Frauenstimme. „HEINRICH! Hierher! Wirst du wohl die jungen Leute in Ruhe lassen." Mir fiel ein Stein vom Herzen.

„Gott", stöhnte Noah und griff sich an die Brust.

Widerwillig ließ sich der Hund von seinem Frauchen an die Leine nehmen.

„Marlene", murmelte Noah, „wer ist das?"

Er brachte mich in Stress, ich konnte doch nicht vor ihrer Nase sagen, dass sie eine rundliche Frau Ende vierzig war und statt eines Schirms einen Männerhut auf zerzaustem graubraunem Haar trug, in dessen Krempe sich schon eine handflächengroße Pfütze angesammelt hatte. Ihre Jeans steckten in matschverschmierten Gummistiefeln und die olivgrüne Regenjacke glänzte nass. Sie musterte uns mit einem sanften Blick.

„Ihr seht ziemlich fertig aus", stellte sie nüchtern fest.

Ich blickte Noah an, ich sah an mir herab und plötzlich wurde mir bewusst, wie wir aussahen. Unsere Haare waren voller Tannennadeln, Zweige und Dreck. Noah hatte einen Kratzer quer über der Wange und eine Beule an der Stirn – die hatte er sich eingefangen, als er von einem Stein am flachen Flussufer gebremst worden war. In meinem Gesicht sah es bestimmt nicht besser aus. Wir waren zerkratzt, als wäre eine Horde Katzen mit ihren Krallen über uns hergefallen, und wir stanken von der Nacht in dem ekelhaften Stall und nach unserem Angstschweiß.

Wir sahen nicht nur fertig aus, wir waren fertig, fix und fertig. Prompt liefen mir wieder Tränen über die Wangen. Ich hatte einfach keine Kraft mehr.

„Kann ich euch irgendwie helfen?"

Wir nickten synchron und halfen uns gegenseitig stöhnend dabei, irgendwie aufzustehen. Meine Muskeln jaulten auf. Meine Füße standen unter Flammen.

„Wir freuen uns sehr, Sie hier zu treffen", sagte Noah charmant und hielt ihr seine Hand entgegen, einen halben Meter daneben. „Ich bin Noah." Schwester Fidelis hatte zwar, was seine Höflichkeit anlangte, ganze Arbeit geleistet, aber bei nächster Gelegenheit würde ich ihm beibringen müssen, dass sein Verhalten ein wenig altmodisch rüberkam und die Menschen eher verwirrte, so wie die Frau, die nicht wusste, was sie mit der Hand anfangen sollte, die an ihr vorbeizeigte.

„Bist du betrunken?"

„Oh." Er drehte sich ihr entgegen. „Nicht betrunken, nur blind." Für ihn war es das Normalste auf der Welt. Er hatte mir erzählt, dass er fünf Jahre lang überhaupt nicht gewusst hatte, dass mit ihm etwas anders war. Erst als er den Kindern begegnet war, die Schwester Fidelis für ihn hatte kommen lassen, war er dahintergekommen. Sie sprachen über Dinge, die er nicht verstand, und wollten mit ihm „Blinde Kuh" spielen. Als sie merkten, wie schnell er sie einfing, wurden sie sauer und verbanden ihm die Augen, was keinen Unterschied gemacht hatte.

„Nur blind ... ach so", sagte sie und machte ein verdattertes Gesicht. „Ich bin Freija." Sie schüttelte seine Hand. „Ich wohne nicht weit von hier. Wenn ihr wollt, könnt ihr mitkommen."

Während ich mich auf meine Blasen stellte, sich alles um mich herum drehte, wuselte Heinrich um unsere Füße und brachte uns der Reihe nach ins Stolpern. Ich fragte mich, warum ich mich über die unverhoffte Hilfe nicht mehr freute. Warum fühlte ich mich immer noch so verdammt daneben? Alles schien so unreal zu sein. Waren die Bäume am Wegrand vielleicht nur Kulisse? Befand ich mich vielleicht auf einer Bühne oder einer Leinwand? Wurde ich immer noch von Kameras verfolgt?

„Heinrich!" Kopfschüttelnd zog Freija an der Leine. „Dieser Hund ist ein echtes Kalb. Ich hab ihn aus dem Tierheim geholt, weil er mir leidgetan hat, weil er doch so hässlich ist. Er ist ein ganz Lieber, nur leider folgt er überhaupt nicht. Das ist aber auch ein Sauwetter heute. Fängt schon wieder an zu regnen." Sie zog ihren Hut tiefer in die Stirn, verließ den Schotterweg und stapfte einen Pfad entlang durch den Wald. Wir folgten ihr im Gänsemarsch, kamen auf eine Wiese und ich wurde das Gefühl nicht los, beobachtet zu werden, als säße irgendwo auf der anderen Seite meines Lebens ein Publikum bei Popcorn und Cola, kommentierte hemmungslos unsere Flucht, machte sich lustig über meine miserable körperliche Verfassung und schloss Wetten ab, ob wir es bis ans Ziel schafften oder vorher krepierten. Was war überhaupt unser Ziel? Ich hatte den Überblick verloren, hob aber meine Hand und winkte in den Himmel, grinsend und affig, meinem Publikum zu, das mich durch die Kameralinse verfolgte. Glücklicherweise bemerkten weder Freija noch Noah diese hirnrissige Wink-Aktion und ich sah mich schon in der Psychiatrie, angekettet an ein Bett, einen Drogencocktail intus und meine Eltern vor einem Gitterfenster an der Tür. „Niemand darf in ihre Nähe, sie weiß nicht, was sie tut, könnte gefährlich werden", hörte ich die Stimme eines Arztes, der wie Noah klang. Lasst mich raus! Raus aus meinem Körper! Raus aus mir selbst.

„Marlene?" Noah drückte meine Hand und es gelang mir, meine verrückten Gedanken und Empfindungen für einen Moment beiseitezuschieben.

Freijas Haus war ein schwarzer Würfel aus Beton und Glas. Er stand am Rande einer Wiese wie an einer Tischkante. Ein Haus, um sich zurückzuziehen, war mein erster Eindruck. Keine Menschenseele schien in der Nähe zu wohnen. Sie fuhr mit ihrem Zeigefinger über einen Sensor in der Außenwand und die Eingangstür sprang mit einem Surren auf. Alles hatte ich mir erwartet, nur kein High-Tech-Haus, das einem Werbekatalog für preisgekrönte Architektur entsprungen sein könnte. Noahs Hände hatten eine Menge zu tun – gierig darauf, alles zu erfassen, was neu für ihn war, ließ er sie über die glatten Betonwände gleiten.

„Lasst die Schuhe ruhig an", sagte Freija und stieg mit Gummistiefeln eine lange Treppe nach oben.

„Besser nicht", sagte ich. Erstens waren sie wirklich schmutzig und außerdem konnte ich es kaum erwarten, Irinas Schuhe endlich loszuwerden. Nebeneinander setzten wir uns auf die Treppe und schälten uns die Schuhe von den Sohlen. Oh Schmerz. Auch Noah stöhnte.

Zuerst wollte ich den Koffer mit nach oben nehmen, aber Noah konnte mich überreden, ihn stehen zu lassen. Wie auf Eiern, weil unsere Fußsohlen so wund waren, krochen wir die Stiege hoch und kamen in einen modernen Wohnraum mit einem Küchenblock in der Mitte. Vor einem großen Fenster stand ein Schreibtisch, von dem aus man eine umwerfende Aussicht ins Tal hatte. „Antara", sagte Freija und ich erkannte am Horizont eine Stadt. Sollte ich mich freuen oder nicht? Noah wirkte aufgeregt und mir wurde klar, dass es kein Zurück mehr gab. Wir mussten herausfinden, was mit ihm los war. Dabei konnte uns der PC helfen, der aufgeklappt auf dem Schreibtisch stand, zwischen Bergen aus Büchern, Heften, losen Blättern und Notizblöcken. Auf dem Desktop war ein Foto von einem einsamen, verkrüppelten Baum in einer Sandwüste. Es war ein eindrückliches Bild. Ich konnte die Kamele darauf riechen. Sie drehten sich mir zu, dabei wackelten ihre Höcker, die dicken Lippen bebten und sie schauten mich an, schienen mir etwas sagen zu wollen, gingen auf einmal in die Knie und sprangen auf mich zu, heraus aus dem Bildschirm. Ich schlug meine Hände vors Gesicht und sank mit Herzrasen auf einen Sessel. Kamele, die aus dem Bildschirm sprangen ... Für eine Sekunde keimte der Verdacht in mir auf, dass mich auch jemand vergiftet hatte. Das war längst nicht mehr ich. In meinem Körper steckte eine andere Persönlichkeit, jemand hatte sich in mich eingeschlichen.

Die Kamele auf dem Bildschirm hatten mir wieder den Rücken zugekehrt – nur ein Foto auf einem Bildschirm, sonst nichts.

„Ihr wollt doch duschen?" Erst jetzt merkte ich, dass Freija wohl schon länger auf mich eingeredet hatte. Ich stand wirklich völlig neben mir.

„Ja, gern ... danke." Ich zwang meinen Lippen ein Lächeln auf.

Freija führte uns in ein modernes Badezimmer, entschuldigte sich dafür, dass sie keine Badewanne hatte, legte uns flauschige Handtücher bereit und zeigte uns, was wir an Shampoos verwenden durften. „Ihr kommt zurecht?" Dann ließ sie uns allein.

Wir standen uns gegenüber, nur Noah und ich, keine Nacht, kein Wald, kein Keller, kein Dachboden und niemand, der uns beobachtete. Nur wir zwei. Zwischen vier Wänden. Fast ganz normal. Und doch alles andere als das. Noah war genauso verlegen wie ich. Wir fanden keine Worte.

Als ich unseren Gesichtern im Spiegel begegnete, erschrak ich.

„Was ist?", fragte Noah.

„Wir schauen aus wie nach einem Kriegseinsatz im Dschungel. Vietnam, Kambodscha oder so."

Ich wollte mir die Kleider ausziehen, hatte aber vergessen, wie man das machte, und blieb wie gelähmt stehen. Noah lauschte meinen Atemgeräuschen, trat auf mich zu und nahm mich an den Handgelenken. „Was geschieht mit dir, Marlene?"

Noah erschrak, weil ich ihm unvermittelt einen heftigen Kuss auf den Mund drückte. Nur eine Armeslänge von mir entfernt wartete eine Dusche und auf einmal konnte ich es nicht erwarten, warmes Wasser auf meiner Haut zu spüren. Und Noah.

„Lass uns für zehn Minuten alles vergessen. Was meinst du?", sagte ich, als sich unsere Lippen voneinander gelöst hatten.

„Gute Idee", sagte er lächelnd und fing an, sich auszuziehen. Seine Kleider ließ er einfach fallen. Hitze stieg mir in die Wangen. Als er nichts mehr außer einer Socke anhatte, die er gerade abstreifte, merkte er, dass ich ihn beobachtete.

„Was ist?"

„Nichts", murmelte ich und stieg aus meinen nassen Klamotten. Zitternd nahm ich ihn an der Hand, öffnete die Glastür zur Duschkabine und wir stellten uns gemeinsam unter die Regendusche, aus der kein Wasser kam. Unsere Probleme schienen tatsächlich weit weg zu sein. Kichernd erforschten wir den Mechanismus und ich spürte Lachmuskeln in meinem Gesicht, die ich schon tagelang nicht mehr benützt hatte. Noah probierte mit großem Interesse alle Knöpfe aus und unvorbereitet trafen uns waagrechte Wasserstrahlen aus Düsen in den Fliesen. Wir krümmten uns vor Lachen, übertrieben und hysterisch. Und dann endlich kriegten wir die Regendusche zum Laufen.

Wir schäumten uns gegenseitig ein, konnten nicht genug bekommen von der Haut des anderen, ließen nichts aus. Schulterblatt. Wirbelsäule. Pobacke. Oberschenkel. Bauchnabel. Schlüsselbein. Haut auf Haut. Hand auf Haut. Lippen auf Haut. Noah berührte mich so vorsichtig, als könnte ich bei einer falschen Bewegung seinerseits für immer verschwinden. Ich drehte mich unter seinen feinfühligen Händen. Wir küssten uns unter fließendem Wasser und hätten uns sofort auf den plüschigen Vorleger gelegt, wären wir nicht zu Besuch gewesen. Also sparten wir unsere Lust aufeinander auf. Ich angelte mir das Badetuch und wir rieben uns gegenseitig trocken. In einer Ecke hing Freijas Bademantel. Ich erlaubte mir, ihn vom Haken zu nehmen. „Wir fragen sie, ob sie ein T-Shirt für dich hat", schlug ich vor. Einstweilen wickelte sich Noah das Badetuch um die Hüften und wir verließen das Bad.

„Seid ihr zurechtgekommen mit der Mischbatterie?", rief Freija, den Kopf über eine Pfanne gebeugt. „Nur Design, sonst völlig unpraktisch. Ich ärgere mich jeden Tag drüber."

Ein Duft nach Olivenöl, Knoblauch und Basilikum schlug mir entgegen, den ich normalerweise himmlisch gefunden hätte. Aber mein Magen rebellierte und ich musste gegen die Übelkeit ankämpfen. Ich schnupperte und dann merkte ich, warum mir schlecht geworden war – ein Geruch passte nicht zu diesem Essen, Nitroglycerin oder Nagellack, scharf und künstlich. Wahrscheinlich hatte sie irgendwo vergessen, die Flasche zu schließen. Freija warf Spaghetti in kochendes Wasser. Der Dampf wurde vom Dunstabzug eingesaugt.

„Hallt es in allen Häusern so wie hier?", fragte mich Noah leise. Zuerst wusste ich nicht, wovon er redete, bis mir klar wurde, dass er zum ersten Mal in seinem Leben eine andere Behausung betreten hatte. Er kannte nur seine altersschwache Villa aus Holz. Die Betonwände, das Glas und die spärliche, aber geschmackvolle Einrichtung ließ alles hoch und weit klingen, obwohl es eigentlich viel kleiner war als bei ihm daheim.

„Ich mag es nicht, wenn alles so vollgestopft ist", sagte Freija und rührte Tomaten in eine Pfanne. „Das Durcheinander in meinem Kopf reicht mir." Sie drehte sich um und prompt fiel ihr der Kochlöffel auf den Boden, als sie Noahs nackten Oberkörper erblickte.

„Ich müsste noch irgendwo einen Bademantel von meinem Sohn haben, er kommt manchmal her, leider viel zu selten." Sie huschte an uns vorbei, nicht ohne noch einen verstohlenen Blick auf Noah zu werfen, der inzwischen eine lederne Sessellehne unter die Finger genommen hatte. Meine Aufmerksamkeit aber galt dem Kochlöffel, der immer noch am Boden lag und sich plötzlich in etwas verwandelte, das ich mir nicht gleich erklären konnte. War es eine Schlange? Ich trat näher, betrachtete ihn vorsichtig aus der Nähe, bückte mich und wollte ihn aufheben, aber meine Hand war nicht mehr meine eigene Hand, sie sah aus wie eine kräftige Männerhand, mit Härchen und dicken Adern. Von oben blickte ich auf die Männerhand, die den Kochlöffel aufnahm, der sich in eine Spritze verwandelte. Die Spritze kam auf mein Auge zu, wollte mich in die Pupille stechen. Ich schrie auf, sank mit Herzrasen auf den Küchenboden und Noah hatte ganz schön Mühe, mich wieder in Freijas Küche zurückzuholen.

„Es ist nur ein Kochlöffel", sagte er besorgt und drückte ihn mir in die Hand.

„Klar", meinte ich. „Nur ein Kochlöffel. Ich glaube, ich bin einfach nur erschöpft."

„Ich weiß", sagte er, obwohl wir beide wussten, dass das nicht stimmte. Viel eher war ich ein Fall für den Psychiater – Angststörung oder Schizophrenie oder wie man so etwas nannte. Oder doch Drogen. Ich hätte nicht von Schwester Fidelis' Lebertran probieren sollen.

37

Freija kam mit einem Bademantel wieder. Er war schwarz und flauschig. Noah schlüpfte hinein, befreite sich von dem Handtuch, setzte sich und erforschte die Tischoberfläche, den Salzstreuer und eine Vase mit Wiesenblumen. An seinem bekümmerten Gesicht glaubte ich zu erkennen, dass ihn die Gegenstände jetzt nicht wirklich interessierten; viel eher wollte er mir Sorglosigkeit vorspielen. Freija schlug vor, unsere verdreckten Kleider im Schnelldurchlauf in die Waschmaschine zu stopfen. Bevor wir antworten konnten, trug sie schon den Haufen an uns vorbei die Treppe hinunter

„Moment!", rief ich, rannte ihr nach und riss ihr unsanft meine Hose aus der Hand. „Entschuldigung", stammelte ich, als ich ihr erschrockenes Gesicht sah, zupfte verstohlen Noahs Liebesbrief aus der Hosentasche und reichte ihr die Hose wieder. Nach all den Strapazen sah der Brief aus wie ein nasser Lappen – eingeweicht und durchsichtig. Ich wagte nicht, ihn aufzufalten, aber vielleicht waren Noahs Worte zu retten, wenn das Papier trocken war. Immerhin hatte er sie mit einer Schreibmaschine ins Papier gehackt.

Freija teilte das Essen aus. Schweigend saß sie uns gegenüber, fassungslos darüber, wie viel Noah verschlang.

„Willst du noch mehr?"

Er nickte und sie schöpfte erneut Nudeln aus dem Topf. Vier volle Teller Spaghetti schaffte er. Ich gab nach wenigen Bissen auf, mein Magen fühlte sich wund an. Erst als Noah nicht mehr konnte und sich zufrieden nach hinten lehnte, räumte Freija die Töpfe weg und fragte: „Woher kommt ihr beiden?"

„Aus der Villa Morris", sagte Noah und wischte sich mit einer Serviette den Mund ab.

„Ich dachte, die sei baufällig? Dort wohnt doch schon seit Jahrzehnten niemand mehr." Freija öffnete die Geschirrspülmaschine und mir war, als konnte ich hinter den Teller-Einsätzen in einen anderen, gleißend hellen Raum sehen und Beine, die zu Menschen gehörten, die geschäftig darin herumliefen. Ich biss auf die Serviette, mit der ich mir dann den Schweiß von der Stirn wischte. Als ich wieder hinsah, war der Raum dahinter verschwunden.

„Nur ich wohne da", sagte Noah.

„Und eine Nonne, ein Koch und ein Jäger", erklärte ich und war mit meinen Gedanken woanders. Vielleicht hätte ich das besser nicht sagen sollen.

„Aber ..." Bevor Freija weitersprechen konnte, unterbrach ich sie schnell und betonte noch einmal, wie gut das Essen war, weil ich mir nicht sicher war, wie viel wir über die Villa erzählen sollten; irgendwie hatte ich das Gefühl, sie gehörte nur uns beiden. Noah zupfte mich am Ärmel. „Denkst du, es gibt hier so etwas wie ein Telefon?", fragte er mich flüsternd. „Glaubst du nicht, es wäre ein guter Zeitpunkt, deine Eltern anzurufen?"

Ja, das sollte ich wahrscheinlich.

„Marlene!", sagte Noah eindringlich in mein Ohr. Ich dachte an den Anfall im Konzerthaus und mir wurde angst und bang. Sobald meine Eltern informiert waren, gab es kein Zurück mehr.

„Ob wir mal kurz Internet und Telefon benutzen dürften? Ich muss dringend meine Eltern anrufen und ihnen sagen, dass es uns gut geht", sagte ich widerwillig.

Freija schichtete Teller in die Spülmaschine und erklärte, dass sie nur an Wochenenden und im Sommer für ein paar Wochen in dieses Haus käme, um zu arbeiten. „Normalerweise habe ich viel zu tun, aber hier genieße ich jede Stunde, in der ich nicht mit der Welt verbunden bin. Sogar mein Mobiltelefon lasse ich zu Hause. Ich finde es herrlich."

„Und wenn Ihnen was passiert?", fragte ich.

„Was soll mir denn passieren?" Sie lachte und warf eine Reinigungstablette in die Maschine. „Wenn ihr wollt, fahre ich euch nachher ins nächste Dorf. Ich muss ohnehin einkaufen, dann könnt ihr telefonieren."

„Was arbeiten Sie denn?", wollte Noah wissen.

„Computerarbeit", sagte sie ein wenig ausweichend und ich konnte das Gefühl nicht loswerden, dass sie uns etwas verheimlichte.

Dann löschte wieder jemand ein paar Stunden meiner Lebenszeit oder meiner Erinnerung. Plötzlich fand ich mich in einer Garage wieder, saubere, getrocknete Kleider am Leib und immer noch todmüde. Nur der helle minzgrüne Oldtimer, der auf einem schneeweißen Boden zwischen polierten Betonwänden stand, zeigte mir, dass ich mich in einer Garage befand. Es hätte genauso gut eine Galerie, ein Museum oder ein Labor sein können, das man vergessen hatte einzurichten.

„Dieses Auto habe ich schon einmal irgendwo gesehen", sagte ich.

Freija lachte. „Ford Thunderbird Cabrio, Baujahr 65. Das gleiche Auto, das Thelma und Louise in dem Film gefahren sind. In eurem Alter kennt man den Film wohl nicht mehr. Es ist ein bisschen verrückt, ich weiß, aber ich konnte mich nicht beherrschen. Ich liebe diesen Wagen. Steigt ein." Eigenartig, dachte ich, meine Mutter liebt diesen Film genauso.

„Noah!", ich zog ihn am Ärmel. „Ich will wieder zurück in die Villa", hörte ich mich plötzlich weinerlich sagen. Alles erschien mir hoffnungslos.

„Marlene", sagte er leise, aber eindringlich, „das Paradies, das du dir erträumt hast, gibt es nicht."

Das offene Grab im Keller fiel mir ein, sein Name auf dem Grabstein und ich schämte mich für meine Zweifel. Noah hatte sein Leben lang darum gekämpft rauszukommen und jetzt sollte ausgerechnet ich ihm das vermasseln.

„Tut mir leid."

„Wir tun das Richtige, glaub mir", bestärkte er mich, nahm mir den Koffer aus der Hand und stellte ihn auf den Rücksitz. Dann kletterten wir hinterher. Heinrich machte es sich auf dem Beifahrersitz bequem und sabberte das Armaturenbrett voll. Noah suchte nach meiner Hand, während sich ein Verdeck elektrisch über unsere Köpfe schob. Mit einer Fernbedienung öffnete Freija ein Garagentor, das in den Felsen eingelassen war, auf dem das Würfelhaus stand. Es piepste scharf und laut, bis es offen stand. Aus dem Handschuhfach holte sie eine Brille und setzte sie auf. Wir polterten in diesem irren Wagen über einen Kiesweg, kamen auf einem Güterweg durch den Wald, dann auf einen Plattenweg und gelangten endlich auf eine schmale asphaltierte Straße. In großen Serpentinen ging es stetig bergab, immer mehr Anzeichen von Zivilisation tauchten auf – Wegweiser, Bildstöcke, ein Schießstand, ein paar Hütten.

Noah umklammerte meine Hand, als würde alles gut, solange er mich festhielt.

„Wünsch uns Glück", flüsterte er.

„Viel Glück", murmelte ich in sein Ohr und hatte das Gefühl, eine Schlingpflanze wucherte zwischen meinen Gedärmen. Schnell gab ich eine Bestellung beim Universum auf: Alles soll gut werden. Alles soll gut werden. Alles soll einfach nur gut werden.

Freija drehte das Radio auf. Werbung, die gar nicht wie Werbung, sondern vielmehr wie eine Mischung aufgeregter Stimmen klang, die auf mich einredeten. Ich war froh, als sie es abstellte.

„Nein … bitte. Lassen Sie doch", flehte Noah. Sie drehte wieder auf und er lauschte. Der Moderator kündigte drei Hits am Stück an. Aber schon der erste wurde nach wenigen Takten abgewürgt.

„Wir unterbrechen wegen einer wichtigen Mitteilung. Immer noch fehlt jede Spur von der siebzehnjährigen Marlene Mendel. Die Polizei schließt ein Gewaltverbrechen nicht mehr aus. Alles deutet darauf hin, dass die Schülerin entführt worden ist. Marlene Mendel ist einen Meter zweiundsiebzig groß, schlank und hat rötliches, langes Haar, hellbraune Augen und Sommersprossen. Besonders auffallend dürfte die von ihr mitgeführte, selbst genähte Stofftasche mit einem bunten Muster sein. Sachdienliche Hinweise an jede Polizeidienststelle."

„Siehst du so aus?", fragte mich Noah, was mir völlig absurd vorkam. „Kann es sein, dass du hübsch bist?"

Ich brachte kein Wort aus meiner Kehle. Mein Herz schien mir in den Kopf gewandert zu sein, es pochte so fest, dass mir schwindelig wurde. Gott, meine Eltern mussten Höllenqualen leiden. Was hatte ich ihnen nur angetan?

„Ich brauch ein Handy", keuchte ich. „Ich muss ihnen sofort sagen, dass alles in Ordnung ist." Dass ich an Wahnvorstellungen litt, in denen sich Kochlöffel in Schlangen verwandelten und Kamele aus Bildschirmen hüpften, würde ich ihnen verheimlichen.

„Die Gelegenheit kriegst du in spätestens fünf Minuten", sagte Freija mit klammer Stimme und starrte aus der Windschutzscheibe.

„Was ist los?", fragte Noah, der ihre Angst zu hören schien.

„Polizei am Ende der Straße", meinte Freija und drosselte das Tempo. „Da kommt keiner durch. Ich hoffe, dass die nicht denken, ich hätte euch entführt."

„Quatsch", sagte ich. „Sie haben uns doch gerettet."

„Das gibt wieder eine Schlagzeile", seufzte Freija. „Wenn ihr wüsstest, wie wenig Lust ich darauf hab." Sie wurde noch langsamer. „Würde es euch etwas ausmachen, von hier zu Fuß weiterzugehen?"

„Ich glaube, sie haben den Thunderbird schon bemerkt", sagte ich. „Nicht gerade unauffällig der Wagen." Etwas Besseres als Polizei konnte uns eigentlich nicht passieren. Ich würde erzählen, wer ich war, würde meine Eltern anrufen, man würde uns nach Hause bringen und dann konnten wir in Ruhe herausfinden, was mit Noahs Eltern passiert war, warum er eingesperrt worden war und was der Grund für meine verzerrten Sinneseindrücke war. Aber als wir näher kamen, beschlich mich ein eigenartiges Gefühl. Irgendetwas stimmte mit diesen Polizisten nicht. Sie hatten falsche Uniformen an. Sie hatten überhaupt keine Uniformen an. Es waren finstere Männer, in schwarzes Leder gekleidet, an den Hälsen tätowiert – lange Mäntel, Motorradjacken, am Waldrand standen zwei dunkle Geländewagen, auf denen Jagdgewehre lagen. Nun hörte ich auch wieder das Knattern von Helikoptern, das uns begleitete, seit wir das Haus verlassen hatten.

„Scheiße!", entfuhr es mir. „Das sind keine Polizisten. Scheiße, Noah. Was machen wir, wenn das Viktors Leute sind, die angeheuert wurden, um uns zur Villa zurückzubringen?"

„Oh Gott!" Er schüttelte den Kopf, wurde panisch, wollte hinter dem Sitz auf den Boden kriechen. „Was machen wir? Mach was, Marlene! Ich geh nicht mehr zurück. Nie wieder. Hilf mir doch! Ich muss mich verstecken. Könnt ihr mich nicht tarnen? Verkleiden?" Die Vorstellung, dass er in einer halben Stunde wieder von Schwester Fidelis in Empfang genommen werden könnte, ließ mich erneut schwindlig werden. Unaufhaltsam näherten wir uns der Sperre. Die Männer hatten einen Holzbalken quer über die Straße gelegt. Schnell bestellte ich eine Idee beim Universum, aber die Lieferung verzögerte sich.

38

Da riss sich Freija die Brille von der Nase und reichte sie zwischen den Sitzen durch nach hinten. „Noah soll sich die aufsetzen." Während ich ihm die Brille auf die Nase drückte, beugte sie sich an Heinrich vorbei und zog ein Buch aus einem Karton, der am Boden stand. Es war noch in Plastik verschweißt, hatte mindestens fünfhundert Seiten und ein graugrünes Cover mit einer geprägten weinroten Schrift.

„Schnell, reiß es auf." Plötzlich wusste ich, was sie vorhatte. Mit nervösen Fingern fummelte ich die Verpackung von dem Buch und gab es Noah. „Tu so, als ob du liest."

Natürlich hielt er das Buch doppelt verkehrt herum, während wir uns der Straßensperre näherten. Der Klappentext stand auf dem Kopf. Rasch drehte ich das Buch in seinen Händen um, und erkannte am Foto der Autorin unsere Retterin. *Tempeldonner* von F. J. Martin. Unsere Freija war F. J. Martin? Noch einmal überfiel mich eine Hitzewelle. Mit offenem Mund starrte ich eine meiner Lieblingsautorinnen im Rückspiegel an. Kaum eine war zur Zeit so erfolgreich wie sie. Ich hatte alles von ihr gelesen. Kein Wunder, dass sie sich in dem Betonwürfel versteckte, um in Ruhe schreiben zu können. Deswegen hatte sie auch keine Lust, wegen uns in die Schlagzeilen zu kommen.

„Tu, als würdest du schlafen, Marlene", trug sie mir auf. Ich legte meinen Kopf auf Noahs Oberschenkel und rollte mich seitlich zusammen wie eine Schnecke.

„Schau in das Buch", flüsterte ich und konnte immer noch nicht glauben, dass Noah den fünften Band der Tempelsaga, auf den ich schon so lange wartete, in der Hand hielt.

„Nichts leichter als das", knurrte Noah, riss die Augen unnatürlich weit auf und kontrollierte mit der Hand, ob seine Nase über den Buchseiten schwebte. Obwohl die Situation alles andere als witzig war, musste ich in mich hineinkichern. Tiefe Männerstimmen unterbrachen mich. Vor lauter Angst steckte ich mir meinen Daumen in den Mund und kaute darauf herum. Freija kurbelte das Fenster nach unten und sagte freundlich, aber besorgt: „Falls ich zu schnell gefahren bin, tut's mir leid, aber ich bin auf dem Weg zum Arzt. Meine Tochter ist sehr krank." Schwere Stiefelschritte gingen um das Auto, durch ein halb geöffnetes Auge erkannte ich eine schwarze Gestalt, groß und breitschultrig.

„Sind das die beiden, die wir suchen?", schnarrte eine Männerstimme. Noahs Oberschenkel fühlte sich wie Stein an, so angespannt war er. Durch meine geschlossenen Augenlider konnte ich erkennen, dass es dunkler wurde, weil der Mann das Tageslicht abschirmte, und auf einmal war mir, als fiele ich in ein schwarzes Meer aus zähflüssigem, klebrigem Öl, das mich erstickte. Irgendwo an der Oberfläche waberte eine tiefe Stimme. „Weglaufen wollten sie ... alle beide ... sich verstecken ... damit ist Schluss, wir holen sie zurück. Aussteigen! Sofort!" Ich zog den Kopf ein, als jemand mit der Faust auf die Motorhaube schlug. Freija schnallte sich ab, hob ihre Arme über den Kopf und tat, als wollte sie aussteigen, als sie mit dem Fuß plötzlich das Gaspedal zum Anschlag drückte. Mir war nicht klar, was für Extra-Tools sie in ihren Thunderbird eingebaut hatte – er fühlte sich nämlich an wie eine Rakete, und ich wurde tief in den Sitz gedrückt. Motoren jaulten auf. Noah atmete schwer. Lass es gut ausgehen, bitte, lass es gut ausgehen. Mir trat der Schweiß in Rinnsalen aus den Achseln. Ich klammerte mich an Noahs Bein, hielt meine Augen geschlossen, ließ es geschehen, hörte Freija fluchen und überall Motoren, die uns einkreisten. Fahrzeuge von allen Seiten. Helikopter über uns. Dann schoss der

Thunderbird in höllischer Geschwindigkeit über eine Holzbrücke und Freija stieß einen Triumphschrei aus. „Ich wusste immer, dass ein paar Extra-PS nicht schaden können!" Einen Verfolger schien sie abgehängt zu haben. Mit vollem Karacho riss sie den Wagen herum und bog in einen holpernden Weg ab. War das etwa Waldboden? Wir wurden durchgeschüttelt. Es krachte. Metall splitterte. Waren wir das? Wir mussten uns festklammern, weil wir sonst hin und her geworfen wurden. Baumwipfel zogen an uns vorbei. Freija schien zwischen den Tannen Slalom zu fahren und genoss es offensichtlich. Wie eine Rallye-Fahrerin jagte sie den Oldtimer über Wurzeln und Steine und ich hoffte, dass er die Höllenfahrt überstehen würde.

Als wir nach langem Geholpere wieder auf eine asphaltierte Straße sprangen, wagte ich es, mich langsam aufzurichten, in Schweiß gebadet, wie Freija, die das Lenkrad mit beiden Händen umklammert hielt und mit ihrem Blick im Rückspiegel Verfolger auszumachen versuchte. Dann wurde sie etwas langsamer und der Thunderbird zuckelte unangenehm, denn Freijas Fuß zitterte unkontrolliert.

Noah zerschlug die angespannte Stille. „Tolles Buch", sagte er, machte es zu und gab es Freija mitsamt der Brille zurück.

„Freut mich, wenn's dir gefallen hat", sagte sie und wischte sich Schweiß von der Oberlippe. „Kommt übrigens auch als Hörbuch raus."

„Hörbuch? Was ist das?" Noah rieb sich seine verspannten Oberschenkel und weil sich Freija über seine Frage wunderte, erklärte ich ihr, dass Noah ein bisschen wie hinter dem Mond gelebt hatte.

„Hinter dem Mond ... du hast *hinter dem Mond* gesagt?", sagte Noah empört und so wie er es sagte, schaffte er es, mich zum Lachen zu bringen, und das tat nach der Überdosis Angst verdammt gut. Über unsere Verfolger verloren wir kein Wort mehr und als vor uns auf der Landstraße ein großer Gasthof und eine Bushaltestelle auftauchten, kam mir die Jagd schon fast unwirklich vor.

„In dem Landgasthaus könnt ihr telefonieren und der Bus fährt hier jede Stunde weg. Es ist die letzte oder die erste Station dieser Linie – wie man es nimmt. Sagt dem Wirt einen lieben Gruß von mir. Er wird euch helfen. Aber wenn's euch nichts ausmacht, komme ich nicht mit rein. Der Wirt hat ein besonderes Geschick, mich nicht gehen zu lassen, bevor ich nicht all seine selbst gebrannten Schnäpse probiert habe."

Freija hielt neben dem Gasthof und wir stiegen aus. Sie reichte mir eines ihrer noch nicht veröffentlichten Bücher und einen Geldschein. „Damit könnt ihr telefonieren und in die Stadt fahren."

Ehrfürchtig strich ich über das Cover. „Danke", murmelte ich.

Freija saß schon wieder hinter dem Steuer, ließ die Scheibe herunter, hob eine Hand und rief: „Viel Glück bei der Reise auf die Vorderseite des Mondes. Schreibt mir, wenn ihr angekommen seid."

Dann ließ sie uns allein.

Ich steckte das Buch in meinen Koffer. Noah hängte sich bei mir ein und wir gingen auf den Landgasthof zu. Es war das einzige Gebäude weit und breit. Je näher wir ihm kamen, desto weiter rückte das Gebäude von mir weg. Mit jedem Schritt, den ich machte, entfernte es sich. Unlogisch. Absolut verrückt! Ich schwankte, blieb stehen und beugte meinen Oberkörper nach vorn.

„Was hast du?"

„Nichts." Ich rieb mir die Augen und richtete mich langsam wieder auf. Wir standen direkt vor dem Gebäude. Die Fenster wirkten beschlagen und schmutzig. Die Balkonblumen waren verdorrt. Die Türklinke ließ sich nicht bewegen. Es sah aus, als sei hier schon seit Wochen niemand mehr gewesen.

„Ist das der Bus?", fragte Noah, der ihn wieder mal längst vor mir hörte.

Er kam über die Landstraße auf uns zu. Wir wechselten die Straßenseite und wie bestellt hielt der Bus schnaufend direkt vor uns an. Niemand stieg aus. Wir waren die Einzigen, die einstiegen. Ich hielt dem Busfahrer den Geldschein entgegen, erklärte ihm, dass ich als vermisst galt und sofort meine Eltern anrufen müsse.

Der Busfahrer musterte uns müde, griff in seine Hosentasche und reichte mir sein Handy.

„Aber nur ein Anruf! Und nicht ins Ausland!"

Ich schob Noah in den erstbesten Sitz und plumpste neben ihn, vollkommen erschöpft, den Koffer auf meinen Knien. Am liebsten hätte ich geschlafen. Stattdessen starrte ich auf die Ziffern am Handy, aber sie verschwammen vor meinen Augen. Was genau sollte ich tun? Wen sollte ich anrufen?

„Deine Eltern", sagte Noah. „Du wolltest deine Eltern anrufen, damit sie uns abholen kommen."

Leider hatte ich keine Ahnung, was meine Mutter für eine Handynummer hatte. Fieberhaft dachte ich nach, konnte mich nur an zwei Achter am Ende erinnern, vielleicht noch eine Zwei, aber was dazwischen war und was am Anfang kam? Die Handynummer meines Vaters? Keine Idee.

„Scheiße! ... Kann ich kurz ins Netz?", fragte ich den Busfahrer und erklärte ihm mein Dilemma.

„Es ist sehr wichtig", sagte Noah sanft und zauberte dieses Lächeln auf seine Lippen, das offenbar nicht nur bei mir und Schwester Fidelis wirkte, sondern auch bei dem Busfahrer.

„Meinetwegen", knurrte er. „Aber nur kurz!"

Der Empfang war schlecht und wir mussten etliche Kilometer hinter uns bringen, bis sich die Homepage der Praxis meiner Eltern inklusive Telefonnummer endlich öffnete. Die ersten Wohnhäuser von Antara tauchten links und rechts der Straße auf. Ich tippte auf die Nummer und das Tuten am anderen Ende der Leitung ertönte. Bitte geh ran!

„Praxis Dr. Mendel und Dr. Mendel, guten Tag. Was kann ich für Sie tun?"

„Sabine!", brüllte ich die Sprechstundenhilfe an. „Ich bin's! ... Marlene! Hör mir zu, ich kann nicht lang telefonieren. Ich bin nicht entführt worden, aber ich fühl mich nicht so gut, muss mir eine Grippe eingefangen haben und ich hab nicht genug Geld für die Heimfahrt. Frag bitte meine Eltern, ob sie mich und meinen Freund Noah abholen kommen. Sie werden ungefähr vier Stunden bis hierher brauchen. Ich warte am Bahnhof in Antara!"

Ein schwarzer Offroader überholte unseren Bus. Finstere Männergesichter klebten an den getönten Scheiben und schauten uns nach. Es waren die gleichen schwarz angezogenen Männer wie an der Straßensperre.

„Scheiße!" Ich sprang auf und bugsierte Noah aus der Sitzbank. „Sie haben dich entdeckt." Und ins Telefon brüllte ich noch einmal: „In vier Stunden am Bahnhof in Antara!"

Der Busfahrer hupte so laut wegen des Überholmanövers, dass wir fast aus den Schuhen kippten.

„Was will der Spinner?", brüllte er und stieg auf die Bremsen. In letzter Sekunde konnten wir uns an einen Haltegriff und eine Lehne klammern. Wir wurden hin und her geworfen. Der Offroader war direkt vor den Bus gefahren. Der Bus hielt an.

„Raus!", brüllte ich, nahm den Koffer und gab dem Fahrer das Handy zurück. Gleichzeitig öffneten sich fauchend die Türen. Wir sprangen durch die Hintertür hinaus. Noah verknackste sich den Fuß, er hatte die Höhe falsch eingeschätzt. Ich zog ihn mit, hielt den Koffer fest, als klebte er an meiner Hand. Ohne nach links und nach rechts zu schauen, liefen wir den Gehsteig entlang. Noah hängte sich mit schmerzverzerrtem Gesicht bei mir ein und folgte mir humpelnd. Meine kaputten Füße spürte ich nicht mehr, dafür Atemnot und Schwindel und den schwarzen Offroader im Nacken. Ich drehte mich nicht um, wir liefen und liefen, bis wir zu einem wilden Garten kamen, der zu einem Haus gehörte. Ich riss das Gartentor auf, wir rannten zwischen Apfelbäumen durch hüfthohes Gras bis zu einem blechernen Geräteschuppen. Keuchend hielt ich an. Noah stand der Schweiß auf der Stirn. Erschrocken fragte er, was genau geschehen sei, und ich versuchte, es ihm zu erklären.

„Du sagst, Männer sind in den Bus gestiegen?", vergewisserte er sich.

Genau genommen waren sie nicht wirklich eingestiegen. Aber sie hatten es vorgehabt. Dessen war ich mir sicher. In meinem fiebrigen Kopf herrschte ein großes Durcheinander. Der Schlaf fehlte mir. Ich fühlte mich krank, nicht von Gift oder einem Virus, sondern krank von zu viel Angst. Ich fühlte mich, als liefe ich über Treibsand. Mein Herz flatterte wie ein Papierkranich und mir war so schlecht, dass ich jede Minute darauf wartete, mich übergeben zu müssen.

„Ich höre keinen Geländewagen", sagte Noah. „Nur den Bus."

Und der fuhr an uns vorbei, als ob nichts gewesen wäre. Ich spähte um die Ecke. Kein Geländewagen weit und breit. Keine schwarzen Männer.

Verwirrt verließen wir den Garten. Noah hängte sich bei mir ein und schwieg. War er es, der jetzt an mir zweifelte, weil ich unter Verfolgungswahn litt? Ich wusste nicht mehr, was ich glauben sollte. Wir tappten zurück zur Hauptstraße, die in die Stadt führte. Jeden Schritt fand ich zu viel. Meine Fußsohlen waren voller Blasen und ich hatte Mühe, nicht umzukippen. Also streckte ich den Daumen in Richtung Fahrbahn, in der Hoffnung, dass uns jemand zum Hauptbahnhof mitnahm.

Die Straße vor mir verschwamm zu einem grauen Band mit bewegten bunten Punkten und der Lärm in meinem Kopf schwoll an. Noah war es, der mich darauf aufmerksam machte, dass jemand stehen geblieben war. Ein kleiner Wagen. Hinter dem Steuer ein Mann mit einem Hut auf dem Kopf und einem tannengrünen Janker.

„Wohin?", brummte er.

„In die …" Meine Stimme versagte und ich musste schlucken. Noah hatte seine Entscheidung getroffen – falls er diese Krankheit in sich trug, wollte er lieber in Freiheit sterben. Er wollte es wirklich drauf ankommen lassen.

„Noch können wir umdrehen", murmelte ich. „Vielleicht unsere letzte Gelegenheit."

„Es ist gelaufen, Marlene. Du brauchst so schnell wie möglich Hilfe, kannst ja nicht mehr gerade stehen."

„Ich will keine Hilfe", murmelte ich und musste mich anstrengen, genügend Luft in meine Lunge zu pressen. „Ich will mit dir in der Villa leben." Tränen quollen mir aus den Augen und ein tiefer Schmerz drängte aus meiner engen Brust. „Ich will dich nicht verlieren. Ich will für immer bei dir sein."

Er umarmte mich liebevoll. „Das will ich auch, aber du träumst."

„Seid ihr euch dann einig?" Der Mann trommelte auf das Lenkrad.

„Lass es uns zusammen sagen", flüsterte Noah. Wir holten Luft, sagten synchron: „In die Stadt."

Meine Stimme war brüchig und seine bebte vor Nervosität. Wir nahmen auf dem Rücksitz Platz und verhakten unsere Hände ineinander. Aus einer Tonbandkassette, die in einem Autoradio steckte, quäkte Volksmusik. Mädchenhaft klingende Männer sangen von Brautkleidern, ewiger Liebe, Muttersorgen, Tränen und von einem Himmel, der ewig brennt.

Der Fahrer sprach nichts.

Noah sprach nichts.

Ich sprach nichts.

Wir kämpften gegen unsere Ängste. Was sollte ich machen, wenn Noah wieder so einen schrecklichen Erstickungsanfall bekam? Ihn gegen seinen Willen zurück in die Villa Morris bringen? Verdammt. „Ich sterbe lieber, als nicht zu wissen, wer ich bin", so oder so ähnlich hatte er es ausgedrückt. Sterben! In meinem Magen tat sich ein Loch auf und schien mich von innen zu fressen. Es tat so weh, dass ich es fast nicht aushielt. Am Schluss verlangte er noch von mir, dass ich ihm zuschauen musste und nichts tun durfte, wenn er vor meinen Augen erstickte.

Aus den Boxen säuselte die Stimme von einem Kinderherzen aus

Glas. Ich hätte kotzen können. „Weißt du, was du da von mir verlangst?", platzte es aus meinem Mund. Noah wirkte irritiert. Hatte ich nur gedacht oder laut gesprochen? „Scheiße!", fluchte ich. Der Fahrer suchte meinen Blick im Rückspiegel.

„Ich kann nicht ohne dich sein. Geht das endlich in deinen Kopf?"

„Mir wird nichts passieren." Er küsste meine heiße Stirn.

Mit jedem Kilometer, den wir uns der Stadt näherten, breitete sich die Angst in mir stärker aus – wie dicker Sirup, der mir die Lungenbläschen verkleben wollte. Jeder Atemzug kostete mich Kraft und je mehr Wohnblöcke auftauchten, umso enger wurde es mir um die Brust. Wir fuhren durch ein Industriegebiet, vorbei an Möbelhäusern, Einkaufszentren, Baumärkten und Tankstellen. Der Verkehr floss zäh, wurde dichter und immer wieder mussten wir vor einer Ampel oder in der Kolonne stehen bleiben. Ein U-Bahn-Schild tauchte auf. Unser Fahrer fuhr rechts ran und blieb stehen. Noah stieg aus und wurde beinah von einem Lkw überfahren. Ich riss ihn zurück, übergab mich am Straßenrand und fühlte mich noch schwächer als zuvor.

„Es ist nicht die Stadt, die uns umbringt, es ist ein Gift, das sie uns gegeben haben. Warum es bei dir erst jetzt wirkt, weiß ich nicht. Wir haben noch ein paar Stunden, bis deine Eltern hier sind. Lass uns meinen Paten suchen. Ich glaube, dass er hinter allem steckt", sagte Noah. Ich schlug vor, trotzdem zum Bahnhof zu fahren, dort gab es Internet und alles, was wir brauchten. Dann tauchte ich ein in Fieber und konnte maximal noch meine Sehkraft entbehren. Den Rest erledigte Noah.

39

Ich klammerte mich an seinen Arm, musste ihn spüren, ihn neben mir haben, wollte ihn nie wieder loslassen. Er strahlte so viel Kraft aus und trotzdem hatte ich ein ungutes Gefühl. Ein Gefühl, als könnte sich Noah wie Rauch plötzlich in Nichts auflösen. Während wir zur U-Bahn-Station liefen, schaute ich ihn an. Wie schön er doch war, seine aufrechte Haltung, die schwarzen Haare, das scharfkantige Gesicht, die blauen Augen. Aber dann kam er mir wieder so unnahbar vor, so flüchtig. Wir begaben uns über eine Rolltreppe in den Untergrund, liefen mitten durch die Menge. Immer wieder zuckte er zusammen, weil er etwas aufschnappte, das ihm neu war, und ich fragte mich, wie diese unterirdische Welt wohl auf ihn wirkte. Noch nie war mir aufgefallen, wie laut es hier unten war. Die Lüftung, die vielen Menschen, das Fußgetrappel. Noah war blass, nervös und hoch konzentriert. Manchmal ließ er mich los, drehte sich um seine eigene Achse und versuchte, alles aufzufangen, was er erhaschen konnte. Plötzlich schlug er sich beide Hände vor die Nase. „Herr im Himmel!", keuchte er. Jetzt war es so weit. Jetzt begann das Drama. Was passierte überhaupt? Ich kannte mich nicht mehr aus. Dann sah ich den Obdachlosen, der an uns vorbeischlurfte und jämmerlich nach verfaulten Zwiebeln und Schnaps stank. „Scheiße, Mann!" Meine Nerven waren zum Zerreißen gespannt.

Noah hielt ein schreiendes Baby für ein Tier, was ziemlich gruselig war. Unser Zug donnerte durch das Tunnelrohr herein. „Bitte zurücktreten!", quäkte eine Stimme aus dem Lautsprecher. Die

Türgriffe klackerten. Zischend schoben sich die Türen auf. Eine Menschenflut strömte uns entgegen. Noah blieb bewegungslos darin stehen, wie ein Fels in der Brandung, bereit, alles in Kauf zu nehmen, was das Schicksal mit ihm vorhatte. Gemeinsam mit vielen anderen Menschen drängten wir in den Wagen. Er war so dicht besetzt, dass wir uns kaum rühren konnten. Ich nahm seine Hand und führte sie an einem dicken Mann vorbei an eine Haltestange, damit er sich festhalten konnte. Der Mann bemerkte, dass Noah blind war, und fragte, ob sich der Junge nicht besser setzen wollte auf den Platz, der für Behinderte vorgesehen war.

„Danke, sehr freundlich", sagte Noah und sorgte dann dafür, dass ich mich auf diesen Platz setzen konnte. Ich war zu schwach, um mich zu wehren. Mir kam es vor, als blickten mich hundert Augenpaare aus der Nähe an, als studierten sie mich, durchleuchteten mich, griffen mit gierigen Zombie-Klauen nach mir, drangen in mich ein, bedienten sich an mir, wie es ihnen passte, tranken das Blut aus meinen Adern. Ich stellte den Koffer auf meine Beine und hielt ihn fest, als Schutzmauer vor meinen Feinden.

Alles war zu laut, zu grell, zu schnell. Ich wollte raus hier, wollte wieder zurück in die Villa, wollte mich mit Noah in der Baumhöhle verstecken, wollte Pilze riechen und den Tautropfen zuhören, wie sie sachte auf Blätter fielen. Der Zug stoppte. Noch mehr Menschen drängten herein.

Als hätte ich Noahs scharfen Geruchssinn übernommen, fiel mir erstmals auf, wie die Menschen stanken – nach aufdringlichen Parfums, nach Weichspüler und Frittierfett, nach Fabrik, Zigarettenrauch und billigen Deos. Wenn Noah jetzt umkippen würde, mit seiner feinen Nase, hätte ich mich nicht gewundert. Aber Noah kippte nicht um. Er hörte, wie aus dem Lautsprecher der Hauptbahnhof angekündigt wurde, half mir auf, wir taumelten aus der U-Bahn und fielen uns in die Arme.

Noah atmete. Noah lebte. Nichts war ihm passiert und das verlieh uns beiden neue Kräfte.

Auf einer Kiste saß ein komplett in Silber gekleideter und mit Silber bemalter Straßenkünstler und aß ein Käsebrot. Den fragten wir nach einem Internetcafé.

Im „Surfparadies" fand ich heraus, dass der Treuhänder Doktor Lenard Adams sein Büro in der Barnardstraße hatte. Wir waren drei Stationen davon entfernt. Noah lernte die Straßenbahn kennen. Der Himmel riss auf und Sonnenstrahlen leuchteten durch die Fenster. Noah stand mittendrin und sah aus, als hätte ihn ein Restaurateur mit Goldfolie überzogen. Er strahlte. Die Menschen drehten sich nach ihm um, konnten ihre Blicke nicht von ihm losreißen, ließen sich von ihm ein Lächeln auf die Lippen zaubern und grüßten ihn. Er grüßte zurück und fast wartete ich darauf, dass sie ihn umarmen oder ihm nachlaufen würden wie einem Guru. Zum ersten Mal in seinem Leben stand er unter fremden Menschen, ohne an ihnen zu ersticken. Hätte er sich keine Sorgen um mich gemacht, hätte er jetzt wahrscheinlich gesungen vor Freude. So aber vergewisserte er sich ständig, dass ich in seiner Nähe war, er fuhr mir mit dem Handrücken über die Wange und hielt meinen heißen Nacken.

Die Barnardstraße fanden wir schnell. Das Treuhandbüro war in einem modernen Gebäudekomplex aus Glas und Stahl untergebracht. Ein Motorradfahrer rollte langsam an uns vorbei und drehte seinen Kopf nach uns um. Er hatte schwarze Lederklamotten an. Viktor? Bevor ich mich vergewissern konnte, verschwand er zwischen zwei Lkws und wurde vom Verkehr verschluckt. Vorsichtig spähte ich nach links und nach rechts. Inzwischen war mir so heiß, dass meine Augen brannten. Auf der gegenüberliegenden Straßenseite verschwand ein Gesicht hinter einem Fenster. Verdammter Verfolgungswahn! Wir kamen zu dem Glaskomplex, in dem Doktor Adams' Kanzlei war. Ein Mann mit Aktenkoffer kam gerade heraus und hielt uns die Tür auf, damit wir eintreten konnten. Ich las vor, was auf einer metallenen Tafel neben einem Lift stand: „Treuhandbüro Doktor Adams, siebter Stock."

Dort angekommen drückte ich einen Klingelknopf und mit einem Summen öffnete sich die Tür zum Büro. Hinter einer Empfangstheke saßen zwei Sekretärinnen und tippten in ihre Computer. Als sie uns erblickten, stand eine von ihnen auf. Noah sagte, dass wir in einer privaten, aber äußerst wichtigen Angelegenheit unbedingt mit Doktor Adams persönlich sprechen mussten. Die Sekretärin musterte uns. Verlegen fuhr ich mir über mein glühendes Gesicht, meine Haut fühlte sich trotzdem eiskalt an und ich spürte die vielen Kratzer, die mir der Wald zugefügt hatte.

„Haben Sie denn einen Termin?"

„Doktor Adams ist mein Pate. Er wird sich freuen, uns zu sehen. Mein Name ist Noah. Das ist Marlene."

„Mendel", schickte ich hinterher. „Bitte! Es ist wirklich dringend."

Sie überlegte, drehte sich zu ihrer Kollegin um und die gab ihr mit einer Geste zu verstehen, dass sie unseren Wunsch erfüllen sollte.

„Na gut. Ich werde schauen, was sich machen lässt. Nehmen Sie doch Platz."

Wir setzten uns nebeneinander an die Wand auf zwei der fünf Ledersessel und verhakten unsere Finger ineinander. Vor uns stand der Koffer. Ich starrte ein Gemälde mit roten Klecksen an. Es sah aus, als hätte sich der Maler die Pulsadern aufgeschnitten, sein Blut darauf verspritzt und hinterher draufgekotzt. Die Kleckse lösten sich aus dem Gemälde, schwebten auf mich zu und fingen vor mir an zu tanzen und mich einzuhüllen. Mir war schlecht. Sicherheitshalber hielt ich nach der Toilette Ausschau, fand zwischen den roten Klecksen vor meinen Augen aber keine. Die Sekretärin kam an mir vorbei, wollte den Flur entlang und blieb stehen.

„Kann ich Ihnen sonst irgendwie helfen? Aspirin? Wasser? Sie sehen, ehrlich gesagt, ziemlich krank aus." Damit meinte sie wohl mich.

„Wasser wäre fein", sagte Noah. Und als sie es brachte, war ich froh, dass sie auch ein Aspirin gebracht hatte. Nichts konnte mehr darüber hinwegtäuschen, dass ich wirklich krank war. Aber war das, Gift hin oder her, nach unserer Odyssee durch den reißenden Fluss und den strömenden Regen ein Wunder? Ich hielt mich an der Sessellehne fest und hatte Mühe, nicht wegzudriften.

Das Wasser und das Aspirin taten mir gut und weckten mich ein wenig. Noah stieß ein paar tiefe Seufzer aus.

„Hast du Angst?", fragte ich.

„Ich hab Angst und gleichzeitig kann ich es kaum erwarten, die Wahrheit zu erfahren", sagte er.

Meine Beine zitterten und meine inneren Organe fühlten sich tiefgefroren an. Nach einer gefühlten Ewigkeit teilte uns die Sekretärin mit, dass uns Doktor Adams gleich empfangen würde. Ein Mann und eine Frau, wahrscheinlich ein Ehepaar, kamen zufrieden lächelnd aus dem Büro. Sie verabschiedeten sich von den Sekretärinnen, die ihnen versicherten, die Unterlagen so schnell wie möglich zuzuschicken.

Dann waren wir an der Reihe. Meine Halsschlagader pulsierte schmerzhaft. Ich war nervöser als vor einer großen Prüfung.

Das Büro von Doktor Adams war groß und elegant. In der Mitte stand ein mächtiger Tisch aus dunklem Holz, in dem sich der Schein einer goldenen Lampe spiegelte, die darüberhing. Die Sekretärin wies uns zwei Sessel zu. Dann verschwand sie und wir waren allein.

„Wie beim Zahnarzt", murmelte ich. Dort musste man auch im Folterstuhl warten, bis jemand sich endlich die Zeit nahm, einem ein Loch zu bohren. Noahs Hand war inzwischen eiskalt. Ich klammerte mich daran fest und behielt die Seitentür im Auge, die sich jetzt öffnete.

Herein kam ein attraktiver schlanker Mann Anfang dreißig, wohl ein Mitarbeiter von Doktor Adams. Er knöpfte sich das anthrazitfarbene Sakko zu.

„Was kann ich für Sie tun?" Er öffnete das Sakko wieder und

nahm uns gegenüber Platz. Ich glotzte ihn an und verstand nicht, was gerade passierte. Hatte ich schon wieder eine Halluzination? Sah ich jemand anderen als den, der er wirklich war? Ich nahm all meine Konzentration zusammen, aber sein Äußeres veränderte sich nicht.

„Wer sind Sie?", fragte Noah.

„Wo ist Doktor Adams?", fragte ich verwirrt.

Der junge Mann lachte. „Ich bin Doktor Adams ... Lenard Adams ... So wie's an der Tür steht."

Noah lachte ungläubig.

„Das gibt's nicht", sagte ich. „Doktor Adams ist klein und dick und älter ..." Ich merkte plötzlich, wie idiotisch das klang. Wenn der hier nicht Noahs Pate war, musste es noch einen anderen mit gleichem Namen geben. Danach fragte ich ihn.

„Soviel ich weiß, bin ich der Einzige in der Stadt", sagte er.

„Aber ..." Noahs Kinn zitterte und seine Augen schillerten feucht. Es hatte ihm schier die Sprache verschlagen. „Könnten Sie ...", ich hustete, „könnten ... Sie ... vielleicht ... trotzdem ... nachsehen?" Nach jedem Wort musste ich tief Luft holen, trotzdem bekam ich viel zu wenig davon und hatte das Gefühl zu ersticken.

„Wenn es Sie beruhigt ..." Er drückte einen Knopf auf einem Apparat und bat seine Sekretärin darum. Ihre Antwort, die wenig später über die Sprechanlage kam, war eindeutig. Es gab keinen zweiten Lenard Adams.

„Tut mir leid", sagte er.

Noah stand auf und drängte mit finsterem Gesichtsausdruck in Richtung Tür. Ohne uns zu verabschieden, verließen wir das Büro.

„Gehen Sie zu einem Arzt!", rief Doktor Adams mir hinterher.

Wie betäubt wankte ich an Noahs Seite durch den Flur und bekam von der Sekretärin noch einmal zu hören, was wir schon wussten – es gab nur einen Doktor Lenard Adams, und der hatte mit Noahs Paten nicht die geringste Ähnlichkeit.

„Noah, wer war der Mann in der Villa?"

„Und was hatte er für einen Grund, sich unter falschem Namen in mein Leben zu schleichen?", fügte er bitter hinzu.

„Wir könnten uns von einem Experten ein Phantombild anfertigen und ihn dann suchen lassen", murmelte ich. Mehr fiel mir im Augenblick nicht ein. Wir verließen den Gebäudekomplex und ich sah, wie ein Mann in einem schwarzen Mantel um die Ecke huschte, als hätte er nur auf uns gewartet.

„Da verfolgt uns einer", sagte ich, kratzte meine letzten Kraftreserven von irgendwoher, versuchte, meinen rasselnden Atem zu ignorieren, keuchte der finsteren Gestalt nach und wir kamen in einen Innenhof mit futuristischen Sitzen unter japanischen Bäumen. Die Gestalt verschwand hinter Säulen. Wir liefen ihr nach. Ich hörte sie hinter mir, wirbelte herum, stand einer alten Frau mit irrem Blick gegenüber, die mit ihren Krallenfingern nach meinen Haaren griff und dabei rülpste. Was war das für ein Horrorfilm, in den ich da geraten war?

„Marlene!" Noah schrie es fast. Er hatte mich an meinen Schultern genommen und schüttelte mich. „Wach auf! Da ist nichts!" Ich stützte meine Hände auf die Knie und keuchte. Luft! Ich brauche LUFT! Schweiß tropfte mir übers Gesicht. Immer wieder verschwamm mir alles vor Augen.

„Wir müssen einen Krankenwagen rufen", sagte Noah.

„KEIN KRANKENWAGEN!" Ich erschrak selbst, weil ich so gebrüllt hatte, riss mich zusammen und versuchte ein wenig ruhiger zu sagen: „Ich brauch keinen Krankenwagen. Meine Eltern sind bald da."

Noah kämpfte mit sich, gab aber nach. „Dann lass uns irgendwo was trinken gehen, wo du dich ausruhen kannst."

Ich stützte mich auf ihn und lenkte ihn in den nächsten Schnellimbiss.

40

An der Bar saßen drei Männer vor ihrem Bier und glotzten in einen gigantischen Bildschirm, auf dem ein Fußballmatch lief. Wie unwirklich das Fernsehen nach der Zeit in der Villa war. In einer Ecke stopften eine Mutter und drei Kinder Pizza in sich hinein. Ein junges Paar saß sich gegenüber, beide hatten Zornesfalten im Gesicht. Die drei Männer vergaßen das Fußballmatch, die Kinder die Pizza, das junge Paar seinen Streit – alle starrten uns an, als wir eintraten. Ich versuchte, es zu ignorieren, und wir setzten uns nebeneinander auf eine Bank. Es war warm und ich so erschöpft, dass mein Kopf auf Noahs Schulter plumpste und ich einschlief, bevor wir etwas bestellen konnten. Noah streichelte mir den Rücken und ich fühlte mich geborgen.

Als ich wieder erwachte, hatte Noah einen Burger und eine Cola vor sich, die er noch kaum angerührt hatte. Neben uns saß der Kellner und tippte in sein Handy.

„Marlene." Noah küsste mich auf die Stirn und reckte seine Schulter; wahrscheinlich war sie ihm längst eingeschlafen. Ich sah auf den Bildschirm hinter der Bar. Das Fußballfeld floss aus ihm heraus, ergoss sich über die Theke, hüllte die Männer ein, die davor saßen und nun wie Skulpturen aus Gras wirkten. Ein Stöhnen kam über meine Lippen. Die Tischplatte mitsamt dem Burger kam auf mich zu und Noah fing mich auf. Nachdem ich mich aufgerappelt hatte, schob er eine Cola vor mich und bestellte beim Kellner ein kühles Tuch, das er mir auf die Stirn legte.

„Wie lang war ich weg?", fragte ich.
„Eine Stunde vielleicht."
„Es geht mir schon besser", log ich. „Und bald sind meine Eltern hier."
„Marlene!", sagte er aufgekratzt. „Ich hab Anna gefunden."
„Was? ... Wen?"
„Anna ... meine Klavierlehrerin ... ! Sie ist gar nicht tot. Anna lebt. Stell dir vor. Sie hat ihren Traum verwirklicht und eine Schneiderwerkstatt aufgemacht. Der Kellner hat für mich im Internet gesucht und sie gleich gefunden. Es war nur eine Idee, aber es hat funktioniert", flüsterte er mir eindringlich ins Ohr. „Meine Anna lebt! Ich kann es noch gar nicht fassen."
„Dann besuchen wir sie."
„Bist du dir sicher?", fragte er erwartungsvoll.
„Sicher bin ich mir sicher. Wir besuchen sie und können dann immer noch pünktlich am Bahnhof sein, wenn meine Eltern kommen."
„Kannst du bitte vor mir rausgehen und draußen auf mich warten?", sagte Noah.
Wie bitte? Ich musste lachen. „Willst du mich loshaben?"
„Nur eine kleine Überraschung. Warte einfach draußen, ja? Ich find schon raus. Keine Sorge. Geh einfach." Er küsste mich und ich tat ihm den Gefallen, nahm den Koffer und wankte vor die Tür.
Kurz darauf erschien er und in seinem Arm lag ein riesiger Strauß langstieliger samtroter Rosen.
„Die sind für dich", sagte er so liebevoll, dass es mir fast mein Herz zerriss.
Ich nahm ihm den Strauß ab, wir küssten uns und ich kam mir vor wie auf meiner eigenen Hochzeit. Noch nie hatte ich so schöne Rosen bekommen und sie dufteten, dass ich fast high davon wurde. Ja nicht nur das, die Enge in meiner Brust löste sich. Ich bekam mehr Luft, als vertrieben die Rosen meine Angst.
„Wo hast du die her?", fragte ich, nachdem ich mich mehrfach

geschnäuzt und mich von dem überwältigenden Geschenk einigermaßen erholt hatte. Wir waren auf dem Weg zu Anna.
„Von einem Rosenverkäufer. Der kam einfach herein und sprach mit einem fremdländischen Akzent. Er klang unglücklich und tat mir furchtbar leid. Er kann das Geld bestimmt besser gebrauchen als wir."
Ich musste stehen bleiben, konnte keinen Schritt mehr gehen, sank auf den Randstein, umklammerte die Rosen und Noah an einem Bein.
„Was ist denn jetzt?"
Ich ... Ach, Noah!
Dann stolperten wir kreuz und quer durch die Stadt. An mir zog alles vorbei. Wir stiegen in einen Bus, in die U-Bahn, die Straßenbahn. Von weit weg hörte ich Noah Menschen nach dem Weg fragen, hatte das Gefühl, im Kreis zu laufen, aber ich ließ es geschehen, ohne zu wissen, wo wir waren, wohin wir gingen. Zwischendurch hatte ich das Gefühl, die Straße unter mir riss auf. Ein paar Mal stolperte ich, fiel hin, aber Noah half mir, war an meiner Seite. Und wenn ich gar nicht mehr konnte, hielt ich meine Nase in die Rosen und das gab mir Kraft für die restlichen Meter.

Die Schneiderei befand sich an einem kleinen, idyllischen Platz mit schmucken Geschäften – ein Holz-Spielzeugwarenladen, ein Geschäft mit außergewöhnlichen Schirmen und ein Geschäft mit Dessous konnte ich in meinem Nebel erahnen. Cafés säumten den Platz. Ein Dorf inmitten der Stadt. Kastanien wuchsen in einem Park. Es dämmerte bereits und die letzten Kinder verließen an den Händen ihrer Großeltern den Spielplatz.
Annas Schneiderei war ein Schmuckstück. Ich presste meine Nase an die Scheibe. Drinnen stand ein Wald aus Modepuppen, sie sahen aber nicht aus wie Modepuppen, sondern wie Zirkusclowns. Es gab Zirkusclowns mit roten Nasen, weißen Kitteln und bunten Pluderhosen. Erst bei genauem Hinsehen erkannte ich, dass allen

Clowns etwas fehlte – einem fehlte ein Auge, einer hatte nur einen Arm, einem fehlte ein Schuh. Auf der Theke lagen Nadeln und Fäden, offenbar war Anna dabei, die Clowns zu flicken. Neben einer Nähmaschine lag ein Handschuh mit angenähten Stofffingern. Ich wollte zur Eingangstür gehen, als mich Noah von hinten festhielt. Ich fühlte sein Herz heftig gegen mein Schulterblatt pochen.

„Was mach ich, wenn sie mich nicht mehr erkennt? Immerhin sind ein paar Jahre vergangen."

„Wenn wir die richtige Anna treffen, wird sie dich auch erkennen. Dich vergisst man nicht, glaub mir ... Bist du bereit?"

Aber die Eingangstür war verschlossen. Die Clowns winkten mich zu sich, formten ihre bemalten Münder, als wollten sie sagen: „Komm herein!", bis ich das Schild an der Tür entdeckte. „Komme gleich!", las ich vor. Noah stieß Luft zwischen den Lippen hervor. Spannung fiel von ihm ab. „Was machen wir jetzt?"

„Warten", sagte ich und wollte mit ihm in den kleinen Park in der Mitte des Platzes gehen, als sich ein Schacht unter mir auftat und sich alles zu drehen begann. Ich sackte zusammen, konnte nichts dagegen tun, tauchte ab ... und in Noahs Armen wieder auf. Er strich mir nervös die Haare aus der Stirn, ich steckte meine Nase in die Rosen, atmete Energie ein und kehrte den unheimlichen Clowns den Rücken zu. Die konnten noch lange nach mir rufen. Wir gingen in den Park und setzten uns auf eine Bank. Hinter der Kinderschaukel im Park bewegte sich ein rotbrauner Schwanz mit einer weißen Spitze. Der Fuchs. Mitten in der Stadt. *Noah, der Fuchs ist wieder da,* wollte ich sagen, aber meine Zunge klebte mir wie ein Filzball im Mund. Ich hatte Durst. Unendlich großen Durst. Ein Brunnen plätscherte in der Mitte des Parks, aber ich schaffte es nicht mehr aufzustehen. Ein Knall weckte mich. Ich fuhr hoch. Jemand hatte geschossen. Nein, kein Schuss. Eine Autotür. Ich zitterte. Schüttelfrost. Wo war Noah? Vor Annas Schneiderei brauste ein schwarzer Wagen davon. Auf dem Rücksitz saß ein Junge mit dunklen Haaren. Die Clowns hoben lachend ihre

Fäuste, als sie ihn davonfahren sahen. Als ob mein Leben davon abhing, sprang ich auf und rannte mit großen Schritten dem Wagen nach. Meine Lunge brannte. Mein Herz drohte zu explodieren. Der Wagen bog quietschend um einen Häuserblock mit einer Apotheke.

41

Ich rannte hinterher, sah nur noch Rücklichter, sah viele Lichter von Autos, sie vermischten sich ineinander. Die Straße, die Häuser, alles ein grauer, verpatzter Fleck, als wäre die Stadt versunken in einem brackigen Meer. Ich kannte mich nicht mehr aus, kehrte zurück, irrte herum, mir war so heiß und ich hatte so großen Durst. Wo war der Brunnen? Zwischen all den grauen Flecken erkannte ich die Kastanienbäume wieder. Der Koffer. Noahs Rosen. Ich musste Noahs Rosen holen. Und den Koffer. Wie betrunken torkelte ich wieder auf den Park zu. Tränen liefen mir über die Wangen. Ich merkte es kaum. Die Männer hatten Noah entführt. Und ich hatte geschlafen. Ich hätte auf ihn aufpassen sollen. Ich war zu langsam gewesen. Aufwachen. Ich musste endlich aufwachen aus diesem Albtraum. Dunkle Schatten waberten vor mir. Öffne deine Augen. Wach auf. Die Schatten streckten ihre Arme nach mir aus, kamen auf mich zu, packten mich. Die Klauen der schwarzen Männer. Ich schlug um mich, boxte und kratzte.

„Marlene! Hör auf! Ich bin's!"

Noah?

Ich ließ von ihm ab. Mein Blick wurde wieder klar und ich merkte, wie mir meine Einbildung einen Streich gespielt hatte. Meine Augen brannten, ich musste hohes Fieber haben, sonst wäre mir aufgefallen, dass Noah nur von der Bank aufgestanden und zu dem Brunnen gegangen war, um Wasser zu trinken. Als er zurück zur Bank gekommen war, hatte er nur noch die Rosen und den Koffer gefunden.

„Weißt du, was für eine Angst ich hatte?", fragte er erschrocken. Oh ja, das wusste ich nur zu gut. Er legte mir seine kühle Hand auf den Hals. „Du brauchst Hilfe."

„Ich brauche nur dich", hauchte ich und ließ mich von ihm zum Brunnen schleppen. Ich hielt meine Lippen unter das kalte Wasser und trank, bis ich nicht mehr konnte. Inzwischen war es dunkel geworden. Die Straßenlaternen schalteten sich ein. Wir holten die Rosen und den Koffer und gingen noch einmal zu Annas Schneiderei. Die Clowns hatten sich wieder in Modepuppen verwandelt.

„Komme gleich!" stand immer noch in der Eingangstür. „Gleich" war schon lange her. Erschöpft setzte ich mich vor die Ladentür und hoffte, dass Anna endlich kam und uns etwas zu trinken gab. Ein Bett vor allem. Ich war so müde. Schlafen. Wie ein Mehlsack hing ich in Noahs Armen. Die Rosen brauchten Wasser. Ihre Köpfe hingen.

„Es hat keinen Sinn", hörte ich Noah neben mir wie unter Wasser blubbern. „Wir können nicht die ganze Nacht hier in der Kälte sitzen. Steh auf, Marlene. Halte dich an mir fest. Wir gehen zum Bahnhof. Wenn wir Glück haben, sind deine Eltern schon dort." Er zog mich hoch. „Vielleicht kannst du ab und zu mal ein Auge aufmachen", bat er mich, aber irgendwie hatte ich das Gefühl, Noah würde allein bis ans Ende der Welt finden.

Wir hatten schon etliche Meter hinter uns gebracht, als er unvermittelt stehen blieb. Ich kannte sein Gesicht inzwischen, wenn er angestrengt lauschte. „Hast du die vielen kleinen Glöckchen auch gehört?"

Mühsam wandte ich meinen Kopf. Eine Frau war soeben in der Schneiderei verschwunden. Der Laden erstrahlte in hellem Licht.

„Noah", stieß ich hervor. „Anna ist gekommen."

Wir drehten um. Er stützte mich, aber wir kamen viel zu langsam vorwärts. „Wenn du wüsstest, wie oft ich mich danach gesehnt habe, sie wiederzusehen. Denkst du, wir haben die richtige Anna gefunden?", fragte er aufgeregt.

Ich hatte keine Kraft mehr zu antworten. Stattdessen drückte ich die Glastür auf und die Glöckchen klingelten erneut.

„Komme sofort", rief eine Stimme aus einem Nebenraum und ein kühler Schauer rieselte mir über den Rücken. „Sie ist es", flüsterte Noah.

Aus dem Nebenraum kam ... der Koffer und die Rosen fielen mir aus den Händen ... meine Großmutter.

„Da seid ihr ja endlich. Ich habe euch früher erwartet", sagte sie so normal, als wäre Sonntagnachmittag und sie erwartete uns zu Kaffee und Kuchen. Sie streckte uns einladend ihre Arme entgegen. Ich schrieb ihre Erscheinung meinem Fieber zu und konnte trotzdem nicht anders, als sie anzuschauen. Mein Gott, wann hatte ich sie das letzte Mal gesehen?

Sie war immer schon eine beeindruckende Persönlichkeit gewesen – ihr langes, im Nacken zusammengebundenes Haar erinnerte mich an den Schweif eines Einhorns; es leuchtete schneeweiß und viele Leute glaubten, sie hätte es gefärbt, weil sie sonst so jung aussah. Sie trug einen schwarzen Anzug mit einem weiten Ausschnitt, darunter ein weißes Rüschenhemd mit Knöpfen und Hemdsärmeln, die unter dem Anzug hervorlugten. Meine Großmutter war immer extravagant gekleidet. Manchmal kam sie daher wie ein Paradiesvogel, dann wieder verbarg sie sich unter grauen, viel zu großen Männermänteln oder trug aufregende Cocktailkleider.

Offen lächelte sie mich an. Was lief hier schief? Wie kam Noah zu meiner Großmutter? Wie kam meine Großmutter hierher?

Noah und ich standen nebeneinander, ihr gegenüber, wie zwei Ausgestoßene, die über einen Wüstenplaneten gewandert waren und plötzlich erkannten, dass es noch andere derselben Spezies gab. Meine Großmutter schaute abwechselnd zwischen uns hin und her.

„Oma?", flüsterte ich und hoffte für eine Sekunde, dass sie meiner Großmutter nur zum Verwechseln ähnlich sah, denn irgendetwas sagte mir, dass ihr Auftauchen keinen Sinn ergab.

Auch Noah hatte sichtbar weiche Knie bekommen. „Ihr kennt euch?", fragte er mit belegter, aber lauter Stimme.

„Marlene ist meine Enkelin", sagte meine Großmutter.

„Warum kennst du Noah?", fragte ich. „Warst du in der Villa?"

Wieder lachte sie. „Noah war mein talentiertester Klavierschüler." Sie ging auf ihn zu und strich ihm so vorsichtig, als wäre er aus Schokolade gegossen, die sich bei der kleinsten Berührung verformen oder schmelzen konnte, über Kopf und Schulter.

Ich versuchte, die vielen Gedankenfetzen zusammenzukleben, damit sie vielleicht ein Bild ergäben, aber es gelang mir nicht.

„Marlene", murmelte Noah. „Was geht hier vor?"

Ich fand keine Antwort.

„Lasst euch anschauen ...", sie biss sich auf die Lippen und schluckte, „ein junger Mann und eine junge Frau." Tief berührt legte sie ihre Arme um unsere Schultern. „Lasst euch ganz fest halten, meine liebsten Schätze ... Ich habe euch so vermisst."

Ich sackte zusammen. Das Atelier drehte sich um mich herum. Die Gesichter von Noah und meiner Großmutter vermischten sich mit denen der Schaufensterpuppen und wurden zu Clownfratzen.

„Kommt mit, ihr müsst furchtbar erschöpft sein nach einer so langen Reise." Zu zweit hakten sie mich unter. Noah nahm den Koffer, meine Großmutter nahm die Rosen. Wir mussten uns nebeneinander durch den dunklen, knarrenden Flur zwängen – er war eng und lang. Dann öffnete sie eine alte Holztür, auf der einst viele Schichten Plakate geklebt hatten und die sie, oder jemand anderes, inzwischen heruntergerissen hatte; einzelne Fetzen waren noch zu sehen: *Varieté* konnte ich lesen, *Beginn* und *Preis*. „Wartet hier." Sie ließ uns stehen und entfernte sich ein paar Schritte, ich hörte das Surren und Klicken von Elektronik, die hochgefahren wurde. Gleißendes Licht. Zuerst war ich geblendet, dann tauchte ein schwarz bemalter Bretterboden vor mir auf, rechts von mir hingen schwarze Vorhänge. Wir wagten uns ein paar Schritte nach vorn. Das schön angeordnete, reichhaltig dekorierte Imitat einer gutbürgerlichen Biedermeier-Wohnung – ein Bösendorfer Flügel, ein mit Kaffeegeschirr gedeckter Tisch, Spitzendeckchen, ein gestreiftes Sofa, ein runder Couchtisch auf einem Bein, Kerzenständer, eine Vitrine, in der Schiffe in Flaschen standen, vor einer Wand mit Blumentapete ein Kamin, in dem ein offenes Feuer knisterte – ein gemütlicher Wohnraum, hätte man meinen können, aber es war kein Wohnraum, dafür war er viel zu hoch, eine Wand fehlte und schon wieder dachte ich, meine Wahrnehmung spielte mir einen Streich, als ich erkannte, dass wir uns auf einer Bühne befanden. Die Bühne gehörte zum Kellertheater, dessen Besitzerin meine Großmutter war.

„Ich dachte mir, ich decke schon mal den Tisch", sagte sie geschäftig. „Mir gefällt das Bühnenbild. Es erinnert mich an unser Wohnzimmer, als ich noch ein Kind war." Sie stellte meine Rosen in eine Vase auf dem Couchtisch. Es duftete nach Frischgebackenem und ich entdeckte einen Apfelkuchen auf dem Tisch.

Meine Großmutter bemerkte meinen irritierten Blick, kam zu mir und streichelte sanft meine Wange. „Mein lieber Schatz, ich wusste doch, dass ihr kommen würdet, nur dass es so lange dauern würde, ist mir nicht klar gewesen. Ich bin euch entgegengegangen, aber ich habe euch verpasst. Ich befürchte, der Kuchen ist in der Zwischenzeit kalt geworden."

„Oma", sagte ich und eine Welle aus Zuneigung überspülte mich. Sie war wirklich da. Überschwänglich schlang ich beide Arme um sie, roch das Puder an ihrem Hals, den Duft ihrer Hautcreme, einen Hauch Zigarre und Whisky. Ich hatte sie so vermisst, so sehr, dass sich meine Seele ganz wund anfühlte, als stocherte einer in meiner Brust herum.

„Ich hab dich auch sehr vermisst, mein Schatz", sagte sie und wir hielten und drückten uns so lange, bis uns beiden gleichzeitig bewusst wurde, dass Noah neben uns stand. Aber er lächelte so verzaubert, als ob er mit sich selbst und der Welt Frieden geschlossen habe, und schien noch eine zweite Ewigkeit warten zu können.

Seine ganze Körperhaltung teilte mir mit, dass er in sich ruhte wie ein stiller, dunkler See in einer Moorlandschaft.

„Glaub mir, mein Schatz", sagte mir meine Großmutter ganz dicht ins Ohr, „alles wird gut."

Ich nickte und nickte und konnte gar nicht aufhören zu nicken und Tränen liefen mir über die Wangen, tropften tief nach unten; ich glaubte, ihren Aufprall zu hören. „Du gehst nicht weg, ja? Versprich mir, dass du nicht mehr weggehst."

Sie küsste mich und wir lösten unsere Umarmung.

„Setzt euch doch", sagte sie dann. „Ihr müsst hungrig und durstig sein." Wir nahmen am Esstisch Platz. Ich spielte mit dem Spitzendeckchen und blickte in den schwarzen, unbeleuchteten Publikumsraum, konnte aber kaum die vielen leeren Sessel erkennen, weil mir die Scheinwerfer ins Gesicht leuchteten und wahnsinnig heiß waren. Oder war es das Fieber? Noch immer fühlte ich mich krank, richtig krank – die Welt drehte sich um mich herum, sie schlug Wellen und ich nahm sie nur verzerrt wahr. Jeder Atemzug tat mir weh und mein Kopf drohte zu zerspringen.

Meine Großmutter goss aus einer geblümten Kanne Tee in unsere Tassen. Es dampfte. Sich selbst schenkte sie ein Glas Whisky ein. Immer noch fassungslos über die unerwartete Begegnung, starrte ich sie an, streckte meine Hand nach ihr aus, musste sie wieder und wieder berühren.

Noah kramte etwas aus seiner Hosentasche, tastete nach dem leeren Kuchenteller und legte einen Ring darauf. Es klirrte leise. Der Ring hatte vier filigrane Blüten aus Granat und in der Mitte einen Diamanten. Er gehörte meiner Großmutter, sie hatte ihn oft getragen.

„Du hast ihn also gefunden", sagte meine Großmutter lächelnd, nahm den Ring und steckte ihn sich an den Finger. „Zucker?"

Noah nickte und sie löffelte ihm Zucker in den Tee. „Marlene?"

Ich war nicht in der Lage zu nicken. „Kannst du uns das alles erklären?"

Sie leckte sich den Finger ab, räusperte sich und ließ sich an der Sesselkante nieder. „Erklären? Nein, leider nicht, mein Schatz." Sie sagte es völlig selbstverständlich. „Cin cin." Sie zwinkerte mir zu, lächelte verschmitzt, hob das Whisky-Glas, trank auf unser Wohl, stellte das Glas ab, musterte mich und wurde dann auf einmal sehr ernst, fast traurig.

„Du weißt es nicht, oder?" Sie seufzte tief. „Du hast das Geheimfach des Koffers noch nicht öffnen können."

Ich schaute den Koffer an, der neben mir am Boden stand. Dann schaute ich zu meiner Großmutter. Sie nickte mir zu. Noah legte mir seine warme Hand auf den Rücken.

„Lass dir Zeit, mein Schatz. Nur du allein kannst ihn öffnen. Wenn der Moment da ist, wirst du's merken." War das der Moment?

Ich kniete mich auf den Theaterboden neben eine weiße Markierung, die nach einer alten Vorstellung kleben geblieben war. Ich öffnete den Koffer und schaute ins Innere. Da gab es keine Stelle, die ich nicht schon x-fach angeschaut, berührt und untersucht hatte.

Meine Großmutter nippte am Whisky. Noah rührte im Tee. Meine Großmutter war da. Noah war da. Die beiden liebsten Menschen in meinem Leben. Mir konnte nichts passieren. Meine Augenlider wurden schwer. Wenn ich wollte, konnte ich sie einfach fallen lassen und nie wieder öffnen. Auch das war erlaubt. Und es war gut.

Die Scheinwerfer schienen mir das Gehirn zu vernebeln, jemand hustete im Zuschauerraum, Kleider raschelten, Düfte fremder Menschen krochen zu uns auf die Bühne. Wir waren nicht mehr allein.

Wo kamen die vielen Leute her? Es waren wohl die, die mich schon die längste Zeit beobachtet hatten. Die Jury, die darüber befand, ob ich einen Preis gewonnen hatte und weiterleben durfte oder ob ich durch den Hinterausgang verschwinden musste.

„Musik!", rief jemand.

Meine Großmutter nahm Noah am Arm und führte ihn zum Klavier. Ein erleichtertes „Ahhhhh" kam aus dem Publikum. Ein Lichtkreis verfolgte sie bis zum Klavierhocker, auf den sie sich nebeneinandersetzten und zu spielen anfingen, als hätten sie jahrelang nichts anderes getan. Melancholische Klänge in Vollkommenheit erfüllten das Theater und das Publikum lauschte hingerissen. Die Musik berührte meine Seele. Immer noch kauerte ich am Boden vor dem Koffer, inzwischen im Schneidersitz. Dann veränderte sich das Licht auf der Bühne und fiel knisternd weiß von schräg hinter mir auf das Innenfutter des Koffers.

Ich bin bereit.

Das Uhrwerk auf dem Stoff, die Zahnräder, filigranen Zeiger und Schräubchen wuchsen plötzlich in die Tiefe und wurden dreidimensional wie diese magischen Bilder, die man nur lange genug anzuschauen brauchte, um die dritte Dimension darin zu entdecken – Umschalten im Hirn, so hatte ich das immer genannt. Oder es war nur das Licht, das mir jetzt direkt in die Augen stach und von allen Seiten zu kommen schien. Es hüllte mich ein wie eine Glocke, umgarnte mich, spann ein Netz aus Lichtfäden um mich herum. Ein Raunen ging durch das Publikum. Die Musik wurde leiser … immer leiser … bis sie verstummte. Keiner wagte zu klatschen. Jemand hustete drei Mal. Ich beugte mich nach vorn und berührte einen winzigen Zeiger. Ein Knacken, leise nur, aber trotzdem laut genug, um auch noch in der letzten Reihe gehört zu werden. Mit einem Ruck fingen die Zahnrädchen an, sich zu bewegen, es fing an zu rattern, zu klingeln und zu schnurren wie in einer großen Uhr. Schließlich rastete das Räderwerk ein, hielt an, der Kofferboden schnappte auf und ein kleiner Spalt entstand. Ich brauchte den doppelten Boden nur noch zu heben und würde Antworten auf all meine Fragen bekommen.

42

Mir war heiß und das kam nicht nur von den Lichtern und der Aufregung. Ich wusste nicht, was ich tun sollte. Wollte ich wirklich wissen, was in dem Koffer war? Ich konnte ihn leicht mit einer dramatischen Geste in den Kamin werfen und hoffen, dass dieses Theaterfeuer echt war. Dann konnte ich mich verbeugen, Noah an der Hand nehmen und mit ihm weggehen ans Ende aller Zeiten, wo der Albtraum ein Ende hatte und wo es kein Erwachen gab.

Ich versuchte zu schlucken, aber in meiner Kehle steckte etwas, das mir das Atmen schwer machte. Mit mir war etwas nicht in Ordnung. Ich war nicht in Ordnung. Die Spannung im Theater verdichtete sich wie Novembernebel in der Nähe eines Sees. Noah und meine Großmutter setzten wieder ein. Sie spielten Töne, verwirrende Töne, sie galoppierten drauflos, wild und ungehemmt, disharmonisch und verworren, als untermalten ihre Klänge den Kampf meiner Gedanken. Dann veränderten sie die Melodie, sie verlor an Aggressivität, an Dringlichkeit, wurde sanft und zuversichtlich und einfach nur schön. Ein kollektiver Seufzer der Erleichterung ging durch den Zuschauerraum, der auch mich ergriff. Auf einmal wurde es leicht. Ich spürte, dass ich bereit war, und öffnete den doppelten Boden. Noah und meine Großmutter trieben ihre Melodie zu einem Höhepunkt – laut und ergreifend. Das Publikum konnte nicht mehr an sich halten und applaudierte. Aus dem Augenwinkel bemerkte ich, dass sie aufstanden, der Reihe nach. Standing Ovations. Mir war, als kannte ich sie alle; Kathi klatschte wild, meine Eltern waren da, Viktor feuerte mich an, Anselm und Schwester Fidelis, Nachbarn, Leute aus unserer Straße – der Inder von schräg gegenüber, die alte Frau Hatze, die mir immer Bonbons geschenkt hatte. Den euphorischen Applaus und die Bravorufe hörte ich kaum, sah nur die Puppe, meine Puppe, mit Ärmchen, Beinen und Kopf aus Plastik. Der Bauch war aus Stoff. Die Puppe trug ein Kleidchen, das meine Großmutter genäht hatte, als ich noch klein gewesen war. Ich drückte die Puppe an mich, schnupperte an ihr – sie roch immer noch wie früher – und zog ihr dann das Kleidchen aus. Aus dem Puppenalter war ich längst raus gewesen, als ich ihr mit der Schere die Brust aufschnitt, von oben nach unten, einen Knopf nähte ich ihr an und den Rest mit Nadel und Faden wieder zu. Meine Finger bebten, als ich den Knopf öffnete. Das kleine rote Herz aus Glas lag immer noch in der Brust meiner Puppe, genau so wie ich es hineingelegt hatte, nachdem mir endgültig klar geworden war, dass ich irgendwann ein neues Herz brauchen würde, weil meines immer schwächer wurde. Über mir piepste es. Ich fühlte einen Schmerz in meinem Arm. Das Klavierspiel verstummte.

Ich fand mich auf einer Liege wieder, drehte meinen Kopf und schrak zusammen. Plötzlich war Noah neben mir, aber ich erkannte ihn kaum wieder. Er erinnerte mich an den Noah, der nach dem Konzert zwischen Leben und Tod geschwebt hatte. Aber was hatten sie mit ihm gemacht? Sein plötzlich so magerer Oberkörper war nackt, der Kopf mit einem Mal kahlrasiert. Kanülen steckten in seinem Arm.

Alles in mir schrie. Warum war es plötzlich so still? Wo war die Musik? Was war mit dem Theater geschehen? Mit dem Flügel, an dem eben noch Noah mit meiner Großmutter gesessen hatte? Sie waren verschwunden und mit ihnen das Theater. Das Licht um uns herum wurde dunkler und immer dunkler.

„Was ist mit dir?", flüsterte ich. „Was passiert hier, Noah? Was passiert mit uns?"

Er streckte seine Hand nach mir aus und strich mir über die Finger. „Hab keine Angst", sagte er leise und sah mich mit seinen großen saphirblauen Augen an. Er sah mich wirklich an. „Wir bleiben zusammen. Immer, ja, Marlene?"

Und dann spürte ich, wie mir mein Leben entglitt. Mein letzter Gedanke war: Noah kann sehen.

Wach auf!

Wach endlich auf!

43

Wach auf! Wach endlich auf!
Ein Ruf, eine Bitte, ein Flehen, ein Flüstern, ein Schrei?
Ich weiß bis heute nicht, wer es war, der unermüdlich die Worte wiederholte. Noah? Meine Großmutter? Kathi, meine Eltern oder ich selbst?
Ich hörte sie, während mein Leben dem Ende zuging und ein anderes auf mich zukam, dem ich mich verweigerte.
Arztkittel. Lautes Piepsen. Intensivstation. Gesundheitsschuhe. Turnschuhe. Gedämpfte Stimmen. Piep-piep-piep. Ein Verband auf meiner Brust. Schläuche. Infusionen. Kabel. Monitore.
Ich kämpfte dagegen an. Ich wollte das alles nicht sehen, nicht hören, mich nicht der Realität stellen. *Noah, wo bist du? Warte auf mich. Ich komme zu dir zurück.*
Ich presste meine Augen zusammen und versuchte, mich an etwas festzuklammern. Stattdessen bekam ich wirre Bilder – Ich träumte von meinem Vater, der in Viktors Jeep saß und mich verfolgte, während ich vor ihm durch einen dunklen Wald floh. Ich träumte von dem Fuchs, der meine Hand leckte, sich in einen Wolf verwandelte und zubeißen wollte. Ich träumte von meiner Mutter, die für mich Spaghetti kochte. Die Spaghetti wurden immer mehr in meinem Mund, je verzweifelter ich versuchte, sie zu schlucken, sodass ich beinah daran erstickte. Ich träumte von Kathi, mit der ich auf dem Segelschiff haltlos durch den Ozean trieb, ohne jemals ein Ufer zu erreichen. Und immer wieder träumte ich von Noah. Noah, wie er ganz zuletzt neben mir auf dieser Liege lag, blass und

krank, und jedes Mal wenn ich nach ihm greifen wollte, legte sich Nebel über ihn. Kurz bevor er ganz verschwand, hörte ich seine Stimme. „Wach auf, Marlene, du musst aufwachen." Und obwohl ich verzweifelt nach ihm schrie, folgte er mir nicht. Er blieb zurück.

Wann ich begriff, dass ich keine Wahl mehr hatte? Dass ich nicht für immer die Augen geschlossen halten konnte? Ich wusste es nicht. Später erzählte mir Viktor, dass meine Vitalfunktionen zu dieser Zeit außergewöhnlich gut waren. Alles deutete darauf hin, dass ich nach siebenundzwanzig Tagen aus dem künstlichen Koma erwachte, in das man mich hatte versetzen müssen, nachdem mir ein neues Herz transplantiert worden war.

Die Operation war nicht so verlaufen, wie sie sich das vorgestellt hatten. Es hatte Komplikationen gegeben, Viktor und meine Eltern hatten mit dem Schlimmsten gerechnet und gezweifelt, ob ich es schaffen würde. Aber dann war ich über den Berg. Warum ich dennoch die Augen nicht aufschlug, verstand keiner.

Die Seele, so formulierte Anselm es irgendwann Wochen später, tat eben nicht immer das, was medizinische Geräte anzeigten. Wenn er gewusst hätte, wie recht er hatte. Maria, meine Psychologin, schwieg dazu, das war die Phase, in der sie meiner unsäglichen Wut und Enttäuschung mit Schweigen begegnete.

Am Anfang hatte diese Wut noch keine Sprache. So real und farbig die Bilder von unserem geheimen Sommer, von der Villa Morris und Noah gewesen waren, so schwarz-weiß waren die Bilder, nachdem ich die Augen aufschlug. Ich begriff nicht, wo ich war, ich begriff nicht, was mit mir passierte. Über mir das helle Krankenhauslicht. Die Nachtkrankenschwestern, stets zur Verfügung. „Durst." Das Blutdruckmessgerät, das sich an meinem Oberarm immer wieder aufpumpte, Schläuche, die aus meinem Körper herausragten, als wäre ich ein Cyborg an einer Ladestation. Das Klappern von Geschirr auf dem Flur.

Helligkeit vor meinem Fenster.

Dunkelheit vor meinem Fenster.

Dunkelheit auch in meinem Herzen, das ungewohnt kräftig schlug. Kräftiger als jemals zuvor.

Die Monitore neben meinem Kopf wechselten im stetigen Rhythmus das Bild. Ich hatte das Gefühl, halb aus der Welt zu sein, nicht ich selbst zu sein.

Schließlich das erste Mal krächzende Laute aus der Kehle pressen. Reden. Die Gesichter meiner Eltern, abwechselnd besorgt, dann wieder glücklich und froh. Und immer wieder sickerten die Erinnerungen an Noah zu mir herüber, so stark, als gäbe es eine undichte Stelle zwischen der einen und der anderen Welt, zwischen Wachsein und Schlaf, zwischen Leben und Sterben. Ich war noch nicht wach und ich lebte auch noch nicht, aber meine Zeit mit Noah war vorbei, das sank Tag für Tag für Tag weiter in mein Bewusstsein ein.

Ich erinnere mich an die ersten Worte meiner Mutter. „Mein Spatz, wie geht es dir?" Ich hörte sie kaum, hatte nur den Traum vor Augen, der so präsent in mein neues Leben schwappte, in dem es keinen Noah mehr gab. „Wo ist Noah?", wollte ich brüllen und brachte doch nur ein Krächzen hervor, das seinem Namen kaum ähnelte.

Ich sah den verwirrten, verzweifelten Blick meiner Mutter. „Robert! Was ist mit ihr? Wer ist Noah?"

Dann die beruhigende Stimme meines Vaters. „Alles in Ordnung, Christina. Lass ihr Zeit."

„Wo?" Ich brauchte alle Kraft für mein Flüstern. „WO IST NOAH!!!"

Zu diesem Zeitpunkt war mir noch nicht klar, dass niemand von ihnen mir diese Frage jemals würde beantworten können. Ich wusste nur, dass ich umso verzweifelter nach Erklärungen suchte, je länger sie schwiegen und mich verwirrt oder mitleidig anschauten. Aber ich fand keine, obwohl sich mein Verstand, nachdem ich ein bisschen zu mir gekommen war, unablässig nur mit dem einen beschäftigte.

Wir bleiben zusammen. Immer, ja, Marlene?
Das hatte Noah gesagt, ganz zum Schluss, als er neben mir lag, die Kanülen im Arm, der Brustkorb so entsetzlich mager.

Die Worte brannten sich in meinen Kopf, während mein Körper, der mir wie ein Verräter vorkam, sich auf der Intensivstation wieder an ein Leben gewöhnte. Hatte Noah mich zuletzt bewusst angelogen? Warum hatte er mich gehen lassen und war nicht mitgekommen?

Wie lange es dauerte, bis ich begriff, welchen schrecklichen Sinn seine Worte noch hätten haben können? Vielleicht eine Woche oder zwei? Ich wusste es nicht. Der Gedanke nistete sich ganz plötzlich in mir ein, pochte schmerzhaft in meiner Brust und zerriss mich so heftig, dass ich mich übergeben musste. Ich kotzte das ganze Krankenbett voll.

Ich hatte ein neues Herz bekommen.

Ein starkes Herz.

Was, wenn es von ihm war?

„Marlene. Es gibt keinen Noah." Sagten sie wieder und wieder, an weißen Tagen und in schwarzen Nächten sagten sie es, in denen es keinerlei Farbe geben wollte. „Du hast wochenlang zwischen Leben und Tod geschwebt, es ist nicht ungewöhnlich, dass es zu solchen Halluzinationen kommt."

Ich bezichtigte sie der Lüge. Das war, als ich langsam genug Kraft für die Wut gesammelt hatte, die irgendwann heftig aus mir herausplatzte. Ich schrie sie an, schleuderte ihnen so vieles an den Kopf, das sie gar nicht verdient hatten. Sogar, dass sie Noah für mich gefangen gehalten hatten – dass mein Vater in Noah einen perfekten Spender für mich gefunden hatte und ihn mit Bewachern so lange in der Villa eingesperrt hatte, bis ich sein Herz brauchte.

Später, als mir längst klar war, was für ein absurder Gedanke das war, schämte ich mich entsetzlich dafür, aber in den ersten Wochen griff ich nach jedem Strohhalm, der mir einfiel.

Ich verstand nicht, warum sie mir nicht die Wahrheit sagten. Warum weigerten sie sich, mir den Namen des Spenders zu nennen, dessen Herz unermüdlich in meiner Brust schlug? Sie behaupteten, Spender und Empfänger würden streng anonym bleiben, um nicht eine gegenseitige Abhängigkeit zu provozieren.

Abhängigkeit? Was für ein Witz, wenn der eine tot war. Kann man mit solch einer Schuld überhaupt weiterleben?

Sie ließen mich selten allein in dieser Zeit, aber sobald sie gingen, kletterte ich wie von Sinnen aus dem Bett, von dem Gedanken angetrieben, irgendwie die Wahrheit herauszufinden. Ich zerrte an Kabeln und Schläuchen, riss mir die Infusionsnadel aus der Hand, verursachte ein Blutbad und ein schrilles Piepsen der Maschinen, die über meine Körperfunktionen wachten. Meine Beine hielten nicht, ich brach zusammen. Die Tür ging auf und das Notfallgeschwader kam hereingerannt, verfrachtete mich ins Bett und verkabelte mich neu.

Viktor erschien und deckte mich mit seinen großen Händen zu, als alle Kabel und Nadeln wieder an der richtigen Stelle saßen, und sah mich aus seinen hellen, freundlichen Augen an.

„Warum hast du den Fuchs erschossen?", fuhr ich ihn an und spürte, wie meine Zähne klapperten.

„Fuchs?", fragte er ganz ruhig.

„Er war Noahs Freund ... Du hast ihn erschossen." Ich konnte nichts gegen die Tränen machen.

Viktor sah mich prüfend an. „Das tut mir sehr leid, glaub mir, ich wollte niemanden erschießen." Er machte sich an der Flasche über meinem Kopf zu schaffen und mir ging das Bild nicht aus dem Kopf von den Gedärmen des Hirsches im Kofferraum und vom Blut, das an Viktors Händen klebte.

Die Vorstellung, dass es Noah da draußen bis vor Kurzem gegeben haben könnte und dass er jetzt tot war, packte mich mit solch einer Verzweiflung, dass sie mir Medikamente geben mussten. Sie sprachen von einer posttraumatischen Belastungsstörung, sie sprachen von Depressionen, die den Heilungsprozess negativ beeinflussen könnten, sie flüsterten viel hinter meinem Rücken. Keine Ahnung, was man mir intravenös einflößte, aber ich driftete weg, mitsamt meiner Wut. Nicht einmal träumen konnte ich mehr.

Und jedes Aufwachen wurde zur neuen Qual. Alle erwarteten von mir, glücklich zu sein, glücklich über die Chance, weiterleben zu dürfen. Aber ich war nicht glücklich. Ich war verwirrt und fühlte mich betrogen. Wieder und wieder erschien es mir, als läge ein Puzzle in tausend Teilen vor mir, lose Einzelteile, auf jedem ein Fetzen Erinnerung aus zwei Welten. Die Erinnerung an Noah war lebendiger als die Wirklichkeit und Erinnerungen an vermeintlich Erlebtes waren trüb und verschwommen.

Letztendlich blieben mir nur zwei Daten, an denen ich mich festklammern konnte. Messbare Eckpfeiler in diesem Chaos aus Mutlosigkeit, Angst und Verzweiflung.

Mein erstes Geburtsdatum und mein zweites – das Datum der Operation.

44

Ich war noch in der Grundschule gewesen, als es losgegangen war, nicht weiter schlimm zunächst, nur eine verschleppte Grippe, ich hatte lange Fieber gehabt und mich ewig schlapp gefühlt. Das war immer ärger geworden, und als ich während des Schwimmunterrichts tatsächlich einmal fast ertrank, weil mir die Kraft ausging, spürte ich ernsthaft, dass etwas mit mir nicht mehr in Ordnung war. Das Erlebnis im Schwimmbad hatte mich in Todesangst versetzt, was ich aber niemandem erzählte, nicht einmal Kathi. Meine Eltern erkannten zuerst nicht, wie krank ich war, vielleicht wollten sie es auch nicht sehen.

Es war Viktor, der als Erstes begriff, was mit mir los war. Er war der älteste Freund meiner Eltern, sie hatten zusammen studiert, und er war zum Chefarzt in der Herzchirurgie aufgestiegen. Er untersuchte mich und diagnostizierte eine Herzinsuffizienz.

Der Reihe nach musste ich alles aufgeben, was mir Freude gemacht hatte. Ich wurde immer weniger belastbar und bekam schlecht Luft. Irgendwann wurde der Gang von meinem Bett zum Sofa zum Abenteuer.

Viktor und meine Eltern erklärten mir, dass es schlimmer werden würde. Mein Herz würde sich nicht mehr erholen. Es war kaputt.

Meine Eltern waren ständig an meiner Seite. Vor meiner Erkrankung hatten sie nächtelang in ihrem gemeinsamen Arztmobil auf der Straße gestanden, um Obdachlose, Stricher und Drogensüchtige ehrenamtlich zu behandeln. Ihren Urlaub hatten sie abwechselnd genutzt, um bei *Ärzte ohne Grenzen* zu arbeiten. Aber nun gaben sie alles auf und erdrückten mich mit ihrer Liebe, während die ihre ihnen langsam abhandenkam. Ständig stritten sie und immer ging es um das eine Thema. Um mich. Ob ich kräftig genug war, um einen Abend ins Theater meiner Großmutter zu dürfen. Ob Maria nicht besser öfter kommen sollte. Ob sie meinetwegen nicht besser in ein günstigeres Klima umziehen sollten.

Und zuletzt: Ob sie mich nun auf die Transplantationsliste setzen sollten oder nicht. Ob sie mein Leben aufs Spiel setzen durften, um mich zu behalten.

Das alles in gedämpftem Tonfall, um mich nicht unnötig aufzuregen. Ich hörte es trotzdem und fühlte mich wie eine kaputte Marionette, die an zu straff gespannten Fäden hing. Es war doch mein Leben.

Sie versuchten, mir jeden Wunsch von den Lippen abzulesen, und konnten mir trotzdem nicht geben, was ich mir am meisten wünschte – Freundinnen treffen, in die Schule gehen, Rad fahren, Treppen steigen, einkaufsbummeln, eben normal sein, dazugehören, frei sein.

Ich konnte sehen, wie sehr sie litten, aber die Hilflosigkeit der beiden engte mich noch mehr ein. Und irgendwann hielt ich es nicht mehr aus.

Es waren nicht meine Eltern, die die Entscheidung trafen, mich auf die Spenderliste zu setzen. Gerade weil sie Ärzte waren, wussten sie, was alles schiefgehen konnte. Sie hatten so viele Bedenken, dass sie die Entscheidung vor sich herschoben wie einen viel zu schweren Einkaufswagen und nicht vom Fleck kamen und sich einredeten, dass es noch nicht so schlimm war.

Für mich war es aber schlimm. Die Tage verrannen zu einem elenden Brei. Ich fühlte mich eingeklemmt wie in einen Schraubstock, war schwach und mutlos und sah keinen Sinn mehr darin, noch länger zu warten.

Meine Entscheidung traf ich allein und danach schrieb ich ihnen einen Brief. Maria zeigte ihn mir Wochen nach der Operation, nach einer unserer erschöpfenden Sitzungen, in denen sie mich wieder mal mit ihren Erklärungen bombardiert hatte, die ich nicht hören wollte.

Der Tag, als der Anruf kam, war heiß – schon am Morgen hatte es siebenundzwanzig Grad. Ich verging fast in meinem Bett. Ein zerdrücktes Croissant lag auf dem Teller neben meinem Bett, ich hatte es nicht angerührt. Meine Eltern stritten nebenan, es ging um eine Veranstaltung, auf der sie einen Preis bekommen sollten, aber keiner von ihnen wollte hinfahren, sie wollten lieber bei mir bleiben. Ich versuchte wegzuhören, was mir wie immer nicht gelang, als fast zeitgleich alle unsere drei Handys klingelten: Nachricht von Euro-Transplant. Ein Spenderherz sei da und ich solle nichts mehr essen und man schicke einen Krankenwagen und sonst noch tausend Sachen. Mein Vater wollte mich vor lauter Nervosität selbst mit dem Auto ins Krankenhaus fahren, flüchtete sich in medizinisches Fachwissen und dozierte über den Faktor Zeit bei Organspenden, während meine Mutter versuchte, nicht zu weinen.

Ich saß am Straßenrand, im Schatten eines Flieders, auf meinem roten Koffer, den ich schon vor Wochen gepackt hatte und der neben meinem Bett gestanden hatte, immer in meinem Blickfeld, und wartete auf den Krankenwagen und fragte mich, ob ich die Chance bekommen würde, meinen Koffer noch einmal zu packen, dann nämlich, wenn ich das Krankenhaus wieder verließ, um nach Hause zu gehen.

Kinder fuhren lachend auf Fahrrädern an uns vorbei, auf dem Weg ins Freibad, mit kurzen Hosen, jedes ein Eis in der Hand. Für sie war es die erste Ferienwoche in einem Jahrhundertsommer. Brütende Hitze. Ich vermisste die Schule, die letzte Schulwoche besonders. Die Kinder auf den Fahrrädern, ob sie jemals daran dachten, wie viel Glück sie hatten? Wie gern wäre ich in diesem Moment auf einem dieser Fahrräder davongestrampelt. Mein Blick fiel auf einen Kleber mit der Jahreszahl auf dem Mülleimer, der noch in der Einfahrt stand – war mir nie aufgefallen. Ich betrachtete den Schriftzug unseres Straßenschildes an der Ecke – da musste ein echter Kalligraf am Werk gewesen sein. Wie kunstvoll die Schrift gestaltet war. Ob ich noch einmal einen Füller halten würde? Sätze in ein Schulheft schreiben? Das Normalste der Welt und doch so weit weg, unerreichbar in diesem Moment.

Der junge Inder vom Gemüseladen gegenüber winkte mir zu. Was er sich wohl dachte? Stumm beantwortete ich seine Fragen. *Ja, meine Eltern streiten, wie immer in letzter Zeit. Nein, noch sind sie nicht geschieden, aber bald. Ja, wir machen einen Familienausflug. Aber nicht ins Grüne. Wir bekommen ein neues Herz.*

Über dem indischen Laden ging ein Fenster auf. Die alte Frau Hatze goss Blumen. Das Gießwasser tropfte auf die Markise. Der Briefträger parkte schräg gegenüber zwischen Platanen. Während er ausstieg und einen Packen Briefe durchsah, steckte er sich eine Zigarette an und sprach in sein Handy. In dem Moment, als der Briefträger redend und rauchend die Briefe in die Briefkästen der Altbauwohnungen warf, fuhr der Krankenwagen vor, kein Blaulicht, keine Eile, vielleicht war das Herz noch in Belgien, Slowenien, Kroatien oder in Ungarn. Nur wenige Stunden, vielleicht auch nur Minuten oder Augenblicke vor dem Anruf war irgendwo ein Mensch gestorben, gewiss nicht an Altersschwäche, nicht an Demenz oder Alzheimer. Ein Mensch, dessen Herz stark genug war, um noch ein paar Jahre weiterzuschlagen. Wahrscheinlich war dieser Mensch auf gewaltsame Weise ums Leben gekommen. Hirntot. Wahrscheinlich war er noch warm.

Trotzdem, trotz allem, ich war froh in dem Moment. Ich war froh, dass es endlich so weit war, dass ich die Entscheidung getroffen hatte, aus meinem Gefängnis auszubrechen, auch wenn es bedeuten konnte zu sterben.

Noch ahnte ich ja nichts von Noah.

45

Im Krankenhauskomplex gegenüber gingen die Lichter an. Es war Herbst geworden, früh wurde es dunkel. Ich fühlte mich so gesund wie schon seit Jahren nicht mehr, das neue Herz arbeitete gut und trotzdem war ich erschöpft, erschöpft von der Sehnsucht nach Noah, erschöpft von zu viel Chaos in meinem Kopf, erschöpft von dem Chaos in meinem Körper. Ich weigerte mich immer noch, meinen Körper zu berühren, meine Haut war mir fremd, ich fühlte nur den Verband um meinen Brustkorb, Einstichstellen überall und aus der Flasche machte es TROPF, TROPF, TROPF. Ich konnte inzwischen aufstehen, schaute hinunter zum Eingangsportal, stand jetzt oft am Fenster, bekam endlich genug Luft und wusste, dass ich euphorisch sein sollte. Ich durfte weiterleben. Das Publikum hatte für mich gevotet. Ich hatte den Joker gezogen, musste nicht durch den Hintereingang verschwinden. Wie weiterleben ging? Das allerdings wusste ich nicht. Zu lange hatte ich mit dem Gedanken gelebt, einen Abgang zu machen.

Ich bat meine Mutter um meinen Ring und sie brachte ihn mir ins Krankenhaus, erleichtert, dass ich überhaupt mit ihr sprach. Ich steckte ihn an meinen Finger und drehte ihn unablässig – vier granatrote Edelsteine wie Blüten und in der Mitte ein kleiner Diamant. Er hatte meiner Großmutter Anna gehört. Auch sie hatte es vorgezogen, einen Abgang zu machen. Einen unfreiwilligen Abgang.

„Oma", hatte ich gesagt. „Schenk den Ring jemand anderem, du überlebst mich hundertprozentig." Da war sie wütend geworden und hatte mir, wie so oft, ordentlich ins Gewissen geredet. Nur wenige Wochen später verließ sie mich.

Meine Eltern hatten geglaubt, die Beerdigung würde mich zu sehr anstrengen, deswegen war ich nicht dabei, aber sie erzählten mir, wie viele Menschen aus der ganzen Welt gekommen seien, und sie erzählten von der anschließenden Feier in der Theaterschneiderei.

„Wenn ich sterbe, will ich, dass meine Freunde drei Tage lang feiern", hatte Oma immer gesagt. Und das taten sie. Anna Mendel war früher eine bekannte Jazz-Pianistin gewesen. Sie kam in der ganzen Welt herum, spielte in Kneipen, auf großen Bühnen und internationalen Festivals. Sie hatte verschiedene Gastprofessuren inne und unterrichtete talentierte Schüler, bis sie sich mit ihrem kleinen Theater, das früher eine Schneiderei gewesen war, einen Traum erfüllte.

Dieses Theater, das ich in meinem anderen Leben gesehen hatte, es hatte tatsächlich existiert. Was nach Annas Tod damit geschehen war, wusste ich nicht. Hatte mein Vater es verkauft? Oder hatte er alles dort unverändert gelassen? Ich hatte nie gewagt, danach zu fragen.

Als ich nicht mehr zur Schule gehen konnte und auch sonst mein Zimmer nur noch selten verließ, sorgte meine Großmutter dafür, dass ich trotzdem aus dem Haus kam. Ich durfte im Theater immer in der ersten Reihe sitzen und hinterher bestand sie darauf, mich jedem Künstler einzeln vorzustellen. Manchmal setzte sie sich danach noch ans Klavier und verzauberte die übrig gebliebenen Gäste und Künstler in alkoholgeschwängerter Feierlaune mit ihren Klängen. Das waren Momente voller Magie, die ich nie vergessen werde. Am Klavier starb sie. An einem Schlaganfall.

„Ich bin euch entgegengegangen", hörte ich wieder ihre klare Stimme und sah in ihre gütigen hellen Augen. *„Aber ich habe euch verpasst."*

Das hatte sie zu Noah und mir gesagt, Noah, an den ich kaum zu denken wagte und es doch ständig tat, während es mir das Herz zusammenzog. Dieses Herz.

Sein Herz?

Ich bestand darauf, meinen Laptop ans Bett zu kriegen, und fing an, Todesfälle zu recherchieren. Ich durchforstete das Internet und fing an zu sammeln. Tragische Todesfälle hatte es Anfang Juli eine Menge gegeben. Ob im Sommer mehr Menschen starben als im Winter?

Mann (52) von Zug erfasst – tot!

Gabelstapler im Baumarkt umgestürzt – Kunde (69) starb vor den Augen seiner Frau.

36-Jähriger in Bach ertrunken.

Mutter (21) vor den Augen des Sohnes (2) von Lkw überfahren.

Kajakfahrer (34) nach mehrtägiger Tour gekentert.

Drachenflieger (24 und 48) kollidierten in der Luft – tot.

Bei keinem stand ein Name dabei und ich fragte mich, warum bei dieser Art von Bericht das Alter so wichtig zu sein scheint. War Noah ein Drachenflieger gewesen? Oder ein Kajakfahrer? War er vierunddreißig, vierundzwanzig oder vielleicht doch sechzehn? Lebte er wirklich in einer einsamen Villa in den Bergen? Ich tippte in meine Suchmaschine: Junge, blind, sechzehn. Suchergebnis: *Der blinde Mörder*. Es war der Titel eines Romans. Ich gab ein: Junge, blind, tödlicher Unfall, Villa in den Bergen. Suchergebnis: Tödlicher Blindflug über den Alpen. Allerdings schon im April passiert. So lange überlebte kein Herz ohne Mensch.

Was würde ich tun, wenn ich Noah tatsächlich in einer Todesnachricht fand? Wollte ich sie wirklich lesen? Solange ich keinen Hinweis darauf hatte, konnte es doch sein, dass er noch irgendwo lebte. Aber wie war er dann in mein Leben geraten?

Er fehlte mir so. Seine Stimme, die Gespräche mit ihm, seine Hände, seine Umarmung, sein warmer Atem in meinem Nacken.

„Hast du Schmerzen?", fragte eine Schwester. Ich drehte den Kopf zur Seite und weinte still vor mich hin und hatte Schmerzen, aber keine, die man mit Morphium betäuben konnte, Schmerzen, die immer da waren. Ich glaube, man nennt solche Schmerzen Sehnsucht oder Liebe.

„Du musst ihn loslassen, damit du begreifen kannst, dass er nur ein Symbol ist. Der Name Noah deutet auf den Archetyp eines Überlebenden hin, Marlene. Auch du hast überlebt." So und anders formulierte es Maria in einer unserer Sitzungen, die meist mit Geschrei und Tränen endeten. Irgendwann hatte ich ihr von meinem anderen Leben erzählt, in einem schwachen Moment, den ich sofort wieder bereute. Wie konnte ich ihr anvertrauen, was sie nie verstehen würde?

Maria Steiner war schmal und blass, ihr hellbraunes Haar sah wie Federn aus und sie trug eine schwere, viel zu große Brille, die sie dauernd putzte. Auf dem Gebiet der Kinderpsychologie galt sie als Koryphäe, aber manchmal zweifelte ich, ob sie das wirklich war. Seit die Krankheit bei mir diagnostiziert worden war, hatten meine Eltern sie zu mir nach Hause kommen lassen, damit ich mir meine Sorgen und Ängste von der Seele reden konnte. Aber oft fiel mir das schwer, weil Maria selbst so wirkte, als hätte sie Hilfe nötig. Sie war flattrig und nervös, zwanghaft manchmal, und nie wusste ich, woran ich bei ihr war – mal wirkte sie butterweich, dann wieder stahlhart. Nur locker ließ sie nie.

Kein Wunder, dass sie mich bis in meine Träume verfolgt hatte.

Sie war es auch, die mir als Erste davon erzählte, dass ich klinisch tot gewesen war und dass Viktor mehrmals gedacht hatte, den Kampf um mein Leben zu verlieren.

„Viele Menschen überall auf der Welt berichten nach solch einer Erfahrung von ungewöhnlich lebendigen Träumen", sagte Maria und ich hasste sie dafür. „Neuere Forschungen an Ratten haben nachgewiesen, dass die Hirnaktivität kurz vor dem klinischen Tod stark ansteigt. Das kann dafür sorgen, dass solche Erlebnisse als extrem lebhaft, klar und außergewöhnlich real geschildert werden." Sie streckte die langen dünnen Hände nach mir aus. „Es ist wichtig, dass wir darüber sprechen, Marlene. Damit du eine Chance hast, das alles zu verarbeiten."

Ich war keine Ratte und ich wollte nichts verarbeiten.

Das war es, was ich Maria entgegenbrüllte, ein ums andere Mal. Aber sie ließ nicht locker. Sie kam immer wieder und entlockte mir weitere Details und jedes Mal wurde es schmerzhafter, weil sie mir wie ein Spiegel vor Augen hielt, was ich nicht wahrhaben wollte. Viktors Rolle – ein Mann, der für das Leben auch den Tod in Kauf nehmen musste. Der Brief an meine Eltern, der für mich so wichtig gewesen war.

Und natürlich Anselm. Anselm, der mich bei all meinen Untersuchungen schon lange vor der Operation stets im Krankenhaus empfangen und mich umsorgt hatte, zwar nicht mit Gerichten – Anselm lachte, als ich ihm davon erzählte, er konnte nicht einmal ein Spiegelei aufschlagen –, sondern mit geistiger Nahrung, wie Maria sich ausdrückte. Anselm, der nicht nur für Patienten, sondern auch für das Reinigungspersonal, die Krankenschwestern und Ärzte ein offenes Ohr hatte. Anselm, der nie über sich selber sprach, der überhaupt wenig sprach, aber dem man alles erzählen konnte. Anselm, bei dem jedes Geheimnis besser aufbewahrt war als in einem Safe. Und Anselm, der keine Antwort auf die Frage hatte, wie es ihm selbst ging, der sein Leben den Bedürfnissen anderer verschrieben und sich selbst dabei vergessen hatte.

Laut Maria war er ein Symbol, genau wie die Villa und Noah dafür standen, dass ich mich die Hälfte meines Lebens eingesperrt gefühlt hatte. Die Rolle meiner Großmutter Anna interpretierte sie als jemanden, der mich begleitet hatte aus der Isolation zurück in das Konzert und auf die Bühne des Lebens.

Sogar das Auftauchen von Noahs Paten wollte mir Maria als jemanden erklären, der entweder verlässlich war und dem man trauen könne oder als ein Schatten meines Charakters, den ich ausmerzen sollte. Mit beiden Theorien lag sie gründlich falsch. Längst wusste ich, warum sich Lenard Adams in meinen Traum geschlichen hatte, und immer noch wurde ich rot vor Scham, wenn ich an ihn dachte.

Wie ein Rettungsanker war er eines Nachts auf meinem Bildschirm aufgetaucht, als ich noch einsamer war als sonst. Freunde konnte ich gebrauchen. Auf dem Foto sah er hübsch aus und sein Profil gefiel mir. Er verkürzte mir meine langen Nächte mit Liebesgedichten und interessanten Geschichten aus seinem aufregenden Leben. Lenard kam aus England. Sein Vater war Treuhänder, seine Mutter züchtete Pferde. Ich konnte mein Glück nicht fassen, als er seinen Besuch ankündigte. Mit seinen Eltern sei er auf der Durchreise. Er erfand ein spektakuläres Szenario, wie er es schaffen könnte, mich für zwei Stunden zu treffen. Ich wollte hin, schickte meine Mutter in die Bücherei, schminkte mich, zog mir die schicksten Klamotten an und brach in der Einfahrt atemlos zusammen, wo mich Kathi auflas. Heulend ließ ich mich von ihr ins Bett schleppen. Kathi sprang für mich ein. Statt eines hübschen Engländers stand sie einem schwitzenden alten Sack gegenüber, der ihr an die Wäsche wollte. In letzter Sekunde konnte sie vor ihm davonrennen. Mir wäre das nicht gelungen. Kurz danach wurde er im Netz bekannt, weil er mehrere Hundert Profile angenommen hatte, um sich an Mädchen heranzumachen. Daran denken wollte ich nicht mehr. Darüber reden schon gar nicht, nicht mit Maria, nicht mit irgendjemandem sonst. Obwohl mir selbst immer deutlicher bewusst wurde, welche Überschneidungen es gab, verweigerte ich mich weiter. Mein Leben mit Noah zu zerpflücken, fühlte sich so an, als käme jemand auf die Idee, das Bild der Mona Lisa zu zerschneiden, um hinter seine Geheimnisse zu kommen.

Und eines Tages fragte mich Maria nach dem Fuchs. Ohne dass ich es hören wollte, erzählte sie mir, dass er der Seelenführer des Kindes sei und sich unterirdische Notausgänge aus Ängsten heraus baue. Der erschossene Fuchs sei ein gutes Zeichen; ein Zeichen dafür, dass ich die Schlupflöcher meiner Kindheit nicht mehr benütze, sondern erwachsen würde. Da setzte ich dem ein Ende. Ich wollte nicht wissen, was der Fuchs für eine Bedeutung hatte. Der Fuchs war Noahs Freund gewesen. Nicht mehr und nicht weniger. Genauso wenig wie Noah ein Symbol gewesen war.

Noah war echt. Ich hatte ihn geliebt.

Ich liebte ihn immer noch und ging fast kaputt an der Frage, ob es sein Herz war, das in mir schlug.

Ich bat Maria, mich in Ruhe zu lassen, und überraschenderweise tat sie mir den Gefallen. Und das war der Moment, als mir klar wurde, dass ihr wirklich etwas an mir lag. Sie mochte mich, auf ihre ganz eigene Art und Weise.

Von da ab sprach ich nur noch mit Anselm über Noah. Oder vielmehr sprachen wir nicht, wir taten die meiste Zeit das, was ich an Anselm schon immer geliebt hatte. Wir schwiegen zusammen.

Er war es schließlich, der den Vorschlag mit dem Brief an die Hinterbliebenen hatte. Inzwischen hatte ich begriffen, dass der Name des Spenders eines Organs und der des Empfängers unter allen Umständen anonym blieben und dass meine Eltern und Viktor tatsächlich nicht wussten, von wem das Herz stammte. „Aber Hinterbliebene können Post von einem Transplantkoordinator bekommen", sagte Anselm.

Er legte mir einen Schreibblock und einen Kuli auf den Tisch. An dem Tag war ich in der Physiotherapie fast zehn Meter weit gekommen, ohne mich auf jemanden zu stützen. Physisch ging es mir immer besser und langsam kam in mir die Lust auf, raus aus dem Krankenhaus zu kommen, raus aus diesen endlosen Fluren und dem Zimmer, raus in die Welt, wo meine Freundin Kathi, die mich Woche für Woche besuchte, treu auf mich wartete.

Als Anselm gegangen war, dachte ich über das nach, was er vorgeschlagen hatte. Der Block und der Stift lagen auf meinem Nachttisch. Wie zum Teufel bedankte man sich für ein Herz?

Ich konnte mich vielleicht bei Frau Hatze bedanken für die Schokolade, die sie mir geschenkt hatte. Ich konnte mich bei Kathi bedanken für die vielen Rosen, die sie mir Tag für Tag vor die Glasscheibe gestellt hatte, während ich im Koma lag. Bei meinen Eltern für alles, was sie für mich getan hatten. Aber wie sollte ich mich für ein Herz bedanken, das vielleicht der einzigen großen Liebe meines Lebens gehört hatte? Ich schaffte das nicht. Es war mir zu groß.

Ich schrieb diesen Brief nicht, jedenfalls noch nicht. Stattdessen nahm ich den Kuli und fing an, meine Erinnerungen an Noah festzuhalten.

Mit dem Sommertag, als ich von meinen Eltern gegen meinen Willen zu einer Preisverleihung geschleppt wurde, die nie stattgefunden hatte, fing ich an. Ich schrieb von dem roten Koffer, von dem Viktor und dem Anselm in der Villa Morris und unserem ersten gemeinsamen Essen im Speisesaal. Sehnsucht packte mich, der Stift flog nur so über das Papier und ich tauchte wieder ein in mein Leben, in dem ich so glücklich gewesen war.

„Liebe Marlene. Ich habe gestern noch lange nachgedacht, vor allem darüber, was ich tun kann, damit du mir vertraust. Vielleicht mache ich einen großen Fehler, aber ich sage dir jetzt die ganze Wahrheit."

Es dauerte fast zwei Wochen und ich brauchte drei Schreibblöcke, bis ich alles über Noah aufgeschrieben hatte. Als ich zum Ende kam, bat ich Anselm, mir eine alte Schreibmaschine vom Trödelmarkt zu besorgen und das dünnste Papier, das er bekommen konnte. Dann hackte ich Noahs Liebesbrief auf das Papier, und weil ich so große Sehnsucht hatte, ließ ich mir von zu Hause eine Jeans bringen, faltete den Brief zusammen, steckte ihn in eine Jeans, tauchte die ganze Jeans in ein Waschbecken voller Wasser und hängte sie über einen Sessel zum Trocknen. Die Pfleger und Krankenschwestern beschwerten sich zwar über die Pfütze am Boden, aber ich verbot ihnen, die Jeans in einen Trockner zu werfen. Sie musste authentisch trocknen – wie wenn sie in einem Fluss geschwommen wäre. Bei meiner Entlassung würde ich die Jeans tragen und dann würde ich den Brief aus der Tasche ziehen und mich damit trösten, Noah hätte ihn geschrieben.

An dem Tag, als ich die Jeans im Schrank verstaute, weinte ich sehr lange. Am Abend dann bat ich meine Mutter, Maria anzurufen. Ich hatte einen Entschluss gefasst, der so schmerzhaft war wie kaum etwas zuvor in meinem Leben, einschließlich der Entscheidung über die Transplantation. Ich würde die Gespräche mit Maria wieder aufnehmen. Denn mir war klar geworden, warum ich so besessen die Erinnerungen an Noah aufgeschrieben hatte, Detail um Detail. Ich hatte es getan, weil ich im Grunde genommen längst wusste, dass ich ihn nie wiedersehen würde. Und ich musste irgendeinen Weg finden, um mich damit abzufinden.

Nie hatte ich jemanden so geliebt wie ihn. Nie hatte ich mich lebendiger gefühlt als in seiner Nähe. Noah hatte mein wahres Wesen erkannt. Er sah tiefer in meine Seele als jeder andere. Jeden Tag, jede Stunde, jede Minute seit der Rückkehr in mein Leben hatte ich gehofft, die Tür würde sich öffnen, er würde hereinkommen, zu mir ins Bett kriechen, mich umarmen, wie er es immer getan hatte, und dann würden wir dem Gleichklang unserer Herzen lauschen – Po-Doch. Po-Doch. Po-Doch.

Aber das würde nicht geschehen. Immerhin hatte ich ihn kennenlernen dürfen – wo immer er auch hergekommen sein mochte, was auch immer das Geheimnis seiner Existenz gewesen war.

In dieser Nacht schlief ich nicht. Draußen blies der Wind und ich fühlte mich unendlich allein. Es war weit nach Mitternacht, als ich mein Handy nahm und das Zimmer verließ. Ich wollte nach draußen, um Musik zu hören. Die Krankenschwestern saßen in ihrer Kabine, steckten die Köpfe über etwas zusammen und kicherten; sie sahen mich nicht. Im Aufenthaltsraum brannte noch Licht und der Fernseher lief. Ich setzte mich in einen Sessel, knipste den Fernseher aus und legte die Fernbedienung auf einen Packen Zeitungen, die allesamt schon Monate alt waren.

Keine Ahnung, ob mir die Schlagzeile sofort ins Auge stach oder ob ich doch länger darauf starrte, bis ich begriff, was ich da las. Vielleicht war es auch nur der Name, den ich entdeckte. Jedenfalls rauschte es in meinen Ohren, während meine Blicke von Zeile zu Zeile flogen und mein Verstand versuchte, die Worte in Beziehung zu bringen.

„Die 24-jährige, in Österreich lebende ukrainische Extremsportlerin Irina Pawlowa verunglückte bei der *Blue Ball Cliff Diving Series* in der Falkensteinwand tödlich. ‚Todesfälle nach missglückten Klippensprüngen nehmen immer stärker zu', so der Ortsstellenleiter der örtlichen Wasserrettung. Irina Pawlowa sprang siebenundzwanzig Meter in die Tiefe. Die Wucht beim Aufprall aus dieser Höhe war neunmal so stark wie bei einem Sprung vom Zehnmeterturm. Dabei brach sie sich das Genick."

Ich googlete das Event – das Datum stimmte und die Uhrzeit auch – Irina war kurze Zeit, bevor ich den Anruf bekommen hatte, tödlich verunglückt.

So schnell ich konnte, lief ich zurück in mein Zimmer, holte den Block und den Kuli und schrieb einen Dankesbrief an die Hinterbliebenen irgendeiner Toten, ohne ihren Namen zu nennen.

Irina war gestorben. Sie war ums Leben gekommen bei etwas, wofür sie sich selbst entschieden hatte.

Ihr Herz aber, das der Aufregung um die Entdeckung ihres Namens standhielt, schlug und schlug und schlug. Ich konnte es spüren.

46

Ein paar Tage nach dieser Nacht fing ich an, immer größere Runden zu drehen, anfangs mit dem Physiotherapeuten, mit Anselm, mit meinen Eltern, mit Kathi und dann auch immer öfter allein. Meine Muskeln waren noch schwach, aber ich wurde mit jedem Tag stärker und plötzlich merkte ich, dass ich mich wieder traute, Zukunftspläne zu machen. In den letzten paar Jahren hatte diese Operation wie eine Wand vor mir gestanden, eine Wand, hinter der es nicht weiterging, von der kein Weg in irgendeine Richtung führte. Aber Irina hatte mit ihrem Wagemut dafür gesorgt, dass die Wand zusammengebrochen war, meine Wand, und ich kam mir vor wie Dorothy aus dem *Zauberer von Oz*, die plötzlich einen gelben Ziegelsteinweg vor sich hatte, dem sie nur zu folgen brauchte. Mein Ziegelsteinweg hinaus in die Welt. Und so erkundete ich das Gelände. Von Stein zu Stein. Von Zimmertür zu Zimmertür. Von Flur zu Flur. In wachem Zustand und bei klarem Verstand fuhr ich aufrecht auf meinen eigenen Beinen mit dem Lift nach unten. Im Erdgeschoss stieg ich aus, beobachtete das Kommen und Gehen im Kaffeehaus neben der Eingangshalle, brauchte eine Pause, setzte mich in die Notaufnahme neben einen weinenden kleinen Jungen, der auf dem Schoß seiner Mama saß und sich offenbar den Arm gebrochen hatte.

Meine Erkundungsreisen wurden länger. Ich war natürlich schon früher in diesem riesigen Krankenhauskomplex gewesen, oft sogar, zu endlosen Untersuchungen, zu Besprechungen und noch mehr Untersuchungen. Den Park, der sich dahinter erstreckte, hatte ich allerdings nur selten besucht. Ein paar Mal war ich mit Anselm dort gewesen. Ich konnte gar nicht mehr glauben, wie sehr ich mich anfangs gegen diesen dünnen, zerbrechlichen Seelsorger gewehrt hatte, wie ich es nicht geschafft hatte, ihm zu vertrauen, bis ich endlich merkte, was für ein besonderer Mensch er war.

Im Park gab es künstliche Brunnen und Bächlein. Unter Linden saßen Patienten und ihre Besucher auf Bänken. Überall plätscherte und zwitscherte es. Kieswege führten zu Pavillons, die über und über mit Efeu bedeckt waren. Es gab Statuen, die von Moos überzogen waren, und weiter hinten, dort wo der Park endete, konnte man die Hügel erkennen, die ein lichter Wald bedeckte.

Jeden Tag schaffte ich mehr Strecke. Und irgendwann entdeckte ich das Schild. Es stand im hinteren Teil des Parks, direkt neben einer Bank, für jeden sichtbar: Villa Morris. Es musste eine Ewigkeit her sein, seit ich zuletzt hier war. Aber ich fing an, mich zu erinnern.

Mir wurde schwindlig. Ich musste mich setzen und warten, bis die knisternden Sterne vor meinen Augen wieder verschwanden. Dann kniff ich mir in meinen Arm; was das bringen sollte, wusste ich nicht, aber ich hatte oft gelesen, dass man daran erkennt, ob man träumt oder wach ist. Ich kniff mich also und es brachte mir gar nichts, wie auch? Ich griff mir an die Brust, fühlte das Herz schlagen, nichts deutete darauf hin, dass ich schlief, und trotzdem stand dort: Villa Morris.

Wie in Trance ging ich los und folgte dem Weg. Der Park mit seinem englischen Rasen und den auf dem Reißbrett komponierten Blumen in streng eingefassten Beeten ging allmählich über in Wiesen. Der Weg führte mich an einem kleinen See vorbei, in dem zwar nicht Viktors Holzkahn schaukelte, aber immerhin ein paar Schwäne ihre Kreise zogen. In Schlangenlinien zog sich der Weg auf einer Anhöhe durch ein kleines Wäldchen. Alte Leute mit Rollatoren überholten mich. Ich schaffte den Weg allein und kam auf einen Kiesplatz.

Da war sie, die Villa Morris. Nicht so heruntergekommen wie in meinem Traum, neu renoviert, glänzend wie eine Schmuckschatulle, aber sonst genau gleich. Auf einem Schild, das im Kies steckte, las ich, dass die Nachkommen von Sir Oakland Morris dieses Haus für Schwerkranke und Sterbende gestiftet hatten und dass es den Grundstock des ganzen Krankenhausareals bildete. Viele Jahrzehnte wohnten Menschen, die dem Tod nahe waren, in der Nähe des Waldes in einem Haus, dessen Atmosphäre sie wohlwollend empfing. Inzwischen wurde es als Verwaltungsgebäude genutzt.

Irinas, mein Herz pochte wie verrückt gegen meine Brust, als ich über die Steintreppe, an den Rosenbüschen vorbei die Halle mit dem roten Teppich betrat, die still und leer war. Der Adler fehlte. Die Wände und der Geruch riefen so starke Erinnerungen in mir wach, dass mir schwindlig wurde. Auf wackeligen, muskelschwachen Beinen erkundete ich die Räume. Aus den schmalen länglichen Seitenfenstern neben der Tür drang das goldene Licht des warmen Herbsttages und malte zwei schmale Streifen auf die Dielen. Dort das Kontor von Schwester Fidelis. Die Tür öffnete sich und eine junge Frau in einem bunten Rock eilte mit einem Stapel Akten an mir vorbei. Sie beachtete mich nicht.

Ungehindert gelangte ich ins Speisezimmer – in dem Stuhlreihe hinter Stuhlreihe aufgereiht war. Vorn standen ein Beamer und ein Whiteboard, aber in einer Ecke sah ich den großen weißen Kachelofen. Ich suchte die Fratze mit den Hörnern und entdeckte stattdessen mehrere Widderköpfe.

Zurück in der Eingangshalle las ich das Schild. „J. OAKLEY MORRIS ESQ" stand immer noch an der Wand. Die Jagdtrophäen an den Wänden waren Fotos und Bildern von Patienten und Krankenhauspersonal gewichen.

Die Büroangestellte war noch nicht ins Kontor zurückgekehrt, die Tür stand weiterhin offen. Ich dachte an das Fläschchen auf Schwester Fidelis' Schreibtisch.

Lebertran. Und ich hatte geglaubt, es wäre Gift gewesen, das

Noah umgebracht hatte. Noah. Mein Magen zog sich zusammen. Schon wieder hatte ich vergessen, dass er nicht existierte, dass er nur ein Anteil von mir selber war, wie mir Maria gegen meinen Willen aufgeschlüsselt hatte.

Hinter mir klapperten Absätze. Ein letzter Blick. Ob die Hügelgräber unter den Dielen tatsächlich existierten? Berge von Akten lagen auf dem Schreibtisch. Ein Bildschirm. Schreibzeug. Radiergummi und anderer Bürokram. Nichts Magisches. Ich nahm mich zusammen, ging zurück in die Halle und trat durch die große Eingangstür in die Sonne. Der Duft der Rosenblüten raubte mir fast den Verstand. Die Steinplatten waren noch warm. Sehr langsam ging ich über den knirschenden Kies, vorbei an den Nadelbäumen. Vergeblich suchte ich das X auf dem ersten Stamm. Es fehlte. Ich fühlte mich zittrig, aber gesund, weil ich genug Luft bekam. Der Wasserspeier über dem Vordach hatte keinen Knick mehr am Hals. Ich ging um die Villa herum.

Unter der Buche im Schatten lag eine schmale Gestalt im Gras. Sie trug eine Strickmütze und schien zu schlafen. Es war ein Mann oder ein Junge und auf seiner Brust lag ein Buch. Es hatte einen graugrünen Einband und eine dunkelrot geprägte Schrift. *Tempeldonner* von F. J. Martin; das lag auch auf meinem Nachtkästchen, neben Gedichten von Heinrich Heine, aber in diesen Tagen las das sowieso jeder. Beinahe wäre ich an ihm vorbeigegangen, aber dann fiel mein Blick auf seine Hände. Eine besonders ausgeprägte Ader schlängelte sich um den Ansatz seines Zeigefingers. Adern auf schönen Händen, die sich rasch über Klaviertasten bewegen konnten. Ich kannte sie wie eine Landkarte, die ich auswendig gelernt hatte. Vielleicht hätte ich überrascht sein sollen. Aber das war ich nicht. Ich hatte immer gewusst, dass es ihn wirklich gab – meine Vorstellungskraft allein hätte nie jemanden wie ihn erschaffen können.

Vorsichtig sank ich neben ihm auf den Knien ins feuchte Gras, legte meine Hände auf die Oberschenkel und betrachtete ihn.

Dünn war er, so dünn. Seine Jeans lagen direkt auf den Hüftknochen und von seinen durchtrainierten Schultern war nichts mehr übrig geblieben. Vergeblich suchte ich nach seinen schwarzen dichten Haaren, nach den wenigen Sommersprossen auf der Nase. Stattdessen trug er die Mütze und seine Wangenknochen traten aus dem Gesicht.

Auf einmal schlug er seine Augen auf. Sie waren groß und blau wie Saphire und schöner als je zuvor, denn sie blickten mich direkt an. Mein Herz trommelte wie wild. Ich schlug eine Hand vor den Mund, musste aussehen wie vom Blitz getroffen.

Langsam richtete er seinen Oberkörper auf, es schien ihn Kraft zu kosten.

„Marlene?", flüsterte er und seine Augen wurden feucht.

„Noah?"

Wir saßen uns gegenüber. Er durchdrang mich mit seinem Blick und hob dann vorsichtig seine Hand vor meine Augen.

„Du kannst mich sehen?", fragte er.

Ich nickte.

„Ich habe von dir geträumt", sagte er. „Du … du warst blind."

Wir schauten uns an, sehr lange, schweigend, wagten es nicht, ein Wort zu viel zu sagen, aus Angst, wir könnten die Magie, die uns umgab, zerstören. Noah streckte ganz langsam seine Hand nach mir aus, zitternd berührte er meine Wange, als müsste er sich davon überzeugen, dass ich kein Traumbild war. Er ließ meine Haare durch seine Finger gleiten. „Du bist echt", flüsterte er, seine Augen glänzten und ein kurzes, ungläubiges Lachen kam aus seinem Mund – weiße Schneidezähne, Grübchen in den blassen Wangen.

„Was ist mit deinen Haaren passiert?", fragte ich.

Er zog sich die Mütze vom Kopf, der ganz glatt war.

Lange schaute ich ihn an.

Er berührte den Ansatz meiner Narbe, die aus dem Halsausschnitt meines Shirts herauslugte. Ich zog es ein wenig nach unten.

Lange schaute er mich an.

Lange schaute ich ihn an.

Er setzte sich die Mütze wieder auf. Ich brachte mein Shirt wieder in Form.

Dann halfen wir uns gegenseitig auf. Noah war noch schwächer als ich. Aus seinem Buch flatterte ein Lesezeichen zu Boden und ich hob es auf. Das Foto einer bildschönen Frau – langes dunkles Haar, blaue Augen; sie lachte befreit.

„Aurelia", murmelte ich und konnte meine Augen nicht von dem Gesicht wenden, das ich schon einmal auf dem Grab in der Villa gesehen hatte. Noah nahm das Foto und steckte es zurück in sein Buch. „Meine Mutter", sagte er leise.

„Und Michele?", fragte ich. „Wer war das?"

Langsam gingen wir nebeneinander über den Rasen in Richtung Wald.

„Michele war mein bester Freund. Wir haben lange zusammen geklettert ... er war fast jeden Herbst mit mir in Spanien bei meinen Großeltern und half bei der Olivenernte ... er hat's nicht mehr gepackt ... wollte lieber nichts mehr mit mir zu tun haben ... hat jetzt andere Freunde." Noah holte von irgendwoher ein kleines Lächeln.

Vigor fiel mir ein. Noah musste eine Weile nachdenken. Vigor hieß Kraft. Und genauso wie seine Kraft hatte er irgendwann einmal die Hoffnung begraben, siebzehn zu werden – diecisiete.

Es gab noch so viele Fragen, aber wir stellten sie nicht. Noch nicht in diesem Moment.

Wieso uns klar war, dass wir noch genug Zeit haben würden, über alles zu sprechen? Keine Ahnung. Wir wussten es einfach.

Schweigend nahmen wir uns an den Händen und gingen hinein in den Wald. Langsam. Schritt für Schritt.

Dank an

Dietmar. Mit dir hat im Februar 2004 Noahs Geschichte begonnen. Ich bin froh, dass sie halbwegs gut ausgegangen ist.

Christiane Düring. Mit deiner Frage „Was hast du denn noch in der Schublade?" hast du die Geschichte nach fast zehn Jahren noch einmal ans Licht geholt und mir geholfen, sie neu zu schreiben.

Martha Müller. Du beherrschst die Kunst der Arbeit mit Träumen wirklich.

Dr. Daniel Höfer von der Universitätsklinik für Herzchirurgie Innsbruck.

Roland Moos und den Pächtern der Villa Maund in Schoppernau, die als Vorlage für die Villa Morris diente.

Isabella Gerstgrasser, Margarete Broger, Brigitta Wiesner, meine Familie und alle meine Freunde und Freundinnen, die das erste Manuskript gelesen und mich bestärkt haben, nicht aufzugeben.

Katharina Amann. Ich hoffe, du bleibst noch lange meine treue Seele.

Die Loewinnen und Loewen. Ihr habt mich mit offenen Armen aufgenommen. Allen voran meine Lektorin Lisa Blaser.

George. Mit unendlicher Geduld hast du zehn Jahre lang jede neue Fassung gelesen. Ohne dich wäre das Buch nicht das geworden, was es ist.